Arsène Lupin 亞森・羅蘋冒險系列 03

Arsene lupin 813

813之謎

莫里斯・盧布朗／著
高杰／譯

好讀出版

亞森・羅蘋探案的最高傑作

——談《８１３之謎》

推理作家　既晴

本書《８１３之謎》（813），最早發表於一九一〇年，是亞森・羅蘋探案的第四作，也是接續在《奇巖城》（L'Aiguille creuse，1909）之後的第二部長篇。共分上下兩部，上部的副標題名為〈亞森・羅蘋的雙重生活〉（La Double Vie d' Arsène Lupin），下部的副標題則是〈亞森・羅蘋的三件犯罪〉（Les Trois Crimes d' Arsène Lupin）。後於一九一七年重新出版時，將上下兩部分為兩冊出版，因此，此作也有《８１３》與《續８１３》的版本差異。

全作的架構龐大、情節複雜、角色眾多、篇幅甚長，不僅是全系列探案之最，從推理小說史的評論角度而言，本書也堪稱其中的最高傑作。

首先，是美國推理評論家霍華・海克拉夫（Howard Haycraft）在推理小說史評論《謀殺取樂》（Murder for Pleasure，1941）中，與推理作家艾勒里・昆恩（Ellery Queen）共同編選了一份推理小說史里程碑的書單，選入了《８１３之謎》，並特別加註「大師經典」。

此外，日本的《新青年》雜誌曾在一九三七年邀集推理作家、評論家、翻譯家等二十六人，選出十本最傑出的歐美推理，《８１３之謎》獲得第六名。其中，橫溝正史與海野十三更認定此作為第一名。

一九八五年，日本《週刊文春》舉辦「東西方推理小說百部傑作」票選活動，《８１３之謎》獲得第四十一位，可說絲毫不受推理小說時代演進的影響，依然受到讀者喜愛。

本書的經典地位無庸置疑，究其根本原因，乃是由於《８１３之謎》將羅蘋探案的所有特色發揮得淋漓盡致、無懈可擊，令人擊節讚賞、嘆服不已。

首先，羅蘋探案的一大特徵是「暗號推理」。不同於一般推理小說中的「暗號」被用做祕密通信或死前留言，羅蘋探案的「暗號」通常指向某件財寶的藏匿處、某件機密的代稱，甚至會涉及國際陰謀、歷史黑幕，使故事格局鋪天蓋地、舞台幅員華麗遼闊。

其次，羅蘋探案重視冒險元素，因此，故事情節總是凶險驚魂、步步危機。羅蘋神機妙算，但敵手也絕非泛泛之輩，交鋒之間，追逐、兔脫、僞造、變裝、設陷、反撲、背叛、擒伏等刺激橋段輪番上陣，山窮水盡、柳暗花明，讓人無法喘息、無法釋卷。

羅蘋探案尤其在「時限行動」的設計方面下足功夫。無論是何月何日必須在森嚴戒備下逃獄的「時限犯罪」，抑或幾時幾分前必須揭露眞相的「時限推理」，隨時限不斷地逼近，情勢愈加險惡，直至最後一刻才得以逆轉，將劇情張力推升到極致。

不過，眞正讓羅蘋探案撼動人心的，《８１３之謎》那些精彩情節的背後功臣，正是爲一樁神祕而龐大的謎團演出了一齣關於人性激情、衝突的悲喜劇、眾多有血有肉、讓人充滿共鳴的鮮明角色們。

羅蘋打破了「推理小說不能有戀愛成分」的框架

推理評論名家　冬陽

打從艾德格．愛倫．坡（Edgar Allan Poe）發表〈莫爾格街凶殺案〉（The Murders in the Rue Morgue）起，偵探小說（detective story）發展初期，故事篇幅普遍不長，多數為短篇作品。這大概可以歸結到兩個原因：一是作品發表場域泰半為報章雜誌，除非極受讀者喜愛而有長期連載機會，否則多以短篇形式刊登；一是當時所寫的偵探故事多為單一個案，除了犯罪調查之外能撐起長篇架構的素材有限，還處於探索階段。

彼時的閱讀焦點落在神探（great detective）與怪案（mystery）上，講究鬥智解謎的氛圍與邏輯推理的過程。神探們的行動很單一：蒐集線索、推敲案情、逮捕罪犯，並限縮在「只問理性，捨棄感性」的行為模式上，甚至帶點禁慾的色彩，這恰可與范．達因所提倡「推理小說二十誡」（Twenty rules for writing detective stories）中的第三誡「故事中不能有戀愛成分」（There must be no love interest.）遙相呼應。

不過，顯然莫里斯．盧布朗並不受這個框架羈絆，讀者們尤其可以透過《８１３之謎》一書深刻感受長篇偵探小說的魅力——遺留在命案現場的謎樣字條、重現江湖的怪盜、政治權謀的角力云云，豐富的故事線營造出極高的娛樂感，兼顧閱讀推理小說時不可或缺的解謎趣味。若要從亞森．羅蘋長篇冒險故事中擇一閱讀，《８１３之謎》絕對是不會錯的首選之作，在此誠心推薦。

contents 目錄

I 亞森・羅蘋的化身

II 亞森・羅蘋有罪？

chapter 1

皇宮飯店連續殺人案

克塞巴赫站在客廳門前突然停住腳步，伸手抓住祕書的手臂，一臉擔憂地說：「夏普曼，又有人進去過了。」

「主人，絕對不可能。」夏普曼堅定地說：「您這才開了門回到套房，而且吃飯的時候，鑰匙一刻也沒離開過您的口袋。」

「夏普曼，又有人進來過了。」克塞巴赫一邊重複，一邊把壁爐上的旅行袋拿下來。「你看，這就是證據，之前袋子的拉鏈是拉上的，現在它卻開著。」

「您確定之前拉鏈是拉好的嗎，主人？況且袋子裡裝的也只是一些不值錢的東西，像是盥洗用品之類的。」

「我知道裡面都裝些什麼，我出門前已經先從袋子裡拿出了錢包，幸虧我有所防備，否則……不，夏普曼，我跟你說，有人趁我們去吃午餐的時候進來過了。」

克塞巴赫走到牆邊，拿起掛在牆上的電話。「喂，我是四一五號套房的克塞巴赫先生。是這樣的，小姐，請幫我接警察局……接警察總局好了，應該不需要我提供電話號碼吧？好的，謝謝，我稍等一下。」

一分鐘後，克塞巴赫對著電話說：「喂，喂，我想和勒諾曼局長說幾句話，我是克塞巴赫先生。喂，是的，局長知道我是爲了什麼事，他允許我打電話給他。啊，他不在？那請問現在跟我通話的是哪位？警探古亥爾先生，好吧，古亥爾先生，我昨天跟勒諾曼先生見面的時候，您好像也在場。好吧！先生，今天又發生同樣的事了，有人闖進我的套房。如果您現在就過來的話，也許還可以發現一些重大線索。一、兩個小時內就會到？太好了！您到的時候直接說要到四一五號套房就可以了，再次感謝您的幫助。」

*　　*　　*

魯道夫．克塞巴赫，人稱鑽石大王，他的另一個外號是好望角霸王，是個億萬富翁（據猜測，他的資產可達數億法郎）。這位億萬富翁來到巴黎一個星期了，他一直住在皇宮飯店四樓的四一五號套房。格局是兩房一廳，共規劃成三個空間，其中比較大的兩個房間位在套房靠右側，正對著大街，分別作爲客廳和主臥室，另一間比較小的房間位於套房靠左側，朝著朱黛街，是祕書夏普曼的房間。

夏普曼的房間後面，和一個四房一廳的套房相連，這個套房是爲克塞巴赫夫人準備的。等到克塞巴赫在巴黎一切就緒，夫人就會從蒙地卡羅動身，來和丈夫會合。

克塞巴赫在房間裡踱來踱去，表情十分凝重。這個男人身形修長、面色紅潤，看起來頗年輕；他那雙充滿幻想的眼睛，透過金邊眼鏡，露出一絲淡淡的憂傷；飽滿的額頭、稜角鮮明的臉龐，更形突顯他那溫柔、羞澀的眼神。

他走到窗前，窗子是關好的。而且，怎麼可能從這裡闖進來？克塞巴赫暗自琢磨著。套房的陽台是獨立的，右側並未與隔鄰相連，左側也和那個正對朱黛街的陽台相隔開。克塞巴赫走進自己的臥室，主臥並未與其他房間相連。他又走進祕書的房間，房間雖然跟克塞巴赫夫人的套房互連，但這兩個套房之間的門可是關得好好的，也鎖得很牢。

「我不明白，夏普曼，好幾次我都發現這裡有一些東西不太對勁。這你得同意。昨天是我的拐杖被人動過，前天是那些文件，可是這怎麼可能呢？」

「不可能的，主人。」夏普曼冷靜地回答，而且神情毫不擔心。「這些都是您的想像，就是這樣。您並沒有任何證據，這只是您的胡思亂想罷了。要進來這裡只能從門廳，可是打從您入住的那天起，您就另外配製了新鑰匙，而且只有您和傭人愛德華有這鑰匙。難道您懷疑愛德華？」

「當然不是！他服侍我已經整整十年了。不過，讓愛德華和我們在同樣時間去用午餐，這樣安排不太好。以後等我們回來，再讓他出去。」

夏普曼聳了聳肩，這位鑽石大王最近總是魂不守舍、神經兮兮的，住進這樣的飯店能有什麼危險呢？況且他手邊從不帶任何值錢的東西，更不會帶大額現金。

他們聽見門廳的門打開了，是愛德華回來了。克塞巴赫叫他：「你是來聽吩咐的嗎，愛德華？我不記得今天安排了什麼人來訪，哦，不對，有一位古亥爾先生會來。從現在起，你就待在門廳等候吩咐，直到古亥爾先生來爲止。我和夏普曼先生現在有很重要的工作要做。」

克塞巴赫所說的重要工作就是查閱每天收到的信件，然後指示祕書如何一一回覆。而夏普曼呢，手上握著筆，隨時準備記下主人的吩咐。過了幾分鐘，當夏普曼再次抬頭，他發現主人放下信件，手裡拿著一只被摺彎的黑色別針，出神地瞧著。

「夏普曼，」他說：「你看我在桌子上發現了什麼？這只摺彎的別針一定有問題。這就是證據，我肯定這就是證據。你現在還堅持沒人闖進來過嗎？這只別針不會自己長腳跑進來吧。」

「當然不會。」祕書回答：「因爲是我帶進來的。」

「什麼？」

「是的，我之前用它來固定領帶。昨天您坐在那兒看書時，我在一旁無事可做，就把它拿下來，不自覺便把它摺彎了。」

克塞巴赫又氣又惱得從椅子上站起來，踱了幾步，又突然停下：「你一定在笑我，夏普曼，我承認，你會這麼想也不奇怪。你可能看出來了，我這一次從南非回來之後就變得有些古怪，這都是因爲、因爲你不知道我的生活發生了什麼變化。我有一個新計畫、一個大計畫，現在還不成熟，但它已經漸漸成形了，將來一定會很盛大。啊！夏普曼，這超乎你所能想像，我指的不是金錢這方面，因爲現在我有的是錢。錢，我根本不在乎。而是這個計畫能讓我更榮耀自己，讓我擁有無上的權勢。如果一切進行順利，我將不只是區區好望角霸王，還可能成爲一國之尊呢！魯道夫·克塞巴赫，一個出身奧斯堡的鐵匠之子，竟然能和那些曾經看輕他的人站在同樣的舞台上，甚至地位還比他們更高。哦，夏普曼，相信我吧，我會高他們一等，而且……」

話未說完，克塞巴赫突然打住，然後看了看夏普曼，好像後悔自己透露太多，但難掩激越之情的他，繼續補充道：「你應該懂了吧，夏普曼，這就是我惶惶不安的原因所在。我的腦子裡有個很棒的計畫，這個計畫代價很大，其他人也許會質疑它不可行，他們也都等著看我笑話，但是我對自己有信心。」

這時，電話鈴聲響起。

「電話來了。」夏普曼說。

「難道會是……」克塞巴赫先生喃喃說著。他拿起電話：「喂，是誰？是上校嗎？啊，對，我是，有消息了？太好了，您要帶您的人過來？好極了。喂，不，不會受打擾，我會預作安排的，畢竟這事非同小可。我會慎重交代傭人和祕書，只讓你們進來，不許其他人進出。您應該知道地址吧？總之，希望您一秒鐘都別耽誤，儘快趕來。」

克塞巴赫掛上電話，馬上吩咐祕書：「夏普曼，有兩位先生要來，對，是兩位先生，愛德華會帶他們進來的。」

「可是，古亥爾先生，那個警探怎麼辦？」

「他一個小時後才會到，但還是可能遇上，讓他們兩方碰面不礙事。要愛德華立刻向旅館櫃台傳話，告訴他們除了這兩位先生和古亥爾先生，我什麼人也不見，請他們務必記下訪客的名字。」

夏普曼立刻出去傳達主人的命令。回來後，他看到克塞巴赫先生拿著一個皮套，正看得出神。與其說是皮套，不如說是一只黑色羊皮小袋，但袋裡好像是空的。克塞巴赫顯得猶豫不決，不知該怎麼辦，是放進自己口袋，還是放到其他地方好？最後，他走到壁爐前，把羊皮小袋扔進了剛才的行李袋。

「我們把剩下的信件處理完吧，夏普曼，再十分鐘他們就到了。啊，有一封夫人寫來的信，你怎麼不早告訴我呢？難道你認不出信封上的筆跡？」

拿起這只自己妻子摸過的信封，想到信裡寫給自己的悄悄話，克塞巴赫的心情好不激動。他聞一聞信封上的香水味，然後小心翼翼地拆開，取出信件，輕聲地讀了起來，坐在一旁的夏普曼隱約能聽到隻字片語：「我今天有點疲倦，所以一直悶在房裡沒出門。我在這裡很無聊，什麼時候才能過去跟你會合呢？發個電報給我，好嗎？」

「你今天早上發過電報了嗎，夏普曼？這樣的話，明天，也就是星期三，夫人就會到了。」

克塞巴赫的心情似乎為之一振，心頭因這樁大計畫所累積的重負和壓力，好像頓時清空。他一邊搓著雙手，一邊深深吸了一口氣，似乎胸有成竹，確信成功在即，就像一個得到幸福、而且有信心捍衛這份幸福的幸運兒。

「有人按門鈴，夏普曼。客人來了，快去看看。」

克塞巴赫語音剛落，愛德華便走了進來。「有兩位先生要見主人，他們是……」

「我知道，他們人在門廳嗎？」

「是的，主人。」

「把門廳的門關好，等古亥爾警探來了你再開門。夏普曼，你先出去招呼一下，跟他們說我要先跟上校單獨談談。」愛德華和夏普曼聽到吩咐，關好客廳的門便出去了。

克塞巴赫走到窗前，前額緊貼窗玻璃。樓下大馬路黃線兩側，大小車輛井然地往自己的方向行駛。春天明媚的陽光，將汽車的銅鬃金屬零件照得閃閃發光。街道兩旁的樹木泛出點點新綠，而栗子樹抽出的嫩芽早已迫不及待伸展開來，長成小小的樹葉。

「夏普曼傳話傳到哪裡去了？」克塞巴赫嘀咕著，他已經等得不耐煩了！

他低頭從桌上拿起一支菸，點著，吸了幾口。突然，克塞巴赫嚇得大叫一聲，原來自己身旁站了一名陌生男子，他不由自主地向後退了一步。

「您是誰？」克塞巴赫問。

男子衣著得體、品味十足，黑色頭髮，鬍髭修剪得十分齊整，他冷笑一聲道：「我是誰？我是上校呀！」

「不對、不對，那位寫信給我、署名『上校』的人，不是您。」

「沒錯、沒錯，那個人只不過是……。但是，我親愛的先生，這些都不重要，重要的是我就是我，而且我向您保證我就是上校。」

「可是，先生，您能報上姓名嗎？」

「在採取任何進一步行動之前，我就是上校。」克塞巴赫害怕了，這名男子到底是誰？他到底想幹什麼？於是他喊了起來：『夏普曼！』」

「眞好笑，如果他能回答，您還需要如此大叫嗎？」

「夏普曼！」克塞巴赫繼續叫著：「夏普曼！愛德華！」

「夏普曼！愛德華！」陌生人學著克塞巴赫喊叫：「您這是做什麼，有人逼您這麼做嗎？」

「先生，懇求您，請讓我從這裡通過。」

「我親愛的先生，有人擋您的路嗎？」

陌生人禮貌地讓開，克塞巴赫迅速奔向門口，可是一打開門，另一名陌生人便迎了上來，手中還握著一把槍。

「愛德華、夏……」還沒唸完夏普曼的名字，克塞巴赫已經在門廳的一角，看到自己的傭人和祕書雙手被綑綁住，嘴巴也被嚴實地塞住。

平常一向愛擔心、動不動就方寸大亂的鑽石大王，這次反倒勇敢起來，他不但沒被眼前的危險嚇壞，反而越挫越勇。在危險、恐懼的逼使下，他卻慢慢地冷靜下來，背靠牆壁，悄悄往壁爐的方向退去，他一邊挪移，一邊偷偷摸索著電鈴。一摸到，就狠狠按住不鬆手。

「接下來呢？」陌生人說。

克塞巴赫不理對方，繼續按住電鈴不放。

「接下來呢？您以爲會有人來救您，您以爲整個飯店的人都聽得到電鈴聲嗎？我可憐的先生，請您回頭看一看，電線早就被割斷了。」

克塞巴赫作勢轉身一探究竟，倏地，他一把抓起旅行袋，伸手進去，抓出裡面的手槍，對準不速之客開了一槍。

「哎唷！」陌生人叫道：「難不成您的槍只塡裝了空氣和沉默？」扳機再度咯咯作響，然後是第三槍，可是仍不見子彈射出。

「還有三槍，我的好望角霸王，六槍全發，我才高興呢。怎麼，您放棄了，我這個當活標靶的還眞感到遺憾。」

說完，陌生人抓住一把椅子，將椅背轉了幾圈，跨坐上去，並使眼色示意克塞巴赫，要他也坐在另一張扶手椅上。「勞煩您坐下，我親愛的先生，不要拘束，就像在自己家一樣。抽香菸？不，要是我，我也不要，我要抽雪茄。」

桌上放著一個精緻木盒。陌生人從盒子取出一支金色奧普曼雪茄，點著，然後欠身對克塞巴赫說：「謝謝您，克塞巴赫先生，雪茄很棒。現在嘛，我們談談，可以嗎？」

魯道夫・克塞巴赫呆坐著聽對方說話。這個不速之客究竟是誰？此人如此冷靜，又如此健談，克塞巴赫也逐漸放下心來，他想，也許自己可以不跟對方發生衝突，就能和平化解眼前危機。於是，他從口袋掏出錢包，拿出一疊鈔票說：「要多少？」

對方驚愕地看著他，一時不解其意，之後便喊：「馬可！」

門口那名持槍的男人走了進來。

「馬可，先生十分慷慨，他要給你一些錢，拿著吧，給你的女朋友買點禮物。」

馬可的槍仍對準克塞巴赫，他走了過來，接過鈔票後又退回去。

「事情到底會怎麼發展全要看您了，克塞巴赫先生。既然我們的造訪已經接近尾聲，我就打開天窗說亮話。我需要兩件東西，一是您隨身攜帶的黑色羊皮袋，二是一只黑檀木盒，如果我沒弄錯，這盒子昨天還在旅行袋裡。我們一件件來，羊皮袋在哪兒？」

「燒了。」

陌生人皺了皺眉。他當然知道該怎麼讓不合作的犯人，開口說真話。

「好吧，這個我們一會兒再談，黑檀木盒呢？」

「燒了。」

「啊！」陌生人憤怒地咆哮著：「先生，您最好不要自作聰明，想跟我耍花招。」說完，他抓起克塞巴赫的一隻手臂，毫不留情地用力反手一扭。

「昨天，您，魯道夫・克塞巴赫去了義大利大道上的里昂信貸。去程，您在大衣底下藏了一個包裹，之後在那兒租了一個保險箱，也就是——第九個隔間第十六號保險箱。簽字付好租金之後，您又去了地下室，等您再上來的時候，手裡的包裹就不見了，我沒說錯吧？」

「一點沒錯！」

「那麼羊皮袋和黑檀木盒都在里昂信貸囉？」

「不！」

「把保險箱的鑰匙給我。」

「不！」

「馬可！」

馬可衝了進來。

「把人給我綁起來！」

還沒等魯道夫・克塞巴赫反應過來，他已經被綁得動彈不得，無法反抗，掙扎只是換來更多皮肉之苦。他的手臂被扭到背後，上半身被緊緊綁在椅背上，雙腿也被繩子纏得像木乃伊。

「馬可，給我找。」

只花了兩分鐘時間，馬可就將整個房間搜索完畢。他交給自己老大一把扁平的錫製鑰匙，上面寫著數字「十六」和「九」。

「很好，沒找到羊皮袋嗎？」

「沒有，老大。」

「那它應該也在保險箱裡。克塞巴赫先生，請告訴我保險箱密碼。」

「不！」

「您不打算說？」

「不說！」

「馬可？」

「老大？」

「槍抵住先生的下巴。」

「好了。」

「手指放到扳機上。」

「好了。」

「這下子，克塞巴赫老兄，您準備要說了嗎？」

「不！」

「馬可，你有十秒鐘時間。」

「老大？」

「十秒後，就開槍打爆他的腦袋。」

「遵命，老大。」

「克塞巴赫，我開始數了：一、二、三、四、五、六……」

魯道夫．克塞巴赫做了一個手勢。

「您打算說了？」

「是的。」

「早該如此，好了，密碼，保險箱的密碼是什麼？」

「多蘿爾。」

「多蘿爾……痛苦……①，克塞巴赫夫人的名字不是多蘿蕾絲嗎？親愛的馬可，你可以離開了，一定要按照計畫行動，不許出任何差錯，嗯？我再重複一遍。到集合點跟傑羅姆會合，你知道路吧。到了以後，你把鑰匙交給他，告訴他保險箱密碼是『多蘿爾』。然後，你們一起去里昂信貸，但是由他進去，讓他登記身分到地下室去，取走保險箱裡所有東西，清楚了嗎？」

「瞭解，老大。但是，萬一保險箱打不開，萬一密碼不是『多蘿爾』怎麼辦？」

「別多話，馬可，你和傑羅姆離開里昂信貸後，你就回自己的公寓，一到家就打電話給我，報告你們的行動情況。萬一『多蘿爾』打不開保險箱，我和我們的朋友克塞巴赫先生就得再促膝長談一次了。克塞巴赫先生，您確定密碼沒錯？」

「沒有。」

「您怎麼保證也沒用，馬上就會見分曉的。去吧，馬可。」

「可是，您呢，老大？」

「我留下來。哦，別擔心，我安全得很。不是嗎，克塞巴赫？您不是已經知會旅館櫃台今天不接待其他訪客？」

「是的。」

「哎呀，您的說話語氣怎麼突然變這麼合作？您想拖延時間？還是當我是傻子，該不會是設計了什麼陰謀想陷害我吧？」

陌生人想了想，又看看自己手上的人質，最後說：「不，不可能，不會有人來打擾我們的……」

他話沒說完，門廳的門鈴便響了起來。他立刻上前用手捂住魯道夫・克塞巴赫的嘴。

「啊！你這老狐狸，你在等誰來？」

克塞巴赫意識到了轉機，兩眼爲之一亮。雖然嘴巴被捂住，陌生人還是聽得到他冷笑的聲音，他的身子因興奮而顫抖著。

「住嘴，否則我掐斷你的脖子。馬可，把他的嘴塞住，快點……很好。」

門鈴再次響起，陌生人學著魯道夫．克塞巴赫的嗓音，喊了一聲：「愛德華，去開門。」好像愛德華眞的在旁待命似的。

然後，他們躡手躡腳地來到門廳，陌生人指著被捆在角落的祕書和傭人小聲地說：「馬可，幫我一起把這兩個人移到臥室去，不能讓人發現。」說著，兩人合力使勁把祕書和傭人移到臥室藏好。

「好了，現在回客廳。」

兩人又悄悄回到客廳，陌生人讓馬可待在裡頭，他則走向門廳，還一邊裝出驚訝的聲音喊著：「可是您的傭人愛德華現在不在，是嗎？您不用擔心，繼續處理您的信件吧，我來開門。」

說完，他冷靜地走了過去，開了門。

「請問克塞巴赫先生在嗎？」訪客問著。

站在門外的這個人簡直像個巨人，他的身材高大，看上去卻十分靈巧，眼神也很機敏。他站在那兒，唯恐叨擾似的雙腳交替輕擺著，雙手輕扭著帽簷。

「對，這裡是克塞巴赫家，您是哪位？」

「克塞巴赫先生剛才打了電話過來。他在等我。」

「啊！您就是……我這就去通報，請在這兒稍候，克塞巴赫先生馬上就會見您。」

這個不速之客竟把訪客就這樣留在門廳，自己則不疾不徐地走回客廳。事實上，從訪客的位置只要稍稍側身，就能看到客廳一角的情況。回到客廳，陌生人立刻告訴手下：「這下完了，是古亥爾，警察總局的人。」

馬可手中緊握著一把七首準備衝出去，他卻按住馬可的手臂：「別幹蠢事，嗯？我有個點子，但你要仔細聽好。馬可，這次輪到你說話，假裝你是克塞巴赫。」

他冷靜地向馬可解釋自己的計畫，語氣果斷，讓馬可知道這是老大的命令。他要馬可佯裝成克塞巴赫說話，而且一定要讓古亥爾清楚聽見這個冒牌克塞巴赫說的話。

「我的好夥伴，麻煩您跟古亥爾先生說抱歉，我現在手邊有一件很重要的事要處理，請他明天早上九點鐘再過來，對，明天早上九點整。」

「非常好。」男子輕聲地說：「先別亂動。」

之後陌生男子回到門廳，他對古亥爾說：「克塞巴赫先生對您很抱歉，他說現在手上有一件很重要的事要處理，請您明天早上九點鐘再過來，可以嗎？」

古亥爾愣了一下，顯然他沒料到事情會變這樣，他既吃驚，又有些不安。口袋裡雙手緊握，但他仍無奈地說：「好吧……明天早上九點來……那好，我明天再過來。」

說完，古亥爾戴上帽子離開了。旅館走廊裡，他的身影漸遠。人在客廳的馬可噗嗤笑了出來。

「太厲害了，老大，您輕輕鬆鬆就打發了他。」

「接下來看你的了，馬可，快去跟著他。如果他真的離開了飯店，你就按照原訂計畫去找傑羅姆跟他會合，然後打電話給我。」

馬可隨即離開。

陌生人拿起壁爐上的水瓶，倒了杯水，一口氣喝完。他又用水沾濕自己的手帕，擦擦額頭上的汗，然後坐在克塞巴赫的身旁，彬彬有禮地對他說：「現在，克塞巴赫先生，請容我向您自我介紹。」說著，他從口袋掏出一張名片，遞了過去：「在下怪盜紳士**亞森·羅蘋**。」

聽到這位聞名遐邇冒險家的大名，讓克塞巴赫著實吃了一驚，羅蘋當然也察覺到對方的反應。

「啊，啊，我親愛的先生，深呼吸。亞森·羅蘋可是個脆弱的大盜，他討厭血腥。除了將他人的非法所得佔爲己有，他可從沒做過任何違法的事。您聽好，他從不取人性命的，而且您也不想無緣無故變成失蹤人口吧？我向您保證，我不是開玩笑的。好的，我們來談談吧，我親愛的朋友。」

羅蘋將自己的椅子湊到克塞巴赫面前，取出克塞巴赫嘴裡的布，直接了當地說：「克塞巴赫先生，從您到巴黎的第一天起，您就和一位經營私人偵探所的巴爾巴赫先生聯絡上了吧！爲了不讓您的祕書夏普曼知道這件事，您和巴爾巴赫先生一直透過信件或電話聯絡，而且聯繫時您一直稱呼他『上校』。您放心，巴爾巴赫先生絕對是這世界上少見的正派人士，只不過他的一個員工是我很好的朋友，我透過他知道了您和巴爾巴赫之間的事。然後，我決定介入，用萬能鑰匙打開您套房的門，但很遺憾的，我前幾次悄悄登門拜訪都沒找到我想要的東西。」

羅蘋壓低聲音，緊緊盯住人質的眼睛，試圖窺探對方的想法：「克塞巴赫先生，您不是拜託巴爾巴赫先生尋找一名巴黎下層人士皮耶·勒杜克先生嗎？此人相貌特徵是這樣的——身高一百七十五公分，一頭金髮，嘴唇上方蓄有鬍髭；他還另有兩個明顯特點，由於曾經受傷感染，他的左手小指末端被截斷了，而且右臉有一道不太明顯的疤痕。您很關心這件事，想盡一切辦法要找到此人，他似乎能爲您帶來天大的好處，請問這個人到底是什麼來歷？」

「我不知道。」

克塞巴赫的回答斷然且決絕。羅蘋明白，無論克塞巴赫知不知情一點也不重要，因爲他本來就不可能向自己透露，半點有關此事的內情。

「好吧，」羅蘋說：「您把所有關於此人的資訊，都告訴巴爾巴赫先生了？還是有所保留？」

「我沒有任何保留！」

「您在說謊，克塞巴赫先生。您曾經兩次當著巴爾巴赫的面，打開一個黑色羊皮袋，裡面的祕密只有您一個人知道。」

「沒錯！」

「羊皮袋呢？」

「燒了！」

羅蘋氣得渾身發抖，腦中再次閃過動用私刑的念頭。「燒了？可是黑檀木盒……承認吧，承認這盒子就在里昂信貸。」

「是的。」

「裡面有什麼？」

「我收藏的兩百顆世上最完美的鑽石。」

這個回答顯然沒讓羅蘋失望。「啊，啊，兩百顆世上最完美的鑽石。這可眞不是一筆小數目。您儘管嘲笑吧，也許對您來說，它們不過是些小玩意兒，您的祕密可比這些鑽石重要得多，可是對我而言，這些鑽石的價値……」

他又拿起一支雪茄，點燃火柴，然後看著火柴兀自熄滅，他坐在那兒一動也不動地思考著。

幾分鐘過去了，羅蘋露出了一絲笑意。「您期盼我們的計畫失敗，希望我們打不開保險箱是嗎？這的確有可能，我的老兄。但如果這次計畫失敗，損失可是要由您來承擔呢，我來這裡可不是爲了看你呆坐在椅子上的。您是要鑽石呢？還是要羊皮袋？好好想想吧。」

羅蘋看了看錶說：「已經過了三十分鐘，這是您的最後機會，不是開玩笑的，克塞巴赫先生。請您相信我，我既然來了就絕不會空手而歸！」

這時牆上的電話鈴聲響起。羅蘋立刻拿起話筒，學著克塞巴赫的聲音說：「對，是我，魯道夫・克塞巴赫。啊，好的，小姐，幫我接過來。是你嗎，馬可，很好，行動順利嗎？好極了，沒出什麼意外吧？做得漂亮，夥計。有什麼收穫？黑檀木盒……沒有其他東西嗎？沒發現什麼文件嗎？看看裡面有什麼？鑽石很漂亮吧？太好了，很好。等一下，馬可，讓我想想，看來，我們的收穫眞不少，我早就說過……好，電話先別掛……」

他轉過身來：「克塞巴赫先生，您想要回鑽石嗎？」

「是。」

「您願意從我手上買回去嗎?」

「也許吧。」

「您出價多少錢?十五萬?」

「十五萬,好吧……」

「問題是,我們怎麼交易呢?用支票,不行,這樣我會有風險……那麼,後天早晨,您去里昂信貸領出十五萬現金,然後帶到奧圖區附近的樹林……我嘛,會把鑽石另外放到一個袋子裡,這樣比較低調,那只盒子太顯眼了……」

「不,我要黑檀木盒,盒子跟鑽石我都要……」

「啊,您上當了!」羅蘋說:「鑽石,您是不在乎的,丟了還會再有。但您卻把盒子看得比鑽石還重要……好吧!您會拿回盒子的,我亞森羅蘋向您保證。後天早上,我會以包裹寄回給您的。」

他再次拿起話筒對馬可說話:「馬可,你現在拿著那只盒子嗎?它看起來有什麼特別的嗎?黑檀木,上面鑲著象牙,這我知道……日本款式,聖安東尼市集?沒有商標嗎?啊……圓形小標籤,標籤四周是藍色的,上面刻著一個數字……對,這是生產序號……不重要。盒子的底部厚不厚?是嗎?那就代表它沒有夾層。那麼,好吧,馬可,檢查一下象牙鑲飾,不,檢查一下蓋子。」羅蘋的神情十分愉悅。「蓋子,對,就是它,馬可,克塞巴赫剛才眨了一下眼睛,我們離目標越來越近了。啊,我的老兄,克塞巴赫,沒發現我一直在觀察著您吧,您的任何心思都逃不過我的眼睛,笨蛋。」羅蘋繼續和馬可通話:「怎麼樣?蓋子裡有一面鏡子?鏡子可以滑動嗎?有凹槽嗎?沒有……那就把它摔破……對,我要你摔碎它，這鏡子一定是後來加上去的。」

羅蘋不耐煩地說：「蠢材，不明白不要緊，照我的話做就可以了……」接著他聽到電話那頭馬可砸破玻璃的聲音，羅蘋高興地喊著：「我跟您說過的，克塞巴赫先生，我不會空手而歸的？喂，好了嗎，怎麼樣？有一封信？我們成功了，好望角霸王的鑽石，還有這傢伙的祕密都到手了。」

他握緊話筒，耳朵緊貼說：「把信唸出來，馬可，唸慢一點，先讀信封。好，現在重複一遍。」

電話這頭的羅蘋，喃喃唸著信封上所寫的：**黑色羊皮袋信件的副本**。

「接下來呢？撕開信封，馬可。您沒意見吧，克塞巴赫先生？這麼做當然不太好，但是，撕吧，馬可，克塞巴赫先生已經同意了。好了嗎？很好！接著唸。」

羅蘋仔細聽著信的內容，然後冷笑說：「該死，電話中聽不太清楚，聽好，我複述一遍讓你確認——一張紙摺成四等份，摺痕很新……上方靠右的部分寫著『一百七十五公分、左小指截斷』等資訊，這是皮耶·勒杜克的特徵。是克塞巴赫的筆跡，對嗎？好的，中間部分則有幾個大寫字『APOON』……」

「馬可，孩子，你不要動這張紙，也不要動黑檀木盒與鑽石。十分鐘後，我就會和這傢伙交涉完畢，二十分鐘後跟你們會合……啊，對了，你派車過來了嗎？很好，一會兒見。」

羅蘋掛上話筒，穿過門廳，走到另一間臥室，他看到祕書和傭人仍乖順地被綁在那裡，而且也沒因為嘴巴被塞住而有窒息危險，於是便放心回到客廳的人質身邊。

此時，羅蘋神色堅定、毫不留情地說：「別再笑了，克塞巴赫，你再不說，就怪不得我了，你決定了嗎？」

「決定什麼？」

「別給我裝糊塗，把你知道的都說出來。」

「我什麼也不知道。」

「說謊，『APOON』這個詞是什麼意思？」

「要是我知道的話，也不會把它記下來了。」

「好吧，這個詞跟什麼人、什麼事有關呢？你是從哪裡抄下來的？爲什麼會抄下這個詞？」

克塞巴赫不作聲。羅蘋不耐煩了，沒好氣地說：「你給我聽著，克塞巴赫，我給你個建議。你雖然是很有錢的生意人，但你我之間其實沒有太大差別。你這個奧斯堡鐵匠的兒子和我這個怪盜紳士，誰也不該對誰感到羞恥。我入室行竊，你入市行竊，彼此彼此。所以，克塞巴赫，我們聯手吧，我需要你告訴我這件事的內情。你也需要我，你是無法獨力完成這計畫的，因爲巴爾巴赫是個庸才，我羅蘋和他可不一樣，怎麼樣？你同意嗎？」

克塞巴赫仍不作聲。羅蘋氣得聲音發抖：「回答，克塞巴赫。你同意嗎？如果同意，四十八小時內，我就能幫你找到這個皮耶・勒杜克。總之，我們談了半天主要就是爲這件事，不是嗎？你倒是說話呀，這個人到底是誰？爲什麼要找他？有關此人的事，你究竟知道多少？快說！」

看到對方還是沒有反應，羅蘋反倒突然平靜下來。他把手搭在這名德國人的肩膀上，厲聲問道：

「一句話，說還是不說？」

「不說！」

他從克塞巴赫的上衣口袋撈出一只純金懷錶，放在人質的膝蓋上，然後解開克塞巴赫的羊毛馬甲、扯開裡面的襯衫，抓起桌上一把握柄鍍金的鋼製匕首，對準人質的心臟說：「我再問最後一遍，說還是不說？」

「不說！」

「克塞巴赫先生，現在差八分就三點鐘了，如果八分鐘後，您仍然不說，就別怪我不客氣。」

*　　*　　*

翌日早上，古亥爾警探準時到達皇宮飯店。他並未在櫃台多逗留，繞過向來不搭的電梯，走樓梯上了樓。古亥爾沿著走廊走，向右轉便來到了四一五號套房，他按了按門鈴。

沒人應答，他又再按。連續按了六次依舊無人回應，古亥爾放棄了，他走到這一層樓的飯店辦公室，找到領班。

「麻煩您幫我找一下克塞巴赫先生？他住的套房門鈴，我按了不下十次。」

「克塞巴赫先生昨晚不在這兒過夜，從昨天下午我們就沒見過他了。」

「他的祕書和傭人呢？」

「這兩個人我們也沒見到。」

「難不成昨晚他們也不在飯店？」

「也許吧。」

「也許吧？您應該要掌握住客動向的。」

「這可不一定。克塞巴赫先生的套房不歸我們的飯店系統掌管，他等於住在自己獨有的寓所裡，服務也全靠他的傭人，不需要我們插手。所以我們並不清楚他套房範圍內的事。」

「可是……可是……」古亥爾感到很尷尬。他來這裡是爲了執行任務，而且任務很明確。他的才智僅限於完成任務，任務以外的事，他完全不知該如何妥善處理。

「要是局長在就好了，要是局長在就好了……」古亥爾小聲咕噥著。

他掏出自己的證件給領班看了看：「那您昨天看到他們回來過？」

「沒有。」

「那您看見他們出去了？」

「也沒有。」

「那怎麼會知道他們出去了？」

「是昨天一個來過四一五號套房的先生告訴我的。」

「一位蓄著棕色鬍髭的先生？」

「對，昨天下午快三點鐘的時候，這位先生準備離開時碰見了我。他對我說：『住在四一五號套房的客人剛出去，克塞巴赫先生今晚會在凡爾賽過夜，如果有信件的話可以送到那裡去。』」

「這位先生是誰呢？他怎麼稱呼？」

「我不知道。」

古亥爾很擔心，領班說的這些話聽起來很不對勁。

「您有套房的鑰匙嗎？」

「沒有，克塞巴赫先生用的是他自己特製的鑰匙。」

「請您跟我到他的套房看看。」

古亥爾再次用力按響門鈴，仍然沒有人應答。正當他準備放棄離開時，他突然蹲下身來，耳朵緊貼鑰匙孔，仔細聽著。

「聽起來……不是很清楚……裡面好像有人在呻吟……」他緊握拳頭準備把門撞開。

「可是，先生，您不能這樣……」

「誰說不可以！」

古亥爾又用力朝門補上兩拳，看著大門文風不動，只好不情願地放棄了。「快，去找個鎖匠來。」

飯店的一名侍者立刻跑到外面去找鎖匠，古亥爾急得來回踱步。其他樓層的侍者這時也都湊過來看熱鬧，飯店的各級行政管理人員也聞訊趕來了。

「我們爲什麼不能從旁邊的房間進去呢？它和套房相通嗎？」

「是相通沒錯，但連接套房的門內外都鎖上了，進不去。」

「好吧，我打個電話回警察總局。」古亥爾說。上司不在，古亥爾顯然無計可施。

「要不要也聯絡警察局呢?」有人問。

「那也好。」古亥爾冷淡而客氣地回答,他對這些層層通報的官樣文章實在沒興趣。

古亥爾再回到套房門口,鎖匠已用盡手中所有鑰匙開鎖,只剩最後一把,幸好總算派上用場,門打開了,古亥爾立即搶入。

他順著呻吟聲的方向跑去,只見祕書夏普曼和傭人愛德華被綁在一起。還好夏普曼夠有耐心,塞在嘴裡的布才逐漸鬆動,也才能就著些微縫隙對外呼喊救命。而他旁邊的愛德華則毫無反應,好像睡著了似的。跟著進來的侍者立刻幫他們解開繩索,古亥爾著急地問:「克塞巴赫先生呢?」

古亥爾來到客廳,看見克塞巴赫坐在桌旁的扶手椅上,身體緊貼椅背,頭往下低垂到胸前。

「他昏過去了,」古亥爾說:「一定是掙扎過度,體力不支,才昏過去的。」

古亥爾立刻上前幫他解開繩索。可是,克塞巴赫的上半身立刻往前倒,古亥爾下意識地扶他一把,隨即往後退,不禁發出叫喊:「他死了!」古亥爾又上前摸了摸克塞巴赫,死者的雙手已經冰涼。

「看看他的眼睛!」有人大聲說。

「應該是充血,要不就是動脈斷了。」

「可是沒有發現傷口呀,看上去和自然死亡沒什麼兩樣。」

大家七嘴八舌地猜測著。

大夥把屍體抬到沙發上,正要幫他脫去襯衫時,有人發現上面有血跡。脫掉一看,屍體的胸口心臟位置有一道淺淺的傷痕,絲絲血液正順著傷口慢慢往外流。

人們還在襯衫上發現了一張名片。

古亥爾彎腰趨前檢查，上面竟印著——**亞森．羅蘋**，還沾滿了斑斑血跡。

古亥爾站直身子果斷地喊道：「這是謀殺案……是亞森．羅蘋犯下的……出去，大家都出去，不要待在這間客廳，也不要進主臥室，把受到驚嚇的兩個人帶到其他房間，好好照顧他們。大家都出去，誰也不許亂碰現場的東西，局長馬上就到！」

*　　　　*　　　　*

亞森．羅蘋！古亥爾機械地反覆唸著這令人生畏的名字，它如喪鐘般不停在古亥爾腦中敲響著。亞森．羅蘋，盜賊之王，世界上最厲害的冒險家。可是，這可能嗎？

「不可能、不可能。」古亥爾喃喃地說：「這不可能，因爲他早就死了呀，難道他沒死？」

亞森．羅蘋！古亥爾呆立在屍體面前，不知如何是好。他憂心忡忡地不斷檢查那張名片，好像公然挑釁他這個執法人員的，不是人而是幽靈。亞森．羅蘋想幹什麼？自己現在應該採取進一步行動嗎？獨自採取行動？不行！還是不要的好……面對這樣一個對手，單獨行動一定會出差錯的。而且，局長馬上就到了。是的，局長馬上就到！古亥爾的所有擔心都隨著這個念頭的增強而煙消雲散了。古亥爾這個人，既機敏又有耐心，十分勇敢、經驗豐富，唯一缺點是必得上司吩咐下來，他才能被激勵，勇猛向前、無所畏懼，盡心盡力完成任務。

自從勒諾曼接替帝杜伊成爲巴黎警察總局局長之後，古亥爾的這項缺點變得日益嚴重了。當然，這也是因爲勒諾曼是一位難得的好上司，跟著他辦案，永遠不會跟錯線索，這就是爲什麼若沒有勒諾曼的指示，古亥爾便立刻不知如何是好。不過，局長就快到了！古亥爾看著手錶，預估局長會在整點到達。只要警察局的人、預審法官②，還有法醫他們沒那麼快到達，以致破壞了重要證據、做出錯誤判斷，局長就會有充足時間找到案情的關鍵。

「嗨，古亥爾，在思考嗎？」

「局長！」

勒諾曼的神情讓人感覺他很年輕，因爲眼鏡底下藏了一雙炯炯有神的眼睛，但身體看上去卻十分虛弱，背佝僂得很厲害，皮膚枯黃得就像身上塗了一層劣質的蠟，頭髮和鬍鬚也已經花白，整個人面容憔悴，一看就是飽經風霜的模樣。

勒諾曼之前一直待在殖民地擔任特派警長，在最危險的第一線崗位工作，他在那裡不幸多次染上熱病，但身體的虛弱並不影響他對工作的熱情。習慣一個人生活，單獨行動；平日話不多，處事憤世嫉俗。五十五歲時，他成功偵破阿爾及利亞首府比斯克拉一樁知名的三個西班牙人案子，使他在警界小有名氣。這件冤案得到了平反，勒諾曼則獲得了晉升。他被調回國，在波爾多擔任警察局局長，之後又調任巴黎警察總局副局長一職，警察總局局長帝杜伊先生過世後，勒諾曼即被任命晉升爲巴黎警察總局局長。在每個崗位上，他永遠恪盡職守，出色地完成份內工作。查案期間，勒諾曼總是能想出新的辦案手法，找到獨特的證據，案件的每個疑點都能被他一一偵破，特別是最近四、五樁涉及醜聞的案子，他也辦得十分漂亮，而贏得公眾的普遍讚譽，大家一致認爲他是法國史上最傑出的警察總局局長之一。

古亥爾，機敏果敢，是勒諾曼手下最得力的戰將。他忠實又坦率，時時服從上司的命令，認爲局長的命令勝過一切，勒諾曼之於他，就是那個永遠不會犯錯的上帝。

勒諾曼今天看起來格外虛弱，他拎起大衣的下擺，整個人慵懶跌坐在椅子上。他的這件正字標記橄欖綠大衣早已褪色，邊緣磨損得很嚴重。坐下後，勒諾曼解開圍巾——栗色圍巾也是這位局長的標誌——有氣無力地說：「說說吧。」

古亥爾把自己看到和瞭解的情況，簡短地報告局長。報告內容精簡、突顯出重點，是勒諾曼對屬下的一貫要求。

當古亥爾拿出羅蘋的名片時，勒諾曼不禁驚呼：「羅蘋！」

「是的，羅蘋這狂人又重出江湖了。」

「好極了、好極了。」勒諾曼想了一會兒說道。

「是的，好極了。」古亥爾答腔，他一向喜歡幫沉默寡言的上司接點話：「好極了，您總算能和羅蘋較量一番了，讓他看看什麼是人外有人天外有天，等您一抓到他，羅蘋就再也威風不起來……」

「找線索。」

勒諾曼像獵人吩咐獵犬一樣，打斷了古亥爾的話。當然，在勒諾曼的眼中，古亥爾是一隻很棒的獵犬，聰明、乖巧，會想盡一切辦法找尋線索。勒諾曼舉起手杖朝著古亥爾指指點點，一會兒指向牆角，一會兒指向扶手椅。而古亥爾就像撲身在荊棘叢中尋找青綠嫩草般小心謹愼。

「沒發現什麼。」警探下了結論。

「是你沒發現什麼。」勒諾曼埋怨道。

「我正是這個意思……我知道再細微的線索您都能找到，因爲對您來說，任何證據都是活生生、會說話的。不過，羅蘋的犯罪現場還眞是沒有破綻。」

「先論第一個破綻。」勒諾曼說。

「出現第一個破綻。」古亥爾又接話：「不過，這也是很正常的。像克塞巴赫先生這樣的大富翁，生活中時時刻刻都很警覺，怕遭搶劫，當時他一定激烈地反抗……」

「他沒有反抗，因爲被綁住。」

「那可就奇怪了……」古亥爾迷惑不解，「爲什麼羅蘋在達到目的、得到自己想要的東西後，還要殺害人質呢？不管怎麼說，要是昨天我在門廳跟他面對面交手時，一舉逮捕他……」

勒諾曼走到陽台巡視一圈，又到套房靠右側的主臥室檢查窗戶。

「我進來的時候，窗戶是關好的。」古亥爾說。

「關好的，還是被人動過？」

「沒人動過窗戶。總之，現在它是關好的，局長……」

這時客廳傳來聲音。原來是法醫到了，他正在檢查屍體。預審法官弗爾莫里先生也在一旁。

弗爾莫里激動地說：「亞森・羅蘋這個無恥的大盜終究還是落到了我的手上，我要讓他看看我的厲害，居然敢犯下謀殺案。羅蘋，我們走著瞧！」

弗爾莫里怎忘得了幾年前羅蘋用計盜走朗巴勒公主的王冠，竊案相當離奇，成了巴黎笑談，直到現在人們還津津樂道地講述這個故事。弗爾莫里一直懷恨在心，期盼有朝一日能抓到羅蘋報仇雪辱。

弗爾莫里看到勒諾曼已經來了，並不怎麼高興。因爲只要勒諾曼在場，自己的意見總是得不到肯定。事實上，這位警察總局局長也從不掩飾他對預審法官的蔑視。

弗爾莫里挺起身子，一本正經地說：「怎麼樣，醫生，您認爲被害人死亡多久了？十二個小時？或者更久？我也是這麼想，這次我們的意見總該一致了……那麼兇器是什麼？」

「刀刃很薄的匕首，預審法官先生。」法醫回答道：「看，嫌犯甚至還用被害人的手帕擦拭沾了血的匕首……」

「沒錯、沒錯，痕跡很明顯。現在我們去盤問克塞巴赫先生的祕書和傭人吧，我想一定能從他們口中得到一些線索。」

夏普曼被侍者扶到自己的臥室休息，也就是套房靠左側的房間。愛德華也恢復了意識，正仔細交代凶案當天發生的事。夏普曼如實說了克塞巴赫先生當時焦急的心情，上校的到訪，以及自己如何被人用繩子捆在門廳。

「啊，啊，」弗爾莫里叫喊著：「原來有共犯，您聽到了馬可這名字？請仔細說明，這很重要。我們只要抓到這個共犯，案子就會有眉目。」

「說得對，但是我們手上沒有這名共犯。」勒諾曼說。

「我們得一步步來。那麼，夏普曼先生，這個馬可在古亥爾按完門鈴後不久，就走了嗎？」

「是的，我們聽見他走了。」

「他走後，你們還有沒有再聽到什麼？」

「我聽見一些很模糊的聲響，因爲當時門是關著的。」

「什麼樣的聲音？」

「那傢伙說話的聲音……」

「請直呼他的名字——亞森·羅蘋。」

「亞森·羅蘋還打過電話。」

「很好！我們一會兒來盤問飯店的接線生。之後呢，您聽見他出去了嗎？」

「他來查看我們身上的繩索有沒有鬆脫，後來過了十五分鐘，便聽見他關好門廳的門離開了。」

「好的，犯罪過程很快就會被我們還原出來的。很好，很好，都拼湊上了……然後呢？」

「我們就再也沒聽見任何動靜。夜裡，我已經很疲倦了，愛德華也一樣。直到今天早晨……」

「是的，之後的事情我都知道了。好了，已經很好了，整個犯罪過程都串連起來了……」

弗爾莫里嘴裡咕噥著盤問到的案件細節，好像只要掌握這些細節，就算戰勝對手。

「共犯、打電話、作案時間、聽見說話聲……好，很好，現在就剩犯案動機了。既然本案主嫌是亞森·羅蘋，那麼作案動機自然很明確。勒諾曼先生，您有沒有發現房間其他東西被破壞的痕跡？」

「沒有。」

「如此可確認，羅蘋是鎖定被害人下手。有人找到被害人的錢包嗎？」

「我找到了，但是已經放回被害人的大衣口袋。」古亥爾站出來說。

眾人來到客廳，弗爾莫里先生找到錢包，打開一看，發現裡面只有幾張名片和身分證明。

「奇怪，夏普曼先生，難道克塞巴赫先生平時身上不帶半點現金？」

「不是的，案發前一天，也就是前天，我們去過里昂信貸，克塞巴赫先生在那裡租了一個保險箱……」

「很好！這下我們全都清楚了。」

「臨走前，克塞巴赫先生在里昂信貸開了一個新帳戶，並提領了五、六千法郎的現金出來。」

「在里昂信貸租了保險箱？這條線索我們也得調查。」

夏普曼繼續說：「還有另外一件事，預審法官先生。克塞巴赫先生近來總是心神不寧，原因我跟您提到過，他最近在處理一件非常重要的事，他十分在意兩樣東西：一是一只黑檀木盒，這木盒就存放在里昂信貸的保險箱裡，另一件是一個黑色的羊皮小袋，裡面裝著幾張重要文件。」

「羊皮袋現在在哪兒？」

「在羅蘋來之前，克塞巴赫先生當著我的面把它裝進旅行袋了。」

弗爾莫里先生抓起旅行袋，徹底查找，卻沒發現羊皮袋。他搓著手說：「好吧，現在一切線索都串連起來了。我們鎖定了嫌犯，敲定了作案環境及作案動機。這樁案子要不了多久就會偵破。對於案件細節的判斷，勒諾曼先生，您同意我的看法嗎？」

「完全不同意。」

場面就此僵住，警察局局長這時剛好也趕到了現場。儘管他帶了幾名警員守住套房的大門，但門外等候多時的記者們，以及所有來看熱鬧的飯店人員激情地突破了警員的看守，衝進門廳來。

勒諾曼直言不諱的性格可謂眾所皆知，雖然他從不以粗俗字眼頂撞別人，但這性格上的缺點已替他招來不少警政高層的批評和指責。弗爾莫里聽到這樣的回答，一時間目瞪口呆，不知如何回應。

「可是事情不是已經很清楚了，羅蘋就是偷走羊皮袋的小偷……」弗爾莫里堅持己論。

「那他為什麼要殺人呢？」勒諾曼拋出了自己的疑問。

「為了偷東西，所以殺人。」

「很抱歉，弗爾莫里先生，證人的說法證實了謀殺是發生在竊盜之後。嫌犯先用繩子把克塞巴赫先生綁起來，塞住他的嘴，然後再偷東西。為什麼這個以前從沒殺過人的羅蘋，這次要殺死一個毫無反抗能力的人質呢？況且當時人質身上也沒有什麼值錢的東西。」

預審法官撫撫他的金色長鬚——一遇到無法解答的疑難問題，他就會出現這習慣性動作——沉思一會兒後回答：

「有幾種可能性……」

「什麼可能性？」

「這得取決於很多我們還沒來得及發現的線索，況且您也只是對我推測的犯案動機有所懷疑罷了。其他方面呢，您同意我的說法吧？」

「不同意。」

勒諾曼斬釘截鐵地回答，語氣依舊傲慢無禮，讓預審法官呆立在旁，不知如何是好，他不敢作聲，更不敢反駁，最後只好拋出一句：

「你我辦案的推論方式不同。」

「我辦案從沒有固定模式。」

勒諾曼拄著拐杖穿過客廳。所到之處，周圍總是鴉雀無聲。很奇怪，這位身體羸弱的警察總局局長何以如此威嚴懾人，就算你不心甘情願接受他的威嚴，也得乖乖承受。

客廳的半晌沉默終於被勒諾曼自己打破了：「我要看一下和這個套房相連的其他房間。」

飯店經理拿來飯店格局圖給勒諾曼看。克塞巴赫先生的臥室，也就是套房靠右側的房間，除了直接和門廳相連，並未與其他房間相通。但是套房靠左側的房間，也就是祕書的臥室，則連著另一個套房的房間。「我們到這個房間看看。」勒諾曼說。

「連通這兩間套房的門是鎖上的，窗戶也都緊閉著。」弗爾莫里先生不禁聳聳肩，低語著。

「我們到這個房間看看。」勒諾曼堅持。

勒諾曼在眾人簇擁下來到這個房間，也就是爲克塞巴赫夫人預留的五個房間中的最後一間。他進來後仔細查看了一番。然後，在他的一再要求下，飯店經理又帶他查看了另外四間。只是就像預審法官所說，串連每個房間的門內外都上了鎖。

「這些房間現在都還空著？」勒諾曼問道。

「全都空著。」

「鑰匙放在哪兒？」

「一直放在飯店的辦公室。」

「這麼說，之前沒有人進來過這幾個房間囉？」

「除了負責保持通風和除塵的侍者，沒人進來過。」

「要這名侍者過來。」

侍者古斯塔夫・波多來了之後，說自己昨天按照吩咐除完塵後，就把五個房間的窗子全關好了。

「何時關的窗？」勒諾曼先生問。

「下午六點。」

「當時有沒有發現什麼異狀？」

「沒有。」

「那今天早上呢？」

「今天早上八點整的時候，我又把窗子全都打開，打掃了一遍。」

「也同樣沒有發現什麼嗎？」

「沒有。啊，可是……」波多猶豫了一下，但又不敢說，勒諾曼繼續追問，他終於鬆了口。

「呃，我在四二〇號房間的壁爐上發現了一個金屬菸盒，本來打算今晚送到辦公室去的。」

「菸盒現在在你身上嗎？」

「沒有，在我的臥室裡，是一個拋光的鋼製菸盒，一面放菸草和捲菸紙，另一面放火柴。菸盒上刻著兩個大寫字母『L』和『M』。」

「您說什麼？」夏普曼湊上前來問侍者，他看起來很驚訝。

「您剛才說撿到一個拋光的鋼製菸盒？」

「是的。」

「是不是隔成三格，分別放菸草、捲菸紙、火柴。是俄國菸草嗎？菸草呈金黃色，菸絲很細？」

「是的。」

「您可不可去把它拿來。我想一下，好像有印象……」

勒諾曼作了個手勢，示意侍者去取菸盒，古斯塔夫．波多便離開了。勒諾曼這時是坐著的，他那犀利的眼神不停地在地毯、家具和窗簾之間來回掃視。然後，他開口問：「這裡就是四二〇號房間？」

「是的。」

預審法官冷笑一聲說：「真不知道，你要怎麼把這件雞毛蒜皮的小事和整起凶案兜起來。這裡跟克塞巴赫先生遇害的房間隔了五道門，而且所有的門內外都上了鎖。」

對於預審法官的質疑，勒諾曼不屑回答。過了很久，古斯塔夫還是不見人影。

「他的臥室在哪兒，經理先生？」

「在六樓，房間朝著朱黛街，就在我們頭頂正上方。真奇怪，怎麼還不回來。」

「能否請您派人上去看看？」勒諾曼問。

飯店經理說要親自去，夏普曼也跟他一起上樓。幾分鐘後，經理慌慌張張地跑了回來。

「怎麼樣？」

「死了。」

「是謀殺？」

「是的。」

「啊，這群天殺的，簡直是沒人性的禽獸！」勒諾曼大聲喊道。

「快，古亥爾，封鎖所有出口，搜查所有出入飯店的人。經理先生，您得帶我們去古斯塔夫・波多的房間。」

飯店經理先走出房間，勒諾曼最後一個離開，他走沒幾步，突然彎下腰，撿起一張圓形小紙片——其實他剛才就發現這張小紙條了。

這是一張圍著一圈藍色的標籤，標籤中央赫然寫著「８１３」三個數字。他悄悄將標籤塞進口袋，不動聲色地走出了四二〇號房。

＊　　＊　　＊

「死者肩胛骨兩側有一道很細的刀痕……」法醫說明著：「和克塞巴赫先生身上的刀痕如出一轍……」

「是的。」勒諾曼先生說：「而且甚至是以同一隻手做的案，兇器也是同一把匕首。」

從死者的動作來看，他當時單腳跪在地上，正準備彎腰從床墊底下取出藏著的菸盒，就在此時遭人殺害。死者現在仍保持遇害時的姿勢——一隻手臂放在床墊和床板之間，他準備伸手進去拿，可是藏在裡頭的菸盒已經不翼而飛。

「菸盒一定和案情有關。」弗爾莫里意味深長地說，卻不敢妄加猜測其中的細節。

「這是當然的。」警察總局局長斬釘截鐵地回答。

「不過，我們現在知道菸盒上有兩個大寫字母『L』和『M』。另外，夏普曼先生好像也知道一些事，看來我們很容易就能掌握案情了。」

勒諾曼驚跳起來：「夏普曼！夏普曼在哪兒？」

大夥將視線移到站在走廊上看熱鬧的人群，可是夏普曼並不在那兒。

「夏普曼剛才和我一起上來找波多。」經理說。

「是的，我知道，但是他沒有跟您一起下樓。」

「沒有，我讓他留下來看守屍體。」

「您讓他一個人留在房間裡？」

「我跟他說：『請您待在這兒，不要離開。』」

「您下樓的時候，有沒有看見其他什麼可疑的人？」

「沒有，除了我，走廊裡一個人也沒有。」

「這閣樓的其他房間呢？您看，從這裡轉過去，沒有人藏在那裡嗎？」

勒諾曼看起來十分焦躁不安，他在走廊上走來走去，不放過每個房間，打開每扇門，向內張望。

突然，他飛快地跑了出去，在場的人都看傻了，誰也難以置信這位體態虛弱的警察總局局長，身手竟如此敏捷。他三步併兩步，從六樓跑到樓下去找古亥爾，剛才還跟在他身後的經理和預審法官，早已被他遠遠拋在後面。

「沒有人出去吧？」

「沒有。」

「另一道門呢？奧爾維耶多路上的那道門呢？」

「我派狄耶茲去守了。」

「你下的是正式命令嗎？」

「是的，局長。」

待在飯店大廳的旅客也或多或少得知了一些消息，大家的心全都揪著，聚在一起你一言我一句談論著這樁詭異的凶殺案。所有侍者被勒諾曼召集到大廳，由他逐一進行盤查。

沒人能提供任何有用的線索。不過，五樓的一名女傭說，大概十分鐘前，她在四樓和五樓的員工通道，撞見過兩位先生。

「他們下樓的速度非常快，前面的人拉著後面的人的手。在員工通道裡看到客人，我覺得有點奇怪。」

「您認得出他們嗎？」

「前面那位我認不出來，他背對著我，人不胖，金色頭髮，戴一頂黑色的軟邊帽，衣服也是黑色的。」

「另外一位呢？」

「啊，另一位應該是英國人，圓臉，鬍子刮得很乾淨，禿頭，穿著格子款式西裝。」

女傭描述的第二位先生，顯然就是夏普曼。

「他當時看上去就像瘋了似的。」女傭補充道。

儘管有古亥爾的擔保，勒諾曼仍不放心，堅持盤問每位看守飯店大門的門房。

「您認識夏普曼先生嗎？」

「是的，先生，他經常和我們說話。」

「您沒看見他從飯店出去嗎？」

「這個嘛，沒有，今天早上他沒出過飯店。」

勒諾曼轉過身詢問警察局局長。「您帶了多少人過來，局長先生？」

「四個。」

「這樣不夠，請打電話給您的祕書，要他把局裡所有人都派來。您要親自守好飯店每個大門的出入情況，全面戒備，局長先生。」

「可是，我們的客人……」飯店經理抗議道。

「這我不管，經理先生，什麼事都比不上我執行任務重要，我的任務就是不惜一切代價抓到……」

「這麼說，您也認為……」勒諾曼的話，被預審法官打斷了。

「我什麼也不認爲，我只是相信這兩起凶案的嫌犯一定還藏在飯店裡。」

「那夏普曼呢？」

「現在我只能告訴您，他還活著。不過，他的性命也是危在旦夕。古亥爾，帶兩個人去四樓，把那裡的房間全都搜查一遍。經理先生，麻煩您派一個人陪同他們。其他幾個樓層，等支援一到，我就親自上去搜。去吧，古亥爾，快去搜，一定要很警覺，這次的獵物可是相當狡猾。」

古亥爾帶著人急忙離開了。勒諾曼留在大廳靠近飯店辦公室的地方。虛弱的他不像往常那樣總會先找個地方坐下，反倒從正門踱步到通往奧爾維耶多路的側門，又這樣從側門踱回來。勒諾曼邊走邊吩咐：

「經理先生，請您派人去查看一下廚房，罪犯很可能從那裡逃出去。順便告訴接線生，請她不要幫飯店裡的任何客人接線，別讓他們跟城裡聯繫。如果有人從城裡打電話進來，她可以接給飯店的客人，但一定要記下致電者的姓名。另外，經理先生，請您查一下飯店所有客人的名字，記下其中以『L』或『M』開頭的客人。」

勒諾曼大聲吩咐著飯店經理，就像將軍向手下傳達事關作戰求勝的重要命令一樣，十分嚴肅認眞。在他的眼裡，這確實是一場殘酷的硬仗，而戰場就在巴黎郊外高雅的「皇宮」飯店。交戰雙方，一方是火力強大的警察總局局長，一方是正試圖逃離現場的神祕罪犯。雖然現在可以確定罪犯已被圍困在飯店裡，但他的狡猾和殘忍仍對警方構成莫大威脅。

飯店上下籠罩著一片擔憂的情緒，所有房客全都集中到大廳中心。大家一言不發，飯店安靜得讓人有些喘不過氣來，一點點細微的動靜便足使人為之一驚。大夥各自猜測著嫌犯窮凶惡極的嘴臉，他到底藏在哪兒？他會露面嗎？還是他就潛伏在我們之間呢？是他？是他？還是他？

每個人的神經都繃得緊緊的，要不是有警察總局局長在場，讓現場緊張的氣氛得到一絲絲緩和，否則一個小小的聲響就能讓飯店所有人奪門而出，逃到大街上。勒諾曼就像一艘軍艦上經驗老道的船長，能為大家帶來安全感。

所有人的視線都集中到這個身著橄欖色大衣、繫著栗色圍巾、戴眼鏡、頭髮灰白的「老人」身上，他走路時，不僅佝僂著背，雙腿還巍巍顫顫的。

陪同古亥爾一起搜查四樓的男侍者，不斷跑下樓來報告。

「有新情況嗎？」勒諾曼先生問。

「沒有，先生，我們什麼也沒發現。」

有兩次，飯店經理差點違抗了警察總局局長的命令，畢竟當時的情況還真讓他無計可施——很多旅客都到經理辦公室去鬧，有些人急著出門，另一些人則急著打電話進城。

「我不管。」勒諾曼重申。

「可是這些客人我都認識，他們不太可能是嫌犯。」

「不關我的事。」

「您僭越職權了。」

「我知道。」

「您這麼做會受上級懲罰的。」

「我也明白。」

「預審法官有權力約束您。」

「您最好別讓預審法官先生來打擾我，他的職責是去盤問所有傭人，現在他正在做這件事。剩下的事，都屬於我們警察機關的範疇，也就是說都歸我管，與他不相干。」

前來支援的員警此時趕到了，勒諾曼將他們分成好幾組，然後派到三樓去搜查。他轉身對警察局局長說：「親愛的局長先生，這裡全交給您監管了。千萬別出任何差錯。剩下的事我來處理。」

勒諾曼來到電梯前，直上二樓。任務並不輕鬆，飯店的六十間房都得一一檢查。包括所有浴室、臥室、衣櫥，以及每個角落都得仔細搜查。最讓人頭痛的是，一個小時過去了，一點進展也沒有。勒諾曼在中午時分檢查完二樓，其他人這時仍持續地搜查著，可是截至目前爲止什麼也沒發現。

勒諾曼感到猶豫：「難不成兇手又回閣樓去了？」

但他還是決定下樓，這時有人來通報：「克塞巴赫夫人帶著她的女傭抵達了。」克塞巴赫先生的貼身傭人愛德華找到夫人，告訴她主人死去的消息。

勒諾曼在一間會客室見到了克塞巴赫夫人，她坐在那兒，欲哭無淚，一言不發，神情極爲痛苦，像發了燒似的不停顫抖。

克塞巴赫夫人身材修長，棕色秀髮，一雙黑色的眼睛閃爍著光芒，十分迷人。多蘿蕾絲是西班牙阿蒙提家族的後裔，她和家人住在荷蘭，她和丈夫就是在那兒認識的。他們一見鍾情，結婚四年來夫妻之間忠貞不渝、十分恩愛。勒諾曼自我介紹了一番。克塞巴赫夫人只是驚愕地看著他，仍舊不發一語，似乎不明白勒諾曼的話。突然，克塞巴赫夫人放聲大哭，她要求見自己的丈夫……

* * *

古亥爾在大廳找到了勒諾曼，立刻將手中的帽子交給他。

「局長，我找到了這個……應該是兇手的。」

這是一頂黑色無邊軟帽。帽子裡沒發現頭髮，也沒有標籤。

「你在哪兒找到的？」

「在二樓的員工通道發現的。」

「其他樓層有所發現嗎？」

「沒有，除了一樓，其他樓層我們都搜遍了。這頂帽子說明嫌犯可能至少下到了二樓。我感覺案情有進展了，局長。」

「希望如此。」

勒諾曼和古亥爾來到樓梯間，然後吩咐道：「去找警察局局長，跟他說是我的命令。要他在四個樓梯口各派兩個人帶槍看守，有必要的話就開槍。你聽著，古亥爾，如果夏普曼死了，或者嫌犯跑了，這代表我是該引咎辭職，我們已經搜了兩個小時卻毫無所獲啊。」

勒諾曼爬樓梯上到一樓，正好碰到兩名員警和一名傭人從一個房間退出來。走廊此時並無其他人出沒，飯店人員誰也不敢冒險到處亂竄。一些退了休的客人住在這一層樓，他們的房門都反鎖著，每次侍者都得敲門敲很久，報上姓名，才獲准進去。

勒諾曼遠遠地看到一組員警正在搜查樓層辦公室，走廊盡頭還有一組人，準備前去搜查面向朱黛街一側的房間。突然，他聽到幾聲叫喊，勒諾曼立刻朝那個方向跑去。搜查的員警緊跟在後，到了那兒，大家看到走廊地毯上躺著一個人。

勒諾曼彎下腰，雙手托起那人沉重的頭。

「是夏普曼，他死了。」勒諾曼喃喃地說。

夏普曼的脖子纏著一條白色絲巾。勒諾曼將絲巾解開，紅色血跡滲了出來，同時他還發現絲巾裡黏著一塊已被鮮血染紅的棉花。夏普曼脖子上的傷口特徵和前兩位被害人完全相同——傷口不大，下手俐落，足見兇手之殘忍無情。

弗爾莫里先生和警察局局長一得到消息，也立刻趕了過來。

「沒讓任何人出飯店吧？」勒諾曼問道。

「沒有。」警察局局長回答。

「每一層樓都有兩名員警看守。」

「也許兇手又上樓了？」弗爾莫里先生說。

「不可能！」

「如果他沒上樓，我們應該可以在這裡搜到他。」

「不，夏普曼遇害已有一段時間了，他的手已經涼了。兇手一定是在殺死波多之後不久，逃到這一層樓，隨即解決了夏普曼。」

「這樣的話，早該有人看到屍體呀！您想想，波多遇害之後的兩個小時裡，總共有五十多人來來回回地經過這裡。」

「屍體之前並不放在這兒。」

「那是放哪兒？」

「欸，我怎麼知道。」勒諾曼反駁：「學學我，多調查一下現場，少在這裡胡亂猜測，也許你就能找到答案了。」

勒諾曼雙手握拳，用力敲擊地毯，他盯著眼前的屍體思考片刻，然後說：「局長先生，請您將被害人移到一間空房，順便找人把法醫叫來。經理先生，請把走廊兩側所有房門都打開。」

走廊左側是一個暫時空下、沒人居住的套房，是三房兩廳的格局。勒諾曼先來到這個套房搜查，但沒有什麼發現。走廊右側一共有四個房間，一間住著賀瓦達先生，另一間住著義大利人吉亞柯米奇男爵，但這兩位先生現在都不在飯店。第三個房間住著一位上了年紀、但仍未婚的英國小姐，她到現在還沒起床。第四個房間住著一位英國男士，搜查時，他正在一邊抽菸一邊看書。他說自己一直專注地看書，根本沒察覺走廊上有吵鬧聲，這位是英國少校帕柏里先生。

該查已查，該問也問了，勒諾曼最終仍一無所獲。英國小姐除了聽見員警的驚呼聲，既沒聽見打鬥聲，也沒聽見之前的尖叫聲或爭吵聲，總之，她什麼也沒聽見，而帕柏里少校也是一樣。勒諾曼並未在這幾間客房發現任何可疑的線索或血跡，看來可憐的夏普曼生前應該沒進去過這些房間。

「奇怪，這可眞奇怪。」預審法官先生困惑不解，喃喃地說：「我越來越想不通，情況越來越複雜了，勒諾曼先生，您怎麼看？」

勒諾曼當然一如往常斷然地反駁他。這時，古亥爾氣喘吁吁地跑了上來：「局長，我們在樓下的飯店辦公室椅子上，發現了這個。」

他手裡拿著一個尺寸不算大的布包。

「你們打開過了嗎？」勒諾曼問。

「打開了，但是看了裡面的東西後，又立刻照原樣包好了。您看，綁得可牢了。」

「解開它！」

古亥爾打開包裹，裡面是一條褲子和一件外套，從上面的皺褶可看出兇手是在匆忙之中把它包起來的。衣物中間還包著一條被鮮血浸透的毛巾。有人洗過這條毛巾，看來他想毀掉留在毛巾上的手印。毛巾裡面包了一把鋼製短匕首，匕首的握柄鍍金，但上面卻血跡斑斑，肯定是這三名被害人的血。在短短幾小時內，這個神祕兇手竟殘忍殺害了三個人，其間待在飯店裡的三百多人全然不知，毫無所覺。愛德華立刻認出了這把短匕首，它屬於克塞巴赫先生，在羅蘋造訪的前一天，愛德華還曾在主人的桌上見過。

「經理先生，封鎖解除了，古亥爾一會兒就讓守在大門外的員警撤崗。」

「這麼說，您認爲羅蘋已經離開飯店了？」弗爾莫里先生問。

「不，這三起凶案的殺手就藏在飯店的某個房間裡，此人也有可能混在大廳的客人之中，或許他就住在這間飯店。」

「不可能！他是在哪裡換衣服呢？他現在身上又穿了什麼呢？」

「我不知道，但我會查出來的。」

「可是您爲什麼要讓門戶大開？您不怕他就這麼堂而皇之地從飯店逃出去？」

「不帶行李便從飯店離開的客人，就是兇手。經理先生，請您帶我到您的辦公室，我想看一下客人名單。」

勒諾曼來到經理辦公室，在那裡，他找到好幾封克塞巴赫先生的信，侍者再也沒機會把信送到克塞巴赫手上，他於是把信交給預審法官。那裡還有一個剛剛送到、是要給克塞巴赫先生的包裹，包在外面的紙被撕掉了一塊，因此可以看到裡面包裝著一個黑色盒子。盒子上刻著魯道夫·克塞巴赫。勒諾曼好奇地打開它，蓋子內側掛著一小片搖搖欲墜的碎鏡子，盒子裡則裝著一張亞森·羅蘋的名片。

但勒諾曼發現了另一個細節。盒子底部貼著一張小圓標籤，標籤四周印了一圈藍色，和他在四樓發現菸盒的那個房間，撿到的標籤一模一樣，上面也赫然標示著「813」這三個數字。

譯註：

①法語中，「多蘿爾」這名字和「痛苦」一詞發音相近。

②在法國，是由預審法官負責進行初步司法調查，但只能在檢察官授權的範圍內進行。

chapter 2

勒諾曼局長

「奧古斯特，請勒諾曼先生進來。」

法警接過吩咐。一會兒後，警察總局局長走進位於博沃廣場的內政部長辦公室。寬敞的辦公室裡坐著三個人：一位是現任內閣總理兼內政部長、聞名遐邇的瓦朗格雷先生，三十年來，他一直擔任激進黨的領袖；另一位是最高檢察院檢察長泰斯塔爾先生；第三位則是警察總署署長德羅姆先生。

署長和最高檢察長先前一直坐著和部長說話，勒諾曼進來時，他們連稍稍欠身致意都沒有，只有瓦朗格雷一人起身上前和勒諾曼熱情握手：

「我想您已經知道，爲什麼特別找您過來。」

「爲了克塞巴赫的案子？」

「是的。」

克塞巴赫謀殺案如今已是街頭巷尾無人不知了。人們不僅知道案子千頭萬緒錯綜複雜，而且民眾對案件的重重疑點也興趣濃厚。這不是一樁單純的命案，不僅舉國上下、甚至在海外也造成轟動。人們之所以恐慌，並非由於這三起連環凶案大有蹊蹺，也不是因爲兇手手段殘忍，不，都不是，只因這樁案子與亞森・羅蘋這名字連在一起。這個惡名昭彰的大盜隱匿多年之後，居然再次現身了——亞森・羅蘋居然復活了！

自從發生了那令人目瞪口呆的奇巖城一案，也就是四年前，羅蘋在福爾摩斯和伊席鐸・伯特雷的面前，抱著自己愛人的屍體，在奶媽維克朵娃的陪伴下消失在黑暗中，他的名字就不再被人提起。

從那天起，人們以爲他死了，至少警方是這麼說的，他們沒有找到羅蘋的屍體，或其他蛛絲馬跡，就這麼不負責任地埋葬了這個名字。

有些人認爲他仍隱姓埋名活在這世上，他們猜測羅蘋應該正與妻兒過著田園般與世無爭的生活；也有些人認爲他已經厭倦了世俗繁華，躲到苦修寺院修行懺悔去了。

可是這一次，羅蘋居然又冒了出來，依舊以死硬派之姿對抗這社會。這個古怪難捉摸、膽大妄爲到令人困窘的熱血亞森・羅蘋居然又回來了。但他的歸來卻伴隨著謾罵聲。亞森・羅蘋居然殺了人，而且犯案手法殘忍，行徑惡劣。昔日人們眼中那位傳奇英雄、帶有俠義風範與熱腸的冒險家，竟搖身一變成了血腥、殘暴、毫無人性的殺人魔王。從前，人們把他當偶像崇拜，欣賞他的風趣，讚賞他的恩慈，如今民眾卻對他既恨又怕。

恐慌的人群將憤怒全都發洩到警方身上。人們過去也曾訕笑警方、甚至是警察局局長，但仍不失寬厚諒解，因爲在民眾眼中警方本來就是茶餘飯後的笑話罷了。可是現在，受驚的民眾厭倦了玩笑，他們要當權者負責，質問當局為何沒能阻止這般卑劣罪行的發生？

報紙上、集會中、街頭巷尾，甚至是議會的演講台上，全是怨聲載道。政府自然感受到群情激憤的壓力，並開始尋求各種方法平撫憤怒的公眾。身兼內政部長一職的瓦朗格雷向來對警方事務充滿興趣，他曾緊跟勒諾曼處理過幾件案子，對這位警察總局局長讚譽有加，稱讚他的辦事效率及獨立自主的精神。今天稍早，他召來警察總署署長和最高檢察長詢問凶案情況，現在又決定召見勒諾曼。

「是的，親愛的勒諾曼先生，把您找來的確是有關克塞巴赫的案子，還有另一件事要跟您說，這事一直困擾著警察總署署長。德羅姆先生，您願意親自向勒諾曼先生解釋一下嗎？」

「哦，勒諾曼先生自己知道是怎麼回事。」署長毫不客氣地反駁道，說話時眼睛直盯著下屬勒諾曼：「我們之前談過這個問題，我跟他說，他在皇宮飯店表現欠佳，飯店裡的人都被他激怒了。」

聽到這話，勒諾曼隨即站起，從口袋掏出一張紙放在桌上。

「這是什麼？」瓦朗格雷問。

「我的決定，部長先生。」

看到紙上的內容，瓦朗格雷跳了起來。「什麼，您要辭職？竟然為了這點小事就要辭職？況且署長先生並沒有嚴厲指責您，不是嗎？承認吧，我的勒諾曼，你就是太任性了。請收回這張破紙，現在我想認眞地跟您談談。」

勒諾曼坐了下來，瓦朗格雷也使眼色要署長先生保持沉默，署長雖不太高興，但也毫無辦法。這時，瓦朗格雷說：「我簡短地說吧，勒諾曼。是這樣的，亞森・羅蘋突然現身，讓我們感到措手不及，畢竟這傢伙已經很久沒出來搗亂了。羅蘋上次鬧得博物館不得安寧，我承認當時只把那件事當玩笑看，可是現在我笑不出來了，因爲他這次竟然犯下這麼大的命案。」

「所以呢，部長先生？您對我有什麼吩咐？」

「什麼吩咐？這簡單，先抓住他，然後送他上絞架。」

「抓他，這點我可以保證，遲早有一天我會這麼做；但是送他上絞架，這點恕我礙難照辦。」

「什麼？如果您抓到他，必定是要送交法庭，上了法庭，自然會判他絞刑。」

「不對。」

「爲什麼不對？」

「因爲羅蘋沒有殺人。」

「什麼？您瘋了嗎，勒諾曼先生？難道皇宮飯店的屍體都是憑空杜撰的？難道沒發生三起連環凶殺案這回事？」

「有，但兇手不是羅蘋。」勒諾曼沉穩地說，語氣十分肯定。

最高檢察長和警察總署署長在一旁開始表示抗議，瓦朗格雷見狀說道：「我想，勒諾曼先生若沒有十分把握，是不會妄下猜測的。」

「我不是猜測。」

「那您有何證據？」

「有兩點。本案有兩個疑點悖違常理，我在現場就發現了，而且告訴預審法官先生，記者當時也記下了這兩點。首先，羅蘋以前從不殺人。第二，既然他的行竊行動成功了，而且行竊時已經把被害人綁起來、嘴巴也塞住，那羅蘋為何還要殺害一個毫無抵抗能力的人？」

「好吧，那凶案本身怎麼解釋？」

「犯案也得有理由支撐、要符合邏輯呀，況且目前也只是我個人的推測罷了。把菸盒掉在四二〇號房的人真的是羅蘋嗎？我能斷定我們找到的那套黑色衣服肯定是兇手的，但衣服的尺碼與亞森・羅蘋的不吻合。」

「這麼說您之前見過羅蘋？」

「我沒見過。但是愛德華、古亥爾都見過。據他們描述，羅蘋的身形特徵和飯店女侍在員工通道見到那個拖著夏普曼下樓的人並不符合。」

「那您的見解是？請說說吧。」

「您是指事實真相，部長先生？好吧，真相是這樣的，至少我掌握到的是如此：四月十六日星期二，羅蘋於下午兩點左右闖入了克塞巴赫先生的套房。」

聽到這話，署長德羅姆先生忍不住笑了起來，他打斷勒諾曼的話：「讓我來告訴您吧，勒諾曼先生，您是不是未經思考就說了。這事已經證實了，這天下午三點，克塞巴赫先生去了里昂信貸呀。他進入銀行後，去了地下室，有當時的簽名為證。」

勒諾曼恭敬地聽上司把話說完。但他並不直接回應署長，而是繼續自己被打斷的話：「當天下午兩點左右，羅蘋在黨羽馬可的協助下綁架了克塞巴赫，他們搶走他身上所有現金，還逼他說出里昂信貸保險箱的密碼。得到密碼後，馬可便離開飯店套房和另一個同伴會合。這個人與克塞巴赫有幾分神似，案發當天他特地穿上和克塞巴赫相仿的衣服，戴一副克塞巴赫的同款金邊眼鏡，進入里昂信貸地下室，模仿克塞巴赫的簽名，取走保險箱裡所有物品，然後和在外接應的馬可一起逃走。成功逃走後，馬可立即打電話向羅蘋報告情況。羅蘋得知克塞巴赫給的密碼無誤，行動成功，便立刻離開現場。」

瓦朗格雷開始有點動搖了。

「即便如此，但是我無法理解，羅蘋冒這麼大危險難道就爲了幾張現鈔與行竊保險箱這樣的蠅頭小利嗎？」

「羅蘋想要的可不只這些。他想要兩樣東西，一樣是旅行袋裡的羊皮袋，另一樣是保險箱裡的黑檀木盒。盒子他已到手，而且將裡面有價值的東西取走，把盒子還了回去。所以現在他一定知道、或將要知道，克塞巴赫死前和祕書談論的那項重要計畫內容到底是什麼。」

「什麼重要計畫？」

「這我就不清楚了。私人偵探所的所長巴爾巴赫只告訴我，克塞巴赫託他找一個名叫皮耶・勒杜克的人。爲什麼要找這個人，以及這和他的計畫有什麼關係，這些事我現在不清楚。」

「好吧，」瓦朗格雷總結道：「就照您說的，亞森・羅蘋的角色到此爲止。他把克塞巴赫綁起來，搶走他身上的錢，但是沒殺他。可是之後到底發生了什麼事，克塞巴赫又是被誰害死的？」

「羅蘋離開後很久，什麼事也沒有發生，直到午夜，有人潛入了他的套房。」

「從哪裡潛入？」

「從四二〇號房，也就是克塞巴赫之前替夫人預訂的五個房間中的一個，兇手一定有這個房間的鑰匙。」

「可是，這個房間和克塞巴赫的套房隔了五道門，而且每道門裡外都上了鎖。」

「但陽台沒有。」

「陽台？」

「這一層樓所有面向朱黛街的房間，都連接著同一個陽台。」

「每個房間的陽台不是都隔開嗎？」

「是隔開的，但身手敏捷的人很容易就能翻過去。我們的嫌犯也是這樣，因爲我在陽台上發現有人跳躍的痕跡。」

「可是套房的所有窗戶也都是緊閉的，凶案發生之後，它們還是關得好好的呀。」

「除了祕書夏普曼房間的那扇，這扇窗沒鎖住，一推就開了，我試過。」

此時，部長先生的激動心情逐漸平復，因爲勒諾曼的話邏輯嚴密、證據確鑿，他沒有理由不相信勒諾曼。

瓦朗格雷感興趣地問：「這個人進屋子有何目的？」

「這個我不知道。」

「啊，您不知道？」

「不知道，就像我不知道他的名字一樣。」

「他為什麼要殺害克塞巴赫？」

「我不知道。我最多只能猜到，他先前可能並不想殺人，他的目標應該也是羊皮袋和黑檀木盒。但不知出於什麼偶然因素，竟然對遭人五花大綁的克塞巴赫下了毒手。」

「這也不是不可能……」瓦朗格雷低語：「那麼照您看，他找到想要的東西了嗎？」

「他沒有找到黑檀木盒，因為盒子不在套房，但他一定在旅行袋裡找到了黑色羊皮袋。這下他等於和羅蘋勢均力敵，兩人都知道克塞巴赫有這麼一項神祕計畫，而且雙方各持一半重要資訊。」

「您的意思是說，這兩人之間必將發生爭鬥？」

「完全正確，而且爭鬥可能已經開始了。因為兇手找到了羅蘋的名片，並且把它放在屍體身上。現場所有證據都對羅蘋不利，大家因此懷疑是羅蘋幹的。」

「是的、是的，」瓦朗格雷語氣堅定地說；「兇手真是狡猾。」

「不過兇手的計謀還是敗露了。」勒諾曼繼續說：「因為他的菸盒掉在四二〇號房，我不知道他是進入或離開時留下的，但這對他來說是很不利的證據。更不幸的是，菸盒被侍者古斯塔夫．波多撿到並私藏起來。也正是在這個時刻，兇手知道自己暴露了……」

「他是怎麼知道的？」

「怎麼知道的？是預審法官弗爾莫里先生洩露的呀。搜查的時候，飯店所有的門都是敞開的。當法官先生吩咐古斯塔夫．波多回閣樓去取煙盒時，兇手一定就藏在當時看熱鬧的飯店人員和記者之間。於是他尾隨波多上樓，然後這可憐的孩子就成了第二個被害人。」

此時辦公室裡再沒人有異議。勒諾曼重新還原了凶案，邏輯清晰、敘述簡扼，毋庸置疑。

「可是他爲什麼要殺第三個人？」

「這位可是自己送上門的。夏普曼看波多一直沒回來，好奇地想親自看看菸盒的模樣，於是陪同飯店經理一起上樓。經理下樓通報時，夏普曼則因看到兇手的長相，而被拖到飯店其他房間殺了。」

「可是爲什麼，夏普曼會任由這個可能是殺人兇手的人拖著走而不反抗？」

「這點我就不知道了，我也不知道他是在哪個房間遇害的，而兇手又是如何巧妙地從飯店逃脫，這些我都不知道。」

「我聽人說，您發現了兩張藍色標籤？」

「是的，一張是在羅蘋寄回的黑檀木盒發現的，另一張則在四二〇號房發現，這張一定是從兇手偷走的羊皮袋掉出的。」

「標籤有什麼特別？」

「我認爲標籤本身並不稀奇，是上面的三個數字『８１３』不尋常，兩張標籤都標了這三個數字，而且看來都是克塞巴赫自己記錄上去的。」

「數字『８１３』是什麼意思？」

「是個謎。」

「什麼謎？」

「什麼謎，恕我再次說不知道。」

「已經確定誰有嫌疑嗎？」

「沒有。事發後，我的兩個手下就立即入住發現夏普曼屍體那一層樓的房間，我要他們監視飯店所有客人的情況。其間，離開飯店的客人沒一個有嫌疑。」

「凶案發生時有人用過電話嗎？」

「有，當時城裡有人打電話到飯店找帕柏里少校。夏普曼的屍體是在飯店一樓找到的，那一層樓共有四個房間，而這個帕柏里少校就下榻在其中一間。」

「這麼說，這名少校有嫌疑囉？」

「我一直派人監視他，可是目前爲止還沒發現他有任何可疑之處。」

「您打算往哪個方向繼續調查呢？」

「方向很明確，我認爲兇嫌應該是克塞巴赫夫婦的親朋好友。此人對他們的行蹤瞭若指掌，清楚他們的生活習慣，也知道克塞巴赫先生來巴黎的目的，至少他知道克塞巴赫的巴黎行目的不單純。」

「照您這麼說，您認爲這三起命案並非出自職業殺手之手？」

「不是，肯定不是！雖然兇手的殺人手法殘忍、迅速、駭人聽聞，但命案並非蓄意爲之，而是他見機行事的結果。我再重複一遍——應鎖定嫌犯爲克塞巴赫夫婦密切往來的親朋。畢竟，兇手之所以殺害古斯塔夫·波多，是菸盒落在這名飯店侍者手裡的緣故；而他不得不殺死夏普曼，是因爲這名祕書發現了他的身分。還記得夏普曼當時不安的表情嗎？在波多向我們描述菸盒的時候，他似乎立即掌握了這起悲劇的破案線索，要是他順利看到菸盒模樣，一定能告訴我們兇手是誰。兇手當然也明白這一點，於是他殺了夏普曼，而我們什麼線索也得不到，只知道兇手留下兩個字母『L』和『M』。」

勒諾曼思索片刻繼續說道：「嗯，還有另一個證據能回答您剛才的問題，部長先生。您相信嗎？夏普曼很有可能在遇害前，一直跟蹤著兇手，直到自己被發現爲止。這下幾乎所有疑點都串連起來了，事實眞相、應該說有九成把握的事實眞相，可說是越來越清晰了。雖然最關鍵的疑點仍懸而未決，但我們在不清楚犯案動機的情況下，能分析出那個不幸早晨接二連三發生的凶案，已經很不簡單了。」

此刻室內一片靜寂，每個人都在思索推敲勒諾曼的話，分析他說的證據是否正確，或試圖挑出他的話有何矛盾。最後，瓦朗格雷大聲說：「親愛的勒諾曼，很好，您說服了我，可是我今天找您來並不是要您分析案情。」

「什麼？」

「我們今天開會的目的不是分析案情，但我相信遲早有一天，您會自己找出整樁謎案的答案。今天開會另有原因，那就是得給民眾一個交代，讓他們對我們的績效與能力感到滿意。無論兇手是不是羅蘋，無論兇手到底是兩個、三個，或只有一個，我們還是不知道他的姓名，也抓不到他，這會讓人民認爲我們警政機關一無是處。」

「可是我又能做些什麼呢？」

「確切地說，民眾要我們給交代，我們就得交代。」

「可是我覺得剛才的解釋已經足夠了呀……」

「在他們眼裡這些都是藉口，他們要的是實際成效，只有一個辦法能讓他們滿意，那就是逮捕有嫌疑的人。」

「該死，我們總不能胡亂逮捕一個無辜的人吧。」

「這勝過一個都抓不到！」瓦朗格雷笑著說：「您再好好查一查吧，那個愛德華，就是克塞巴赫的貼身傭人，他有嫌疑嗎？」

「他絕對清白，另外……。不行，部長先生，這麼做太愚蠢了，對我們不會有好處的，而且我相信檢察長先生也不會同意。總之我們只能逮捕兩個人，一個是殺人犯，另一個就是亞森・羅蘋。」

「您打算怎麼做？」

「要抓亞森・羅蘋並不難，或者說得給我充分時間抓他。我還沒有時間好好研擬抓他的計畫，因為之前我以為他不是死了，就是改邪歸正隱退了。」

瓦朗格雷聽到勒諾曼這番話，氣得直跺腳，他這個人不太有耐性，他當然希望下屬能當場服從命令。「可是……可是，親愛的勒諾曼，為了您各方面著想，您一定要抓到人。您也知道，看不慣您作風的那些人是多麼位高權重，要是沒有我，你早就被……總之，您這樣逃避責任，我是無法接受的。兇手的共犯呢，您打算怎麼辦？嫌犯不只有羅蘋一人吧，還有剛才說的那個馬可，另外不是還有一個假冒克塞巴赫潛入里昂信貸的傢伙？」

「只要抓住這些個傢伙就能交差，部長先生？」

「交差？謝天謝地，先擋擋輿論最重要。」

「好吧，那請給我一個星期。」

「一個星期！我們可沒那麼多時間，親愛的勒諾曼，只能給您幾個小時。」

「您準備給我多久時間，部長先生？」

瓦朗格雷看了看手錶，冷笑一聲說：「給您十分鐘，我親愛的勒諾曼。」

勒諾曼看看自己的手錶，冷靜而字字清晰地說：「您——多——給——了——四分——鐘，部長先生。」

瓦朗格雷吃驚地看著他：「多給了四分鐘是什麼意思？」

「部長先生，我的意思是，您剛才說十分鐘，這對我來說有點太久，我只需要六分鐘就能完成任務，多一分鐘都嫌太多。」

「噢，是嗎，勒諾曼，牛皮可別吹得太大了……」

勒諾曼走到窗前，朝著內政部院子裡兩個正在散步閒談的人做了手勢，然後又回到瓦朗格雷身邊。「檢察長先生，勞煩您現在出具一份逮捕令，逮捕奧古斯特・馬克西門・菲力浦・戴樂隆，年齡四十七歲，職業欄您先空下。」

他打開辦公室的門，朝外喊了一聲：「你可以進來了，古亥爾；還有你，狄耶茲。」

古亥爾和狄耶茲警探一起走進辦公室。

「帶手銬了吧，古亥爾？」

「帶了，局長。」

勒諾曼又走到瓦朗格雷面前說：「我準備好要逮人了，部長先生。但我想再次懇請您收回成命，因爲這道命令會打亂全盤計畫，甚至可能使佈局功敗垂成。隨便逮捕一個人當然很容易，但這會把所有事情搞砸的。」

「勒諾曼，我希望您留意，您只剩八十秒了。」

這位警察總局局長盡力抑住脾氣不發火，他拄著拐杖，在辦公室踱來踱去，之後又憤怒地坐下，好像決定就此閉嘴，但他卻突然開口：「部長先生，等會兒第一個走進辦公室的人，就是您逼我逮捕的人，這點我得先告知您。」

「還有十五秒，勒諾曼。」

「古亥爾、狄耶茲，等會兒拷住第一個走進來的人！檢察長先生，您在逮捕令上簽字了嗎？」

「還有十秒，勒諾曼。」

「部長先生，請您搖鈴。」

瓦朗格雷搖鈴。法警走進辦公室在旁等候吩咐。

瓦朗格雷轉向勒諾曼：

「好了，勒諾曼，等您吩咐，您打算傳誰？」

「誰也不傳。」

「您不是向我們保證要逮捕一個傢伙嗎？六分鐘可是早就過去了。」

「是的，要逮捕的人到了。」

「什麼？我不懂，沒人進來呀。」

「不，有人進來了。」

「您是在跟我開玩笑嗎？我不是說了嗎，沒人進來。」

「剛才辦公室有四個人，現在變成五個，部長先生，當然有人進來了。」

瓦朗格雷莫名其妙，頓時暴跳如雷地喊道：「什麼，您沒發瘋吧？這是在說什麼鬼話？」

兩名警探走進辦公室，站到法警的背後。勒諾曼走到法警面前，將他的雙手繞到身後，大聲說：「奧古斯特・馬克西門・菲力浦・戴樂隆先生，內政部長辦公室的法警長，你被逮捕了。」

瓦朗格雷忍不住哈哈大笑起來：「啊，有你的、眞有你的。勒諾曼，您眞會跟我開玩笑。勒諾曼，我已經很久沒這樣大笑過了……」

勒諾曼先生轉向最高檢察長說：「檢察長先生，別忘了在逮捕令補上戴樂隆先生的職業——內政部長辦公室法警長。」

「沒錯、沒錯，內政——部長——辦公室——法警長。」瓦朗格雷連一句話都說不全，他已經笑得快岔氣了。

「啊，勒諾曼先生，您簡直是個天才。民眾的確是希望有嫌犯落網……您腦袋轉得眞快，一下子就有了人選，誰呢？竟然是奧古斯特，我的法警長，我的模範下屬！是啊，我知道您有不少小聰明，可沒想到居然會來這麼一招，眞是太有想像力了。」

一開始，奧古斯特就一動也不動地站在原地，他搞不清楚到底發生了什麼事。這名一臉忠厚老實的下屬呆站在那兒，不知如何是好，目光只好一直盯著說話的人，試圖弄懂他們的意思。勒諾曼對古亥爾說了幾句話之後，古亥爾便離開辦公室。然後，勒諾曼走到奧古斯特面前，乾脆地說：「這是沒辦法的事，您被逮捕了。雖然命運已定，我建議您還是爲自己辯白一下。這個星期二，你都做了些什麼事？」

「我？我什麼也沒做，我一直待在這裡。」

「你說謊，那天你休假出去了。」

「沒錯，我想起來了。有個外地的朋友來找我，我們一起去布瓦大道散步了。」

「您的朋友是叫馬可吧？你們一起去里昂信貸散步了吧。」

「天哪，您這是在說什麼！什麼馬可？我根本不認識這個人。」

「那這個呢，見過這個嗎？」警察總局局長喝斥著，他拿出一副金邊眼鏡給奧古斯特看。

「沒見過、沒見過，我不戴眼鏡的。」

「不，您假扮克塞巴赫先生潛入里昂信貸時，就是戴這副眼鏡。這幅眼鏡是我在您住所發現的，您住在柯利賽路五號，用的化名是傑羅姆。」

「我？住柯利賽路？我住在內政部裡。」

「但您是在那兒換裝的，您和羅蘋是一夥的。」

法警長面色鐵青，他用手擦了擦前額的汗珠，結結巴巴地說：「我聽不懂……您……您到底在說什麼……」

「要我再給您看一樣東西嗎？我想您會明白我在說什麼的。瞧，這是我們在您家裡的字紙簍找到的，在您內政部的住處門廳發現的。」

勒諾曼攤開一張皺巴巴的紙團，這是一張印著內政部字樣的信紙，紙的正反面密密麻麻寫滿了一個名字——魯道夫・克塞巴赫。

「這您怎麼解釋？這位循規蹈矩的法警先生？你用這個來練習克塞巴赫先生的簽名吧，這個證據怎麼樣……」

勒諾曼話沒說完，胸部就被擊了一拳，差點跌倒在地，這時只見奧古斯特往敞開的窗戶奔過去，縱身一躍，跳了出去。

「該死，啊，強盜在這兒！」瓦朗格雷大叫一聲，然後搖鈴，又跑到窗前，以爲這樣就能把消失在內政部院子裡的奧古斯特，叫回來似的。

勒諾曼重新站直了身子，平靜地說：「您沒必要動怒，部長先生……」

「可是這下流胚子奧古斯特……」

「您請稍待片刻……果然不出我所料，事實上這也是我想要的結果，因爲他絕不可能輕易招認。」

看冷靜的勒諾曼一副胸有成竹的模樣，瓦朗格雷也立刻重新振奮威嚴。幾分鐘後，古亥爾綁著奧古斯特・馬克西門・菲力浦・戴樂隆進來了，也就是傑羅姆，內政部長辦公室的法警長。

「把他帶過來，古亥爾。」勒諾曼的語氣像在呼喚忠實的獵犬，要牠把獵物叼過來：「剛剛還順利吧？」

「他想逃，還咬我，但我沒鬆手。」古亥爾一邊說，一邊秀出咬痕給上司看。

「很好，古亥爾，現在把他押回看守所去吧。再見，傑羅姆先生。」

瓦朗格雷是既驚又喜，他一邊搓手一邊笑著。自己的法警長居然是羅蘋的黨羽，這眞是又好笑又諷刺。「太漂亮了，我親愛的勒諾曼，可是您怎麼知道得這麼清楚？」

「哦，非常容易，部長先生。我掌握到，克塞巴赫生前跟巴爾巴赫偵探所有接觸，而且羅蘋還假冒這個私人偵探所老闆的身分，拜訪克塞巴赫。於是我從這條線索追查，最後發現偵探所的一名員工竟然是傑羅姆的好朋友，也是因爲他，羅蘋才得知了克塞巴赫和巴爾巴赫之間的祕密。如果您不插手這事，我就能繼續監視這名法警，從他身上挖出馬可，繼而再找到羅蘋。」

「勒諾曼，您沒問題的，一定能抓到人。要知道這可是世上絕無僅有的好戲，和羅蘋鬥智鬥勇，我可是賭您會贏！」

第二天，報紙上刊登了這樣一封公開信：

致警察總局局長勒諾曼先生的公開信：

勒諾曼先生，我的朋友，本人衷心祝賀您將法警傑羅姆逮捕歸案，您這一出手眞是漂亮！本人也要衷心祝賀您，以如此巧妙的方式向內政部長澄清我並非殺害克塞巴赫先生的兇手，您的言詞清晰、邏輯縝密，推斷無懈可擊，而且態度十分坦誠。您知道本人絕非殺人兇手，並抓住機會替我澄清，我由衷感謝。要知道您與大眾對本人表示尊重，對我來說十分之重要。

本人亦在此公開表示，我願助您一臂之力，配合您追查克塞巴赫案件的眞兇。四年來，本人在愛犬福爾和各式書籍的陪伴下，過著隱退的生活，可是這個案子實在太有趣了，請相信我，本人對此案興趣濃厚，因此決定重整旗鼓，召回人馬，介入此案。

人生就是這樣峰迴路轉，不可預測！亞森・羅蘋又回來了，我的朋友。

請您相信，親愛的勒諾曼先生，本人可是很高興重新贏得人們的注目，而且感謝命運如此安排。

亞森・羅蘋敬上

此外，另有件事，本人認爲您應該不會有異議。由於不忍心看到爲我辦事的那位紳士就這麼受牢獄之苦，因此現在鄭重通知您，五個星期之後，也就是五月三十一日，本人要還傑羅姆先生自由，就像我當初順利讓他當上內政部長辦公室法警長那樣。請您務必記住這個日期——五月三十一日星期五。

chapter 3

賽爾甯親王

歐斯曼大道和固爾塞街交口座落著一幢建築，建築物的底層①住著一位賽爾甯親王，他是所有居住在巴黎的俄羅斯顯貴中，最具名望的一位，名字經常出現在報端的「旅行和度假勝地」專欄。

上午十一點，賽爾甯親王走進自己的辦公室。這是一名年約三十五至三十八歲的男人，栗色的頭髮間偶爾泛出幾絲銀色，他的面色紅潤，看起來很有活力，濃密的八字鬍修剪得整整齊齊，鬢角也理得很短，剛好貼著紅潤的雙頰。賽爾甯親王的衣著講究體面，一襲灰色長禮服服貼合身，上半身著背心，禮服袖口露出一小截白色人字斜紋襯衫的飾邊。

「開始吧，」他低聲著：「今天將是難熬的一天。」說完，他打開一扇門，門外連接著一間寬敞的等候室，裡頭有幾個人坐著恭候。

「瓦爾涅在嗎？進來吧，瓦爾涅！」

一名中產階級模樣的男人，聽見賽爾甯親王叫他，隨即走進辦公室。此人個子不高、很精壯，很早便來此待命。親王將辦公室的門關上。

「怎麼樣，事情安排得如何？」

「都準備好了，就看今晚了，老大。」

「那就報告一下，盡量精簡。」

「情況是這樣的，克塞巴赫先生死後，他的遺孀決定找個清淨地方休養，她收到您差人送去的廣告單，對上面介紹的歌爾詩地區女子安養中心很感興趣，便決定搬去那兒。安養中心花園深處有四戶獨門別墅，是專爲喜歡獨處的住客安排的，克塞巴赫夫人就住在其中一幢名爲『皇后亭』的房子。」

「有人服侍她嗎？」

「她身邊有個女伴，名叫歌楚，克塞巴赫先生屍體被發現當天，就是她陪同夫人一塊兒來到巴黎的。另外，歌楚的妹妹蘇珊，也由克塞巴赫夫人從蒙地卡羅調來做貼身女僕。姐妹倆對克塞巴赫夫人十分忠心。」

「愛德華呢，就是克塞巴赫的貼身男僕？」

「克塞巴赫夫人沒有留他，把他打發回國了。」

「夫人接待訪客嗎？」

「她誰也不見，像個病人一樣，整天躺在家裡的長沙發上打發時間，她的身體非常虛弱，還是經常傷心落淚。昨天就是這樣，預審法官先生在那兒待了整整兩個小時安慰她。」

「好，另外那個年輕女孩現在如何？」

「珍妮薇・艾爾蒙小姐住在安養中心對面的一條小路上，小路通往鄉間，她家是小路右側第三棟房子。她辦了一所學校，替功課落後的孩子補補課。她的祖母，也就是艾爾蒙夫人，和她住在一起。」

「這麼說，我猜珍妮薇・艾爾蒙和克塞巴赫夫人已經認識了？」

「是的，艾爾蒙小姐邀請克塞巴赫夫人資助她的辦學，她們倆很投緣。到今天爲止，兩人已經連續四天結伴同行至維勒諾威公園散步了。安養中心的花園，之前也是這公園的一部分。」

「她們喜歡什麼時間出去散步？」

「下午五點到六點之間，因爲艾爾蒙小姐六點要準時到學校。」

「那麼你都安排好了？」

「今天下午六點，都準備好了。」

「保證到時候不會有其他人在場？」

「那個時段，公園從不見人影。」

「很好，我會準時到的，你先去吧。」

賽爾甯親王從門廳送走了瓦爾涅，又走回等候室叫喚：「杜德維爾兄弟。」

兩個年輕男子走進親王的辦公室，他們的穿著稍嫌過分高雅講究，眼睛卻十分有神，總之他們都有張討人喜歡的臉孔。

「尚恩、雅克，早安。警察總局那邊情況怎麼樣？」

「沒什麼大動作，老大。」

「勒諾曼先生還是很信任你們嗎？」

「還是信任有加，除了古亥爾，就屬我們兩個手下，他最滿意。夏普曼在一樓遇害之後，他讓我們住進皇宮飯店，監視這層樓所有住客的一舉一動。每天早上，古亥爾都會來，我們向他報告的也都一五一十告訴您了。」

「很好！重點是，一定要讓我知道警察總局方面的一切活動，包括他們說過的每個字。只要勒諾曼把你們當自己人，我就能掌控警方的所有情況。飯店那邊，你們發現了什麼新線索嗎？」

尚恩·杜德維爾，兩兄弟中年紀較長的那位回答：「那名英國女人住客，也就是那位未婚女士，已經退房離開了。」

「此人我不感興趣，她的情況我已經知道了，她沒有嫌疑。她的鄰居帕柏里少校呢？這個人有沒有什麼動靜？」

杜德維爾兩兄弟表情尷尬，面面相覷，後來其中一個人開口說：「今天早上，帕柏里少校吩咐飯店，把他的行李送到巴黎北站，他說要趕十二點四十五分的火車，然後自己也坐上汽車離開了飯店。我們在火車啓程前趕到了月台，可是並沒看到這位少校。」

「那他的行李呢？」

「他派人去火車站取走了。」

「派什麼人去的？」

「火車站的人告訴我們，他派了一個行李搬運工去取。」

「看來是不想暴露自己行蹤？」

「是的。」

「終於有突破了！」賽爾甯親王興奮地喊道，兩兄弟吃驚地望著他。

「是的，這就是線索。」

「您認爲……」

「一定是。夏普曼只可能在這層樓的其中一間客房被殺害。殺害克塞巴赫的兇手，必定是先把夏普曼拖到他的黨羽房間，也就是這名少校的房間，在這兒解決了人質，然後在房間裡換好衣服溜之大吉。等他逃走後，這名共犯再把屍體拖到走廊。他們的合作簡直天衣無縫。如今帕柏里少校以這麼迂迴的方式出走，這就證明他與此事脫不了關係。快，趕緊打電話把這個發現告訴勒諾曼和古亥爾，警方越早知道越好，想偵破這件案子，我們雙方一定得聯手。」

賽爾甯又向兩兄弟交代了其他的事，主要是教他們如何更稱職地扮演警探和眼線的角色，然後便打發兩人離開了。

等候室裡這時只剩下兩位客人，賽爾甯親王將其中一位招呼進辦公室：

「十分抱歉，醫生，現在起我把時間都留給您。皮耶·勒杜克，他現在怎樣了？」

「死了。」

「哦，哦，」賽爾甯說：「我從今天早上就在等您這句話，不過還是問一句，這可憐的孩子沒有太……」

「他的情況實在太糟了，直到最後一刻才突然昏厥過去，然後就結束了。」

「他死前沒說什麼嗎？」

「沒有。」

「此言屬實？我們那天在美麗城咖啡館的桌子下找到他，把他帶回您的診所以後，您能確定診所裡沒有人起疑心？應該沒有人知道，他就是警方千方百計要找的克塞巴赫凶案關鍵人物——皮耶・勒杜克？」

「沒有人懷疑。我把他單獨安置在一個房間裡，和其他病人隔開。另外，我還用繃帶把他的左小指纏起來，以免讓人發現上面的傷口。至於他右臉頰的傷疤，由於他蓄了鬍，如果不仔細觀察，根本看不見。」

「您親自看護他嗎？」

「是的，由我親自看護，一切按照您的吩咐。他神智稍一清醒，我就抓住機會向他打聽，但我所得到的都是些結結巴巴、含糊不清的回答，沒什麼有價值的資訊。」

親王一邊思考一邊喃喃地說：「死了，皮耶・勒杜克居然死了。想解開克塞巴赫凶案之謎關鍵在他，可是他卻這麼一聲不吭地死了，沒留下半點有關自己身世的消息，或任何其他有用的情報。現在什麼都不清楚，我還要繼續介入這樁案子嗎？要介入，一定會冒很大風險，說不定還會給自己招惹大麻煩……」

他思忖片刻，然後果斷地說：「啊，如果情況如此，也只能算我運氣不好，我還是會繼續進行下去，總不能因爲一個皮耶・勒杜克死了，我就放棄。正好相反，機會還是很誘人的。皮耶・勒杜克死了，死得好！醫生，您先回去吧，我晚上再打電話給您。」

醫生接了命令便離開辦公室。

「現在就剩我們兩個了，菲力浦。」賽爾甯對最後一名坐在等候室的男人說。此人個子不高，灰色頭髮，穿著打扮看起來像飯店侍者，而且應該是在那種不入流的小旅店工作。

「老大，」菲力浦說：「我先來報告一下您之前給我的吩咐。上個星期，您要我喬裝成侍者潛入凡爾賽的雙帝旅館，要我在那裡監視一名年輕人。」

「哦，是啊，我知道了……傑拉爾・波佩是吧，他現在怎麼樣了？」

「破產了。」

「依然滿腦子悲觀思想？」

「是的，他還想尋短呢。」

「他是認眞的？」

「好像相當認眞。我在他的文章裡找到這張鉛筆寫的字條。」

「啊、啊，」賽爾甯一邊讀一邊吃驚地說，「他留下遺言，今晚就要自殺。」

「是的，老大，他連繩子都買好了，天花板也釘好了掛鈎。照您之前的吩咐，我已經找機會跟他混熟，他把窘境都告訴我了，我建議他找您談談。我對他說：『賽爾甯親王非常富有，而且他待人也很慷慨，也許他能幫助您。』」

「非常好，這樣他就有可能會來找我了。」

「他已經來了。」

「你怎麼知道？」

「我來這裡之前一直跟蹤他，他在外面大街上漫無目的晃盪，是想讓自己下定決心進來吧。」

菲力浦剛說完，就有一名傭人進來，遞了一張名片給親王，賽爾甯看了看名片說：「請傑拉爾・波佩先生進來。」然後，他對菲力浦說：「到這間屋子裡去，別亂動，要仔細地聽。」

屋裡只剩賽爾甯一人時，他刻意壓低聲音自語：「事情到了這地步，我還猶豫什麼呢？是命運把這傢伙帶來給我的……」

幾分鐘後，辦公室門前來了一名身形修長的年輕人，金色頭髮，十分消瘦，兩腮凹陷，眼神焦躁不安。他躊躇不決地站在門外，像個想向人伸手乞討的乞丐，想邁步卻又鼓不起勇氣。

於是賽爾甯親王先開口說話：「您就是傑拉爾・波佩先生？」

「對……對……是我。」

「我並沒有邀請您……」

「是這樣的，先生……是這樣的，有人告訴我……」

「是誰呢？」

「一名旅店侍者跟我說，他在這裡幫您做事……」

「麻煩您長話短說，好嗎？」

年輕人被打斷了，他感到很困窘，顯然親王的傲慢態度讓他不知所措，最後他大聲地說：「是這樣的，先生，他跟我說，您十分富有又相當慷慨。我在想您可不可以……」話到嘴邊又吞了回去，他就是開不了屈辱乞求的口。

賽爾甯走上前說：「傑拉爾．波佩先生，您是不是出版過一本詩集，名爲《春天的微笑》？」

「是的、是的，」年輕人聽到這話興奮了起來，憂愁的面容頓時泛出光彩：「您讀過我的詩？」

「讀過，非常美，您的詩非常美……但您指望這些詩能帶來一些什麼回報？」

「是的，我希望有一天能這樣。」

「可是這一天已經遲到很久了，不是嗎？所以，您今天才會迫不得已來我這裡，求我替您解決這個問題，資助您以維持生活？」

「求求您，給我一些錢塡飽肚子，先生。」

賽爾甯舉起一隻手搭在年輕人的肩上，冷冷地說：「詩人不用吃飯，先生，他們有詩句和白日夢這些精神食糧就夠了，作詩比伸手要飯強得多。」

年輕人聽到這樣的污辱，不禁打了個寒顫，他被諷刺得一句話也說不出，便準備奪門而去。

賽爾甯攔住他的去路。「我再問您一次，您身上眞的一分錢也沒有？」

「沒有。」

「您沒有別人可以依靠嗎？」

「只剩下一個希望了……我之前寫了封信給一個親戚，求他救濟我。今天就會有消息，這是最後的期限了。」

「這麼說如果您沒接到救濟，您已經打定主意，今晚就……」

「是的，先生。」波佩決絕地回答。

賽爾甯聽了忍不住大笑起來。「上帝呀，您眞是有意思，好一個勇敢的年輕人，但你的想法還眞是天眞。請您明年再來見我吧，好嗎？到時候，我們再好好談談。我對您的處境很好奇、感興趣，而且還眞覺得好笑，哈！哈！」

賽爾甯笑得全身都在顫動，他向年輕人送上一個做作的手勢，表示致意，便將波佩關到了門外。

「菲力浦！」賽爾甯一邊說，一邊打開另一扇門，讓旅店侍者從裡面出來。

「你都聽見了？」

「是的，老大。」

「旅店裡現在就你一個人？」

「只有我和廚娘，老闆出門了，廚娘晚上也不會在那兒過夜。」

「好的，旅店今晚是我們的了。你先回去吧，我今晚十一點左右過去找你。」

賽爾甯親王來到臥室，搖鈴召喚傭人：「把我的帽子、手套，還有手杖拿來，汽車備好了嗎？」

「準備好了，先生。」

他穿戴完畢，走出門外，一輛寬敞舒適的豪華轎車已在恭候。他上了車，吩咐司機往布隆尼森林方向行駛，那裡住著賈斯堤恩侯爵夫婦，兩人今天宴請賽爾甯過去用午餐。

下午兩點半，賽爾甯親王在侯爵家用餐結束，吩咐司機驅車趕往克雷拜爾街，接了在那兒等候的兩個朋友和一名醫生，四個人一起在兩點五十五分趕到王子公園。

三點整，他早已和義大利人斯皮奈利上校約好練習擊劍。第一回合，賽爾甯親王便割傷了對方的耳朵。下午三點四十五分，賽爾甯身上帶著一大筆賭金出現在康彭俱樂部；五點二十分，當他離開俱樂部時，身上已經贏了四萬七千法郎。

賽爾甯一天的行程安排十分緊湊，但絲毫不顯匆忙，他有條不紊、漫不經心地完成每項活動。別人眼中驚心動魄的生活，對他來說不過是每天的例行公事罷了。

「奧克塔夫，」賽爾甯對他的司機說，「到歌爾詩區。」下午五點五十分，他在維勒諾威公園的舊圍牆前下了車。

破敗沒落的維勒諾威已被切割得四分五裂，但依舊殘留當年作爲歐仁妮皇后行宮的些許風彩——古樹、池塘，還有遠處可見的聖克魯森林，勾畫出了綠色地平線。整座公園在優雅中透露著幾分傷感。

維勒諾威其中一小塊重要地產，如今分給了巴斯德研究院。距離研究院不遠處，一塊更小的地現在成了女子安養中心用地，兩造之間的公共用地被改造成花園供居民小憩。安養中心的佔地規模雖不如巴斯德研究院，但還算寬敞，業主因此在主建築周圍另外建了四幢別墅。

「克塞巴赫夫人就住在那兒。」賽爾甯望向遠處安養中心建築物的屋頂，心裡暗自想著。不過，他並未朝那個方向走去，而是穿越公共花園，走向池塘。

突然間，他在幾棵樹後停下，可以看見遠處有兩位女士站在池塘的石橋上，身子靠著橋上的扶欄，好像在攀談。

「瓦爾涅和他的人肯定就在附近，不過找也是白找，相信他們藏得很隱密。」

兩位女士此時來到草地上，她們在涼爽的古樹樹蔭下散步。這個時節的古樹已泛出點點新綠，陣陣微風迎面吹來，枝椏間一閃一閃地露出碧藍天空，空氣中充滿了春天的氣息。

綠色草地上開滿了雛菊、紫羅蘭、水仙、鈴蘭，還有其他於四、五月份盛開的不知名小花，遠望就像彩色繁星墜入人間一般。草地地勢往下傾斜，一直延伸至池塘，池水平靜非常，遠處地平線上西斜的夕陽正倒映水中。

突然間，三個男人從樹林中竄出來，逕直向兩位女士走去。他們好像對女士們說了些什麼，使兩人看起來很驚恐，其中一名男子湊近個子稍小的那位女士身旁，想搶走她手裡拿的金色錢包。

女士叫了起來，三個男人便一起衝上去想制伏她。

「現在再不過去，就會錯失良機。」親王自言自語道。話一說完，他便衝了過去，僅僅花了十秒鐘就趕到水邊。

三個男人看到有人過來，拔腿就跑。

「跑吧，你們這群強盜，最好跑遠一點，別讓我追上你們。」

賽爾甯正準備追過去，個子較高的那位女士懇求：「先生求您看看，我的朋友暈過去了。」

賽爾甯親王轉過身來，看到個子較小的那名女子倒在草地上，擔心地問：「她有沒有受傷？眞令人擔心。」

「沒有，她只是被嚇到了，她最近情緒不……我想您懂得的，她是克塞巴赫夫人……」

「唉！」賽爾甯感嘆地說。說著，他掏出一小瓶嗅鹽②遞了過去，年輕女子立刻將瓶子湊到自己朋友鼻前讓她聞。

賽爾甯接著說：「您把嗅鹽瓶子的紫水晶瓶塞再掀開一點，裡面有個小盒子裝了好幾粒藥片，您可以拿一片餵夫人服用。只能餵一片，藥性很強的。」

他注視著這名餵克塞巴赫夫人吃藥的年輕女孩，金色頭髮，妝容簡單，五官清秀，表情端莊，就算不笑，也能給人微笑的感覺。

「她肯定就是珍妮薇。」賽爾甯心想。賽爾甯有點激動，內心默默重複著這個名字：「珍妮薇、珍妮薇。」

克塞巴赫夫人慢慢甦醒過來。一開始她很驚愕，不知道發生了什麼事，等自己想起剛才的意外之後，便向救命恩人點頭致意，表示感謝。

賽爾甯深深一鞠躬，向克塞巴赫夫人回了禮，然後說：「請允許我向您自我介紹，在下賽爾甯親王。」

虛弱的克塞巴赫夫人低聲說道：「眞不知該如何向您表示感謝。」

「您不用感謝我，要謝的話，您就感謝偶然吧，因爲是偶然讓我來到這裡散步，請允許我扶您起來。」

幾分鐘過後，克塞巴赫夫人在賽爾甯的攙扶下回到安養中心，她按了門鈴，轉身對自己的救命恩人說：「勞煩您幫我最後一個小忙，請不要把今天的事說出去，好嗎？」

「可是，夫人，只有這樣才能抓……」

「要是報了警，肯定又有一番調查，我不希望再因自己而起什麼事端，我已無力應付員警的盤問，我太累了，筋疲力盡。」

「希望日後能再和您聯繫。」

「不勝榮幸……」

克塞巴赫夫人吻別了珍妮薇，便回去了。

這時天色逐漸暗了下來，賽爾甯不願讓珍妮薇獨自回家，可是兩人走沒多遠，遠處陰影跑出了一個人，此人逕直地向他們走來。

「祖母！」珍妮薇一邊喊著，一邊迎向對方的懷抱，她的祖母也不停親吻著自己的孫女。

「啊，我的寶貝孫女，親愛的，出什麼事了嗎？妳今天怎麼會遲到呢，妳向來是很準時的呀。」

珍妮薇爲兩人介紹：「艾爾蒙夫人，我的祖母。這位是賽爾甯親王……」

她向祖母說了自己剛才的遭遇，艾爾蒙夫人擔憂地說：「哦，親愛的，妳一定嚇壞了吧！我永遠不會忘記您的恩惠，先生，我發誓……我可憐的孩子，妳剛才一定嚇壞了吧！」

「好了，我的好祖母，您別擔心了，我現在不是好好的嗎……」

「是啊，但萬一剛才發生什麼事，後果我可是想都不敢去想……」

他們沿著小路旁的籬笆往前走，昏暗天色中，依稀可見籬笆另一端從院子伸出了樹木枝椏、幾叢鮮花，院子中央搭了一座蓋有頂篷的迴廊，迴廊通向一幢白色的房子。屋後有座以灌木樹材搭成的涼亭，涼亭後面是一道向外敞開的柵欄。

老婦人請賽爾甯親王進屋子，招呼他到客廳。珍妮薇請親王原諒，她得暫時離開去看看學生，此時正好是他們用晚餐的時間。只剩下親王和艾爾蒙夫人兩人在客廳。

老婦人面色蒼白憂傷，她將一頭銀髮在兩側耳下整齊地梳成捲髮，各以髮帶紮好。老婦人的妝容與服飾裝扮得相當有氣質，然而粗胖的身材與沉重的步伐，悄悄洩露了她身上藏不住的粗鄙之氣，但她的眼神倒是很機敏。

她一邊在桌旁坐下，一邊向賽爾甯親王傾訴孫女發生意外的擔憂之情，賽爾甯親王卻倏地湊上前，雙手捧著艾爾蒙夫人的頭，親吻老婦人的面頰。

「好啊，老傢伙，近來如何？」

老婦人嚇得目瞪口呆，不知如何是好。

親王一邊笑一邊又上前吻了吻她。

艾爾蒙夫人這才結結巴巴地說：「你……是你，啊，上帝呀……我的上帝……這怎麼可能？」

「維克朵娃，我的好奶媽！」

「請別這樣叫我，」老婦人顫抖地喊道：「維克朵娃已經死了，你的好奶媽不存在了。我現在只屬於珍妮薇……」

她繼續低聲說：「啊，我的上帝，我在報紙上看到你的名字，這麼說你又打算重操舊業了？」

「就如同妳看到的，沒錯。」

「可是你不是向我保證過永不再作案，你說你要永遠地離開，要改邪歸正嗎？」

「我嘗試著這麼做，這四年來我的確是這麼做的。妳這四年來不是沒聽過半點有關我的消息嗎？難道我這樣不算銷聲匿跡過了四年？」

「那爲什麼現在又……」

「因爲我厭煩了那樣的日子。」

老婦人歎了口氣說：「還是老樣子，你一點也沒變……啊，我總算明白了，你永遠也不會改變的。所以，你現在是要插手克塞巴赫一案？」

「當然！否則我不會煞費苦心安排我的人，在今晚六點對克塞巴赫夫人行搶，然後自己在六點五分冒出來搭救她。這樣，克塞巴赫夫人才會接納我，把我當朋友，我也才能掌握整件事的關鍵。一方面我可以觀察她周圍的動靜，另一方面也方便我保護這位喪夫的寡婦。啊，妳希望我怎麼做呢？每天到處閒逛嗎？享受所謂的舒適人生和美好食物，並非我想要的，我要的是戲劇人生、是出奇制勝。」

艾爾蒙夫人訝異地看著對方，結結巴巴地說：「我明白，我全明白，你就是在撒謊、欺騙……可是珍妮薇……」

「我這叫做一石二鳥。策劃一次英雄救美，就能贏得兩個人的信任。要和這孩子變得更親近，我知道自己還需要一點時間，甚至得做一些其他無謂的努力。過去的我對她來說是誰，將來又會變成她的什麼人？過去，我是個陌生人，現在卻成了她的救命恩人，以後我還會成爲她的朋友。」

艾爾蒙夫人聽完這番話，開始不住地顫抖：「原來你並不是救了珍妮薇，而是要把我們一起捲進你的計畫裡……」

婦人的臉用力掙脫了賽爾甯的雙手，她抓住他的肩膀說：「不！我已經厭煩了這一切，你聽到了嗎？那天，你把這孩子帶到我面前，對我說：『我把孩子託付給你，她的父母都死了，妳要好好保護她。』是的，我現在把她保護得很好，未來我還要繼續保護她，讓她遠離你，遠離你那些危險的伎倆。」

艾爾蒙夫人站得直挺挺的，雙手緊搭著親王的肩膀不放，表情堅毅決絕，一副準備好面對各種可能情況的模樣。

賽爾甯親王仍舊泰然處之，他從容甩開艾爾蒙夫人的手，改將自己的雙手搭在她的肩上，按著她坐在扶手椅上，然後彎下身子冷靜地說：「該死！」

艾爾蒙夫人陡然哭了起來，她屈服了，十指緊扣，伸向賽爾甯說：「我求求你，不要打擾我們平靜的生活，我們在一起是那麼的幸福。我以爲你忘了我們。每一天我都感謝上天賜給我們平靜。是的，我依然疼愛你，可是你看，我把自己能給的都給了珍妮薇這孩子，她現在已取代了你在我心裡的位置了。」

「我也看出來了，」賽爾甯笑著說：「妳很高興能忘記我。得了，我們別再說蠢話了！我沒那麼多時間可浪費，我必須和珍妮薇談一談。」

「你要和她談一談？」

「是的，難道我跟她說話犯法嗎？」

「可是，你跟她有什麼好說的？」

「我要告訴她一個祕密，一個天大的祕密，一個懾人心魂的祕密。」

老婦人聽到這話擔憂地說：「這個祕密會傷害她嗎？噢，我眞替她擔心……」

「她來了。」賽爾甯說。

「還沒有呢。」

「不，她來了，我聽到腳步聲了，擦擦妳的眼淚吧，也請妳理智些……」

「聽著，」老婦人激動地說：「你給我聽好了，我不知道你要跟她說些什麼，我不知道你要對這個你一無所知的孩子講什麼祕密，可是我卻很瞭解她，我告訴你——珍妮薇的天性堅強勇敢，卻又很敏感。你跟她說話時，給我注意點，你認爲理所當然的話，對她來說可能等於傷害……」

「我的老天，這是什麼意思？」

「她和你不一樣，你們不是同一個世界的人，我是指道德標準不同。在這個世界上，很多事情你不屑、也不願去理解。你們兩個人之間的距離是永遠無法跨越的，珍妮薇是那樣的單純、高尙，可是你……」

「我怎麼樣？」

「你，你不是一個安分守己的人。」

珍妮薇進來了，她的樣子顯得十分活潑可人。

「我的學生都回宿舍了，我可以休息十分鐘。祖母，您怎麼了？您的臉色不太對勁，還在擔心剛才的意外？」

「沒有，小姐。」賽爾甯插話：「我很高興剛才能讓您的祖母安下心來。只是，我們一直在談論您，聊著您的童年，看來這個話題讓您的祖母很激動哩。」

「在聊我的童年？」珍妮薇有些臉紅地說：「噢，祖母！」

「請您別見怪，小姐，剛才我們聊著聊著就聊到這個話題了。您小時候住的村子，以前我常路過呢。」

「阿斯佩蒙？」

「對，阿斯佩蒙，在尼斯附近。您小時候在那兒住的房子是白色的，很新……」

「是的，整幢房子都是白色的，只有窗戶四周被漆成了藍色。那時候，我還很小，我七歲時就離開阿斯佩蒙了，可是所有事情都都歷歷在目呢，我忘不了那反射在房子正面雪白牆壁上的刺眼陽光，也忘不了花園深處的桉樹樹影……」

「小姐，我記得，花園深處還有一塊橄欖田，其中一棵樹下放了張桌子，天氣熱的時候，您母親就會到這樹蔭下去做針線活。」

「是的、是的，」珍妮薇激動地說：「她工作的時候，我會在旁邊玩。」

「我在那兒見過您母親幾次……一看到您，我腦中就立刻浮現您母親工作的模樣，她看起來是那麼的幸福快樂。」

「其實，我可憐的母親並不幸福。我出生那一天，父親就去世了，母親很哀傷，一直無法平復。我現在還留著一條手帕，當時我就是用它幫母親擦去淚水。」

「一條帶有粉紅色圖案的手帕。」

「什麼？您怎麼知道……」她吃驚地問。

「有一天，您為她擦眼淚的時候，我正好在場。您的動作是那麼輕柔細緻，我到現在還清楚記得那畫面。」

她意味深長地看了賽爾甯一眼，低語地說：「對、對，您的眼神和聲音好像不陌生……」

她垂下雙眼思索片刻，努力重拾過去的記憶但還是想不起來，接著她說：「這麼說您認識她？」

「我有朋友住在阿斯佩蒙附近，我是在朋友家見到她的。最後一次見面的時候，她看起來更憂傷了，臉色更蒼白了，等我後來再到阿斯佩蒙拜訪，她就……」

「就去世了，是嗎？」珍妮薇說：「她離開得很快，生病之後只撐了幾個星期。只剩我孤單一人被撇在家裡，多虧來為她守靈的鄰居照顧我。第二天，他們就把她帶走了，而也就是在那天傍晚，家裡來了一個陌生人，用毯子包住我，把我從家裡抱走了。」

「抱走您的是一個男人？」賽爾甯說。

「是的，是一個男人。他聲音低沉但是十分溫柔，他的聲音使我感到安心。男人先是抱著我走了一段路，然後又抱我坐上一部汽車，一路上，他說故事哄我睡覺，用那溫柔的聲音、溫柔的聲音……」

她時不時地停頓，深情注視著賽爾甯，試圖抓住親王眼睛裡偶爾閃過的微妙神情。

他對她說：「然後呢？他把您帶到哪兒？」

「這個，我不太記得了。我感覺自己好像睡了好幾天，然後抵達旺黛鎮，我就在這鎮上的蒙太居區度過另一半的童年，是伊澤羅這對善良的老夫婦收留了我、把我養大，我永遠不會忘記他們對我的付出和愛護。」

「這對夫婦他們後來也死了？」

「是的，那時旺黛鎮一帶傷寒肆虐，他們不幸感染了……這件事我是事後才知道的，因爲早在疫情蔓延之前，又像第一次那樣，有人把我帶走了，當時帶走我的這個人也是用毯子包住我，只是那時我的個子已經長得很高，我用力反抗，想叫出聲來，他只好用圍巾捂住我的嘴。」

「您當時多大年紀？」

「十四歲，也就是四年前。」

「您有沒有認出那個綁架您的人？」

「沒有，這個人喬裝得很徹底，而且他一句話也沒跟我說……但我確定他就是之前的那個人，因爲我感覺得到他的動作很小心謹慎，對我也很關心，就像第一次那個人一樣。」

「後來呢？」

「還是和第一次一樣，我又什麼都不記得了，只是睡覺。這次我好像生病了，還發著燒，醒來的時候，我躺在一間明亮的臥室裡，一位頭髮花白的夫人彎著身子對我微笑，她就是我的祖母，那間臥室就是我樓上的寢室。」

她重新恢復了幸福的表情和陽光般的美麗臉孔，最後微笑著說：「事情就是這樣……是艾爾蒙夫人在她的門口發現當時昏迷不醒的我，然後她收留我，成了我的祖母。也就是這樣，那個阿斯佩蒙的小女孩，換了好幾個家之後，終於過著平靜快樂的生活。平時我教教這些淘氣的孩子算術和識字，雖然他們頑皮又怠惰，但卻很喜歡我呢。」

她一講到自己的學生，整個人變得輕快許多，語氣中帶著一絲審慎，但仍然很愉快，可以聽得出這是一個天性理智、懂得拿捏感情的人。賽爾甯聽著珍妮薇的話越來越感到意外，他也絲毫不刻意掩飾內心的侷促不安。

他問著：「您之後就再也沒有這男人的任何消息了嗎？」

「沒有。」

「要是您能再見到他，會覺得高興嗎？」

「會的，我會非常高興。」

「好吧，小姐……」

珍妮薇開始顫抖起來：「您是不是知道其中的一些事……一切事實真相……」

「不、不，只是……」

他從椅子上站起來，在屋子裡踱來踱去，眼光不時停駐在珍妮薇身上，欲言又止，可是他真的會說嗎？

艾爾蒙夫人焦慮等待著賽爾甯即將說出的祕密，這個祕密很可能就此改變珍妮薇的平靜生活。

他坐到珍妮薇的身邊，依舊有些猶豫，最後說：「不、不，我剛才回想起一些事情……」

「是什麼事情呢？」

「我搞錯了，您剛才的回憶中，有些細節讓我的思緒弄混了。」

「您肯定？」

他猶豫片刻，然後肯定地說：「百分之百肯定。」

「噢，我還以爲您認識……」珍妮薇失望地說。她沒把話說完，希望對方能接續自己的話，回答她最想聽到的確切答案。

看到賽爾甯沉默不語，她也不再堅持而轉向艾爾蒙夫人說：「晚安，祖母，我的學生們該上床了，我得去親親他們，否則沒人能睡得著覺呢。」說完，她把手伸向親王：

「再一次感謝您……」

「您要走了……」親王激動地說。

「請您原諒，祖母會送您離開的……」

親王彎下腰，親吻了一下珍妮薇的手背。她打開門，轉頭對賽爾甯笑了笑，之後便離開。

賽爾甯一動也不動地聽著珍妮薇遠去的腳步聲，他的心情太激動，臉色變得十分蒼白。

「怎麼？」老婦人說：「你爲什麼不說了？」

「不……」

「這祕密是……」

「以後再告訴她。今天很奇怪，我竟然說不出口。」

「有這麼難嗎？她不是已有預感你就是那個兩次帶走她的陌生人？只要一句話……」

「以後再說、以後再說！」他的語氣轉為堅定：「妳知道的，這孩子現在還不瞭解我，我得先贏得她的愛，讓她擁有她原本該過的生活，就像童話故事那樣，到時候我再跟她說。」

老婦人搖搖頭：「你恐怕想錯了，珍妮薇才不需要什麼童話故事般的生活，她只想要過簡單清淨的日子。」

「她會的。她會喜歡所有女人都喜歡的生活，財富、奢華、權力，她總不可能討厭這些能帶給她快樂的東西吧。」

「不，珍妮薇對這些不在乎，你最好還是……」

「我們就再看看吧。現在，你就安安穩穩地看我的安排吧。我不像你說的那樣，我無意把珍妮薇牽扯進我的計畫。她要是再瞭解我一點……唉，我們需要多接觸。好了，我要離開了，再見！」

他離開學校，朝自己的汽車走去。他看起來是那麼幸福，心裡喃喃地默唸：

「她那麼迷人、溫柔又穩重，她的眼睛和她母親一模一樣，那樣柔情似水，光是看都能讓人落淚。上帝呀，已經是那麼久遠的事情了，這回憶是多麼美，雖然有些傷感，但眞的很美！」

然後羅蘋大聲地說：「這次會由我來掌握她的幸福。馬上！今晚過後，我就會替她找一個未婚夫，這不是年輕女孩得到幸福的必要條件嗎？」

賽爾甯在大路上找到自己的車。「回家。」他對司機奧克塔夫說。

回到家後，賽爾甯打電話到納依區，向他的醫生朋友叮囑一些事，然後換裝。他到康彭俱樂部吃晚飯，在歌劇院度過一個小時，再次坐上自己的汽車。

「去納依區，奧克塔夫，我們去找醫生。現在幾點了？」

「十點半。」

「該死，得趕快行動了！」

十分鐘後，汽車停在尹克曼大道盡頭，路旁矗立著一幢別墅。別墅裡的醫生一聽到汽車喇叭聲響，立即下樓。賽爾甯親王看見醫生走過來，對他說：

「都準備好了嗎？」

「已經綁妥、裝好，也密封好了。」

「沒有破綻吧？」

「沒有，如果一切都照您電話中的預期進行，警方就什麼也查不到。」

「他們也就這麼點本事了，裝上車。」

幾個人踉踉蹌蹌地將一個人大小的袋子搬到車上，袋子看起來很沉。然後親王說：「去凡爾賽的威萊那街，奧克塔夫，到了之後把車停在雙帝旅館前面。」

「我聽說過那兒，可這不是一家不入流的旅店嗎？」醫生說。

「不用你多事！等會兒有件苦差事要辦，至少對我而言是這樣。該死，我可從不拿財富開玩笑的，誰說人生枯燥乏味呢？」

雙帝旅館到了，眾人下車，走過一條泥濘的小路，下了兩級臺階，他們便轉進只有一盞燈照亮的通道。

賽爾甯輕輕敲了敲通道深處的一扇小門。

一名旅店侍者走了出來，正是菲力浦，賽爾甯早上在辦公室吩咐他監視傑拉爾・波佩。

「他一直都在嗎？」親王問。

「是的，一直都在。」

「繩子準備好了？」

「已經打好結了。」

「沒等到電報？」

「在這兒，我照您的吩咐攔截了電報。」賽爾甯讀起菲力浦遞過來的藍色紙條。

「非常好，」他說：「該動手了。電報上說明天會給他一千法郎的現金。太好了，形勢對我來說一片大好。現在是十一點四十五分，十二點一到，這可憐的傢伙就會結束自己的生命。帶我上去，菲力浦；你留在這兒，醫生。」

侍者手持燭火在前面帶路，兩人繞繞轉轉地來到三樓，然後踮起腳尖不動聲色地穿過一條瀰漫著惡臭的低矮走廊，走廊兩側隔成了好幾間閣樓，最後兩人來到一道木梯前，梯子上鋪的地毯滿是黴斑。

「沒人能聽見我在裡面是嗎？」賽爾甯問。

「沒人聽得見，上面這兩間臥室跟其他房間是隔開的。不過您一定要記住，他住在靠左側那間。」

「好的，現在你先下去。午夜時分，你、醫生和奧克塔夫把東西帶到我們約定好的地點，然後在那兒等我。」

親王小心翼翼地爬上這十級臺階的樓梯，樓梯上方有一條狹窄的走廊，走廊兩側各有一道房門。又過了漫長的五分鐘，賽爾甯才終於打開靠右側的這間房門走進去，他開門的時候十分小心，絲毫未發出任何聲響。

房間內一片漆黑，只有最深處透出一絲昏暗的亮光。賽爾甯順著亮光摸索過去，儘量不去碰到房間裡擺放的椅子或家具。光亮來自隔壁房間，它透過一道磨砂玻璃門映射出來，門上還掛著一條破敗的帷幔。

親王輕輕掀開帷幔，眼前的玻璃門自是陳舊不堪，門被刮劃得傷痕累累，這些破損刮痕正好方便賽爾甯把臉貼上去，清晰看到隔壁房間發生的一切。

隔壁房間裡有一個男人，他正朝玻璃門的方向坐著，面前有張桌子——這個人就是詩人傑拉爾．波佩。

他伏在桌上，正就著蠟燭的亮光寫些什麼東西。

他的頭頂已然掛著一條繩子，繩子一端固定在天花板的一只鉤子上，另一端打上可以調節大小的繩扣。

外面傳來一聲清脆的鐘聲。「差五分十二點，還有五分鐘。」賽爾甯心想。

年輕人還在不停地寫著。過了一會兒，他放下手中的筆，把大概十至十二張信紙按順序排好，信紙密密麻麻寫得很滿，他開始讀起來。

他似乎對內容並不滿意，臉上露出不快的神情。他把信紙撕碎，就著蠟燭的火焰燒了個精光。然後，他憤怒地在一張白紙上劃了幾筆，簽好名，便站了起來。可是看到頭上離自己不到十公分之遙的繩子，波佩又一屁股坐了回去。

賽爾甯清楚看到波佩那張因害怕而變得蒼白的面孔，他雙手握拳，顫抖著托住自己凹陷的雙頰，眼神空洞，有滴憂愁的淚水默默淌出眼眶、淌下臉頰，他的眼神是那麼悲傷，讓人不禁為之一驚。看來波佩已經徹底絕望了，他看透了世間的一切。

可是他還那麼年輕，兩頰還是那麼緊緻、沒有一絲皺紋，兩隻眼睛就像東方的天空那麼藍。午夜、午夜那淒慘的鐘聲敲響了十二下，這是多少絕望之人準備結束自己的最後痛苦時分。

鐘敲響第十二下的時候，年輕人重新站了起來，這次他不再顫抖，只是看了看那陰森恐怖的繩索。他甚至擠出了一絲微笑——一絲悲苦淒慘的微笑，就像死刑犯受刑前與世間做最後告別的勉強微笑。

他迅速站上了繩子下方的那張椅子，一隻手抓住繩子。他在椅子上愣了片刻，不是因為遲疑或缺乏膽量，只是一個人走到決絕，那至高無上的一刻終於來臨了。這是他自殺前允許自己享受的，這是他最後的恩慈和靜謐時刻。

他環視四周，就在這間破敗污穢的房間裡他陷入了絕境，看看那醜陋的壁紙、還有那可悲的床榻。桌上一本書也沒有，能賣的都賣光了，上面不曾擺過一張照片或一封家書！

他早已沒有家了，父母早就離世……自己在這世間還有什麼牽掛或留戀呢？什麼也沒有。

他猛然把頭伸進繩子末端的活結中，拉緊繩扣直到剛好卡住脖子，然後雙腳一蹬，踢開椅子，整個人一下子懸在半空中。

十秒……二十秒……這絕妙的二十秒，永恆定格的二十秒。

在這二十秒裡，這個絕望的人掙扎了兩、三次，雙腿本能地想找到支撐點，可是現在已完全停止，他就這麼掛在那兒，身子一動也不動。

過了幾秒，玻璃門從另一側打開。

賽爾甯走進來，他不慌不忙地走到桌子的位置，拿起桌上的紙讀了起來：

病痛、破產、絕望、厭倦人生，我決定自殺，我的死不牽連任何人。

四月三十日　傑拉爾・波佩絕筆

賽爾甯讀完波佩的遺書又放回桌上，拉來被踢掉的椅子，重新放回年輕人的腳下。然後親王爬上桌子，抱住波佩的身體，將身體稍稍往上抬，鬆動他脖子上的繩子，讓他的頭從繩結脫出。

波佩的身體一下子癱軟在賽爾甯的懷裡，賽爾甯順勢讓他躺在桌上，自己則跳到地上，再把屍首移到旁邊的床上。

賽爾甯這時冷靜地走到門前，將門微微打開一道縫隙，朝著外面小聲地說：「你們三個都在嗎？」

有個聲音從木梯下方傳上來：「我們都在，要把手邊的包裹抬上去嗎？」

「抬上來！」

賽爾甯轉身回房，拿蠟燭出去，爲樓下的人照明。三個人跌跌撞撞地將先前裝上車的袋子抬了上來。

「把它放在這兒。」賽爾甯指著房間裡的桌子說。

他用一把小摺刀割開袋口的繩子，袋子打開，有條白色毯子露了出來，撥開毯子裡面裹著一具男屍，那是皮耶・勒杜克。

「可憐的皮耶・勒杜克，年紀輕輕就丟了性命，你永遠也不會知道自己錯過了什麼。我本來想帶領你走得更遠的，老弟，總之，我們現在用不到你了。菲力浦，過來，你爬到桌子上去；你，奧克塔夫，爬上椅子。」

兩分鐘後，皮耶・勒杜克的屍體被吊在繩子上。

「很好，偷天換日也不過如此，你們現在都退下吧。你，醫生，明天早晨再過來，我得仰賴你把傑拉爾・波佩自殺的消息傳出去呢，聽懂嗎？是傑拉爾・波佩死了，這是他的遺書。明早你派人去通知法醫和警方，讓他們過來，但是要安排好，確認他們不會發現屍體的臉上多了一道疤、左手少了一截小指。」

「這簡單。」

「一定要讓他們當著你的面開具死亡證明。」

「容易。」

「最後，不要讓他們把人抬到停屍間，要讓他們當場開出埋葬證明。」

「這……有點困難。」

「困難也得照辦。你檢查過他了嗎？」賽爾甯指著躺在床上、一動也不動的年輕人說。

「檢查過了，」醫生回答：「他要一會兒才能醒來，但無法保證，因爲他傷到了動脈。」

「什麼事都有風險，他要多久才能醒來？」

「再等幾分鐘吧。」

「好的，啊，先別走，醫生，你先到下面去等著，今晚你的任務還沒結束。」

眾人離開，賽爾甯獨自一人留在房間，他點著一根香菸靜靜地抽了起來，時不時地從嘴裡吐出藍色煙圈，向天花板緩緩飄送。

一聲長長的嘆息把賽爾甯從自己的思緒中拉回來。他走到床前，年輕人開始醒轉過來，他的胸部一起一落地呼吸著，動得很厲害，像是做了惡夢的睡夢中人。

他先以雙手抱住脖子，看起來很痛苦，突然間整個人坐了起來，面容恐怖，大口喘氣。他看見了窗前的賽爾甯。

「您！」年輕人糊里糊塗地咕噥著：「您！」他一邊說，一邊睜大眼睛盯著賽爾甯，好像眼前站了一個鬼魂。

年輕人再次摸著自己的前頸後背，猛然發出一聲刺耳的尖叫，瞳孔頓時放大，寒毛直豎，全身抖得像風中搖曳的樹葉。賽爾甯突然閃了開來，這時波佩眼前只剩下繩索，以及繩索上吊著的屍首。

他嚇得趕緊退到牆角，這個人，這個吊死的人難道就是自己？難道人死後緊接而來的還是惡夢？死後會給自己帶來這麼可怕的幻覺？死了以後就只能在這幻覺中繼續遊蕩？

他舉起手在眼前揮了揮，試圖看清楚眼前的場景，想說服自己這只是幻覺。可是當他發現屍首的確存在之後，波佩突然倒吸一口氣，又昏了過去。

「太好了，」人回到隔壁房間的賽爾甯冷笑著：「弱不禁風的傢伙，一嚇就倒，現在他的腦子肯定很暈，我的機會來了……但我得在二十分鐘內搞定，一旦他恢復神智，我的機會就沒了。」

賽爾甯推開兩個閣樓之間的玻璃門，來到波佩的床前，抱起年輕人，把他移到另一個房間，讓他躺在床上。

他用冷水濕撫波佩的太陽穴，並掏出嗅鹽給他聞。

沒多久，波佩甦醒過來了。他先是怯生生地半睜開眼皮，望向天花板，發現幻影真的消失了，才敢完全睜開雙眼。

可是這次他發現眼前的家具、桌子和壁爐擺放位置，還有房間的其他很多細節好像有點奇怪，然後他想起先前的自殺舉動，想起了喉嚨的陣痛。

他對親王說：「我剛才是在做夢嗎？」

「不是。」

「什麼?不是?」

他突然想起來了:「啊,是的,我想起來了,我剛才想自殺,而且……」

他撐起身子:「可是在那之後出現了幻影。」

「什麼幻影?」

「屍首,還有繩子,那……那是夢嗎?」

「不,」賽爾甯肯定地說:「那些都是眞實的。」

「您說什麼?哦,不,求求您,如果我還在做夢,求您馬上把我叫醒吧,或者我是眞的死了。我死了是嗎,現在是我的屍體在做惡夢吧。啊,我離理智越來越遠了,求求您……」

賽爾甯以雙手托住年輕人的頭,身體湊近他:「聽著,你要仔細聽我說,要聽懂我的話。你還活著。你的軀體和靈魂還在,而且它們都好好地活在這世上。可是傑拉爾・波佩死了。你明白我的意思嗎?這個曾經活著的傑拉爾・波佩不存在了,是你自己埋葬了他。明天的身分登記簿上,你眞實的名字旁邊會標記爲『死亡』,確切死亡日期也會清楚寫在上面。」

「您在胡說!」被嚇壞的年輕人含糊不清地說:「您胡說!我,傑拉爾・波佩不是好好地在這兒嗎?」

「你不是傑拉爾・波佩。」賽爾甯斷然反駁他,然後指著敞開的玻璃門繼續說:「傑拉爾・波佩在那兒,在隔壁房間,你想去看看嗎?他吊在你掛好的繩結裡。桌上有你親筆簽字的遺書,一切木已成舟，雖然這事來得有點突然，但已經無法挽回，這個世界上再也沒有傑拉爾・波佩這個人了！」

年輕人仔細地聽著，發現事情似乎沒有自己想像得那麼悲慘，他逐漸平靜下來，並試著理解賽爾甯的話。

「然後呢？」

「然後我們聊聊……」

「對……對……聊聊……」

「香菸？」賽爾甯說：「要嗎？啊，我看你已經回過神來了，很好！我們很快就會相處融洽。」

他爲年輕人點菸，然後是自己的，接著賽爾甯冷冷地說：「以前的傑拉爾・波佩，受病痛折磨、破了產、墮落絕望、厭倦人生，可是從現在起，你願意做健康、富裕、有權勢的人嗎？」

「我不知道。」

「這很簡單。出於偶然，你我之間才有了這場機緣。你年輕、英俊，作爲詩人，你很聰明，而且老實可靠，這一點從你那絕望的舉動便看得出來。集這麼多優點於一身眞的很不容易，我欣賞你這些優點，它們可以拿來讓我好好運用。」

「它們不是用來出賣的。」

「傻瓜！誰在跟你談買賣？保有這些優點吧，只有我才能讓它們成爲稀世珍寶。」

「您想要我怎麼樣？」

「我要你把人生交給我！」

知道自己有幾分斤兩，我知道我自己膽小、怯懦、做事半途而廢，我知道我的人生是那麼悲哀。要想重建它，我需要一股自發的動力，可是這種動力我在自己身上找不到……」

「我可以給你。」

「我還需要朋友……」

「你會有朋友的！」

「我還得變得富有……」

「我會讓你變得富有，怎麼個富有呢？你的錢會多到花不完，我給你的東西就像一只神奇魔盒，財富可說是取之不盡、用之不竭。」

「您到底是誰？」年輕人抓狂地喊道。親王接著說：「在別人面前，我是賽爾甯親王，對你來說，我是誰不重要，不過我可不只是個親王，不只是個皇帝或什麼國王。」

「你是誰？你是誰？」波佩連連問道。

「我是主宰一切的人，我想要什麼就能得到什麼，我行事從不受任何束縛。我比世上最富有的人還要富有，因爲它們的財富統統屬於我；我比世間最權威的人權力還大，因爲他們都爲我服務。」

賽爾甯再次托住年輕人的頭，緊緊盯住他的雙眼說：「我要讓你變得有錢有勢，這就是我要給你的幸福。有了這些，你就能衣食無憂，愜意地過你想要的詩人生活了，你願意嗎？」

「是的、是的，」波佩喃喃地說。他完全被賽爾甯的一席話征服了，他對賽爾甯所描繪的美妙人生著迷不已：「要我做些什麼嗎？」

他指著波佩依舊疼痛的脖子說：「我要你的人生，你之前不懂得好好利用它。你的人生被你糟蹋、揮霍、毀滅，而我可以重建它，將你重塑成人們理想中的一名顯貴權要，如果你隱約猜得出我的身分，就會明白我所說的是怎麼樣的顯貴……」

親王雙手抱住波佩的頭，嘲諷地對他說：「你從此自由了，沒有任何束縛，你再也不用背負這個沉重的姓名了，你能從此撫平社會烙印在你身上的標記。你自由了，在這個人人爲名所累的時代，你卻可以輕鬆甩開包袱，就像戴上蓋吉氏的隱形戒指③，不動聲色地來，不留痕跡地去。你可以選擇自己的身分，我保證，你會覺得很有意思的。明白嗎？要知道這樣的生活可是藝術家一生嚮往的珍寶呀。如果你喜歡，我立刻就可以幫你實現，從此擺在你面前的將是嶄新的生活。它就像蜜蠟，隨你怎麼塑造都可以，可以天馬行空去想像描繪，也可以根據你的理性來安排。」

年輕人的表情看起來有些不耐。「你想讓我自己把玩這件所謂的珍寶？看看我把它變成了什麼樣子，現在我身上的珍寶一無是處、無人欣賞。」

「你可以把它交給我。」

「您又有什麼辦法？」

「我有的是辦法。如果你不是藝術家，我可是。熱情洋溢、才思泉湧、狂放不羈，這些藝術家的特質你沒有，我全都有。你過去所有的失敗，我都可以予以扭轉，讓它們重獲成功，只要你同意把人生交給我。」

「全是空話，你這是在誇大其辭。」年輕人神情激動地喊了起來：「全是些沒有意義的設想，我

「你什麼也不用做。」

「可是……」

「什麼也不用做，聽我說，我整個計畫的成敗全得仰仗你，但你有沒有能耐並不重要，你不需要在計畫中扮演什麼積極的角色。就現狀來看，你頂多只能算是配角，甚至連配角也稱不上，你只是我手中的一枚棋子罷了。」

「要我做些什麼？」

「什麼也不用做……作詩好了。你可以自在地過生活，你將會擁有很多錢，好好地享受生活吧，我甚至不會干預你的生活。我再說一遍，我的計畫用不著你做些什麼。」

「我是誰呢？」

賽爾甯指著隔壁房間說：「你就是隔壁的那個人，你就是他。」波佩嚇得渾身發抖，他感到有些噁心。

「哦，不，那個人死了。這……這是謀殺，不，我要一個全新的生活，求您……求您讓我做一個世間不存在的人吧……」

「就做他，只能做他。」賽爾甯大聲嚷道，語氣堅決，不帶一點周旋的餘地。「只能是他，不可能做別人。就是他，因爲他的前途將會一片光明；就做他，因爲他的名聲將會無比顯赫，做了他，你會變得無比尊貴的。」

「這是犯罪。」波佩嚇得有氣無力地說。

「就做他。」賽爾甯喝斥道：「就做他，如果不同意的話，那就做回傑拉爾·波佩好了，要知道傑拉爾·波佩的生死可是掌握在我手中。」

「你選吧！」賽爾甯掏出手槍，裝上子彈，槍口對準年輕人重複道：「選吧！」

看著賽爾甯冷酷無情的面孔，波佩害怕極了，咚一聲倒在床上，嚎啕大哭起來：「我要活命！」

「你選活命？不改了？」

「不改了！做了那件蠢事之後，我才知道死亡是這麼可怕……你要我做什麼都可以，就是別叫我去死，什麼都可以。受罪、挨餓、病痛、酷刑，所有這些事我都願意忍受，所有不道德的行徑我都願意去做，我甚至願意去犯罪，就是別……別讓我死。」

他的身體因害怕而抖得很厲害，好像他最大的敵人在四周遊蕩，正準備將魔爪伸向他。

知道自己的獵物終於被征服了，賽爾甯親王收起冷酷的表情，語氣稍帶熱情地說：「我不會讓你去胡作非爲的，更不會讓你去犯罪，我保證。不過，我需要你受一點小罪，確切地說，是流幾滴血。你連死亡都見識過了，流幾滴血又算得了什麼？」

「我不怕流血。」

「那好，就是現在！」賽爾甯喊道：「十秒鐘，就十秒鐘。十秒鐘過後，另一個人的人生就歸你了。」

說著，賽爾甯緊緊抱住年輕人的腰，逼著他坐上椅子，抓起他的左手放在桌上，將五根手指掰開；賽爾甯敏捷地從口袋掏出一把匕首，刀刃緊貼波佩左手小指一、二關節的中央，然後用命令的口氣說：「砍吧，你自己來，一下就好。」

賽爾甯抓起年輕人的右手，想強迫波佩自己砍斷小指，可是年輕人嚇得直打發抖，整個人一直往後退。他現在終於明白賽爾甯要他流血是什麼意思。

「不……絕不……」波佩結巴地說。

「你就砍吧，只要一下就結束了，只需這麼一下，你就會完全成爲另外一個人，到時候沒人會懷疑你的眞正身分。」

「這個人到底是誰？」

「先砍了再說！」

「不，哦，太疼了……懇求您，等會兒再砍……」

「就是現在，你必須現在完成……」

「不……我不敢……」

「快砍，你這傻瓜。這一關過去了，緊接而來的就是財富、榮耀，還有愛情。」

聽到這番話，波佩猛然舉起手臂說：「愛情，是的，爲了愛情！」

「愛情正在向你招手呢。」賽爾甯大聲說，「你的未婚妻正在等著你，是我親自爲你挑選的，她是世上最單純的女孩，她比最美的女孩還要美麗，但是要贏得她的愛，你首先得用行動征服她。砍吧！」

波佩做好最後的姿勢，卻仍然無法違背自保的本能。他全身抖得像風雨飄搖的樹葉，突然他掙脫賽爾甯的雙手，逃了出去。

他發了瘋似的跑到隔壁房間，可是眼前悲慘恐怖的畫面再次出現，他驚叫了起來，膽寒地退回，整個人癱軟在賽爾甯面前。

「砍吧！」賽爾甯再次抓住波佩的左手放到桌上，手拿著匕首遞給他。

年輕人目光呆滯，面色鐵青，機械地取過匕首，抬起手臂，一刀砍了下去。

「啊……」他痛苦地呻吟著，只見一小節手指飛了出去，鮮血直流，年輕人第三次昏了過去。

賽爾甯看了看波佩，輕聲低語：「可憐的傢伙，我不會讓你的血白流的，我一向恩怨分明，更何況我是那麼慷慨的人。」

他走到樓下，找到在下面等候的醫生說：「我的事情都辦完了，接下來看你的了。你上去，在他的右臉劃一刀，記住痕跡要和皮耶・勒杜克臉上的傷疤一模一樣。一小時後，我回來找你。」

「您現在去哪兒？」

「去呼吸、呼吸新鮮空氣，平靜一下。」

賽爾甯走到外面，深深吸了幾口氣，點了支香菸。「今天總算是過去了，雖然行程安排得很緊湊，一整天下來很累人，但收穫還眞不小。我現在成了多蘿蕾絲・克塞巴赫的朋友，成了珍妮薇的朋友。我還找來新的皮耶・勒杜克，他的形象很好，而且完全聽我擺佈。我等於還爲珍妮薇找了一個難得的完美丈夫。現在，我的任務完成了，只等著看成效了。輪到你出手了，勒諾曼先生，我這邊一切就緒。」

可是一想起剛剛切了手指的可憐波佩，賽爾甯不免感到擔憂。給他一個燦爛的未來這沒有問題，只是……

「我還沒搞清皮耶・勒杜克究竟是誰，就讓這年輕人來假扮他。這一點還真讓人頭痛……萬一皮耶・勒杜克根本只是個肉鋪老闆的兒子，那該怎麼辦？」賽爾甯心想。

譯註：

①法國的「底層」，即台灣的「一樓」。以此往上類推，法國的「一樓」，即台灣的「二樓」。

②嗅鹽是一種由碳酸銨為原料配製而成的藥品，聞了之後有恢復精神或刺激的作用，特別用以減輕昏迷與頭痛。

③the ring of Gyges，哲人柏拉圖在著作《理想國》曾引了這樣的寓言，一位名為蓋吉氏的牧羊人，偶然得到一枚能隱形的戒指，他藉著這枚戒指來到皇宮，勾結皇后謀殺國王。寓意是：當沒有了法律和道德的約束，一向安分守己的人，真的還會繼續遵守正道，無論小奸或大惡都誘惑不了他？

chapter 4

緝兇

五月三十一日早上，所有報紙都再次報導羅蘋寫給勒諾曼先生的公開信，因爲按照信上的說法，羅蘋將於今天幫助身繫囹圄的法警越獄脫逃。其中一家報紙還清楚總結了克塞巴赫凶殺懸案發生以來的所有進展：

自四月十七日皇宮飯店發生殘忍殺戮事件至今，警方有任何新發現嗎？沒有。

警方手中掌握了案發當日的三條重要線索：鋼製菸盒，菸盒上的兩個大寫字母「L」和「M」，以及嫌犯遺忘在飯店辦公室的一包血衣。這三條線索爲警方帶來任何新的突破嗎？沒有。

他們懷疑一名住在飯店一樓的客人，因爲他從飯店退房時，一連串怪異舉動令人甚感狐疑，可是警方抓到這個嫌疑人，並確定他眞實身分了嗎？答案仍是否定。

此凶案發生時疑雲重重，但時至今日依舊懸而未決，毫無進展。

警方向公衆解釋，案件之所以遲遲沒有進展，是因爲警察總署署長和他的下屬警察總局局長勒諾曼意見不合，而內閣總理兼內政部長瓦朗格雷先生似乎亦不如以往，那麼支持勒諾曼先生。據稱幾天前，勒諾曼先生好像已經向上司遞交辭呈。克塞巴赫一案現改由警察總局副局長韋柏爾接手調查，衆所皆知，這位副局長和勒諾曼先生向來不合。

總之，凶案調查現在陷入一片混亂之中。而對手亞森·羅蘋卻策略明確、精力充沛、持之以恆。結論就是：羅蘋必定信守諾言，今天就會策劃劫獄行動，救出他的黨羽。

事實上，是所有報紙都歸納出這個結論，這結論甚至連公眾也認同。羅蘋的公開信使當局高層惶惶不安，雖然警察總局局長勒諾曼以生病爲由告假，但警察總署署長德羅姆和警察總局副局長韋柏爾，則已在法院大廳和桑德監獄做好一切防範和部署。雖然今天預審法官弗爾莫里先生依然照常出庭庭審，但是從監獄到法院沿路一帶全都戒備森嚴，員警隨處可見。

讓人意外的是，五月三十一日就這麼平靜地過去了，羅蘋預示的劫獄並沒有發生。但他肯定曾有所行動，因爲押解法警先生出庭受審的囚車，在路上遭遇了莫名的混亂，使周圍行駛的電車、公車和卡車都受到了影響，囚車的其中一顆輪胎也不知爲何在半路損壞。但是故事到此爲止，沒有下文。

這麼說，羅蘋的行動失敗了？當公眾爲此感到十分失望的同時，警方卻歡呼雀躍，慶賀他們的勝利。可是第二天，消息便在法院傳開了，人們著急地奔相走告，就連法案起擬辦公室也得到了這個消息——法警傑羅姆失蹤了。

可是這怎麼可能？雖然今天有多家報紙的號外派報確認了這條新聞，但人們還是拒絕相信。直到下午六點《晚間快訊》公開了一封信件，官方才被迫證實劫獄事件。《晚間快訊》刊載如下：

我們收到一封亞森・羅蘋的親筆簽名信，信封上的郵票很特殊，與上次羅蘋寄來的那枚一模一樣，因此我們確認該信確實出自羅蘋之手。信件內容現公開如下：

親愛的總編先生：

請允許本人未於昨天兌現承諾一事，在此向公眾致歉。因爲直到行動開始前一刻，本人才發現五月三十一日居然是「星期五」——本人怎能在這個耶穌受難的不幸日子，重還朋友的自由呢？這個責任本人擔待不起。

另外，在此請恕本人直言，一如往常，我不便透露今天行動的具體細節，我擔心大家一旦知道本人的行動是如何巧妙簡單，會使所有爲非作歹之人從中得到啓發。有一天我若說出來，世人肯定會吃驚不已，他們會說：「就這麼簡單？」是的，就這麼簡單，但是要想得到可不簡單。

此致

亞森・羅蘋敬上

一個小時後，勒諾曼接到一通電話。電話是內閣總理兼內政部長瓦朗格雷打來的，他要警察總局局長立刻趕到內政部。

「您氣色看起來眞是不錯呀，勒諾曼先生，我以爲您生病了，所以不敢打擾您。」

「我沒生病，部長先生。」

「那麼您請假肯定又是在賭氣囉，你這點壞脾氣總是改不掉。」

「我脾氣是不好，這點我承認，部長先生，但我並不是像您說的那樣，是在和誰賭氣。」

「您待在家裡不上班，於是讓羅蘋得逞了，他的共犯成功越獄啦。」

「您以爲我能阻止他嗎？」

「什麼！可是羅蘋這聲東擊西的手段實在太卑劣了，他像往常一樣，總是先公開劫獄時間，弄得大家信以爲眞。可是時間一到，他卻只是出來製造一些小混亂，並不眞正行動。到了第二天，等大家把事情統統拋到腦後，放鬆警戒的時候，鐵窗裡的小鳥卻不翼而飛！」

「部長先生，」警察總局局長語重心長地說：「羅蘋的手段，我們警方束手無策。劫獄一事是不可免的，我很樂意把這個燙手山芋交給其他人，讓他們去當共眾的笑柄吧。」

瓦朗格雷冷笑一聲道：「是呀，現在警察總署署長和警察總局副局長，他們兩人肯定是笑不出來了……可是，您能替我分析一下劫獄過程嗎？勒諾曼先生？」

「部長先生，目前我們掌握到的情況是，只知道法警先生是從法院逃走的。他先被囚車押送到法院，然後被送進弗爾莫里先生的辦公室，後來，他就從法院消失了，至於他現在的下落，我們還不知道。」

「太不可思議了。」

「確實不可思議。」

「難道沒有人發現當時的不尋常情況?」

「有，所有預審法官辦公的那一層樓，當天在同一個時間裡突然擠得水洩不通。嫌犯、守衛、律師、法警都來了，說是接到了他們各自預審法官的通知而來，但奇怪的是這些預審法官卻未到場，不知是誰發佈了這些假通知。事情至此還沒結束，原來預審法官們也同樣接獲了假通知，分別被派往巴黎各處或郊區。」

「只有這些情況?」

「不止。那天，有人看到兩名警衛押著一個嫌犯穿過法院的院子，然後三個人一起搭上在街邊等候的一輛出租馬車。」

「您的看法呢，勒諾曼先生?您怎麼看?」

「部長先生，我猜，那兩名警衛是假冒的，他們應該是逃犯的黨羽，趁著走廊裡的混亂成功將犯人傑羅姆劫走。我認爲他們之所以能劫獄成功，是借助了當時不尋常的混亂情況。我們不得不承認自己全成了羅蘋劫獄的幫兇。另外，羅蘋在法院、警察總署，以及在我身邊全安排了眼線，是這些人把我們的全盤計畫統統洩露出去的。事實上，這些人組成了他的『警察總局』，他的警察總局可是勝過我們百倍，因爲他的手下更機敏、更有膽識、更多樣化，也更靈活。」

「您就眼看著他們這麼囂張，自己忍氣吞聲，勒諾曼?」

「我不會忍氣吞聲的。」

「不會？那爲什麼一開始就不見您有什麼防範？您阻止了羅蘋的行動嗎？」

「我在部署。」

「啊，太好了，當您還在部署時，羅蘋早已開始行動了！」

「我也採取了行動。」

「這麼說，您還知道其他什麼事？」

「我知道很多事。」

「很多事？說來聽聽。」

勒諾曼拄著拐杖在內政部長的寬敞辦公室踱來踱去，他正在思考著。過了一會兒，他坐在瓦朗格雷面前，用手理一理自己的橄欖色大衣，扶一扶鼻樑上的眼鏡，決定對內政部長坦言：「部長先生，現在我手上有三張王牌。首先，我知道現在的亞森・羅蘋隱藏在一個怎樣的身分背後，他以這個身分住在歐斯曼大道，他的黨羽每天都會過去做簡報，他就是在那裡組織指揮著一切。」

「可是，該死，你爲什麼不阻止他？」

「我也是事後才得知。他一直以年輕俄國親王的身分示人，等我知道後，他已經消失了。現在他人在國外，據說是去出差了。」

「要是他再也不出現了怎麼辦？」

「從他現在的處境，以及他介入克塞巴赫一案的方式來看，他一定還會再現身的，而且現身的時候還是會使用這個身分。」

「可是……」

「部長先生，現在我要說我的第二張王牌了。我找到皮耶・勒杜克了。」

「快說說看！」

「確切地說，是羅蘋找到他的，而且在他出國之前，他特別將勒杜克安置在位於巴黎附近的一幢小別墅裡。」

「這您又是怎麼知道的？」

「哦，這個簡單，羅蘋在皮耶・勒杜克身邊安插了兩個人，要他們每天監視勒杜克的行蹤，而這兩個人正好是我的祕密警探，他們兄弟倆一知道這個消息便立刻向我報告。」

「幹得好、幹得好，這樣一來……」

「這樣一來……因爲皮耶・勒杜克是克塞巴赫這件大案子的關鍵，各方力量都在試圖找他，所以透過他這條線索，遲早有一天我會找到這三起命案的眞兇。這可惡的殺人兇手，他目的是想竊取克塞巴赫先生的重大計畫，而克塞巴赫生前爲了完成這神祕計畫也千方百計要找到皮耶・勒杜克。而且，有了勒杜克這條線索，我一定能揪出亞森・羅蘋，畢竟他一直在追蹤整件案子。」

「很好，皮耶・勒杜克等於是您放出去誘惑敵人的誘餌。」

「而且，我們要釣的大魚一定跑不了。我剛才接到一個消息，有個可疑的陌生人一直在皮耶・勒杜克和我的兩個祕密警探居住的別墅附近徘徊。四個小時後，我會親自過去一探究竟。」

「第三張王牌呢，勒諾曼？」

「部長先生，昨天皇宮飯店收到一封寄給魯道夫．克塞巴赫先生的信，讓我給扣了下來。」

「扣下啦，做得好。」

「信現在就在我身上，我已經拆開讀過了，這封信是兩個月前寄出的，寄信地點是南非的好望角，內容是這樣的——」

親愛的魯道夫：

我會在六月一日抵達巴黎，我的境遇還是和以前一樣淒涼，就像您當初剛剛救我的時候一樣，但是我很看好我跟您提過的皮耶．勒杜克的事情，眞是個離奇的故事啊！您找到他了嗎？現在事情進展得如何？我迫不及待地想知道呢。

您最眞摯的朋友　斯坦維格敬上

「今天就是六月一號，」勒諾曼繼續說：「我派了人出去，無論如何也要找到這個斯坦維格，我的人不會讓我失望的。」

「我也相信您一定會找到此人。」瓦朗格雷毫不擔心地說，此時他站了起來：「請接受我對您的誠摯道歉，我親愛的勒諾曼先生，我要向您坦白一件事情：您今天來的正是時候，因爲我本來打算撤您的職呢，而且也已經安排好，打算讓警察總署署長明天帶韋柏爾先生過來。」

「這事我知道，部長先生。」

「絕不可能。」

「否則我今天也不會立刻放下手邊的事來見您。現在，您應該聽懂我所有的計畫了吧。一方面，我佈下陷阱準備抓殺人犯，皮耶・勒杜克或斯坦維格遲早會把這個人引出來。另一方面，我緊緊跟著羅蘋，我的兩個線人是替警察總局做事的，可是羅蘋卻把他們當成自己最忠實的手下。說到底，他也是在替我辦事，因爲他和我一樣，都在尋找三起命案的眞兇；只是他滿心想著要打敗我，但我才是最後的贏家。總之我相信自己一定會成功，但有個小小的前提……」

「什麼前提？」

「您要保證賦予我完全的行動自由，在我需要見機行事的時候，我可不希望有公眾或我的上司從中作梗。」

「這點我能保證。」

「既然這樣，部長先生，幾天之後就會見分曉了，要不成功，要不失敗。」

* * *

聖克魯區，一幢小小的別墅矗立在高處，別墅前面有條僻靜的小路。晚上十一點，勒諾曼先生把車停在聖克魯，然後小心翼翼地沿著小路向別墅走去。快走到的時候，突然有個人影閃了出來。

「古亥爾，是你嗎？」

「是我，局長。」

「你通知了杜德維爾兄弟，說我要來嗎？」

「通知了，您的臥室已經準備好了，您可以在那兒休息就寢。當然，我一點也不懷疑，今晚會有人現身綁架皮耶・勒杜克，因爲杜德維爾兄弟早就看出那個在別墅四周徘徊的陌生人圖謀不軌。」

他們穿過花園來到別墅門前，輕輕推門進去並上了一樓，尙恩和雅克，也就是杜德維爾兩兄弟正在等候。

「還是沒有賽爾甯親王的消息嗎？」

「沒有，老闆。」

「皮耶・勒杜克呢？」

「他整天不是待在房子底層自己的臥室裡，就是待在花園，他從不上樓來找我們。」

「他好些了嗎？」

「好多了，休息了這麼多天，他體力恢復得很快。」

「他仍然百分之百信任羅蘋嗎？」

「應該說是百分之百信任賽爾甯親王，因爲他相信他們兩個是同一個人。至少，我猜測是這樣。他從不和我們說話，眞是個怪人！只有一個人能讓他快活起來，能讓他開口說話，有時甚至能逗他笑，這個人就是歌爾詩的那位小姐，名叫珍妮薇・艾爾蒙，是賽爾甯親王介紹他們認識的。算起來，這位小姐前前後後已經來了三次，她今天也來過了……」說話的人打趣地說：「我看他們幾個人之間好像有點糾纏不清，珍妮薇把賽爾甯親王看得就像自己的夢中王子，而賽爾甯呢，好像對克塞巴赫夫人有意思，他總是對她使眼色，這天殺的羅蘋！」

勒諾曼先生沒有回答。現在的他還沒辦法理出這些細節，在從中得出符合邏輯的結論之前，他得動動腦仔細琢磨一番。

他點著一支雪茄，嚼了起來卻不抽。等雪茄滅了，他又點著它，之後又把雪茄扔到一邊。他問了自己兩、三個問題，然後和著衣裳，便跳上床鋪躺下。

「有任何事情發生，你們都要叫醒我，知道嗎？如果沒有的話，我就睡了。好了，大家各就各位吧。」

下屬們接了吩咐便離開。一個小時過去了，兩個小時……突然，勒諾曼覺得有人在碰他，是古亥爾。

「快起來，局長，有人打開柵欄了。」

「一個人，還是兩個？」

「我只看到一個，他蹲在一簇花叢邊，月亮探出頭時，月光正好照在他身上。」

「杜德維爾兄弟在哪兒？」

「我派他們到外面包抄去了，等此人要撤退時，就會正中兩兄弟的下懷。」

古亥爾拉著勒諾曼的手，帶他到樓下的一個房間。房間裡漆黑一片，沒有點燈。

「您別亂動，局長，我們現在在皮耶・勒杜克的更衣室裡。我現在正打開通往他臥室的門，皮耶・勒杜克現在正在床上睡覺呢。不過您別擔心，他跟往常一樣服用了安眠藥……什麼事都吵不醒他。您請過來這兒，埋伏在這裡很隱密，對吧？這是他床榻的帷幔，您請待在帷幔後面，這樣既能看到窗戶那邊的情況，也能看到從窗戶到床鋪之間的所有情況。」

皮耶．勒杜克的臥室，敞開著窗戶，一道昏暗的月光映進屋裡，但當月亮間或繞開雲層時，透射進來的月光就變得既皎潔又明亮。

兩人目不轉睛地盯著窗框圍起的四方空間，確信他們預料的好戲將會在那兒上演。忽然，傳來一陣沙沙作響，緊接著又聽到吱嘎吱嘎聲……

「他爬上了棚架，」古亥爾輕聲說。

「高嗎？」

「兩百至兩百五十公分高左右。」

吱嘎聲越來越清晰了。

「快，古亥爾，」勒諾曼低語：「去找杜德維爾兄弟，把他們倆帶到這面牆底下，你們三個在那兒守著，不管誰從上面的窗往下跳，一律給我攔住。」

古亥爾接了吩咐立刻離開屋子。

這時，一顆頭從窗格露了出來，緊接著人影跳上與臥室相連的陽台。勒諾曼看到一名身材削瘦、個頭略矮的男人，他一襲黑色裝扮，頭上沒戴帽子。

黑衣人轉過身去，望向陽台，確認背後沒有任何危險，這才彎下身子，整個人匍匐在地板上，一直趴在那兒伺機而動。過了一會兒，勒諾曼看到眼前鎖定的這個黑影，朝著床鋪的方向而來。

黑影在床前停下。

勒諾曼甚至感覺自己能夠聽見黑衣人的呼吸聲，他依稀看見了對方的眼睛。這個人的眼睛十分有神、犀利，就像黑暗中兩道冒火的細線，它們跳動著、閃爍著，似能看穿黑暗。

皮耶・勒杜克發出濃重的鼾聲，翻了個身又睡去了。屋裡又恢復一片寂靜。

黑衣人無聲無息地滑向床邊，純白被單的一角掉落在地，在皎潔月光的映照下更形突出黑衣人的身影。

如果勒諾曼伸出手臂，他甚至能觸碰到陌生人。這次，他已能分辨出勒杜克的呼吸聲和入侵者的呼吸聲，他甚至覺得自己聽得見黑衣人的心跳聲。突然，黑暗中閃出一束光亮，是陌生人打開了手電筒，照亮著皮耶・勒杜克的臉，但是自己依舊藏在黑暗中，勒諾曼看不清楚陌生人的臉。

但他能看到亮光下有個東西在閃爍，他頓時一驚，是刀，這刀又短又細，確切地說是一把匕首，和勒諾曼在夏普曼屍體身旁發現的那把，看似一模一樣。

他盡力克制住自己撲上去的衝動，他得百分之百確定陌生人要出手時，才能採取行動。

黑衣人舉起了手臂，「他要下手了嗎？」勒諾曼估算著距離要多遠，才能阻止他，最後斷定那只是陌生人的一種防禦姿勢——如果勒杜克突然醒來或發現危險後想要喊叫，他才會下手。陌生人傾身到床前，似乎是想檢查些什麼。

「右臉，」勒諾曼猜想，「他是要檢查右臉的傷疤，確認此人是不是真正的皮耶・勒杜克。」

黑衣人稍稍往床頭側身，勒諾曼的視線被他的肩膀佔據，不過他的外套離警察總局局長已經很近了，勒諾曼感覺他似已碰到了帷幔。

「他要是再動一下，就算是打個寒顫，我就動手。」藏在帷幔後的勒諾曼暗下決心。

但是陌生人並未妄動，只是全神貫注地繼續檢查。之後，他將匕首換到拿著照明的那隻手上，空出一隻手去掀勒杜克的被子。他先是一點一點小心謹慎地掀，之後幅度越來越大，直到勒杜克的左手露出來爲止。他舉起手電筒湊上去照了照，四根手指完好，而小指第二個關節以上沒了。

這時，皮耶又翻身，手電筒發出的亮光隨即滅掉，陌生人就這麼停在床邊，一動不動。「他會下手嗎？」勒諾曼先生擔心會出事，只要他動手，自己就得立刻阻止他，但是一定要等到他眞有下手之意，才能行動。

很長一段時間裡，房間一直沒有動靜。突然，他隱約看見陌生人高舉手臂，勒諾曼倏地撲了過去，抓住已經舉到勒杜克身體上方的這條手臂。

黑衣人悶叫一聲，拚命向空中亂刺一陣，迅速往臥室窗戶跑去，勒諾曼立刻跳到陌生人背後，將他牢牢抱住。

他感覺到陌生人的力氣並不大，但此人仍拚命掙扎，想從勒諾曼的雙臂脫逃，但警察總局局長已將這名入侵者鎖死在自己懷裡，他用力向前傾身，想逼使對方失去重心並摺倒在地。

「啊，我抓到你了、抓到你了……」勒諾曼喃喃地說，好像自己已經取得勝利。

懷裡鎖死這名殘忍的兇犯，鎖住這個令人髮指的殺人魔王，勒諾曼頓時感到一股前所未有的興奮。他發覺自己的身體微微顫抖著，他要將所有怒氣全部發洩出來，因爲自己離兇犯是那麼近，兩人的呼吸聲混爲一氣，無從分辨。

「你是誰？到底是誰？快點說……」

勒諾曼更加用力地抱住陌生人，因為他感覺到入侵者好像快掙開自己的雙臂了，於是他用力、再用力……

突然，勒諾曼打了個寒顫，有個東西刺到他的脖子。被激怒的勒諾曼環抱得更用力絕不鬆手，可是越用力，脖子越疼痛。這時他才意識到，陌生人剛才已成功活動了自己的手臂，勉力持匕首刺中他的脖子。現在，陌生人的手臂雖動彈不得，但勒諾曼越用力環抱，匕首便會插得越深，直到最後完全插進勒諾曼的脖子。

他試著把頭往後倒，想避開匕首，但沒辦法，避不掉，而且他感覺到脖子上的傷口越來越深了。

勒諾曼不再掙扎了，他一動也不動，情緒很複雜。他想起那三起命案，沒想到這把殘忍恐怖的鋼刀，如今竟無情地刺進了自己的肉裡。

勒諾曼再也支持不住了，他鬆開了雙手，整個人一個重心不穩，但他還是站穩沒倒下。等到打算追上去，已經太遲了，陌生人早就跨上陽台欄杆，跳了出去。

「小心，古亥爾！」勒諾曼大喊一聲，以為古亥爾還在下面接應。

可是等他探出頭去，只聽見石礫被踩得咯吱咯吱作響，花園的兩棵樹之間突然跳出一個黑影，緊接著柵欄砰地一聲關上了，再沒有其他任何聲音，他根本沒看到古亥爾的身影……

勒諾曼才不管是否會吵醒皮耶・勒杜克，大聲叫道：「古亥爾！杜德維爾！」回應他的，只有鄉間夜裡一如往常的寂靜。

雖然他自己也受了傷，但心裡仍擔憂地想起那三起命案和那把匕首，兇犯會不會對下屬們——。不，不可能，既然此人好不容易才掙脫我，他逃走都來不及了，根本沒時間、也沒必要殺人。

想及此，他也跳下了陽台，用自己的手電筒照了照，發現古亥爾倒在地上。

「該死，要是他死了，我一定要讓你們付出天大的代價。」勒諾曼心想。

不過，古亥爾沒死，他只是昏了過去。幾分鐘後，他甦醒過來，然後恨恨地說：「只打了一拳，局長，他朝我的胸口打了一拳，我就整個不行了。這一拳眞是厲害，這個人肯定非常壯碩！」

「有兩個人？」

「是的，爬牆上去的是個小個子。我守在下面的時候，又有一個人冒出來襲擊我。」

「杜德維爾兄弟呢？」

「沒看見。」

他們在柵欄旁邊找到了雅克，他的下巴遭襲，血流滿身。在稍遠處，三人又找到昏死過去的尚恩，他的胸部被捅了一刀。

「怎麼會這樣？到底怎麼一回事？」警察總局局長質問自己的下屬。

雅克向勒諾曼報告，剛才他和尚恩遭人襲擊，還沒反應過來，就被人撂倒在地。

「他一個人嗎？」

「不，他從花園出來的時候，身邊多了一個小個子的傢伙。」

「你能認出這個襲擊你的人嗎？」

「從他寬闊的外型看來，好像就是住在皇宮飯店的那個英國人，就是那個悄悄退房離開、直到現在還找不到他下落的那位。」

「是那個少校？」

「是的，帕柏里少校。」

勒諾曼沉思片刻後說：「現在一切都清楚了，克塞巴赫命案的兇手有兩個人，一個持匕首行兇殺人，另一個就是那個少校，是殺人犯的幫兇。」

「賽爾甯親王也這麼認爲。」雅克・杜德維爾喃喃地說。

「今天晚上來的也是這兩個人，」勒諾曼繼續說。「這樣反而更好，抓兩個比抓一個要容易。」

勒諾曼幫部下處理了傷口，便打發他們去休息了。他自己則四處搜查了一遍，想看看兇手有沒有留下什麼線索、或遺留什麼東西。結果什麼也沒發現，勒諾曼也上床去睡了。

第二天早上，古亥爾和杜德維爾兄弟感覺傷口已經不那麼痛了。勒諾曼於是派兩兄弟到附近繼續搜查，他和古亥爾則回巴黎去找新線索，部署新戰略。

勒諾曼在辦公室用午餐，下午兩點時他接獲一個好消息。另一個得力助手狄耶茲在馬賽到巴黎的火車上找到了斯坦維格，也就是寫信給魯道夫・克塞巴赫的那名德國人。

「狄耶茲回來了嗎？」勒諾曼問道。

「是的，局長，」古亥爾回答：「他和德國人都在局裡了。」

「讓他們進來。」

可是這時電話響了，是尚恩・杜德維爾從歌爾詩打來的，兩人的交談很簡短。

「是你嗎，尚恩？有什麼新情況？」

「有，老闆，帕柏里少校……」

「帕柏里少校怎麼了？」

「我們又發現這傢伙的行蹤了。他現在搖身一變成了西班牙人，膚色也比之前黑了一圈。我們剛剛見過他，他到歌爾詩的學校去了，是那位小姐開的學校。您知道的，就是賽爾甯認識的那位珍妮薇・艾爾蒙小姐。」

「該死！」勒諾曼先生放下電話，拿起帽子，匆匆步出辦公室，他在走廊上遇到狄耶茲和德國人，然後對他們說：「下午六點再來找我！」

他大步跑下樓梯，後面跟著古亥爾，和勒諾曼從走廊召來的三名警探，五人就這樣一同跳進停在外面的計程車。

「去歌爾詩，多加十法郎小費。」

車駛過維勒諾威公園不遠，轉彎上了前方的小路，在學校前，勒諾曼吩咐車子停下。他正要下車時，一直守在路旁的尚恩・杜德維爾大聲喊道：

「十分鐘前，這可惡的傢伙坐上一輛馬車，從小路的另一頭溜走了。」

「就他一個人嗎？」

「不，還有那位年輕小姐。」

勒諾曼抓住杜德維爾的衣領罵道：「該死，你就這麼眼睜睜看著他溜掉？」

「我弟追上去了。」

「這可好了，他一定會對付你弟弟的。你以為你們的傷都好了，力氣都恢復了？你們根本不是他的對手。」

勒諾曼親自坐上計程車，朝帕柏里溜走的方向開去，一路溝壑顛簸，還有突出路面的茂密樹叢阻擋，但他管不了，一心一意往前行駛。很快地，他們來到一條鄉間小路，眼前有條五條岔路。勒諾曼絲毫不猶豫，選擇了最左邊通往聖庫庫法的那條路開了上去。車子開到了山坡上，坡下有片湖，他們在此遇到雅克・杜德維爾，雅克向上司報告：

「他們的馬車在前面一公里不遠處。」

勒諾曼沒有停車，他猛踩油門繼續往前，開下曲折蜿蜒的山坡，繞過湖邊，勒諾曼興奮地歡呼起來。前方一小片山坡，露出了一輛馬車的篷頂。

可是他們走錯路，得掉頭回去。等他們終於趕到那片山坡時，發現馬車正好停靠在前方不遠處。他們打算直接開過去。這時，馬車突然跳下一個女孩，另有個人踩著馬車另一端的踏階，只見女孩突然舉起一隻手臂，隨之是「砰！砰！」兩聲槍響。

她的槍法顯然不太準，因為那人的頭安然無恙從馬車另一端露了出來，此人突然看到勒諾曼的車在後面追，於是用力揮鞭，馬匹倏地衝了出去，連馬帶車在不遠處一個轉角消失不見。

幾秒鐘後，勒諾曼加大馬力，往前方駛去，車子來到女孩身旁並未停下，繼續往前開，不一會兒，汽車也在轉角處彎了過去。

過彎之後，前方是一段下坡路，坡度很陡，路上佈滿了碎石，兩側是林木茂密的森林。這種路段，什麼車也開不快，只能小心謹慎地慢慢下坡。不過沒關係，因爲在前方二十步之遙，他們看到了那輛消失的輕便雙輪馬車。它在石子路上顚簸著，馬匹躊躇著不敢向前，只好一步步往下邁步。這下不用擔心了，人是跑不掉的。

兩輛車就這麼一前一後地下坡。有時，他們已經離得很近，近得讓勒諾曼很想下車直接去追逃犯，問題是，他已經剎不住車了。無奈，他只好繼續待在車上從後面跟著，保持距離，不讓逃犯的馬車離開自己的視線。

「局長，這下我們逮到他了、逮到了！」車裡的警探們無不感到莫名興奮，喃喃低語著。

兩輛車終於下了山，車裡的警探揪住的心也終於放下。山坡下連著一條平坦的大道，大道往塞納河延伸出去，一直通向布吉瓦爾。馬車佔據著大道中央，開始邁開輕快步伐，不慌不忙地向前跑去。

這時，後方汽車油門被踩得轟轟響，猛獸般飛躍了出去，勒諾曼沿著突起的路肩，硬是擠開一條路往前衝，終於，他追上馬車，並超了過去。

可是這時勒諾曼氣得大叫大罵起來，他快瘋了，馬車竟然是空的！

馬車確實是空的，只見馬匹沉穩地邁開步伐往前跑著，韁繩套在牠們的背上，看樣子這車是要跑回附近某個小旅店的馬廄。之前一定有人從旅館順手牽走了馬車。

從怒氣中平復過來的警察總局局長，簡短地說：「少校一定是在馬車剛剛轉彎時，就從車上跳出去了。」

「我們現在只能搜山了，老闆，我們相信……」

「相信你們一定會空手而歸，他已經逃遠了，走吧，我可不想一天之內失手兩次。啊，眞他媽的該死！」

一行人調頭往歌爾詩的方向走，他們在路上找到了艾爾蒙小姐，她絲毫不見心有餘悸，雅克・杜德維爾則站在她身旁。

勒諾曼向艾爾蒙小姐自我介紹，然後提議送她回家。路上，他突然問起那位英國少校帕柏里，年輕女孩的神色有點不解：

「他既不是少校也不是英國人，更不叫帕柏里。」

「那他叫什麼？」

「胡安・里貝拉，他是西班牙人，受西班牙政府委託到法國考察學校教育。」

「好吧，這個人的名字和國籍不重要，他就是我們要找的人，您認識此人很久了嗎？」

「大概半個月前認識的吧。他聽說我在歌爾詩辦了一所學校，很感興趣，決定贊助我一些經費，條件是他希望可隨時過來看看學生的情況，這項要求不過分，我沒辦法拒絕。」

「是的，沒辦法拒絕，但您至少應該在接受資助前，先和身邊的人商量一下，您不是和賽爾甯親王很熟嗎？他應該會給您一些好建議。」

「是的，我非常信任他，但是他不在法國。」

「您沒有他的聯絡地址？」

「沒有，況且我要跟他請教些什麼呢？因爲這位里貝拉先生一直表現得很正常、也很有紳士風度，他是今天才……」

「小姐，您絕對可以把今天的事一五一十說給我聽，因爲我也值得您百分之百信任呢。」

「好吧。剛才里貝拉先生過來，說有一位來到布吉瓦爾的夫人，委託他問問我，她的小女兒可不可以來我學校就讀。他要帶我去找那位夫人細談，他的話聽起來毫不可疑，而且今天剛好是學校放假的日子，我便答應了。里貝拉先生說他租了一輛馬車，於是我就跟他上了車。」

「沒想到，他眞正的目的卻是——」珍妮薇紅著臉說：「他想綁架我。上車後大概半小時，他就向我吐露了實情。」

「您對這個人只知道這麼多？」

「只知道這麼多。」

「他住在巴黎嗎？」

「我猜是吧。」

「他沒給您寫過信，或留過話之類的？您手裡有沒有他遺留的一些東西，這對我們來說可是很重要的線索。」

「都沒有。噢，對了……不過這個好像幫不上什麼忙……」

「快說，請您說說看！」

「是這樣，兩天前，這位先生向我借打字機，說要寫一封信。他的法文拼寫很吃力，可能法文學得不太好，我當時不小心看到信的收件地址。」

「什麼地址？」

「他寫信給《日報》，信封還放進了二十張郵票。」

「看來他是想發一則登報啓事。」勒諾曼說。

「我這裡有今天的《日報》，局長。」古亥爾一邊說，一邊將報紙遞過來。

勒諾曼接過報紙，翻到第八版。看完他不禁心一驚，因爲第八版出現一則很簡短的尋人啓事：

尋覓認識斯坦維格先生的人，登報人欲知他是否在巴黎及其確切住址。請透過此版面聯繫。

「斯坦維格，」古亥爾喊道：「這不是狄耶茲帶到局裡去的人嗎？」

「對，是的，」勒諾曼回答：「斯坦維格，就是寫信給克塞巴赫、信被我扣住的那個人，是他告訴克塞巴赫有關皮耶・勒杜克的事。這麼說，兇手這夥人也對皮耶・勒杜克的身世一無所知，他們也想知道這個神祕人物的過去……」

他高興地搓著手，心想——斯坦維格現在在我手上。再過一小時，他就會說出全部眞相。再過一小時，這樁讓他琢磨不透、苦惱不已的克塞巴赫謎案，馬上就會有答案。他一直苦苦尋找的事實眞相，馬上要揭曉了。

chapter 5 中計

下午六點鐘，勒諾曼一回到警察總局，立刻找來狄耶茲。

「那傢伙還在嗎？」

「在。」

「你們聊得怎麼樣？」

「不怎麼樣，他一個字也不肯說。我跟他說，有條新規定，凡是來巴黎的人都得先在警察總局待上一夜，然後我就把他帶到您祕書那裡了。」

「很好，讓我來跟他談談。」

此時，局裡一名信差進來傳話。「局長，外面有一位夫人，她想馬上跟您談談。」

「她的名片？」

「在這兒。」

「是克塞巴赫夫人，快讓她進來。」

勒諾曼親自上前迎接這位年輕的夫人，請她進來坐下。她還是那麼悲傷，愁容滿面，突如其來的喪夫之痛使她不勝憔悴。

克塞巴赫夫人把手中的《日報》遞給勒諾曼，指著那則關於斯坦維格先生的啓事說：「斯坦維格老爹是我丈夫生前的一個朋友，我想他應該知道不少事情。」

「狄耶茲，讓外面那傢伙進來吧。夫人，您今天眞是沒白來，不過一會兒等人進來之後，請您先別動聲色。」

辦公室的門打開，外面站著一個老人，銀白的落腮鬍，滿臉深刻的皺紋，一身破衫爛衣，看起來是個生活困頓、每天爲生計奔波的勞苦人。

老人站在門口，雙眼不自主地眨著，看見勒諾曼先生一語未發地緊盯著自己，他感到很困窘，不知如何是好，於是不覺扭起帽簷。當他看到裡面還坐著一位夫人，老人頓時一驚，睜大雙眼，結結巴巴地說：「克……克塞巴赫夫人。」

一看到認識的人，斯坦維格老人立刻平靜了下來，再也不那麼尷尬，他微笑著走到夫人面前，然後帶著蹩腳的口音說法語：「啊，我眞高興……總之，我以爲再也……我一直納悶，爲什麼連個消息也沒有，也沒有電報。那麼，我的好魯道夫．克塞巴赫，他近來還好嗎？」

克塞巴赫夫人像是臉上被人摑了一巴掌，站不住腳地向後退去，然後跌坐在椅子上，倏地大哭了起來。

「怎麼了，出了什麼事？」斯坦維格既擔心，又感到莫名其妙。

勒諾曼先生立刻插話進來。

「看來您對近來發生的一些事並不知情，這麼說您已在外待了很久？」

「是呀，有三個月了。我一開始在礦場工作，後來回好望角一陣子，我就是在那兒寫信給魯道夫的。後來我取道非洲東海岸回來，途中得到一份去賽德港工作的機會，所以後來又去了那兒。我想魯道夫應該收到我的信了，是吧？」

「他今天不在，等會兒我再跟您解釋他爲什麼不在。在這之前，斯坦維格先生，有件事想請教您。有個您認識的人我們想瞭解一下，而且您之前也曾經向克塞巴赫先生提過這個人，他叫皮耶・勒杜克。」

「皮耶・勒杜克！什麼！是誰告訴您的？」老人很激動，又開始變得吞吞吐吐：「是……是誰跟您說的？誰……誰透露給您的？」

「克塞巴赫先生。」

「不可能！我告訴他的是個祕密，魯道夫本人絕不會說出這個祕密的……」

「可是您必得回答我，這對警方很重要。我們現在正在調查皮耶・勒杜克，事態已經不容拖延，因爲克塞巴赫先生人已經不在這裡，所以只剩下您能協助我們調查。」

「好吧，」斯坦維格喊道，接著露出某種決然的神色。「你們想知道什麼？」

「您認識皮耶・勒杜克嗎？」

「我從來沒見過他，但一直以來，我都知道一個關於此人的祕密。後來，又經過一些不值一提的小事，不過也可說是多虧了這些偶然，我才終於知道這個我一直想找的傢伙，現在正以皮耶・勒杜克為名混跡在巴黎的下層社會，這顯然不是他的眞實姓名。」

「他知道自己的眞實姓名嗎？」

「我想應該知道。」

「那您知道嗎？」

「我？我當然知道。」

「很好，他的眞實姓名是什麼？」

老人猶豫片刻，然後情緒激動地說：「我不能說、不能說……」

「爲什麼不能說？」

「我不能說，因爲這是個祕密。那天，我把這個祕密告訴魯道夫，他覺得這個祕密太重要了，所以堅持給我一筆錢、一大筆錢，要我保持緘默。然後他承諾，等他找到皮耶・勒杜克，並從他身上得到好處時，會再給我一筆更大的數目。」語畢，只見老人又苦笑道：「我想，這筆鉅款沒著落了，看來克塞巴赫先生已經讓皮耶・勒杜克的事曝了光。」

「克塞巴赫先生死了。」警察總局局長冷冷地說。

斯坦維格嚇了一跳。「死了！什麼？這怎麼可能呢？不，您肯定是在騙我，克塞巴赫夫人，他說的是眞的嗎？」

年輕的夫人低下頭去，不知該如何回答。

老人幾乎快被這個出乎意料的消息擊垮，他也開始嚎啕大哭起來，克塞巴赫夫人看到斯坦維格這麼傷心，更加感到難過了。

「我可憐的魯道夫呀，我是從小看著他長大的呀。在奧斯堡的時候，他經常來找我玩，我是那麼喜歡這孩子。」然後他抬起頭，看著克塞巴赫夫人說：「他對我也一樣，是吧？夫人，他也很愛我，不是嗎？他肯定跟您提過他的斯坦威格老爹，是吧？一直以來，他都是這麼稱呼我的。」

勒諾曼走到老人面前，乾脆俐落地對他說：「您聽我說，克塞巴赫先生是被人謀殺的。您得保持冷靜，哭是沒有用的。克塞巴赫先生被人殺害，就是因爲兇手也知道他這個大計畫。您覺得克塞巴赫先生的這個計畫，有什麼環節會爲他引來殺身之禍？」

斯坦維格被問倒了，吞吞吐吐不知如何回答：「都……都怪我，沒……沒有告訴他那個線索。」

克塞巴赫夫人聽到這話立刻湊到老人跟前，乞求著他：「您……您是想到什麼線索了嗎？哦，求求您，斯坦維格……」

「我沒有想到什麼……我根本就沒在想，是呀，我得好好想想……」老人咕噥著。

「克塞巴赫身邊有沒有什麼可疑的人？」勒諾曼先生問：「你們之前在談這個祕密的時候，有沒有其他人在場？他自己還有可能把這個祕密，告訴誰呢？」

「沒有。」

「請您再想一想。」

多蘿蕾絲和勒諾曼屈身注視著老人，著急地等他回答。

「沒有，我想不出來。」老人回答。

「請您再好好想想，」警察總局局長重複道：「兇手的姓名首字縮寫是『L』和『M』。」

「『L』？」老人重複唸著這個字母，「我實在想不出來，『L』和『M』？」

「對，兇手在現場掉了一個鋼製菸盒，我們就是在菸盒上發現這兩個金色字母的。」

「一個鋼製菸盒？」斯坦維格盡力搜尋著自己的記憶。

「是的，一個拋光的金屬盒，裡面其中一個大格子分成大小兩格，較小的一格放捲菸紙，較大的一格放菸草。」

「分成兩格……分成兩格……」斯坦維格重複著這個細節，他好像想起了什麼，「您能不能讓我看看這個盒子？」

「在這兒。其實，這是個複製品，但尺寸和實品一模一樣。」勒諾曼一邊說，一邊拿出菸盒給他看。

「呃……什麼！」斯坦維格接過菸盒。

接著，老人目不轉睛地瞪著菸盒，翻來倒去地仔細檢查。突然，他大叫了一聲，好像想起什麼可怕的事，可是他卻呆立著一言不發，臉色鐵青，雙手顫抖，兩眼發直。

「快說，您倒是快說呀！」勒諾曼著急地追問。

「哦，我全明白了。」斯坦維格兩眼空洞地自語著。

「什麼全明白了，您倒是快說呀！」

老人推開站在自己面前的勒諾曼和克塞巴赫夫人，搖搖晃晃地走到窗前，又一跛一跛地踱回來，他對警察總局局長說：「先生、先生，殺害魯道夫的那個兇手，我知道，我會告……訴您的，可是……」

斯坦維格話說到一半，又呑了回去。

「可是什麼？」勒諾曼和克塞巴赫夫人異口同聲地追問。

可是他們盼來的，卻是老人長時間的沉默。辦公室裡現在一片死寂，這裡不知見證過多少自白、多少控訴，可是今天，斯坦維格老人究竟會不會說出那殘忍可怕的兇手名字？站在一旁的勒諾曼，此時覺得自己就像站在萬丈深淵的邊緣一般，彷佛隱約聽見一個微弱的聲音從崖底飄上來，慢慢地，越來越清晰，好像只要再等幾秒鐘，他就能完全聽見了……

「不，我不能……」斯坦維格喃喃地說。

「什麼？」警察總局局長像是被人從頭頂澆了冷水，立刻大爲光火，衝著老人大吼道。

「我說，我不能說。」

「你沒有權利不說，法律不允許你知情不報。」

「明天、明天我就會全說出來，現在請容我再好好考慮、考慮。明天，我就把我知道的、關於皮耶・勒杜克的事情，全告訴您，還有我對這個菸盒的猜測也告訴您。明天我就說，我保證……」

勒諾曼聽出斯坦維格的態度十分堅決，自己再堅持也無益，只得放棄不再追問。

「好吧，就等明天再說，但我可要警告您，如果您明天還是不說，我就要通知預審法官了。」說完，勒諾曼搖鈴，狄耶茲推門進來，勒諾曼把這名得力警探叫到一旁吩咐：「送他回旅店，然後你也待在那兒……一會兒我再多派兩個人過去，你們一定要十分提防，可能會有人要綁架他。」

狄耶茲陪斯坦維格出去了。勒諾曼隨即轉向克塞巴赫夫人，她顯然還沒從剛才的談話恢復平靜，勒諾曼向這位年輕夫人道歉：「非常抱歉，夫人，我能理解您一定受到很大的衝擊。」

說完，他開始向克塞巴赫夫人打聽她先生與斯坦維格的往來情況，可是多蘿蕾絲看起來很疲倦，他也就不再堅持追問。

「明天要我再過來嗎？」克塞巴赫夫人問。

「不用、不用。我會把斯坦維格對我說的每一句話，都告訴您的。現在請讓我送您上馬車吧，要您獨自走下這三層樓實在太累人了。」

勒諾曼打開門，側身讓路給女士，打算送她出去。可是就在這時，走廊上傳來呼喊聲，警局當班的探員、信差、辦事員統統朝勒諾曼跑了過來：

「局長！局長！」

「怎麼了？出了什麼事？」

「狄耶茲！」

「狄耶茲才剛從我辦公室出去呀。」

「有人發現他倒在樓梯口。」

「死了？」

「沒有，只是昏過去了。」

「人呢？跟他在一起的那個人呢？斯坦維格老人？」

「不見了！」

「該死！」

勒諾曼立刻衝出走廊，大步跑下樓，在一樓樓梯間發現倒地的狄耶茲，一群人正圍在他身邊搶救。

這時，勒諾曼看到古亥爾從樓下上來。

「啊，古亥爾，你剛上來，有沒有看到什麼陌生人？」

「沒有，局長。」

狄耶茲終於醒了過來，還沒睜開眼睛，他就喃喃地說：「這兒，樓梯間這個小門……」

「啊，該死，通往七號民事法庭的門！」警察總局局長大聲嚷著，「我跟你們說過多少次，一定要把這道門鎖上，我就知道遲早有一天會出事。」

他衝過去想拉開門把。「該死，可惡的傢伙，竟然從裡面上鎖。」幸好門上裝了玻璃，勒諾曼用槍托擊碎玻璃，伸手進去拉開插銷，然後對古亥爾說：「快！從這兒出去，給我往太子妃廣場方向追……」

古亥爾接了命令趕緊跑出去，勒諾曼這才轉身對狄耶茲說：「說吧，狄耶茲，你怎麼會被弄成這樣？」

「我被毆了一拳，局長。」

「那個老人打了你一拳？他可是連站都站不穩哪。」

「局長，不是那個老人，是一個跟在我和斯坦維格背後的人，他就一直跟著我們，我還以爲他也是要下樓離開警局。可是走到這兒時，他向我借火，我在掏口袋找火柴時，他趁我不備，朝我的肚子打來一拳，我就倒下了。倒下時，我看見他打開了那道小門，拖著老人往裡面去了……」

「你認得出他的樣子嗎？」

「可以的，局長。這傢伙長得特別壯，皮膚很黑，肯定是從南部來的。」

「里貝拉。」勒諾曼咬牙切齒地說，「又是他！里貝拉，就是那個帕柏里少校。這個惡棍，眞是膽大包天，他怕斯坦維格洩露祕密，放膽跑來這裡，在我的地盤把人給擄走。」

勒諾曼氣得直跺腳：「可是……該死，這強盜又是怎麼知道斯坦維格，被帶來警局？四小時前，我還在聖庫庫法的樹林跟他周旋，現在他竟然自己跑來警察總局。」

勒諾曼想問題想得出神，把周圍所有探員當空氣，聽不進他們的議論聲。克塞巴赫夫人從這裡經過，跟他打招呼，他也沒回答。是走廊傳來的腳步聲，讓他回過了神。

「是你嗎？古亥爾？」

「您猜對了，局長。」古亥爾氣喘吁吁地說：「他們有兩個人，從這裡跑出去後直接穿過太子妃廣場，那裡有部汽車接應。車裡坐著兩個人，一男一女。男的穿一身黑，頭頂上的軟帽壓得很低。」

「是他，」勒諾曼先生喃喃地說：「是殺人兇手，里貝拉/帕柏里的黨羽，那另一個人呢？」

「另一個是女的，沒戴帽子，傭人打扮，這女孩滿漂亮，頭髮是紅色的。」

「嗯？什麼？你說她的頭髮是紅色的？」

「是的。」

勒諾曼突然一個轉身，三步併兩步跑下樓，穿過院子，跑到奧費佛爾河堤一側。

「停車！」他大聲喊叫。

眼前有一輛雙馬四輪馬車正準備離開，馬車伕聽到喊聲立刻停車，勒諾曼趕了上來，登上馬車踏階。原來，這是克塞巴赫夫人的馬車。

「實在很抱歉，夫人，我需要您的幫助，我送您回去，不過我們的速度得快一點。古亥爾，我的車呢，你把它送回去了？該死，再去弄一輛來吧，什麼車都可以。」

古亥爾立刻折返，十幾分鐘過去了，勒諾曼都快等得不耐煩了，而站在他身邊的克塞巴赫夫人更是一副站不住的樣子，要不是有手上的嗅鹽，她可能早就在路邊暈過去。古亥爾終於駕著一部計程車趕過來，大家趕緊上了車。

「古亥爾，坐助手席，我們去歌爾詩。」

「去我家？」克塞巴赫夫人驚訝地問道。

勒諾曼沒有回答，而是先掏出特別通行證，上半身一直探出車窗，向路上碰見的執勤交警表明自己的身分。等車子開到皇后廣場，他這才重新安坐好，語重心長地對克塞巴赫夫人說：

「夫人，請您務必如實回答我的問題，您今天下午四點左右是不是見過珍妮薇・艾爾蒙小姐？」

「珍妮薇……是的……我當時正準備出門，在更衣。」

「是她告訴您《日報》上有關斯坦維格的啓事？」

「是的。」

「所以您立刻趕到警局來見我？」

「對。」

「艾爾蒙小姐見您的時候，您是一個人嗎？」

「這個，我記不得了……怎麼了嗎？」

「請您仔細想想，當時您的女傭在身邊嗎？」

「好像在吧，因爲我當時正在更衣……」

「您的傭人叫什麼名字？」

「一個叫蘇珊，一個叫歌楚。」

「這兩人之中，有一個人的頭髮是紅色的，是嗎？」

「是的，歌楚是紅頭髮。」

「您認識歌楚很久了嗎？」

「她的妹妹一直跟著我，而歌楚來我家也好幾年了。她們對我都很忠心，也很坦誠……」

「這是指，能擔保她對您別無二心，是嗎？」

「噢，這個，當然可以。」

「那就好、那就好！」

汽車在晚間七點半趕到了歌爾詩安養中心，這時天色漸暗。警察總局局長等不及扶著克塞巴赫夫人下車，就自己跳下車，逕直地朝門房走去。

「克塞巴赫夫人的貼身女傭剛回來，是嗎？」

「哪一個？」

「歌楚，兩姐妹中的姐姐。」

「可是，歌楚今天並沒有出去呀？至少，我沒看見她出去。」

「那是不是有什麼人剛回來？」

「噢，沒有，先生。從今天下午六點到現在，除了您，我就再沒幫任何人開過門了。」

「安養中心還有其他出入口嗎？」

「沒了，只有這道大門，四周全是高高的圍牆。」

「克塞巴赫夫人，」勒諾曼生硬地說：「我們陪您一起進去。」

他們一行三人向克塞巴赫夫人的別墅走去。克塞巴赫夫人發現自己沒帶鑰匙，便按了門鈴，開門的是蘇珊，姊妹倆中的妹妹。

「歌楚在家嗎？」克塞巴赫夫人問。

「在家呀，夫人，她現在在自己的臥室。」

「請她過來一下，小姐。」警察總局局長說。

過了一會兒，歌楚走下樓來，她的腰間圍了一條白色的繡花圍裙，面龐清秀，一頭秀麗的紅髮，看上去極俏皮可人。勒諾曼一直盯著歌楚，一言不發，他想看看這位眼神單純的女孩身上是否藏著祕密。一分鐘後，勒諾曼簡單說了幾句話：「好了，小姐，很感謝您。我們走，古亥爾！」於是，他帶著自己的探員走出別墅，等兩人來到公共花園的昏暗小路上，勒諾曼才開口說話：

「就是她。」

「您這麼認爲，局長？可是她看起來很正常，一點也不緊張。」

「太正常了。要是換作別人早該覺得錯愕，然後問我爲什麼要她下來。可是她沒有，就是一直保持微笑。不多，我卻觀察到她緊張得直冒冷汗，一滴汗珠從她的頭髮一直滴到太陽穴。」

「這代表？」

「這代表事情很清楚，歌楚就是那兩名兇手的黨羽，謀害克塞巴赫的事她也參與其中，若不是爲了幫忙完成那個神祕計畫，就是爲了奪取鑽石大亨遺孀的上億遺產。而且，我確定他們兩姐妹是串通好的。今天下午四點左右，歌楚得知報上的登人啓事，以及我要見斯坦維格的事情後，便趁著主人離開時，偷偷跑到巴黎向里貝拉和那個軟帽傢伙通風報信，然後她又把這兩人帶到警局，所以里貝拉才能在光天化日下劫走斯坦維格。」

勒諾曼停下來想了想，總結道：「從這些線索我們可以知道三件事。一，他們很重視斯坦維格這個人，而且很怕他說出凶案眞相；二，他們肯定正在策劃陰謀，想謀害克塞巴赫夫人；三，我們現在已經沒有時間可以浪費了，因爲他們的陰謀已經快成功了。」

「就算是這樣，」古亥爾問：「有一件事還是說不通哪，歌楚是怎麼從我們現在所在的這個花園出去，然後又悄悄回來絲毫不讓門房察覺呢？」

「肯定有條祕密通道，這些傢伙最近就是從那兒進進出出的。」

「這條祕密通道是通往克塞巴赫夫人的家？」古亥爾猜測地說。

「是的，這有可能，但我另外還有一個想法。」勒諾曼答得很神祕。

兩人環繞著圍牆走。這天晚上月光皎潔明亮，他們躲在內牆的陰影裡，沒人看得見，但院子裡的一舉一動卻都逃不過他們眼裡。兩人就這樣走了整整一圈，但並未發現圍牆上有任何缺口。

「他們也許用了梯子？」古亥爾猜測。

「不可能，歌楚是在大白天出去的，使用梯子太明顯了。我想出口一定是藏在什麼建築物裡。」

「這裡只有四幢獨立的別墅，而且現在全有人住。」古亥爾反駁道。

「容我告訴您，第三幢房子——霍爾丹茲別墅沒人住。」

「您怎麼知道？」

「門房告訴我的，他說克塞巴赫夫人怕吵，就連這幢離她家最近的別墅也一起承租。沒想到，她這個舉動反倒成全了歌楚。」

勒諾曼繞著別墅走了一圈，百葉窗全是放下的。他隨便碰了碰門上的鎖，沒想到門就開了。

「啊，古亥爾，我想我們找到了。進來，打開你的手電筒。噢，門廳、客廳、飯廳都不是，肯定有地下室，因爲廚房不在一樓。」

「在這邊，局長，傭人樓梯在這兒。」

兩人沿著樓梯下去，地下室果然有個寬敞的廚房，只是裡面塞滿了鏤花造型的花園椅、花架等等雜物，廚房後面連著一個洗衣間兼儲物間，裡面也同樣一片混亂，到處堆滿了雜物。

「那裡好像有什麼東西在閃，局長？」

古亥爾彎下腰，從地上撿起一根別針，別針的一端黏著一粒假珍珠。

「珍珠還這麼閃亮，要是掉了一段時間，就不可能這麼有光澤了。所以，我敢說歌楚剛剛一定來過這兒。」

古亥爾立刻衝上前去，打算挪開堆在那兒的一片破爛雜物——空酒桶、破竹簍、缺桌腳的桌子等等。

「你這是在白白浪費時間和力氣，古亥爾。如果通道在那兒，他們出入時怎麼會有耐心挪開、再擺回這些廢銅爛鐵呢？你看，牆上這扇報廢的百葉窗，根本沒理由釘在那裡，扯開看看吧。」

古亥爾遵命照辦。

這位警察總局第一探員扯開百葉窗一看，後面居然沒有牆，是空的。他們用手電筒照了照，有個大洞往裡頭延伸，儼然是條暗道。

「果然一點也沒錯，」勒諾曼得意地說：「這條地道是新挖的，你看，他們必定時間有限，匆忙趕工出來的，連石頭都沒砌，只是每隔一段釘幾個十字木板加固，然後上方再釘幾根橫樑做天花板。雖然這地道很粗糙，但對他們來說已經足夠。有了這條暗道，他們的目的就達到了，也就是說……」

「意思是？局長？」

「一來，方便歌楚和她的黨羽進進出出；二來，將來的某一天，他們就能綁架克塞巴赫夫人，或者說神不知鬼不覺製造克塞巴赫夫人悄然地失蹤。」

兩人小心翼翼地往前走，儘量不讓自己的頭碰到橫樑天花板，因爲這些木頭釘得並不牢靠。從別墅到公共花園的中心點，距離大概是五十公尺，可是根據勒諾曼初步目測，地道遠比五十公尺還要長，他們一定走得離安養中心的圍牆很遠了，甚至可能已經穿越中心外面的那條馬路。

「我們不會是朝維勒諾威和池塘的方向走吧？」古亥爾問。

「正好相反，我們是朝它的反方向走。」勒諾曼回答道。

突然，地道開始緩緩下行，他們先是往下跨一級臺階，然後再跨一級，祕密通道開始稍稍向右傾斜。過了一會兒，一道木門攔住了兩人的去路，門的四周以水泥砌的礫石加固。勒諾曼推了推門，門居然開了。

「等等，古亥爾，」勒諾曼停下腳步：「我們得好好想一想，也許還是調頭回去的好。」

「爲什麼？」

「你想呢，里貝拉是個居安思危的人，一旦地道被發現，他一定會有所防備。他想必知道我們會到安養中心找線索，說不定他早就看見我們進了別墅，也許這是他佈下的一個陷阱？」

「我們有兩個人，不怕，局長。」

「他們可是有很多人。」

勒諾曼停下來看了看，前方的地道又開始向上延展大約五、六百公尺，那裡又有另一扇門。

「我先到前面那扇門去看看。」

說完，勒諾曼率先走進第一道門，而且囑咐跟在後面的古亥爾一定不能把門關上。兩人來到第二道門前，勒諾曼推了推門，卻推不開，應該是有人栓上了門。

「門栓上了，我們走回去，不許發出半點聲音。至少現在，我們一出去就可以根據地道的大致方向，找到出口。」

於是，兩人轉身往回走，朝第一道門走去。突然，走在前面的古亥爾驚呼。

「您看，門關上了。」

「什麼，我不是跟你說過不要關門嗎？」

「我確實沒關，局長，門扇好像是自己關上的。」

「不可能！這樣的話一定會發出聲音。」

「這是怎麼回事？」

「怎麼回事……我不知道怎麼回事。」勒諾曼一邊說，一邊跑到第一道門前。

「看，有鑰匙。」

他插進鑰匙，轉了轉，還是打不開，門的另一頭上了栓。

「會是誰做的？」

「當然是他們這幫人！這條地道旁邊也許還有一條平行的暗道，也或者他們一直就藏在這幢沒人住的別墅裡……反正，我們是中計了。」

說完，勒諾曼拚了命地搖晃門鎖，還把自己的匕首也插進鎖孔，可是能試的方法都試了還是沒用，勒諾曼只好作罷。

「我沒辦法了。」

「什麼？局長，沒辦法了？這麼說，我們被困在這裡了？」

「是的。」勒諾曼回答。

兩人再次走回第二道門看了看，結果還是無奈，又折了回來。兩道門都相當大，而且全是硬木製成，門上還加固了堅實的橫樑。

「得用斧頭或類似的工具才能打開，」警察總局局長說：「要是現在有把大刀也好，至少，我們就能劈開兩邊的門栓，可是現在什麼也沒有。」

勒諾曼突然氣急敗壞地衝向第一道門，猛然撞了上去，木門文風未動。勒諾曼實在無能爲力，只好屈服，他對古亥爾說：「聽著，我們一、兩個小時後再想辦法吧。我現在已經沒有力氣了，我得先睡一會兒。你看著，要是有人來襲擊我們……」

「啊，要是有人來，我們倒是得救了。」古亥爾徹底投降了，等著束手就擒，雖然這場比賽看起來實在不怎麼公平。

勒諾曼躺倒在地，過沒多久，就睡著了……

醒來時，他感覺最初幾秒鐘有股說不出的違和感，不知爲何渾身不舒服。

「古亥爾，」他叫道：「古亥爾？」

沒人回答，勒諾曼摸出手電筒照了照，看到古亥爾也躺倒在自己身旁，昏昏睡去。

「爲什麼這麼不舒服呢？」他想：「是痙攣，太難受了。啊，是餓了呀，難不成我會餓死在這裡？不知道現在幾點了？」

勒諾曼照了照，手錶上顯示七點二十分，可是他立刻想起自己的手錶早已變慢，一直沒上發條。於是，勒諾曼看了看古亥爾的手錶，該死，他的錶已經停了。古亥爾也同樣因胃部痙攣而痛醒。這時，他們才意識到午餐時間一定也早就過了，他們在這裡約莫睡了大半天了。

「我的腿麻了，」古亥爾說：「腳好冷，就像泡進冰塊裡，這感覺還真可笑。」他用力跺跺腳，想暖和過來。「局長，您快看，我的腳並不是伸進冰裡，而是泡在水裡。您看，第一道門那邊都快變成小水塘了。」

「滲水了，」勒諾曼不假思索地說：「我們到第二道門那邊去，那邊地勢高，很快就能晾乾。」

「您要做什麼，局長？」

「你以爲我會就這麼困在這裡等死嗎？啊，不，我還不到該死的歲數呢！既然門鎖上了，我們就穿牆出去。」

他用手摳掉一塊塊向內突出的石頭，想挖出一條回到地面的通道。可是這得耗費很長的時間和太多的體力，這段暗道的牆壁全砌上了水泥。

「局長……」古亥爾哽咽地說。

「怎麼了？」

「您也泡進水裡了。」

「我們一定能出去的。你看，我保證，我們一定能出去，到時候到太陽底下好好曬曬不就得了。」

「您還不明白嗎？」

「明白什麼？」

「水在慢慢地往上漲，局長，一直在漲……」

「什麼在漲？」

「水……」

勒諾曼突然感到一陣寒意，他終於明白了。水不是滲進來的，是有人故意不斷往地道灌水。該死，這些人真是太卑劣了。

「啊，這些無賴！」勒諾曼氣得咬牙切齒：「等我有一天抓到你們！」

「是、是，局長，但我們得先從這裡出去呀，可是我覺得……」古亥爾完全放棄了，他想不出任何辦法，也沒有什麼好建議。

勒諾曼跪在地上，檢查水上升的速度有多快，他看到水已經沒上了第一道門的四分之一高，而且已經漫到兩道門的中間地帶了。

「還好水漲得很慢，所以我們一定不能洩氣，再過幾個小時，就能回到地面上了。」勒諾曼安慰著自己說。

「這太可怕了，局長，這一切太可怕了。」古亥爾哀嘆著。

「哎，你別哭哭啼啼地妨礙我，好嗎？古亥爾，你要是覺得抱怨能讓自己舒服些，可以，但別讓我聽見。」

「我是因爲太餓了，我的頭很暈。」

「咬你自己的拳頭好了。」

正如古亥爾所說，他們現在的處境確實不樂觀。如果勒諾曼的意志不夠堅定，他們很可能早就坐以待斃了。現在該怎麼辦？祈禱里貝拉大發慈悲放他們出去？根本不可能。也不能指望杜德維爾兄弟會前來營救，因爲他們根本不知道世上有這條祕密通道啊。

所以，現在只能盼望奇蹟，沒有別的。

「來、來，」勒諾曼嚷道，「這太傻了，我們不能困在這兒等死。該死，一定會有辦法的。你快說說，古亥爾，快給我來點靈感。」

勒諾曼將身子緊貼在第二道門上，他由下而上徹底檢查了木門的每個角落，他發現木門的兩側各有一個鐵製的大門栓，於是拿匕首敲掉上面的螺絲，門栓居然鬆動了。

「然後呢？」古亥爾問。

「然後……」勒諾曼回答：「門栓是鐵做的，這麼長一支，頭也很尖，雖然比不上鐵鍬好用，但總強過什麼都沒有……」

勒諾曼話還沒說完，便舉起大鐵栓，用力往支撐木門的水泥邊柱砸過去。和勒諾曼想得一樣，當第一層水泥和石塊統統剝落之後，牆體便會露出鬆軟的泥土。

「開工！」勒諾曼喊道。

「我很想，局長，可是您能否先解釋一下。」

「解釋？這很簡單，就是設法在門旁的石牆開出一道三、四公尺深的圓弧通道，這樣我們就能繞過木門，到達暗道的另一端了呀。」

「可是這得花上好幾個小時，水可是不停地往上漲呢。」

「我需要你給我鼓勵，古亥爾，而不是說洩氣話。」

勒諾曼的點子確實奏效，他只是稍費力氣，用鐵栓擊碎牆上的泥土，然後不斷把碎土往背後推，過沒多久便成功挖出一個能讓他鑽過去的大洞。

看到希望的古亥爾，這時說：「該我了，局長。」

「啊、啊，你回過神來啦？好的，你來，只要繞著石柱挖就可以。」

此時，水已淹到他們的腳踝。還有足夠時間完成這件大工程嗎？而且越往裡挖越困難，因爲鬆動的泥土很快就擋住了他們前進的道路，兩人不得不先把泥土推到背後再繼續作業，可是挖洞、把土推出去、人再進洞裡來，這一連串動作都只能趴著進行，這樣來來回回好幾次，眞是很耗體力。

就這樣過了兩個小時，工程已經完成了四分之三，水也已經淹到兩人的膝蓋高度，可是就目前進度看來，還要再一小時，他們才能挖到木門的另一端。

而古亥爾再也撐不住了。他已經整整一天沒有進食，再加上還得拖著自己高壯的身體爬進爬出，來回搬運泥土，現在他一點力氣也沒有了，他放棄了。古亥爾一動也不動地坐在地上，十分害怕，渾身不停地顫抖，坐等冷水吞沒自己。

但勒諾曼仍毫不鬆懈地繼續工作。這絕對是苦刑，就像工蟻在令人窒息的無盡黑暗中絕望地搬運著；他的手在流血，餓得兩腿發軟，呼吸困難，還有古亥爾不時傳來哀嘆，時刻提醒他即將滅頂的危險——儘管如此，這些事都不能讓他感到氣餒，他已經完成了四分之三，現在前方的泥土都挖空了，也只剩最後一道水泥石牆需要擊碎，這是最艱難的一項工作，但也是最後一個步驟了。

「水、水淹上來了！」古亥爾扯著嗓子大喊。

勒諾曼趕快加緊力氣……瞬間，他的鐵栓向前砸了個空，通道打穿了。現在只需要再拓寬一些，只要能容一個身子爬過去，就算大功告成了。而且這項工程可是簡單得多，不用門栓，用手就能完成。不遠處，又傳來古亥爾害怕絕望的慘叫聲，可是勒諾曼現在不能想這些，勝利已然唾手可得。

隨著眼前的石塊、水泥漸漸鬆動掉落，勒諾曼的心裡還是有些惴惴不安，萬一前面的地道也已經灌了水，該怎麼辦？畢竟這道木門當然不夠密實，的確擋不住水繼續漫流。但是管它呢，再用最後一點力氣，新地道就完工了，勒諾曼高興地爬了過去，然後又爬回來找自己的手下：

「快來，古亥爾！」說著，他拎起眼前這個半死不活的探員。

「快點，你倒是動一動呀，蠢蛋，我們得救了！」

「您這麼認爲，局長？水已經淹到我們胸前了。」

「只要還沒滅頂，就別放棄。你的手電筒呢？」

「已經沒電了。」

「算我們運氣差。」

勒諾曼突然歡呼起來。一級臺階，又是一級。啊，是樓梯，太好了，他們終於走了出來，再晚一點水就會吞沒他們，兩人高興極了，他們終於得救了。

「等等！」勒諾曼突然輕聲說。他的頭好像撞到了什麼東西，等他用雙手撐住，用力向上一頂，障礙物鬆動了，原來是一道地板門。它的上面連著一個地窖，透過通風口，一道月光突兀地射了進來。

勒諾曼上了最後幾級臺階，然後推開地板門，來到了酒窖。突然間，一塊布矇了上來，兩隻手抓住了他，他感覺自己好像被裝進了袋子，然後袋口被嚴實地捆好。

「另一個。」一個聲音說。

古亥爾肯定也遭此對待。片刻之後，這個聲音繼續說話：「要是他們喊叫，立刻除掉他們，你帶匕首了嗎？」

「帶了。」

「好吧，現在出發，你們兩個，搬這個。你們兩個，那個。不許有光源，也不許出聲，這很重要。因爲從今天早上開始，他們就在附近的花園那裡到處搜查，大概來了十到十五個人。歌楚，你先回別墅去吧，要是有什麼動靜，立刻打電話到巴黎給我。」

勒諾曼感到自己被人抬了起來，一會兒後，他被搬到了戶外。

「把車拉過來，」那個聲音說。然後勒諾曼聽到馬車的聲音，自己被抬了上去，古亥爾被放在他旁邊，之後馬匹疾步小跑，離開了那裡。

約莫半個小時過去了……

「停車！」那個聲音命令道：「把人卸下！呃，馬車伕，調頭，讓車尾對著大橋。很好，塞納河上有船隻經過嗎？沒有，那就別浪費時間了！啊，你給他們綁上石頭了？」

「是的，綁好了，是用來鋪路的石塊。」

「那就動手吧！見上帝去吧，勒諾曼先生！在天堂請爲我帕柏里/里貝拉祈禱，啊，我還有個廣爲人知的身分——艾爾特海姆男爵。好了嗎？都準備好了？那好，一路順風，勒諾曼先生！」

勒諾曼隨即感到自己被人抬上大橋的橫樑，然後被推下去，急速掉落中隱約還能聽見——

「一路順風……」

約莫十秒過後，古亥爾探員也同樣慘遭毒手。

chapter 6

艾爾特海姆男爵

夏洛特小姐照料著正在花園玩耍的女學生們，夏洛特小姐是珍妮薇的新工作夥伴。艾爾蒙夫人走了出來，分好蛋糕孩子們，之後又回到自家的客廳兼接待室。她坐在一張桌子前，收拾著桌上的文件和信件。

突然，老婦人感覺屋子裡好像有人，待她一轉身：

「你！」艾爾蒙夫人叫了起來，「你怎麼來了？你是怎麼進來的？」

「噓！仔細聽我說，我可沒有時間閒扯，珍妮薇呢？」賽爾甯親王問。

「她去拜訪克塞巴赫夫人了。」

「什麼時候回來？」

「我看一個小時之內回不來。」

「好吧，那我就叫杜德維爾兄弟過來，我和他們約好了。珍妮薇最近怎麼樣？」

「很好。」

「我出國的這十天裡，她和皮耶・勒杜克總共見過幾次面？」

「三次，今天他們還要在克塞巴赫夫人家見面，按照你的吩咐，她把他介紹給克塞巴赫夫人。但我想跟你說的是，我覺得皮耶・勒杜克這個人不怎麼樣，珍妮薇應該找一個和她門當戶對的好男孩，像是他們學校裡那個老師。」

「妳瘋了嗎，怎麼能讓珍妮薇嫁給一個小學男教師！」

「啊，要是你把珍妮薇的幸福放在第一位設想，你就會同意我的看法。」

「該死，維克朵娃，別再說蠢話來煩我了，我現在可沒有時間分心。現在這盤棋的局勢對我很不利，我調兵遣將時可顧不了什麼兒女私情。等我贏了這次比賽，再來跟你討論皮耶・勒杜克是不是珍妮薇心中的完美騎士吧。」

這時，艾爾蒙夫人打斷賽爾甯的談話：「聽到動靜了嗎？外面好像有人在吹口哨。」

「是杜德維爾兄弟，妳出去找他們，把他們領進來以後，妳就可以離開了。」

杜德維爾兄弟一進屋，賽爾甯便仔細地向兩人詢問近況：「我看了報紙，知道勒諾曼先生和古亥爾失蹤了，你們還知道什麼其他細節嗎？」

「我們也不知道，副局長韋柏爾先生現在臨時接管警察總局，他已經派人在安養中心的花園連續搜查八天了，可是仍舊沒找到半點線索，局裡上上下下亂成一團，這種狀況可是前所未聞哪。警察總局局長竟然神祕失蹤，而且事先一點徵兆也沒有。」

「那兩名貼身女傭呢？」

「歌楚不見了，現在警方正在到處找她。」

「他的妹妹蘇珊呢？」

「韋柏爾先生和預審法官先生分別找她談過話，沒發現有任何可疑之處。」

「你們要跟我報告的就這些？」

「不只這些，還有好多報上沒提到的事。」

兄弟倆詳細地把勒諾曼失蹤前那兩天的行動，說給賽爾甯聽，包括那天夜裡造訪皮耶・勒杜克別墅的不速之客；以及第二天里貝拉現身歌爾詩，想要綁架珍妮薇，之後他們跟隨勒諾曼，如何在聖庫庫法森林追趕里貝拉；然後是斯坦威格老人的到來，以及他在警察總局裡與勒諾曼、克塞巴赫夫人的談話內容；最後，是斯坦威格遭綁架……所有的一切，兩人全都告訴了賽爾甯。

「除了你們，還有其他人知道這些細節嗎？」

「斯坦威格的事，迪耶茲也知道，這事就是他告訴我們的。」

「警察總局沒人懷疑你們的身分吧？」

「他們對我倆很信任，大案子都交給我們辦。很多事情，韋柏爾先生會問過我們的意見，才做最後決定。」

「很好，我們還沒有輸。假如勒諾曼先生眞是因爲自己的疏忽，而斷送了老命，這也在我意料之中。但至少他之前的行動非常棒，我們只需沿著他鋪好的基礎繼續往上爬，雖然現在看起來我們有點居於下風，但很快就能趕上的。」

「想趕上並不容易呀，老大。」

「爲什麼這麼說？我們只要找到斯坦威格老人就行了，因爲整椿案子的謎底都繫在他身上。」

「是的，可是里貝拉究竟把斯坦威格老人藏到哪兒去了？」

「當然是藏在他家裡！」

「那得去查里貝拉住在哪兒。」

「這當然。」

賽爾甯把兩人打發走後，獨自來到安養中心。中心門外停了幾部汽車，還有兩個人在花園裡溜達，像是剛剛換過崗。

他來到花園，發現克塞巴赫夫人家門前的長凳上坐著三個人，一個是皮耶・勒杜克，一個是珍妮薇，第三位是個身材魁梧的男人，戴著單片眼鏡。三人交談甚歡，誰也沒發現遠處的賽爾甯。

正在這時，別墅又走出幾個人來，其中有預審法官弗爾莫里先生、警察總局副局長韋柏爾先生，他們身邊還跟著一名書記官和兩名警探。珍妮薇看到他們出來，便起身回到屋內。單片眼鏡先生也立刻湊到預審法官和警察總局副局長身邊，與他們攀談起來，過了一會兒，這一群人便緩緩走向大門準備離開。

賽爾甯這時湊到了長凳前，和仍坐在那兒的皮耶・勒杜克悄聲說話：「別亂動，是我。」

「您，是您！」

他。

自從凡爾賽那可怕的一夜之後，這是年輕人第三次見到賽爾甯。而賽爾甯每次出現都會驚嚇到

「告訴我，那個戴單片眼鏡的傢伙是誰？」

皮耶・勒杜克臉色慘白，呑呑吐吐答不上來，賽爾甯抓住他的兩隻手臂說：「你倒是說話呀，該死，這個人到底是誰？」

「是艾爾特海姆男爵。」

「這個艾爾特海姆男爵是從哪裡冒出來的？」

「他是克塞巴赫先生生前的朋友，六天前從奧地利來的，專程來探望克塞巴赫夫人。」

這時，預審法官先生與艾爾特海姆男爵一行人已走出安養中心的花園。

「那個男爵跟你說過話了嗎？」

「是的，他問了我好多問題。他說他對我很感興趣，想幫我找尋家人，還說想幫我找回童年記憶。」

「那你對他都說了些什麼？」

「我什麼也沒說，因爲我什麼也不知道，是您讓我做這個皮耶・勒杜克的，但我對他卻一無所知。」

「你的處境奇怪就奇怪在這裡，因爲我對他也是一無所知。」賽爾甯冷笑著說。

「您儘管笑吧，看來您任何時候都笑得出來，我可不行，因爲我已經快撐不下去了。看您把我捲進了多麼大的陰謀裡，眞不知道你強迫我扮演的這個角色，會不會給我帶來什麼大麻煩！」

「別胡說些什麼撐不下去的話！我可以做親王，你至少也可以做一個公爵，也許地位比這還高。要是你不清楚當公爵是怎麼一回事，至少也裝裝樣子，表演一下，該死！珍妮薇至少也得嫁個公爵啊！想想珍妮薇吧，想想她那雙美麗的眼睛，難道不值得你獻上自己的靈魂？」

賽爾甯和假皮耶・勒杜克一邊說，一邊從長凳上站起，走進克塞巴赫夫人的房子，賽爾甯根本不在意勒杜克的表情，也不關心這傢伙怎麼想。兩人進門後，剛走在門廳的臺階上，舉止優雅的珍妮薇便面帶微笑迎上前來。

「您回來了，」她高興地對賽爾甯親王說：「啊，這眞是太好了！眞高興您能回來，您是來見多蘿蕾絲的吧？」

說著，珍妮薇把賽爾甯領進臥室，克塞巴赫夫人正躺在長沙發上，身上蓋著純白織毯。賽爾甯見狀不禁爲之心驚，這位年輕夫人的臉色十分蒼白，看起來比他走前又消瘦了不少，現在的多蘿蕾絲儼然像一個放棄希望的重症患者，任憑命運一點一滴吞噬她。

賽爾甯憐惜地看著她，絲毫不掩飾自己內心的激動之情。而多蘿蕾絲則感謝親王對自己的關心，並向他談起了艾爾特海姆男爵。

「您以前認識他嗎？」賽爾甯問。

「只是聽過他的名字，我丈夫生前和他的關係很密切。」

「我認識一個住在達茹街的艾爾特海姆，您認爲他們是同一個人嗎？」

「噢，不，這個人住在……其實，我知道的也不多，他跟我說過他的地址，但我現在想不起來了……」

兩人簡單攀談了幾分鐘，賽爾甯便告退。他走到門廳時，又遇見了珍妮薇。

「我有事情要跟您說，是……是很重要的事。您看見他了嗎？」珍妮薇語重心長地說。

「誰？」

「艾爾特海姆男爵。那不是他的眞名，我認出他來了，我很肯定……」說著，她激動地拉起賽爾甯的手往外走。

「別急，珍妮薇……」

「他就是那個想綁架我的人。那天如果沒有可憐的勒諾曼先生相助，我今天很可能就見不到您了。您應該知道他，您可是什麼事都知道呀。」

「那麼他的眞實姓名叫什麼？」

「里貝拉。」

「您確定？」

「雖然他換了髮型、口音改了、舉止也改了，但是統統沒用，我從一開始就認出來了，不過我誰也沒說，就爲了等您回來。」

「您連克塞巴赫夫人也沒透露？」

「沒有，能有老朋友來看她，她很高興，我可不想破壞她的好心情。但是您會跟她說，對嗎，您一定要好好地保護她。我不知道他這次來又有什麼陰謀，也不知道他是來對付克塞巴赫夫人，還是來盤算我。現在勒諾曼先生不在了，這傢伙變得如此猖狂，誰能拆穿他的陰謀呀？」

「這件事就交給我吧，但是請您一個字也不要向別人提起。」

兩人走到安養中心的門房前，大門敞開了，賽爾甯對珍妮薇說：「再見，珍妮薇。不用擔心，有我在，什麼事也不會發生。」

說完他便走出中心，帶上大門，可是等他準備轉身離開，又不禁向後退了回來。面前有個身材高大、兩肩寬闊、氣勢凌人的傢伙擋住他的去路，此人戴著單片眼鏡，他正是艾爾特海姆男爵。

兩人默默地對視了兩、三秒，然後男爵微笑著先開口說話：「我一直在等您呢，羅蘋。」

賽爾甯一向泰然自若，這次卻被此人弄得措手不及，不禁一驚。自己從國外回來，就是想揭穿對方的眞面目，沒想到卻被他搶了先，自己的身分反倒暴露了。艾爾特海姆像是來宣戰，眞是個膽大放肆、厚顏無恥的傢伙，好像他已確定自己能贏似的，怎能讓他爲所欲爲、輕易得逞？

賽爾甯不作聲，充滿敵意地打量對方，對方也一樣，死盯著他看。

「然後呢？」賽爾甯終於開口。

「然後呢？您不覺得我們兩人有必要找個時間，來一次正式會面。」

「爲什麼？」

「因爲我有話對您說。」

「你想什麼時候會面？」

「明天，我們一起到餐館用午餐。」

「爲什麼不去你家裡？」

「因爲您不知道我家在哪裡。」

「不，我知道。」

賽爾甯動作俐落地從艾爾特海姆的口袋抽出一捲報紙，拆掉捆在上面的橡皮筋，掀開一頁看看，然後說：「杜邦別墅二十九號。」

「果然聰明，那好，我們明天見，在我家。」艾爾特海姆乾脆地回答。

「明天在你家見，什麼時候？」

「一點鐘。」

「我會準時到的，不見不散。」

說完，兩人邁步準備離開，可是突然間艾爾特海姆又退步走了回來：「啊，對了，別忘了帶你的武器。」

「爲什麼？」

「我可是有四個護衛，到時候您得靠自己了。」

「我有兩隻拳頭，這樣還不夠嗎？」賽爾甯撂下狠話，轉身打算離開，這次換他停下，頭也不回地說：「對了，我忘了，男爵，您最好再多安排四個護衛。」

「爲什麼？」

「我剛才想了一下，到時我會帶馬鞭去。」

*　　*　　*

第二天下午一點整，賽爾甯騎馬穿越杜邦別墅區的柵欄，來到一條靜謐的鄉間小路，這別墅區唯一的出口就是佩爾歌萊茲街，再往前走兩步，就是布瓦大道。小路兩旁錯落著各式花園和美麗的酒店，路的盡頭有片小花園，花園裡矗立著一座古老高大的建築，桑圖爾鐵路正好從建築物後方滑過。

這塊花園就是杜邦別墅二十九號，艾爾特海姆男爵的家。

賽爾甯下了馬，把韁繩扔給自己提前派去的馬伕，對他說：「兩個半小時後，再幫我把馬匹牽回來。」

馬伕走了，賽爾甯按門鈴，花園的門打開。他登上臺階，朝建築物的大門走去，大門兩側站著兩名穿制服的壯漢，壯漢將賽爾甯領了進去。只聽轟隆一聲巨響，大門在賽爾甯身後關上了，偌大的門廳全由石料砌成，不帶任何裝飾，從裡到外透著一股陰森之氣。賽爾甯雖膽識過人，但置身如此恐怖的古堡，他也不免感到幾分孤立無援，就像身陷危機四伏的監獄一般。

「請通報賽爾甯親王到訪。」

客廳距離門廳並不遠，不一會兒，護衛通報歸來，便將賽爾甯領進客廳。

「啊，您終於來了，我親愛的親王，」艾爾特海姆男爵走上前來迎接賽爾甯。「好的，多明尼克，二十分鐘後開席。你先下去吧，我要和親王單獨談談。您知道嗎，我親愛的親王，其實我對您的到訪並不抱太大期望。」

「啊，是嗎？爲什麼？」

「我這麼想再自然不過，您今天早上不是正式向我宣戰了嗎？所以，我還以爲任何會面都是多餘的。」

「什麼正式宣戰？」

男爵打開當天的《要聞報》，指著裡面一篇文章要賽爾甯讀：

警察總局局長勒諾曼先生的失蹤，也同樣震驚了亞森・羅蘋。亞森・羅蘋之前也曾進行過簡短調查，以釐清克塞巴赫凶殺案。無論勒諾曼先生是死或活，羅蘋都已下定決心要找到他。羅蘋也打定主意要抓到這樁連續殺人案的兇手，兇手可能不只一個，他要將他們交給警方繩之以法。

「這則報導是您發佈的吧，我親愛的親王？」

「是我發的。」

「所以我並沒說錯，您的確向我宣戰了？」

「是的。」

艾爾特海姆請賽爾甯坐下，自己也坐了下來，口吻隨和地說：「噢，不，這我可不能接受，像我們這樣的兩個人根本就不應該互相爭鬥與傷害。我們應該彼此交換意見，共同尋求達成共識的方法。」

「可是我的想法和您恰恰相反，像我們這樣的兩個人，永遠也不可能有共識。」

艾爾特海姆對於賽爾甯這麼不留情面，不耐煩地做了個手勢，打斷對手的話：「聽著，羅蘋……您介意我稱呼你羅蘋嗎？」

「那我又該怎麼稱呼你？艾爾特海姆？里貝拉？還是帕柏里？」

「噢、噢，沒想到，您掌握的資訊居然比我想像中還多。羅蘋，看來你果眞是精明能幹。瞧，我這裡還有一個很好的理由，希望能說服您與我同盟。」

艾爾特海姆身子朝前，想說服對方：「聽著，羅蘋，您得好好考慮一下我接下來要說的話。我可是已經考慮得十分周延了。我們兩人可說是勢均力敵──你儘管笑，但你這是錯估了我──您手中掌握著我不知道的資訊，而我手裡也有您想要的東西。像你這樣的高手應該要懂得變通，而且變通對你來說，一點也不費事，只要腦筋再靈活一點，就夠了。所以現在我想請問您，爲什麼你我一定要互相爲敵呢？我們的追求不是一致的嗎？而且，你知道如果我們繼續鬥下去，後果會如何？到時候我們很可能兩敗俱傷，誰都達不成目的！再繼續執拗下去，誰會坐收利益呢？勒諾曼嗎，或其他什麼惡棍嗎？我認爲這麼做太傻了。」

「的確，這樣做是很傻，所以現在只有一個辦法。」賽爾甯開誠佈公地說。

「什麼辦法？」

「你退出呀。」

「別開玩笑了。我剛才那番話全是認眞的。而且，我還有個好的建議要跟您提呢，可不能話還沒說出口，就被你否決了。」

「噢、噢！」

「當然，在其他事情上，我們還是各做各的，誰也不干預誰。但是這件事，我想可以集中彼此的力量聯手一起做，然後一起分享最後的勝利，這樣難道不好嗎？」

「你打算怎麼聯手？」

「我？」

「對，你知道我的價値，我的本事有多大，眾所皆知。也就是說，你很清楚在這個聯手合作的計畫中，我能發揮多大的用處，那你呢？你又能貢獻什麼？」

「斯坦維格？」

「這點貢獻太沒說服力了吧。」

「這可是一筆大買賣，有了斯坦維格，我們就能知道皮耶．勒杜克的眞實身分。透過他，我們還能知道克塞巴赫的偉大計畫。」

賽爾甯聽到這兒，忍不住大笑起來：「看來你是遇到麻煩，需要我幫忙？」

「你這是什麼意思？」

賽爾甯笑著說：「小朋友，你這項提議太幼稚了吧。現在斯坦維格就在你手上，可是你卻又想和我聯手，這說明了什麼？說明你沒辦法讓他開口，招出你要的訊息，否則你哪裡會想到要和我聯手？」

「那又怎麼樣？」

「怎樣？我拒絕你的建議。」

商談一破局，賽爾甯和艾爾特海姆兩人都從椅子上站起來，惡狠狠地盯著對方。

「我拒絕！」賽爾甯擲地有聲地重複道：「羅蘋從來不需要任何人，我從來都是單獨行動。你說你和我勢均力敵，如果情況屬實，你絕不會想到什麼聯手計畫。如果你是個眞正的王者，心裡便只會想著如何去支配別人。聯手就等於屈服，我羅蘋可絕不屈服。」

「你拒絕？你居然拒絕？」艾爾特海姆像是受了侮辱，臉色蒼白，嘴裡絮絮叨叨唸個沒完。

「我的小朋友，我所能爲你做的，就是在我那兒爲你安插個合適的角色。我想還是先從最普通的小卒做起比較好，這樣你就能學著看我這個常勝將軍，如何指揮部署軍隊，並獲得最終勝利的，你會看到我是如何獨力達成我的目的。我這個提議，你覺得怎麼樣，小鬼？」

艾爾特海姆徹底被惹惱了，他氣得咬牙切齒：「你錯了，羅蘋，你錯得離譜。我也一樣，我誰都用不著，這個案子和我以前做過的所有案子，沒什麼兩樣，最後我一定會得勝的。剛才我提出的那個建議，只是希望在不給自己找太多麻煩的情況下，更快實現目標罷了。」

「我能肯定，你絕不會替我添什麼大麻煩的。」羅蘋輕蔑地說。

「那我們就走著瞧吧，既然你不同意聯手，那現在大家就打開天窗說亮話，到時候只有一家能贏。」

「我一個人享受勝利就夠了。」

「想成功，只能踩著另一個人的屍體達陣。你準備好了嗎，羅蘋？到時候，我們之間會有一場殊死決鬥，明白嗎？你瞧不起動不動就動刀子的人，可是如果這一刀剛好插在你喉嚨上呢，嗯？你會怎麼想？羅蘋？」

「啊、啊，原來你是想和我說這個。」

「不，我並不是個喜歡見血的人。你看看我的拳頭，誰要是吃上一拳，立刻就倒地不起。可是另外那位，你還記得脖子上的那道傷口吧？那位……羅蘋，你可要小心了，他可是相當殘忍無情，沒有人能擋他的路。」

艾爾特海姆說話時，聲音壓得非常低，但語氣十分堅定，賽爾甯的思緒一下子被勾起，一想到那晚的可怕陌生人，他就渾身發冷。

「男爵先生，這麼說你是害怕你的黨羽囉？」賽爾甯諷刺地說。

「我是替那些擋我們路的人擔心，我是在替你擔心，羅蘋。現在，要嘛接受建議，要嘛接受失敗吧。有必要，我們一定會毫不猶豫展開行動的。我們離目標已經太近，簡直可說是唾手可得。走著瞧吧，羅蘋！」

艾爾特海姆說起話來氣勢驚人，好像立刻就要撲到對方身上似的。

賽爾甯聳了聳肩膀。

「天哪，我餓壞了，你們家用餐時間可眞夠晚的！」賽爾甯打了個呵欠。

這時，客廳的門被推開了。

「午餐已備妥。」管家走進來說。

「啊，眞是個好消息！」

兩人隨即起身走去餐廳，來到餐廳門口，艾爾特海姆無視於一旁的傭人，一把抓住賽爾甯的手臂說：「我可是向您提了一個好建議，接受吧！現在情況緊迫，我的這個建議對你而言可是再好不過了，我向你保證……接受吧。」

「魚子醬……」賽爾甯假裝沒聽見對方的話：「啊，太好了，男爵先生眞是禮數周到，你沒忘記今天來的是位俄羅斯親王。」

兩人面對面到餐桌前就坐，他們中間還坐著男爵家的寵物——一隻長毛的銀色格雷伊獵犬。

「請允許我向您介紹，這是我最忠誠的朋友西里尤斯。」

「狗兒可是我們的好伙伴呢，我永遠忘不了沙皇爲感激我救他一命，而賜給我的那隻狗。」賽爾甯說。

「啊，您眞榮幸，牠一定是您的得力助手。」

「對，應該說牠『以前』是我的得力助手。您知道嗎，我的狗叫塞巴斯托波①。」

午餐在活絡而友好的氣氛中度過。艾爾特海姆重新找回了好心情，兩人之間彬彬有禮、機智交鋒地聊著天。賽爾甯每講一樁見聞，男爵先生就會回敬另一樁。打獵、體育、旅行話題無所不談，兩人一會兒從歐洲大陸最古老的家族，談到西班牙的名門望族，又從英國皇室聊到匈牙利貴族、奧地利大公。

「啊，我們的職業是多麼美妙啊，它能帶給我們世上最美妙的一切人事。西里尤斯，來點野味吧。」賽爾甯一邊說，一邊從盤子插起食物，丟給男爵的寵物。

獵犬目不轉睛盯著賽爾甯扔來的食物，很快叼走，一下吞進了肚子。

「來杯香貝丹葡萄酒如何，親王先生？」

「樂意之至，男爵。」

「您一定要嚐嚐，這可是比利時王國利奧波德王的酒窖珍藏呀。」

「是禮物？」

「對，是我送給自己的禮物。」

「味道好極了，再配上這鵝肝，眞是太有創意了。我今天眞是高興，男爵先生，您家的廚師廚藝一流。」

「親王先生，我家這位可是『女』廚師，是我重金從社會黨議員勒弗洛那裡搶來的。您再嚐嚐這道巧克力冰淇淋，而且一定要配上脆餅吃。」

「形狀看起來很不錯。」賽爾甯一邊說，一邊從大餐盤取了一點。「希望有您形容得那麼好吃……看，西里尤斯，你一定會喜歡的，它比古羅馬人奧古斯特②做出來的蛋糕還要漂亮呢。」

說完，賽爾甯迅速從自己的盤子切一小塊扔到地上，獵犬撿起蛋糕狼吞虎嚥地吃了下去。可是才兩、三秒工夫，狗兒就變得眼神呆滯，然後牠開始繞著自己打轉，最後狗兒倒在地上死了。

賽爾甯倏地跳到椅子後面，以免遭在旁服侍的傭人從背後偷襲，他笑著說：「男爵，下次要是再想下毒陷害你的朋友，聲音記得一定要保持平靜，手也千萬不要發抖，那樣就不會有人察覺，不過……我記得您剛才好像說不喜歡殺戮。」

「我討厭動刀子，但我一直都想看看中毒之人會是什麼模樣。」艾爾特海姆故作鎮靜地說。

「好傢伙！拿一個俄國親王開刀，你眞是選對人了。」說完，賽爾甯特別湊向艾爾特海姆小聲地說：「如果你毒害我的計畫成功了，你知道後果將會如何？要是我的手下在下午三點還沒等到我回去，那麼三點半時，警察總局局長就會知道這個所謂的艾爾特海姆男爵是何許人，然後日落前你就會被送進監獄。」

「啊，至少被送進監獄還有可能逃出來，但要是被送上天國，那就一點活命的希望都沒了。」

「說得好，前提是你得眞能送我一程，但我想這並不容易。」

「您只需要吃一口蛋糕。」

「你確定？」

「不信您可以試試。」

「顯然今天的你還成不了大器，不過，未來也沒什麼指望便是，因爲你竟然想用這種卑劣手段加害我。當一個人自以爲有權利過我這種幸運兒的生活時，這個人得想想自己是否具備幸運兒該有的本事——能夠預知一切意外，能做到有無賴想下毒害你卻死不了，具有頑強的意志和堅不可摧的身軀，這樣才算得上是個幸運兒，才能擁有我今天的一切。看來，你還得再加把勁才行哪！繼續加油吧，小鬼頭，我已經是頑強無畏、堅不可摧了，別忘了米特里達特國王③的例子？」

賽爾甯說完這番話，又坐回自己的位置：「我們繼續用餐吧！我這人喜歡吹捧自己身上的優點，自然也懂得不讓你的廚師失望，把蛋糕給我。」

他取過一塊蛋糕，分成兩份，一份遞給男爵：「吃！」對方退卻了。

「膽小鬼！」賽爾甯輕視地說。

賽爾甯在眾人驚訝的目光下吃完了第一塊蛋糕，接著是第二塊。他就這麼慢條斯理、細嚼慢嚥地吃著，儼然每一塊都是極甜美的點心，就怕糟蹋了每一口的滋味。

*　　*　　*

兩人於這一次午餐會面後，開始頻繁往來。

當天晚上，賽爾甯親王請艾爾特海姆男爵到瓦泰爾酒館用餐，一同前往的還有一位詩人、音樂人、金融家，以及法蘭西劇院的兩位美麗女演員。

第二天，兩人又一起到布瓦大道用午餐，晚上還一起去劇院。

整整一個星期，他們倆每天見面，好像一對死黨。表面上，他們信任敬重彼此，稱讚對方，一起玩樂、品酒、抽雪茄，像快意的瘋子那樣放聲大笑。

但事實上，他們都在虎視眈眈地窺伺對方，他們是兩個不共戴天的仇人，各自認爲自己能夠戰勝對方，爲達目標，兩人一定會不擇手段地鉗制對方。只不過現在他們還在暗自醞釀，等時機一到，艾爾特海姆就會採取行動，吞噬掉賽爾甯；而賽爾甯也會用盡方法讓艾爾特海姆掉進陷阱。此刻，兩人都心知肚明，要不了多久勝負就能見分曉，也許是幾小時，頂多是幾天。到了那時，只有一個人能得勝。

眞是一場驚心動魄的大戲呀，就算是賽爾甯這樣的人也得親自品嚐其中的悲苦。他得想辦法接近自己的敵人，天天都跟在他左右，只要走錯一步或一個小疏忽都可能要了他的命，這簡直太刺激了。

一天，兩人相約在康彭俱樂部見面，艾爾特海姆男爵也是俱樂部會員。在這個六月的黃昏，俱樂部的花園只有他們兩人，這個時節裡人們習慣早一點用晚餐，而晚場的玩家也都還沒有到。他們走在花園的草地上，旁邊是延展開來的花叢，花叢最外側立著高高的圍牆，牆上有一道小門。艾爾特海姆一邊走，一邊和賽爾甯攀談，可是賽爾甯聽出對方的聲音似在顫抖，於是他一邊聽，一邊用餘光觀察對方。艾爾特海姆一隻手插在上衣口袋裡，透過衣料，賽爾甯看得出他手裡握著一把刀，他時而緊握，時而鬆開，顯然他還在猶豫。

當時的情形十分有趣，艾爾特海姆到底想做什麼？是讓自己怯懦的本性佔上風？還是他會鼓足勇氣，拔出匕首開殺戒？

賽爾甯想及此，於是雙手繞在背後，上身挺直，時刻提防對方。這時，焦慮和興奮同時在他內心交織，他的身體不由得緊繃了起來。而男爵也停止了談話，兩人就這麼在沉默中肩併肩地走著。

「你倒是動手呀！」賽爾甯突然停住腳步，朝著艾爾特海姆大喊：「動手吧！錯過這個時機就再也沒機會了。只要得手，你就可以從圍牆的小門堂而皇之地逃離現場，而且鑰匙也剛好掛在門上，誰都不會發現。連我都看出來了，一切是這麼精心策劃，你故意把我帶到這裡來。那麼現在還猶豫什麼呢，動手呀！」

他一邊說，一邊緊盯著對方的眼睛，嚇得艾爾特海姆面色鐵青，渾身發抖，壯碩的身軀就這麼癱軟了下去。

「膽小鬼，」賽爾甯冷笑一聲道：「眞是扶不起的朽木！你要我說實話嗎？朋友，實情是你怕我。是的，只要有我在，你甚至不知道自己的命運會如何。你想採取行動，但是行動之前又不得不窺探我的動靜，想著到底該不該出手。所以我才是那個眞正掌握局勢的人。噢，你根本比不上我的光芒……」

賽爾甯話沒說完，就感覺自己被人勒緊脖子，往後拖。原來有人一直藏在小門邊附近的草叢，伺機跳出突襲自己。他看見那個人正舉著一把亮晃晃的尖刀朝自己喉嚨刺來……

站在一旁的艾爾特海姆也撲了上來，兩人登時掉進了花壇。這場近身肉搏持續不到半分鐘便結束。賽爾甯當然是經驗老到的強力摔角鬥士，艾爾特海姆痛得發出一聲哀叫，幾乎是立刻求饒。賽爾甯重新站起，趕緊朝小門奔去，但已經太晚，那名發動偷襲的黑衣人已閃了出去，把門帶上，從外面上了鎖。等他到了門前，門已經打不開了。

「該死的惡徒，」賽爾甯恨罵：「我抓到你的那天，就是我雙手第一次染血的日子。我發誓！」

賽爾甯回到原處，彎下腰，撿起濺了一地的匕首碎片。

倒在地上的艾爾特海姆也動了動，賽爾甯對他說：「怎麼樣，男爵，肚子好點了嗎？你不知道這是什麼拳吧，這招叫直拳，俐落、迅猛、簡單，且從不失手。若有人對你動刀，怎麼辦？那就向我學習，戴上鋼製的護頸，這樣就刀槍不入、所向披靡啦，特別是針對那些喜歡偷襲的傢伙，這些惡徒就愛從脖子下手。你看，這是他最愛抄的傢伙，這會兒全成了碎渣。」

賽爾甯伸出手，把艾爾特海姆拉起來：「起來吧，男爵，我請你吃晚飯。另外，還請您記住，何以我才是所向無敵的王者？容我再提醒您一次，我可是具備勇猛無畏的精神，和堅不可摧的身體。」

*　　　　＊　　　　＊

賽爾甯來到俱樂部，先預訂一張兩人座的餐桌，然後找了張長沙發坐下打發時間，等待餐廳開始營業。賽爾甯思索著：

「我們兩人之間的較量還眞有趣，但這不是鬧著玩的，我必須挺住，否則這些禽獸早晚送我上天堂，我可不想那麼早去報到。只是如今這局面還眞讓人頭痛，在找到斯坦維格老人之前，我什麼也做不了。而這恰好也是你爭我鬥的關鍵所在。我一直緊纏著艾爾特海姆不放，就是為了找到斯坦維格老人的下落。他現在究竟怎麼樣了？艾爾特海姆肯定每天都在拷問他，肯定每天用盡各種方法要他說出克塞巴赫的祕密計畫。可是斯坦維格究竟身在何處？是在艾爾特海姆的朋友那兒？還是就在男爵那杜邦別墅二十九號的家？」

賽爾甯思索片刻，點起一根菸，抽了三口，扔掉。這應該是暗號。兩名年輕人看到這一幕，立刻湊到賽爾甯身旁坐下。賽爾甯裝作不認識他們，卻悄悄與兩人展開對話。

這兩人其實是杜德維爾兄弟，今天他們仍以警探的身分來此露面。

「老大，有什麼吩咐？」

「帶六個我們的人，進去杜邦別墅二十九號。」

「可是，怎麼進去呢？」

「以執法的名義，你們不是警察總局的探員嗎？就說要進去搜查。」

「可是我們沒有搜索令。」

「自己想辦法。」

「那些傭人怎麼辦？要是他們阻攔呢？」

「他們只有四個人。」

「要是他們喊叫呢？」

「他們不會喊叫的。」

「要是艾爾特海姆回去了呢？」

「他十點以前不會回去的，這裡交給我來辦。所以你們有兩個半小時，把整幢別墅翻過來找都夠了，如果找到斯坦維格老人，就回來通知我。」

這時，艾爾特海姆依約走了進來，賽爾甯若無其事地迎上前去。

「我們吃飯吧！我已經餓腸轆轆了，都怪剛才在花園上演的那場意外。親愛的男爵先生，我還有很多建議要在餐桌上跟您提一提呢……」

於是，兩人前往餐廳用餐。

晚餐過後，賽爾甯提議打一局撞球，艾爾特海姆欣然接受。很快地，撞球打完了，他們又來到百家樂撲克牌室，只聽發牌員喊道：

「五十路易④，有人要跟嗎？」

「一百路易。」艾爾特海姆回應。

這時，賽爾甯低頭看看自己的手錶，十點了，杜德維爾兄弟仍不見人影，看來搜查沒有斬獲。

「我作莊。」賽爾甯說。

艾爾特海姆坐下發牌。

「我補一張！」

「不補！」

「七點。」

「六點。」

「我輸了，」賽爾甯喊著：「再來！」

「樂意奉陪！」男爵說。

男爵再次發牌。

「八點。」賽爾甯喊。

「九點。」男爵十拿九穩地說。

之後賽爾甯轉身離去，低聲地說：「雖然輸了三百路易，但是沒關係，至少把他絆在牌桌上了。」

賽爾甯離開賭場坐上車，過了一會兒，司機停在杜邦別墅二十九號前，賽爾甯下車走進別墅，杜德維爾兄弟一行人正聚集在門廳。

「找到老人了嗎？」

「沒有。」

「奇怪，他肯定藏在別墅的某個地方，傭人們呢？」

「被我們綁在儲藏室。」

「幹得好，我也不希望他們看到我進來。現在你們都離開吧。尚恩，先在別墅外找個地方躲好。雅克，帶我繞房子一圈。」

賽爾甯迅速檢查了別墅的地下室、樓上、樓下和閣樓，他心裡有數，既然手下搜了三個小時都毫無收穫，自己也不可能在幾分鐘之內有所發現。但他還是仔細將每個房間的格局和擺設都記了下來，以發現任何可能的蛛絲馬跡。

檢查完畢，賽爾甯在雅克的引領下回到艾爾特海姆的臥室，展開嚴密的搜索。

「我準備這麼做。」他一邊說，一邊掀開臥室裡的一道隔簾。簾後藏了一個黑色衣櫥，櫥裡放滿了衣服。「從現在開始，我要自己監視這間臥室的一舉一動。」

「要是男爵親自檢查別墅怎麼辦？」

「他爲什麼要檢查？」

「傭人一定會告訴他，我們來過了。」

「那當然，但是他肯定想不到有人還沒走，所以我要留在這兒。等他回來，他想必會得意地說：

『瞧，他們空手而歸了吧。』所以我留下來不會有任何問題的。」

「那您怎麼從這裡出去呢？」

「啊！你問太多了，重點是我已經進來了。你走吧，雅克，幫我把臥室的門關好，快點下樓去找你哥哥，然後離開這兒。我們明天見，或是……」

「或是什麼時候？」

「不用替我擔心，有需要的話，我會聯繫你們的。」

賽爾甯坐在衣櫥最深處的一個箱子上，面前有四層掛得嚴嚴實實的衣服掩護，如果不是刻意搜查，沒人會發現這裡躲了一個人。

十分鐘後，賽爾甯聽到外頭傳來篤篤的馬蹄聲，緊接著是叮叮噹噹的鈴聲，然後馬車停下。不一會兒，樓下的大門打開了，傭人們發出得救的歡呼聲，而且聲音越來越大，好像已經有人替他們鬆綁。

「他們一定正在向自己的主人報告情況吧！」賽爾甯心想：「男爵肯定氣得直跺腳，現在他應該明白自己上當，知道我今晚爲什麼要帶他去康彭俱樂部了。但也還不能說他上當，因爲我還沒找到斯坦維格老人呢，而艾爾特海姆現在最關心的肯定也是這個，他一定會先去探看斯坦維格。如果他上樓，就代表人被藏在樓上，如果下樓就表示人被藏在地下室。」

樓下依舊聲響不斷，好像還沒有人離開客廳。男爵必定正反覆地向傭人們盤問一切。就這麼過了半個小時，賽爾甯才聽到有人走上樓來。

「很好，這意味著人被藏在樓上，可是他爲什麼這麼久才上樓？」

「大家都去睡覺吧！」賽爾甯聽見艾爾特海姆如此吩咐著傭人。然後他聽見一名傭人陪著男爵進了臥室，接著是門關上的聲音。

「我要睡了，多明尼克，就算討論一整夜，也不會有什麼結果的。」

「我認爲，他闖進別墅必定是衝著斯坦維格老頭而來。」傭人說。

「我也這麼認爲，所以我很慶幸斯坦維格不在這兒。」

「可是他人到底在哪兒，您是怎麼處置他呢？」

「這是我的祕密，我的祕密永遠只屬於我一個人。我能告訴你的是，那個地方十分安全，而且只有招出我們想要的消息，他才能離開。」

「所以，親王是白跑一趟了。」

「可以這麼說，不過他爲了來這兒一探究竟，可是折損了一大筆錢。眞可笑，好個走楣運的親王。」

「不管怎麼說，我們得擺脫這傢伙。」

「別擔心，老戰友，快了！一星期內，看我不剝了羅蘋的皮做錢包，拿來獎勵你。現在讓我睡覺吧，我很睏了。」

賽爾甯聽到門關上的聲音、男爵鎖門的聲音、掏口袋的聲音、替錶上發條的聲音，還有脫衣服的聲音。

艾爾特海姆感覺上似乎很高興，他又唱歌又吹口哨的，還大聲地自言自語：

「是的，不出一星期，頂多四天，就能拿羅蘋的皮做錢包。不這麼做，難道坐等這混蛋把我們吃掉。沒關係，他今晚雖然算計得很準，可是並沒有得逞。斯坦維格當然只能被關在這裡，不是嗎？只不過……」

艾爾特海姆上床後不久就關了燈。賽爾甯偷偷湊近到隔簾後方，撥出一道縫向外窺視。昏暗的月光穿過窗戶透射進來，整張床卻剛好埋在牆壁投射下的陰影裡。

「看來我才是眞正的傻瓜，」羅蘋心想，「還眞是上了個大當，等他鼾聲大作，我就趕緊走人。」

可是這時，有個悶悶的聲音傳了出來，聽起來很奇怪，好像是從床底傳來的，又好像有人在咕噥，聲音很微小，不仔細聽根本聽不見。

「好吧，斯坦維格，我們說到哪兒了？」

是男爵在說話！毫無疑問，說話的人就是艾爾特海姆，可是他怎麼叫著斯坦維格呢？剛才他不是說斯坦維格不在臥室嗎？

艾爾特海姆繼續說：「還是不肯招來？你這傻子，你再好好考慮一下吧，把你知道的一切都說出來……不說？好吧！晚安，我們明天再見……」

「我這是在作夢，是在作夢。」賽爾甯心想。「或者是他在說夢話？斯坦維格不在他身邊，不在隔壁，甚至不在這幢別墅裡，剛才艾爾特海姆自己不也這麼說？可是這奇怪的一幕又該怎麼解釋？」

賽爾甯猶豫了。既然計謀不奏效，要不要直接跳出去，掐住他的喉嚨，逼他說出斯坦維格的下落？不，這麼做更愚蠢，艾爾特海姆絕不可能輕易屈服的。

「好吧，我還是離開算了，今晚就當作白工了。」

可是賽爾甯遲未動作：「我不走，留下來耐心等待，說不定會有收穫。」

於是，他小心翼翼取下四、五件衣服鋪在地面，坐臥其上，身子倚著牆，就這麼安然睡去了。

*　　　　　*　　　　　*

看來男爵不是個習慣早起的人，不知從哪兒傳來的鐘聲敲過了九點，男爵這才從床上跳起，搖鈴喚來自己的貼身男僕。

他讀完傭人帶來的所有信件後，一聲不吭地穿好衣服，坐在桌前一一回信。傭人打開衣櫥，認眞掛好男爵前一天穿的衣服。而早已重新躲到衣櫥深處的賽爾甯，因擔心行跡敗露，緊張地掄起了拳頭：

「難道我要先下手爲強，給這傢伙的肚子揮上一拳？」

時間一分一秒過去，上午十點鐘之際，男爵吩咐著：「你出去吧！」

「可是，這件背心……」

「我要你出去，叫你的時候你再回來。」

然後他親自打開門，不耐煩地把傭人轟了出去。很顯然，艾爾特海姆不信任任何人。傭人走後，他來到桌前，拿起桌上的話筒：

「小姐，您好，請接歌爾詩地區。是的，小姐，請幫我接通。」

艾爾特海姆待在電話旁一步不離。

賽爾甯開始感到惶惶不安，他正在打給自己的神祕黨羽嗎？

電話鈴聲再次響起。

「喂？啊！是歌爾詩地區，很好，小姐，請幫我接三十八號，對。」艾爾特海姆說。

幾秒鐘過後，他壓低聲音說話，但仍句句清晰可聞：

「三十八號嗎？是我，聽著，直接講正題。昨天？是的，昨天在公園，你失手了。下一次？當然要，而且要快。昨晚他派人來這裡搜查了，之後我再跟你詳述。他什麼都沒找到，那是當然的。什麼……喂，沒有，斯坦維格老頭還是什麼都不說，軟硬都不吃。喂，是的，當然，他知道我們拿他沒辦法，我們現在不知道克塞巴赫的祕密計畫是什麼，對於皮耶・勒杜克這個人，我們也只知道一些皮毛，現在謎底都在他一個人手上呀！哦，遲早有一天我會讓他說出來的，我保證，昨天晚上，要不是……。唉，你要我怎麼做，總比讓他逃了好吧，你沒看到那個親王想從我們這兒把他搶走嗎？哦，這傢伙啊，三天內包準他慘兮兮。你有好辦法？嗯，這辦法確實不錯。哦，哦，很好，這件事我來辦。我們什麼時候見面？星期二可以嗎？好，那就星期二下午兩點，到時候我過去。」

艾爾特海姆掛上電話，走出臥室，賽爾甯聽見他在外頭吩咐自己的手下：

「這回可要多加小心，嗯？別再像昨天那樣讓人耍了，我今晚要到半夜才回來。」

門廳沉重的大門被關上了，然後是花園柵欄的聲音，接著賽爾甯聽到一陣漸行漸遠的馬蹄聲。

二十分鐘後，兩名傭人走進臥室，打開窗戶，整理房間。

傭人走後，賽爾甯又多藏了一會兒，直到確定屋裡所有人都到廚房去用餐，他才跳出衣櫥，仔細檢查床的周圍，與緊貼著床的牆壁。

「奇怪，眞是奇怪……不過是一張普通的床，沒有夾層，床下也沒有暗門，還是到隔壁房間看看好了。」

賽爾甯踮起腳尖走到隔壁房間，這裡是個空房，一件家具也沒有。

「斯坦維格老人不可能藏在這裡！不可能，看看這些牆，不過是一些隔板，太薄了，該死，我眞的搞不懂。」

他分毫不差地檢查了每塊地板、每面牆，以及床的每個角落，結果全是在浪費時間。這裡必定有個機關，這個機關也許非常簡單，但賽爾甯就是找不到。

「莫非艾爾特海姆是在說夢話？」賽爾甯暗想。

「只有這個解釋說得通，想驗證是否果眞如此，只有一個辦法，那就是我還得繼續待在這裡。」

賽爾甯擔心被人發現，所以又鑽進衣櫥，忍受著饑餓，昏昏欲睡……。

天色漸漸暗下。

艾爾特海姆回到家已是午夜，今晚他獨自一人回到臥室，脫了衣服，上了床，隨即關燈。

和昨晚一樣，賽爾甯同樣焦急地等待著，等到的同樣是艾爾特海姆莫名其妙的咕噥自語，還有那嘲諷的口吻：

「我說一切可好，我的朋友……污辱？哦，不！哦，不！朋友，這不是我們想聽的話。你弄錯了，我需要的是你的眞心話，你對克塞巴赫說的那個祕密——皮耶・勒杜克的身世，這樣說總該清楚了吧？」

賽爾甯越聽越錯愕，這次肯定沒聽錯，男爵的確是在和斯坦維格老人說話。可是也太不可思議了，這彷彿是活人和死人之間在進行對話。這個隱形人，看不見、摸不著，好像在另一個世界生存呼吸著。

男爵以嘲諷與冷酷的語氣繼續碎唸：「餓了是吧？那就吃呀，我的朋友。只是要記住，我給你的食物只夠撐一個星期，最多十天，所以你一天只能吃一點點。十天之後，如果你還是不說，那麼斯坦維格這個人就會從此滅跡。還是不肯說？好吧！我們還有明天……睡覺吧，老朋友。」

翌日下午一點，在別墅裡又安然度過一個平靜夜晚與早上的賽爾甯，失望地離開了杜邦別墅。他渾身無力、兩腿發軟，準備找一間最鄰近的餐館去塡飽肚子。一路上，他總結了這兩天的經歷……「下星期二，艾爾特海姆和皇宮飯店的殺人犯，會在歌爾詩地區一個電話號碼爲『三十八』的地方見面，那時就是我通報這兩名罪犯、解救勒諾曼先生的時候了。等到那天晚上，斯坦維格老人也會獲救。然後我就會知道這個皮耶・勒杜克，到底只是個肉鋪老闆的兒子，還是一個可以讓珍妮薇風風光光嫁過去的合適人選，就這麼辦。」

*　　*　　*

星期二上午大約十一點鐘，內閣總理兼內政部長瓦朗格雷找來警察總署署長和警察總局副局長，然後拿出一封他剛收到的信給兩人看，信件的署名是賽爾甯親王。信件內容是這樣的：

內政部長閣下：

吾人知悉您甚爲關心勒諾曼先生的景況，所以決定寫信告訴您，我在偶然機會下得知的事情——

勒諾曼先生被關在歌爾詩安養中心的格里希娜別墅的地窖。皇宮飯店的殺人犯決定在今天下午兩點殺了他。

如果警方需要吾人的協助，我很願意於下午一點半，在安養中心花園恭候你們的人到來。當然，吾人也可能會在克塞巴赫夫人家裡等候，因爲她是我的朋友。

賽爾甯親王敬上

「韋柏爾先生，現在事態緊急。」瓦朗格雷說。「我們應該相信保羅．賽爾甯親王的話，我和這位先生一起用過幾次餐，他是一位行事嚴謹的紳士。」

「部長先生，如果您允許，我也想給您看一封我今天早上收到的信。」

「也和此事有關嗎？」

「是的。」

「那趕快拿出來吧！」

瓦朗格雷接過信讀了起來：

先生：

請允許我向您透露，這名所謂的保羅・賽爾甯親王，這位自稱是克塞巴赫夫人朋友的人，其實就是亞森・羅蘋。若需證據，很明顯，「保羅・賽爾甯」就是以「亞森・羅蘋」這個名字的所有字母重新排列，拼湊出來的，字母一個不多，一個不少⑤。

L. M.

瓦朗格雷感到一頭霧水。

韋柏爾繼續說：「這一回，我們的朋友羅蘋遇上了勢均力敵的對手，他在告發對方的同時，對方也向我們告發他的身分呢，這隻狡猾的狐狸如今也掉進別人的陷阱裡了。」

「所以呢？」瓦朗格雷問。

「所以，部長先生，我們要把這兩個人一網打盡，爲了完成任務，我要帶兩百個人過去。」

譯註：

①位於俄國烏克蘭境內。

②古羅馬歷史上相當知名的下毒人。

③西元前二世紀，小亞細亞的本都王國國王，喜歡以毒攻毒，每天服用一點毒藥增強身體對毒物的抵抗力，並曾以一支添了五十四種成分的「超級解毒劑」為自己解毒。

④「路易」為法國過去的貨幣，為銀幣，在當時一路易約等於二十法郎。

⑤保羅・賽爾甯（Paul Sernine）→亞森・羅蘋（Arsène Lupin）。

chapter 7

橄欖綠大衣

十二點十五分，賽爾甯親王正在瑪德蓮廣場附近的一家餐廳吃午飯。他旁邊的桌子坐著兩個年輕人，他向兩人打了招呼，便與他們攀談起來。

「有追捕行動的消息了？」

「一共多少人？」

「好像有六個，他們下午一點四十五分會去歌爾詩安養中心和韋柏爾先生會合。」

「很好，到時候我也會去。」

「什麼？」

「既然是我公開宣稱要親自找到勒諾曼，這次行動就該由我指揮，不是嗎？」

「這麼說，您相信勒諾曼先生還活著？」

「我確定他還活著。昨天我調查到，艾爾特海姆要人綁架勒諾曼和古亥爾，然後把他們帶到布吉瓦爾大橋，丟進塞納河，古亥爾被水沖走了，但是勒諾曼逃脫了。時機一到，我就會拿出確鑿的證據給大家看。」

「可是如果他還活著，爲什麼不現身？」

「他沒辦法，因爲他被限制住自由。」

「這麼說是眞的囉？勒諾曼先生現在被關在格里希娜別墅的地窖？」

「我沒理由不相信。」

「可是您是怎麼知道的？有什麼線索嗎？」

「這是我的祕密，我只能告訴你，這件事相當戲劇化。你要說的都說完了？」

「說完了。」

「我的車在瑪德蓮廣場後面，到那兒找我。」

* * *

賽爾甯一行人駕車趕到歌爾詩後，親王就把司機打發回去了。然後他們三人步行至珍妮薇學校所在的那條小路。

「聽著，孩子們，我接下來說的話很重要，你們要仔細聽好。你們等會兒先去按安養中心的門鈴，門房知道你們是探員，一定會開門。進去後，直接到霍爾丹茲別墅，就是那棟沒人住的房子。進了別墅，直接到地下室，地下室很顯眼的地方有一扇廢舊的百葉窗，掀開它，就能看見後面實際上是條暗道，我也是前幾天才發現的。這條暗道直通格里希娜別墅，這幢別墅就是歌楚和艾爾特海姆祕密聯絡的地方，也就是在這幢別墅，勒諾曼先生落到了他們手裡。」

「這是您的推斷，老大？」

「是，我是這麼認爲。現在聽好了，我要你們去做什麼呢？到地道裡幫我檢查一下，確保它是我昨晚佈置妥當的樣子。地道有兩扇門，一定要保證它們全是開著的。地道深處、靠近第二道門的地方，有個地洞，我在那裡放了一個黑布包，你們去看看包裹還在不在裡面。」

「要打開來檢查嗎？」

「不用，裡面是一些我準備替換的衣服。去吧，千萬別讓人看見。我等你們的消息。」

十分鐘過後，杜德維爾兄弟回來了。

「兩道門都敞開著。」其中一個說。

「黑色布包呢？」

「還在那兒。」

「很好！現在是一點二十五分，韋柏爾馬上就要展開行動了。到時候，他們會暗中包圍別墅，坐等艾爾特海姆落入圈套。我已經跟韋柏爾說好，到時由我負責按門鈴，然後接下來全看我的了。你們先去吧，好戲就要上演。」

杜德維爾兄弟離開後，賽爾甯朝著學校這條路繼續走著，他一邊走，一邊低語：「萬事俱備！這場好戲在我選的場地上演，不贏才怪。等我一贏，就會把所有對手統統甩掉。到了那時候，克塞巴赫的祕密計畫就歸我一人所有。最後，皮耶．勒杜克和斯坦維格老人也都會聽從我的安排。不過現在還有件事沒弄清楚，那就是艾爾特海姆到底打算怎麼行動，他會怎麼算計我，對我展開攻擊呢？或者，他早就已經向我開戰了？這一點還眞讓人頭疼，他會不會向警察總局告發我？」

賽爾甯一邊思索，一邊走進學校。此時學生們正在上課，他走到門前按響門鈴。

「你怎麼來了，」艾爾蒙夫人開門，看到賽爾甯說：「你把珍妮薇一個人留在巴黎？」

「她想留在巴黎，就得先去巴黎，可不是？」賽爾甯親王打趣地回答。

「可是她去了巴黎呀，不是你要她去的嗎？」

「你說什麼？」賽爾甯緊抓著夫人的手臂，著急地問。

「什麼、什麼？你應該比我清楚呀。」

「我清楚什麼？我什麼也不清楚！你倒是快說這是怎麼一回事。」

「難道你沒有寫信給珍妮薇，要她到聖拉薩火車站找你？」

「她已經離開了？」

「早就走了，你們不是還說要一起去麗池飯店用午餐嗎？」

「信呢？給我看看。」

艾爾蒙夫人跑到樓上，把信拿下來給賽爾甯讀。

「可是，難道你沒發現這信不是我寫的？上面的筆跡確實模仿得很像，可是並不是我寫的，這點應該很容易看出來啊。」

賽爾甯氣得雙手擦掌，直揉自己的太陽穴。

「我現在懂了，他是要從珍妮薇對我下手。可是他是怎麼知道的呢？不，他不知道，因爲他之前兩次嘗試綁架她都失敗了，看來他不是針對我，是衝著珍妮薇來的，原來這個癩蛤蟆一開始就盯上了她。噢，該死，我絕不會讓他得逞的。」

「聽著，維克朵娃，你確定珍妮薇不愛他嗎？啊，該死，我眞是搞不懂這一切。好、好，我得好好想想，事情來得眞不是時候……」

賽爾甯看了看手錶。

「一點三十五分，我還有時間……傻瓜，有時間有什麼用？難道我知道她現在人在哪兒？」

賽爾甯急得快瘋了，他不停地踱來踱去。維克朵娃，這位羅蘋昔日的奶媽也嚇壞了，她從沒見過羅蘋這麼焦躁，這麼不知所措。

「說不定珍妮薇到了巴黎，發現自己上當，就……」

「這樣的話，現在她人呢？」

「我不知道，會不會在克塞巴赫夫人那兒……」

「對、對，妳說得對。」賽爾甯高興地揚起了聲音，他滿懷著希望，立刻衝向安養中心。

他正好在大門口遇到要進門的杜德維爾兄弟。大門門房的窗戶，正對著通往格里希娜別墅的大路，能將別墅的一舉一動看得很清楚。賽爾甯見到這兩兄弟並未停下，而是直接跑到皇后亭別墅，找到蘇珊，要她帶自己去見克塞巴赫夫人。

「珍妮薇呢?」他問克塞巴赫夫人道。

「珍妮薇?」

「對,她沒來嗎?」

「沒有,她好幾天沒過來了。」

「可是她應該會來的,不是嗎?」

「您這麼認爲?」

「如果她不在您這兒,您想她會在什麼地方呢?請您好好想想。」

「我實在想不出,我確實已經好幾天沒見到她了。」克塞巴赫夫人也感染了緊張的心情:「您一定很擔心她吧?珍妮薇是不是出什麼事了?」

「不,她一定沒事。」

說完,賽爾甯立刻離開克塞巴赫夫人的家,可是有個不祥的念頭在他腦中打轉。要是艾爾特海姆男爵不來格里希娜別墅該怎麼辦?要是他改了赴約的時間怎麼辦?

「我一定得找到他,不惜任何代價都要找到這傢伙。」賽爾甯自言自語道。

想及此,賽爾甯慌慌張張地向外跑去,完全無視於周圍情況。可是一來到門房,他立刻冷靜了下來,因爲他看見警察總局副局長韋柏爾正在花園跟杜德維爾兄弟說話。如果當下這個賽爾甯的觀察力敏銳如昔,他必定會發現韋柏爾一見到自己走過去,不禁顫抖了一下,可是心急如焚的他,卻什麼也沒注意到。

「您就是韋柏爾先生，對嗎？」賽爾甯問。

「是的……您是？」韋柏爾回答。

「賽爾甯親王。」

「啊，太好了，警察總署署長先生都交代我了，他說您今天會過來。先生，您可眞是幫了我們大忙。」

「等我抓到殺人犯，今天的任務才算眞正完成。」

「依我看，您這項任務很快就能實現的，因爲剛才有一個傢伙已經進去了，是一個身材魁梧、戴單片眼鏡的男子。」

「是的，那就是艾爾特海姆男爵。您這邊的人都已經準備好了，韋柏爾先生？」

「是的，先生，他們都準備好了，現在埋伏在通往別墅的大路兩旁，每兩百公尺就有一名探員。」

「很好，韋柏爾先生，我想您可以下指示了，要他們都到安養中心大門這裡集合，然後我們一起到別墅去。到了那兒，由我來按門鈴。艾爾特海姆男爵認識我，我想他一定會幫我開門，只要一開門，你們就跟我一塊衝進去。」

「您的計畫眞是天衣無縫。」韋柏爾假裝奉承地說。

說完，韋柏爾走出了花園，來到正對格里希娜別墅的大路上，沿著反方向走，一一召集他的手下。賽爾甯立刻抓住杜德維爾兄弟其中一人的手臂。

「快，跟上他，雅克。一定要絆住他，我要先進去格里希娜別墅，不管編造什麼理由都可以，就是得攔住他，我至少需要十分鐘時間……可以讓他們包圍別墅，但是不要進去。至於你呢，尚恩，你到霍爾丹茲別墅去，守在地道的出口，要是艾爾特海姆從那裡爬出來，你就從他的腦袋重擊下去。」

杜德維爾兄弟接了命令，立刻分頭行事。賽爾甯則悄悄溜出花園，跑到一道高高的鐵柵欄後面，這裡是格里希娜別墅的入口。

他會按門鈴嗎？

賽爾甯看了看四周，沒人。只見他一個箭步躍上柵欄，雙腳踮在門鎖邊緣，雙臂緊抓著欄杆，接著手腕用力一撐、膝蓋用力一蹬，整個身子撐竿跳似地跳上了柵欄的尖頂，然後順勢往下跳。雖然差點被柵欄的尖刺戳傷，還是成功跳進了院子。

穿過庭院的石子路，登上幾級臺階，賽爾甯來到兩側立著石柱的門廊。別墅的窗戶雖正對著外面，卻都緊閉著，連氣窗都關上了，屋內的百葉窗簾也全都放下來。

賽爾甯正思考著該如何進入別墅，突然聽到咯吱一聲，大門開了一道小縫，這個聲音讓他想起杜邦別墅二十九號那道鐵門的噪音。接著，艾爾特海姆出現了。

「我說，親王，您就這麼偷偷摸摸到別人家拜訪？我該不該通知警方，嗯，我的老友？」

賽爾甯一把掐住艾爾特海姆的脖子，將他逼到一旁的軟墊長椅上。

「珍妮薇呢？珍妮薇在哪兒？要是你不告訴我對她做了什麼，別怪我不客氣。」

「請您留意，」艾爾特海姆喘不過氣來：「你……你勒住我的……脖子，我怎麼說話？」

賽爾甯這才鬆開了手。

「快說，快點回答我，珍妮薇在哪兒？」

「還有比這更緊急的事，」男爵岔開話題：「我們這種職業的人尤其得多方留心，沒有比進屋子談話更安全的了。」

賽爾甯放開艾爾特海姆，隨他進了別墅，男爵仔細把門關好並鎖上鐵栓，將賽爾甯領到隔壁的客廳說話。這間客廳什麼也沒有，沒有家具，也沒有窗簾。

「現在我全聽你的，你要我做什麼，親王？」

「珍妮薇？」

「她現在很好。」

「啊，你這是承認了？」

「是的！我還覺得您這次也太大意了，沒想到這麼簡單就讓我得手了。您怎麼會毫無防範呢？難道您沒預料到？」

「夠了，她現在人在哪兒？」

「這種問法太失禮了。」

「她在哪兒？」

「她現在待在一幢房子裡，不過她是自由的。」

「自由？」

「是的，她可以在房子裡到處活動。」

「這麼說，她是在杜邦別墅？就是你神秘兮兮關著斯坦維格老人的那個地方？」

「啊，你都知道了？不，珍妮薇不在那兒。」

「那她在哪兒？快說，否則我……」

「啊，親王，難道我會笨到把不想讓你知道的祕密，這麼輕易地說出來？你是不是喜歡那位年輕小姐？」

「住口！」賽爾甯發瘋似地大喊起來：「不許你胡說……」

「承認吧，又沒有什麼不可以。你是在害羞？我可是很喜歡她的，爲了她，我甚至願意……」

艾爾特海姆看到賽爾甯猙獰的面孔，便不敢再繼續往下說。雖然賽爾甯已十分克制自己的情緒，但他恐怖的表情還是嚇壞了艾爾特海姆。

他們就這麼逼視著彼此，試圖找出對方的弱點。最後仍是賽爾甯先開口，他的語氣乾脆、咄咄逼人，口吻毫無商量餘地：「聽著，你還記得之前跟我提過的聯手計畫嗎？你提議我們一起找出克塞巴赫的祕密，一起從中撈好處……我原先拒絕你，現在我改變主意了，我接受你的提議。」

「太遲了。」

「等等，我還有更好的提議，我退出，不跟你爭了，全都歸你了。而且如果有什麼需要我的，我也樂意幫忙。」

「你有什麼條件？」

「告訴我，珍妮薇現在人在哪兒。」

艾爾特海姆聳聳肩。「你這人還眞囉嗦，才不過幾歲年紀……」

兩人再次陷入了沉默，緊繃的沉默最是可怕。最後，男爵冷笑道：「不過，能看到你哭哭啼啼，哀求別人，倒是我莫大的榮幸。原來常勝將軍也有被小卒逼到進退兩難的時候。」

「笨蛋。」賽爾甯喃喃地說。

「那好，親王，今晚我會派人送訊息過去，如果到時你還活著的話……」

「大笨蛋。」賽爾甯再次咒罵，語氣中帶著萬般不屑。

「您想馬上瞭解計畫？隨你高興，我的親王，反正你的末日要到了，我馬上就能成全你把靈魂賣給上帝。你儘管笑吧，你錯看了我，因爲我有一點比你強，那就是──如果有必要，我不惜殺人。」

「全天下最笨的蠢蛋。」賽爾甯看了看手錶說：「兩點整，男爵，你只剩幾分鐘時間了。兩點五分，最遲不超過兩點十分，韋柏爾先生就會帶著六名硬漢破門而入，他們可都是驍勇無畏，不費吹灰之力就能制伏你，替你銬上手銬……所以，你也別在那兒笑。你準備用來逃跑的地道已經曝光，我知道出口在哪兒，而且現在已經有人守在那兒。這回你無處可逃，準備上斷頭台吧，老朋友。」

艾爾特海姆頓時感到不知所措，結結巴巴地說：「你……你竟然這麼做？眞是太卑鄙了。」

「別墅已經被包圍了，他們隨時都可能衝進來，你還是把我想知道的事告訴我吧。說，我就能救你。」

「怎麼救？」

「守在出口的是我的人，我可以告訴你暗號，你對守在那兒的人說，他就會放你離開。」

艾爾特海姆考慮了幾分鐘，猶豫不決，最後終於下定決心：「你是在跟我開玩笑吧，你怎麼可能這麼天真地自己送上門來？」

「不可能。」

「你別忘了珍妮薇，要不是她，你以爲我今天會來嗎？快告訴我，她在哪兒。」

「好，那我們走著瞧。要抽菸嗎？」

「謝謝！」

「聽到聲音了？」過了幾秒鐘，賽爾甯說。

「是……是的。」艾爾特海姆倏地站了起來。

「有東西在衝撞柵欄。」賽爾甯說道：「居然不按牌理出牌，不先警告再行動，看來他們打算來個突襲。你還是不肯說？」

「絕對不說。」

「你知道嗎，照現在的情況，以他們帶來的工具，很快就能把柵欄撞開。」

「就算他們衝進來，我也不說。」

過了一會兒，柵欄果然被撞開了，緊接著是破壞鉸鏈的聲音。

「你打算就這麼束手就擒，乖乖將手伸進他們的手銬？這也太笨了。」賽爾甯說道：「還是告訴我吧，說了，你就可以逃走。」

「你呢？」

「我留下，我有什麼好害怕的？」

「您請看個清楚吧。」

男爵撥開百葉窗的一道縫隙指給賽爾甯看，親王湊上前去，又冷不防地倒退回來。「啊，可惡的傢伙，是你告發了我，韋柏爾不只帶來六或十個人，他竟然帶了一、兩百個人。」

男爵迸出爽朗的笑聲。「帶了這麼多人來就是爲了抓你羅蘋，要是只抓我，半打警探就夠了。」

「你向警方告發我？」

「沒錯。」

「你有什麼證據？」

「保羅．賽爾甯這名字，就是亞森．羅蘋。」

「是你自己想出來的？之前從沒人懷疑這兩個名字有何關聯。啊，承認吧，是另外那名共犯想到的。」

說完，賽爾甯再次撥開百葉窗往外看，黑壓壓的警力如潮水般湧進格里希娜別墅的院子，他們已經開始攻向大門。

是時候做出抉擇了——要嘛就此退休，要嘛照原訂計畫行事。可是，我若逃了，艾爾特海姆這邊怎麼辦？誰能保證他不會從其他什麼暗道逃走？賽爾甯想及此，實在不知如何是好。怎能讓這惡徒逃跑出去，找到珍妮薇，折磨她，用他那噁心的愛摧殘她？

一想到珍妮薇面臨莫大的危險，賽爾甯的心思全亂了，一時間毫無對策。賽爾甯緊盯著艾爾特海姆，他眞希望能從對方的雙眼挖出祕密，然後馬上離開這裡。他甚至不想再花力氣說服對方，此時說什麼都嫌多餘。賽爾甯絞盡腦汁思索著辦法，同時也在想艾爾特海姆到底將如何盤算，他打算怎麼逃出去？雖然大門上了鐵栓，可是聽起來大門好像也快被撞開了。兩人就這麼站在門後，一動也不動。門上的鐵栓叮叮噹噹響個不停，好像死神一路搖著鈴，宣告祂的到來。

「你還眞悠哉哪。」賽爾甯說。

「那當然！」對方喊道。

說著，艾爾特海姆冷不防朝賽爾甯的膝蓋揮了一拳，賽爾甯重心不穩跪倒在地，艾爾特海姆則趁此空檔跑下樓梯，消失了。

賽爾甯趕緊從地上爬起，三步併兩步，也下樓去到地下室。他穿過一條走廊，來到一個低矮但十分寬敞的房間，艾爾特海姆就在裡面，他正準備拉起一道地板門。

「眞是個笨蛋！」賽爾甯一邊說，一邊朝艾爾特海姆撲了過去。

「你知道的，就算從這條地道逃出去也沒用，因爲我的人正在出口等你。只要你一出現，他會立刻幹掉你，乾淨俐落，就像殺掉一條野狗般輕鬆。除非……除非還有另一個出口。噢，原來是這樣，我懂了，你想……」

兩人扭打成一團，艾爾特海姆高大魁梧、肌肉發達，他緊緊抱住賽爾甯的腰，讓他動彈不得，喘不過氣來。

「是……是，」賽爾甯呼吸困難地說，「是呀，只要壓制住我的雙手，你就能佔上風……可是你眞能辦到？」

突然，賽爾甯感到身體底下的地板門猛然動了一下，下面有人想開門上來？艾爾特海姆一定也感覺到了，因爲他開始努力往旁邊挪動，想騰出地板門來。

「是另一個傢伙！」賽爾甯恍然大悟。

頓時，他害怕了起來。「如果眞是那個神祕的傢伙……要是讓他上來，那我可眞的完了。」

不知怎地，艾爾特海姆竟成功將身子移到了一旁，他還想把仍貼在地板門上的賽爾甯也往旁邊拖，可是賽爾甯用力絆住對方的腿，想抽出自己的手。

這時，樓上傳來以榔錘撞門的聲音。

「我只剩五分鐘時間了，」賽爾甯心想：「而再過一分鐘，這可惡的傢伙就會……」

賽爾甯大喊：「你可要當心了！小朋友，抓好。」

只見賽爾甯的雙腿用力一夾，艾爾特海姆的大腿頓時一陣巨痛，疼得他大叫。賽爾甯立刻抓住機會，伸出右手，掐住艾爾特海姆的脖子不放。

「很好，這樣大家都輕鬆不少。你也不用忙著找匕首反擊了，我現在很輕易就能掐斷你的喉嚨，就像掐死一隻小雞那麼容易。不過，我可是很有分寸的，不會太用力，只要讓你動不了就行。」

賽爾甯一邊說，一邊從口袋掏出一條細繩，一隻手靈活地先綁住艾爾特海姆的雙手——男爵先生早已筋疲力竭，毫無反抗之力。不一會兒，賽爾甯三、兩下動作，就將艾爾特海姆綑得結結實實，動彈不得。

「眞乖，很好，這哪裡像個脾氣暴躁的男爵？我都認不出了。爲了防止你逃跑，我這裡還有一捲鋼絲，好，先捆手腕，接下來是雙腳……該死，你也太聽話了吧！」

這麼一折騰，男爵也慢慢恢復了力氣，他結結巴巴地說：「你……你要是把我交……交給警方，珍妮薇她就……必死無疑。」

「是嗎？怎麼個必死無疑？麻煩你解釋一下……」

「她被我關……關起來了，沒人知道她關在哪兒。要是我出事，她就會像斯坦維格那樣被活活餓死。」

賽爾甯頓時覺得渾身冷颼颼，一時間回不過神，接著他說：「是嗎，我一定會讓你說出她下落的。」

「不說。」

「不，你會說的，如果現在不說，就讓你今晚說。」賽爾甯湊到艾爾特海姆耳邊輕聲說：「聽著，艾爾特海姆，他們馬上就會進來抓你。今天晚上你肯定會在看守所過夜了。只可能這樣，我也沒辦法。明天，他們就會帶你到桑德監獄，然後呢，你知道的，還會是什麼下場？不過，我還是想再給你一次機會，你聽好，今天夜裡我會去看守所，到時候你可以準備告訴我，珍妮薇被藏在哪兒。然後請耐心等候兩個小時，如果兩小時後證明你沒說謊，我就會幫你越獄，讓你重獲自由。否則，我只能想成你對自己的項上人頭可能不太在乎。」

艾爾特海姆沒有回答，賽爾甯從地上站起來，仔細地聽著，大門已經被打開，然後是一片混亂的腳步聲，韋柏爾和他驍勇的探員們正在樓上搜尋二人的蹤跡。

「我要跟你說再見了，男爵先生，你再好好考慮吧！牢房是個思索問題的好地方。」

於是賽爾甯把艾爾特海姆推到一邊，拉開空了出來的地板門，往裡鑽，向下延伸的暗道樓梯並不見神祕人物的蹤影。

賽爾甯往下走，小心翼翼地朝上撐住地板門，不讓它關上，說不定自己等會兒還得從這裡上去。樓梯有二十級臺階，再往下走，就是勒諾曼和古亥爾一路摸索過來的那條地道。賽爾甯正準備走地道，卻不禁嚇得叫了一聲，好像有一道人影從他面前閃過。賽爾甯趕緊打開手電筒，四下照了照，地道裡並沒有人。

然後他掏出手槍，大聲喊道：「算你倒楣……我要開槍了。」

沒人回答。

「難道是我看走眼了？」賽爾甯心裡暗想。

「這個傢伙簡直就是夢魘，一直纏著我。好吧，想成功走到出口，我得趕快了……幸好，放布包的地方離這裡不遠，等我拿到包裹後就算大功告成。這太棒了，算得上是羅蘋史上最偉大的勝利。」

想及此，他快速走近那道門，然後停下來，旁邊就是勒諾曼先生爲了逃命而挖的那個大洞。

賽爾甯壓低身子，拿著手電筒朝洞裡照了照。

「噢，不，不可能的！」他頓時心裡一驚。「包裹肯定被杜德維爾推到裡面去了。」

可是找了半天，還是沒有，包裹不見了。這時，賽爾甯才明白一定是那個神祕的傢伙取走了包裹。

「該死！我的計畫原本是那麼完美、天衣無縫，現在還是趕快先從這裡出去爲上策，杜德維爾在別墅那頭等我呢！看來是該退休了……啊，別再胡思亂想，得趕緊扭轉局勢才行，如果過得了這一關，看我怎麼收拾他……啊，這傢伙眞是讓我措手不及。」

等他來到另一道門前時，賽爾甯更是徹底絕望了。這道門被人從另一頭關上了。他用力撞向木門，想把它撞開，可是根本沒用，木門動也不動。

「這下，我眞的完了。」

賽爾甯一下子癱坐在地上，他覺得自己眞的無能爲力了，艾爾特海姆對他來說不算什麼，可是那個藏身在黑暗和沉默裡的神祕人物，的確是更勝他一籌。這個冷酷陰險的傢伙破壞了賽爾甯的全盤計畫，榨乾了他最後的一點氣力。

賽爾甯屈服了。韋柏爾很快就會發現他，怪盜亞森・羅蘋現在像是一隻走投無路的困獸，呆坐在自己巢穴的最深處。

「啊，不、不！」賽爾甯重新振作起來。「要是只有我，也許我會束手就擒，可是還有珍妮薇，她等著我今晚去救她呀。況且，我還不一定會輸。剛才那傢伙是瞬間消失的，這說明他肯定藏在附近。振作起來，韋柏爾那幫人不是還沒有抓到你嗎？」

想及此，賽爾甯重新站了起來，仔細地檢查整條暗道，不錯過每塊石磚。突然遠處傳來一聲慘叫，賽爾甯嚇了一大跳。

聲音是從地板門那邊傳來的，賽爾甯這時才想起地板門是開著的，他之前本來還打算回到格里希娜別墅去呢。於是他立刻往回跑，可是手電筒的電力已然耗盡，賽爾甯只得在黑暗中摸索著前行。就在隱約恍惚間，他感到好像有東西或說有人蹭到了他的膝蓋，好像有人趴在自己身旁的牆往前走，他伸手摸了摸，什麼也沒有，人又消失了。賽爾甯還在納悶，腳下猛然踢到了階梯。

「另一個出口應該就在這兒了，那個人就是從這裡進出的。」

此時樓上又傳來一聲淒慘的哀叫，只是這一回叫聲越來越微弱，而且還伴隨著痛苦的呻吟。賽爾甯立刻跑上樓梯，來到地下室的那個房間。只見艾爾特海姆躺在地上，脖子上沾滿了血，看樣子快撐不住了。可是捆在他手腕和腳踝間的鋼絲仍然完好未動。看來，他的黨羽救不了他，於是打算解決他。

賽爾甯被眼前的這一幕嚇壞了，一滴冷汗從太陽穴直冒出來。他的腦海現在浮現的是珍妮薇被困的畫面，他無法救她，因爲只有男爵知道珍妮薇在哪兒。

就在這時，賽爾甯清晰聽到樓上的探員已經打開了走廊的門，然後是下樓的腳步聲。自己與警方之間的距離，只剩地下室這道門了，而且他們已經碰到門把了，賽爾甯趕緊從裡面將插銷插好。他看了看敞開的地板門，這是唯一的逃生機會，因爲那個神祕的傢伙就是從這兒逃走的。

「不，我一定要先弄清楚珍妮薇在哪裡，如果還有時間，我再考慮我自己。」

賽爾甯蹲下身來，手放在艾爾特海姆的胸前摸了摸，他的心臟還在跳。於是，他湊近男爵說：

「你能聽見我說話，是嗎？」

艾爾特海姆的眼睛微微眨了幾下。「如今他處在生死的邊緣，我還能從他嘴裡得到有用的資訊嗎？」警探們用力地撞門，撞個不停，賽爾甯低聲說：「我能救你，我手邊的藥方非常有效，只要你說出珍妮薇在哪兒。」

這個時候的人們是多麼眷戀生命啊，艾爾特海姆一聽到自己還有生還的希望，用盡全力想開口。

「快點，」賽爾甯十分著急：「只要說了，我今天就救你，然後明天還你自由。快說！」

地下室的門被警探搖晃得響聲大作。

艾爾特海姆湊到賽爾甯身邊，用力吐出幾個斷斷續續的字眼，根本只是微弱難辨的音節。賽爾甯急得像熱鍋上的螞蟻，不過，他擔心的並不是警方、被捕、監獄等事情，他心裡只掛念著珍妮薇，如果自己猜不出這個可憐人嘴裡的話，珍妮薇很可能就會餓死。

「快說！你一定得說出來……」

賽爾甯又是命令，又是央求，艾爾特海姆就像被催了眠，無法抗拒，終於鬆了口：「里……里沃利。」

「里沃利街，是嗎？你把她關在這條街上的哪棟建築物……門牌是幾號？」

外面傳來一陣喧鬧，接著是歡呼聲，地下室的門被撞開了。

「下樓去，抓住他們，兩個都抓住。」

「幾號？快說……如果你愛她，就快點告訴我……爲什麼現在又不說了？」

「二……二十七號。」艾爾特海姆以嘶啞的嗓音吐出最後幾個字。

突然，有人從後面抓住了賽爾甯，緊接著有十支手槍對準他，賽爾甯一個轉身，嚇得警探們連連後退。

「羅蘋，你要是再動一步，我就開槍斃了你。」韋柏爾把槍對準賽爾甯，威脅地說。

「不用浪費子彈了，我投降。」賽爾甯嚴肅地回答。

「別開玩笑！你這回又想要什麼花招？」

「我不耍花招，遊戲結束了，我輸了，你不能開槍，因爲我投降了。」說完，賽爾甯把身上的兩把手槍掏出來，扔到地上。

「簡直是開玩笑！」韋柏爾表情冷酷地說：「大家對準他的心臟，只要他多動一步、多說一個字就開槍。」

起先包圍羅蘋的有十個人，韋柏爾這時又叫來五名警力增援，他指揮十五個手下瞄準羅蘋，嘴裡叫囂著：「對準他的胸口，對準他的腦袋，千萬不要留情，他要是動一下，或嘴巴動一動，馬上開槍。」眞不知道韋柏爾是太興奮，還是因爲害怕。

這時的賽爾甯卻是鎭定自若，他雙手插在口袋裡，保持著微笑。死亡就在距離他太陽穴兩指以外的地方徘徊，十六把手槍正蓄勢待發。

「啊，今天眞是大快人心。」韋柏爾冷笑道：「看來這次我們終於成功了，您可能認爲眞是不公平，羅蘋先生。」

說著，韋柏爾吩咐他的人打開通風窗上的百葉窗簾，陽光一下子射了進來。韋柏爾轉向艾爾特海姆，以為他死了，可是躺在地上的這個可憐人卻突然睜開雙眼，把副局長嚇了一大跳。艾爾特海姆的眼神呆滯、恐怖、空洞，他先是盯著韋柏爾看，然後緩慢地四下掃視一番，眼神一接觸到到賽爾甯，瞳孔瞬間放大，充滿憤怒，然後渾身抽搐起來，人們通常稱之為臨死前的迴光返照，是突如其來的憤恨讓他充滿力量。

艾爾特海姆握緊雙拳，努力撐住，他試圖說話。

「您認識他，嗯？」韋柏爾說。

「認識。」

「他是羅蘋，是嗎？」

「是……是羅蘋。」

站在一旁的賽爾甯仍然一動不動地微笑著：「我的上帝！太好笑了。」

「您還有別的話要說嗎？」韋柏爾看到絕望的艾爾特海姆嘴唇動了一動。

「有……」

「是關於勒諾曼先生？」

「是……」

「您把他關起來了？關在哪兒？」

艾爾特海姆用盡全身力氣，眼睛直盯著房間一角的櫥櫃。

「那兒……那兒。」他虛弱地說著。

「啊、啊。」眾人驚訝不已，只有羅蘋在一旁冷笑。

韋柏爾打開櫥櫃，在其中一層找到一個黑布包。打開包裹一看，裡面有一頂帽子、一個小盒子、一些衣服……韋柏爾頓時全身緊繃，他認出來了，裡面那件橄欖綠大衣，是勒諾曼先生的！

「啊，這群天殺的，他們殺了他！」韋柏爾激動地喊道。

「不。」艾爾特海姆做了個手勢說。

「什麼?」

「是……是他……」

「什麼，他?羅蘋殺了局長?」

「不。」艾爾特海姆與生命進行著最後掙扎，現在他還不能死，他一定要說出祕密。可是沒辦法了，他已經無法把心裡的想法化成言語。

「你這麼說是指，勒諾曼先生死了?」韋柏爾繼續問道。

「不。」

「還活著?」

「不。」

「我不明白……這些衣服、這件橄欖綠大衣又怎麼解釋?」

艾爾特海姆將眼神集中到羅蘋身上，韋柏爾突然會意過來。

「啊，我懂了，羅蘋打算穿上這些衣服假扮成勒諾曼先生，然後從這裡逃出去。」

「對……對……」

「沒錯，這是他慣用的伎倆。」警察總局副局長喊道：「在我們到達之前，他本來是要假扮成勒諾曼先生的模樣，然後我們都會恭敬地對待他……只是他沒來得及這麼做，是這樣嗎？」

「對……對……」

不過，韋柏爾覺得這個垂死之人的眼神，似乎還透露著其他訊息——他想告訴自己的祕密還不只這些！可是艾爾特海姆到底還想說些什麼？

「那勒諾曼先生現在在哪兒？」

「那兒……」

「什麼那兒？」

「那兒……」

「可是現在房間裡只有我們哪。」

「還有……還有……」

「您倒是快說呀……」

「還有賽……賽爾甯……」

「賽爾甯，嗯，什麼？」

「賽爾甯，勒諾曼。」

韋柏爾忽然驚跳起來，他好像有點聽懂了。「不、不，這不可能，這簡直太瘋狂了。」他喃喃地說。

他觀察著賽爾甯，而這時的賽爾甯就像個旁觀者，正在看一場好戲，既覺十分有趣，又很想瞭解這齣戲的結局。

艾爾特海姆已經筋疲力竭，他直挺挺地躺在地上。難不成還沒說出謎底，他就會撒手人寰？韋柏爾的腦中產生了一個很荒謬的想法，他不願相信，但這想法似乎相當吸引他。他趕緊接著問：

「你倒是說說，這其中到底怎麼回事？有什麼祕密？」

艾爾特海姆好像聽不清他說的話，就這麼兩眼發直、一動也不動地躺在地上。韋柏爾只好也躺下來，身體湊近艾爾特海姆，希望自己說的每個字都能淌入這垂死之人的意識：

「聽著……我明白了，賽爾甯和勒諾曼先生……」

韋柏爾實在說不下去，這個想法對他來說簡直無可接受。可是男爵黯淡的眼神著急地盯著他。韋柏爾還是忐忑地說了下去，好像自己即將說出什麼褻瀆的話：

「是這樣嗎，你確定？他們兩個其實就是同一個人？」

突然，躺在地上的艾爾特海姆眼珠再也不動，嘴角出血，打了兩、三個嗝，然後兩腿一伸，結束了。這天花板低矮的房間裡站滿了人，可是卻一片死寂。所有的警探都嚇呆了、或摸不著腦、或不願相信，他們還在等艾爾特海姆吐露出真相。

韋柏爾打開黑色布包裡的一個方盒，裡面有一頂銀色的假髮、一副銀邊眼睛、一條栗色圍巾，他還在一個夾層裡發現了一堆化妝用的瓶瓶罐罐，一撮銀色鬍子……這些組合起來，就是勒諾曼先生的面孔！

韋柏爾走到賽爾甯面前，仔細觀察，不發一語，腦海中高速運轉著剛才的一幕幕場景。然後，他開口說：「那麼，這一切是眞的？」

「副局長，你的這個猜測既不禮貌、也不夠大膽。不過，首先，還是讓你的手下收起他們那些玩意兒吧。」

「好。」韋柏爾同意了，示意手下們把槍放下。「現在，說吧。」

「說什麼？」

「你是不是勒諾曼先生？」

「我是。」

房間內頓時充斥著一片驚呼聲。尚恩・杜德維爾此時仍守在地道出口，並不在場，可是他的弟弟雅克・杜德維爾，就連這名賽爾甯的手下心腹，也訝異地看著他的老闆。韋柏爾已經嚇壞了，他不知道該如何是好。

「嚇到你了，嗯？」賽爾甯說：「上帝呀，我承認整件事實在很有趣。我們在一起工作的時候，有好幾次，你這個副局長都快讓我笑倒了。最好笑的是，你竟然以爲他死了，你以爲這個勇敢的勒諾曼先生和古亥爾一起殉職了。噢，不，不，他可是好好地活著呢。」

說完，賽爾甯指了指艾爾特海姆的屍體：「就是這個可惡的傢伙，將我裝進了布袋，還綁上砌路用的大石頭，最後扔進河裡。只是他當時忘了搜走我身上的匕首，這才讓我戳破布袋、割斷身上的繩索，然後死裡逃生。眞遺憾，艾爾特海姆當時要是記得搜我的身，也不至於落到今天這步田地。總之，現在說什麼也無法挽回了，願你好好安息。」

此時，愣在那兒的韋柏爾，只是聽著，不知該怎麼辦。最後，他頹然認敗了，已不想再費神爲整件事找尋所謂合理的解釋。

「手銬！」韋柏爾突然警覺地說。

「想了半天，只想到這個？」賽爾甯諷刺地說。「還眞有創意……反正，隨你高興。」

賽爾甯看到站在第一排的杜德維爾，朝他伸出手去：「朋友，來吧，不勞你費神了，我還是悉聽尊便吧，反正也沒有其他辦法……」

他這麼說，是想讓杜德維爾知道掙扎遊戲已經落幕，現在能做的只有屈服順從。就在杜德維爾替他銬上手銬的瞬間，賽爾甯悄悄地對他說：「里沃利街二十七號，珍妮薇。」

賽爾甯的嘴唇毫無顫動、面色未改，根本沒人發現他在對杜德維爾說話。而看到羅蘋終於上了銬的韋柏爾，十分志得意滿，對此細節自然毫無所察。

「我們上路吧，回警察總局！」韋柏爾命令道。

「是的，去警察總局。」賽爾甯自嘲地說：「是勒諾曼把亞森．羅蘋送進了監獄，但賽爾甯親王卻爲了亞森．羅蘋入獄。」

「你當眞聰明過頭了呀，羅蘋。」

「此話不假，韋柏爾，這便是爲什麼我們永遠合不來。」

羅蘋被押上警車。一路上，誰也沒有多說話，大家只希望安全抵達警察總局。韋柏爾想到羅蘋之前曾多次越獄，立刻簡化了一切入監手續。他先是把羅蘋帶到看守所，進行體檢，然後直接送他進桑德監獄。事先接到電話通知的典獄長早已做好一切準備，羅蘋一到，果然很快辦妥各項手續，然後是搜身檢查。

晚間七點鐘，保羅・賽爾甯親王正式被送進第二監區的十四號牢房。

「還不錯，你們這裡的設施眞的很不錯。電燈、暖氣、抽水馬桶……現代設施齊備……很好，典獄長先生，我對這個住所很滿意。」

說完，他衣服也不脫直接跳到了床上。

「啊，典獄長先生，我還有一個小小請求。」

「什麼請求？」

「明天早上十點鐘，不用替我送熱巧克力，我睏死了，應該起不來。」

說完，他翻了個身，面朝牆的一側，五分鐘後，已然呼呼睡去。

chapter 8

入住桑德宮

全世界爆發出一片歡笑。

亞森・羅蘋的被捕造成極大轟動，公眾不吝對警方送上各種讚譽之詞。這場期待已久的報復換來大獲全勝的成果，警方贏得的讚美確實不嫌多。一向傳奇、天才、神密的羅蘋終於和其他人一樣，在逼仄的囚室四壁中受苦煎熬，該是時候輪到他被消滅了，而這消滅他的神奇力量名叫正義。這股力量注定遲早粉碎這些擋路的障礙，攻克摧毀目標。

這件事被人們傳述著、被報紙大作文章，然後無止盡地受人傳頌討論著。韋柏爾先生獲頒榮譽軍團軍官勛章，警察總署署長則功高一等，獲得榮譽軍團司令勛章。就連最不起眼的探員也以靈活應變、勇氣可嘉，普受讚揚。掌聲雷動、凱歌高奏，此間堆疊了無數的頌揚文章和溢美之詞。

然而在這不約而同的讚美和興高采烈的喧鬧中，卻另藏宏旨——笑聲，滾滾而至的笑聲，它們如此瘋狂、洶湧、情不自禁，而且不容磨滅。

四年來，亞森・羅蘋一直擔任警察總局局長一職。

四年來，他一直都是警察總局局長！他確實合法地全權擔任該職，深受上司器重、政府的厚待，以及所有人的讚美。

四年來，公眾將人身安寧和財產的保護工作都託付給亞森・羅蘋。他確保法律的執行，保護無辜的人，追捕罪犯。

他是那麼的稱職。社會秩序前所未有的穩定，疑案的偵破也從未如此準確迅速！回憶一下德禮治事件、里昂信貸竊盜案、奧爾良快車遇襲案、多夫男爵謀殺案……這一連串前所未見的大勝利，功績可媲美歷來最傑出的警察總局局長。

內閣總理瓦朗格雷還曾就羅浮宮縱火案發表過講話，為作風任性又專斷的勒諾曼先生辯護，他大聲指出：「勒諾曼先生的洞察力敏銳、精力充沛、行事果決、總是出奇致勝，這讓我們想到只有一個人能與之對抗，那就是亞森・羅蘋——如果他還活著的話。勒諾曼先生儼然是個服務社會的亞森・羅蘋。」

結果，勒諾曼先生竟然是亞森・羅蘋本人！

他即使搖身一變成了俄羅斯親王，人們也不奇怪，這些變身對亞森・羅蘋而言是家常便飯。但變成警察總局局長，這是何等諷刺。是什麼樣的心血來潮，使他決定扮演這個不尋常的身分角色。

勒諾曼先生！亞森・羅蘋！

那些貌似神奇的手段不久前還困惑著公眾，讓警方摸不著腦，如今看來都解釋得通了。人們終於知道他的黨羽爲何能在光天化日之下，從法院順利逃脫。他自己不也說過：「有一天我若說出了逃脫手法，世人肯定會吃驚不已，他們會不敢相信就這麼簡單。是的，就這麼簡單，但是要想得到可不簡單。」

事實上眞的很簡單——只要變成警察總局局長就行了。羅蘋成了警察總局局長，所有探員在執行他下達命令的同時，不自覺地成了他的共犯。

絕妙的喜劇，絕讚的虛張聲勢！這場鬧劇，絕對是一樁不朽成就，爲這個無趣的時代帶來了撫慰人心的調劑。儘管成了階下囚，落入無法挽回的敗局，羅蘋依然是個大贏家。身居囚室，名滿巴黎，他是前所未有的偶像和王者！

羅蘋頂著賽爾甯和勒諾曼這兩個名字、帶著親王和警察總局局長的雙重身分入獄，造成了極大轟動，對此，他當然心裡有數。第二天，當羅蘋在自命爲「桑德宮」的牢房醒來，搓了搓雙手說：「對一個孤獨的人而言，再也沒有比受到同時代的人認同，更美妙的東西了。噢，名聲，眾生的太陽……」

白天，日光普照的牢房比夜晚更讓羅蘋感到高興。高高的鐵窗外，一片枝椏盤錯的景致，透過樹間縫隙，映出清澈碧藍的天。牆面是白色的，室內只有一桌一椅釘在地上，倒也乾淨舒適。

「就這樣吧，」他說道：「在這裡小憩一些時日可眞不錯。但衛生條件嘛……是不是該有的都有了？不……這種條件，應該朝傭人揍上兩拳。」

他按了一下靠門處的機關，走道上的信號燈響起。

過了一會兒，插銷和鐵柵欄從外面被拉開，門鎖轉動，一名獄卒出現了。

「來點熱水吧，朋友。」羅蘋說。

那人看著他，又驚又怒。

「還有浴巾！」羅蘋嚷道：「天啊，居然連毛巾也沒有！」

獄卒咆哮著：「你在開玩笑嗎？沒有！」說完便準備朝牢門方向退去，這時羅蘋一把抓住他：

「一百法郎，如果你願意幫我送一封信去郵局。」

羅蘋從口袋掏出一張成功避開了搜身檢查的鈔票，遞給獄卒。

獄卒接過錢：「信呢？」

「這不是……正要寫嗎？」

他在桌前坐下，用鉛筆在紙上劃了幾下，裝進信封，信封上寫著：

S. B.先生　四十二

留局自取

巴黎

獄卒拿著信離開了。

「信的事辦妥了，」羅蘋思索著：「我有把握這封信一定能送達。最多再過一個小時，就能收到回覆。我剛好可以利用這段時間，思考一下目前的情勢。」

他坐在椅子上，壓低了聲音自言自語：「總之，我現在有兩個對手：一是人在監獄，但這不算什麼。二是我不容忽視的黑衣人，是他向警方告發我，說我就是賽爾甯，他猜出我就是勒諾曼，也是他把地道堵死的，害我鋃鐺入獄。」

亞森．羅蘋思索了一下，繼續分析：「好吧，說到底，這就是我和他之間的較量。為了贏得勝利，為了揭開克塞巴赫凶案之謎，我現在入了監，而他卻躲在暗處逍遙快活。他的手裡一定有兩張王牌——皮耶．勒杜克和斯坦維格老人，總之，他就是想把我扔進監獄，與此事徹底隔開，他的目的如今達到了。」羅蘋繼續自言自語：「現在形勢很不明朗，要嘛一擊中的，要嘛一敗塗地。面對和我一樣強悍的對手——不，甚至比我更強悍，因為他不像我顧慮這麼多——要打敗他，談何容易啊。」

他就這麼機械地重複著自己的話，然後默不作聲，兩手緊緊抱頭，陷入了長考。

*　　　　*　　　　*

一瞥見牢門打開，羅蘋便說：「進來吧，典獄長先生。」

「您知道我要來？」

「是我寫了信請您過來一趟啊，典獄長先生。我有把握獄卒會將信交到您的手上。因為我在信封上寫下了您姓名的縮寫『S. B.』，以及您的年齡『四十二』。」

我們這位典獄長，名叫斯塔尼斯拉斯．波雷利，他確實是四十二歲年紀。此人相貌堂堂、性格溫和，對待犯人十分寬厚。

「望閣下原諒剛才我的部屬收下了鈔票，這是您的一百法郎，等您獲釋時，我自會如數歸還……但現在請跟我再走一趟搜身室。」

羅蘋跟著波雷利再次來到那個窄小的房間，照例脫衣接受檢查，獄警仔細檢查了他的衣服之後，又將赤身裸體的羅蘋全身上下搜了一遍。接著他被送回囚室，波雷利終於鬆了口氣。

「這麼一來，我就放心了。」

「做得好，典獄長先生。您的下屬做事很仔細，我非常滿意，感謝至極。」說完，羅蘋突然從身上掏出一張一百法郎，波雷利不禁一驚。

「這……這是哪裡來的？」

「典獄長先生，您請別多費神了，就算絞盡腦汁，您也找不出答案的。像我這樣闖蕩社會的人，早就習於應變各種狀況。我的生活並沒有『意外』這個字眼，任何困難都不可能使我手足所措，就算被關進監獄也不可能。」說完，羅蘋用右手的拇指和食指夾住左手的中指，猛力一扯，然後不慌不忙地秀給波雷利看。

「別擔心，典獄長先生，這扯下的東西並不是我的手指，它只是一截顏色逼眞、套在中指外面的橡膠管罷了。」羅蘋得意地笑稱：「至於這第三張一百法郎，您覺得會在哪兒？既然前人發明了錢包，我們當然應該好好利用它，不是嗎？」

他見到波雷利一臉驚恐，決定不再戲謔他，而轉爲正經地說：「典獄長先生，請您相信，我並不是要向您炫耀這些雕蟲小技。我只是想告訴您，您現在要對付的這位與常人不同，因此如果我日後不經意觸犯了一些規矩，還請您不要太訝異。」

波雷利逐漸回神，鎮定下來之後，也清楚向羅蘋表態：「我希望您能遵守這裡的規矩，以免我們採取不必要的措施。」

「您這又何苦呢？典獄長先生，我想跟您說的就是這個，請您還是不要興師動眾地採取什麼特殊措施了吧，因爲任何措施都無法限制我自由活動，無法阻止我與朋友聯絡，無法阻止我回應外面對我不利的傳聞，當然也無法阻止我與報社取得聯繫，然後登報發表我的聲明……總之，什麼也阻止不了我繼續完成計畫，那就是——越獄。」

「你要越獄！」

看到波雷利如此震驚，羅蘋開懷大笑起來。「典獄長先生，用用腦子吧……我進監獄的唯一理由，是想向大家證明我是如何從這裡出去的。」

這個理由顯然無法說服波雷利，仗著膽子，他也大笑起來：「我自當有備無患。」

「您說得對，典獄長先生，請做好萬全準備，任何細節都不要忽略，這樣日後我越獄成功，大家就不會怪罪您。我提前通知您，也是希望自己的越獄不會給您帶來什麼麻煩，我可不想危及您的飯碗。好了，我的話說完了，典獄長先生，您可以離開了。」

波雷利步出牢門，他被這名古怪的犯人攪得心煩意亂，憂心犯人剛才提到的越獄計畫；而此時，羅蘋則得意洋洋地跳到床上，喃喃自語著：

「好樣的，羅蘋，你還眞是膽識過人。你達到目的了，成功讓對方以爲你已經想到逃獄的好辦法！」

＊　　＊　　＊

桑德監獄的建築主體呈放射狀分佈，每條走廊都通向中心的圓形空地，空地中央設有崗哨，犯人一走出囚室，坐在崗哨玻璃窗後的獄卒，自能看得一清二楚。

去過桑德監獄的人往往會很吃驚，這裡的犯人居然可以在院子裡不受限制地自由活動。其實不然，犯人要想從一個地方走到另一個地方，像是從牢房來到院子，從這裡上囚車到法院受審，得經過多個關卡。每道關卡都由一名警衛把守，而每位警衛只負責進出自己這一關的路線，他們手上的鑰匙也只能開啓自己看守的這道門。

所以，犯人們看起來行動雖自由，其實卻像一件郵政快遞郵包，從一個關卡運送到另一個關卡，從一個獄卒到另一個獄卒，直到最後才被送到守候在外的法警那裡，由他們押解人犯上囚車。

說起來，這只是桑德監獄押解犯人的一般作法，但對羅蘋這樣的犯人，這套方法就行不通了。逐關檢查得一切從免，也不能以囚車進行押送。

這次，韋柏爾先生在十二名全副武裝的員警陪同下親自上陣，押解這位史上最難對付的犯人。他們將羅蘋送上一輛租來的四輪馬車，由員警親自擔任馬車伕，前後左右均設崗把守。

「太感動了，大家對我真重視！」亞森・羅蘋喊道：「居然把我當成榮譽貴賓，如此保駕護航。喲，韋柏爾，難得你沒忘了我這昔日長官。」

說著，他拍了拍韋柏爾的肩膀：「韋柏爾，我打算退休，就讓你來接替我的職務吧。」

「我幾乎是了。」韋柏爾回答。

「這倒是個好消息！本來我還擔心沒辦法從這裡出去呢，現在我終於放心了，只要韋柏爾你正式走馬上任，當上警察總局局長……」

韋柏爾並不理會羅蘋的挑釁。他看著坐在對面這個人，心情相當奇怪複雜，他畏懼怪盜羅蘋，卻敬重賽爾甯親王，欣賞自己昔日的老上司勒諾曼先生，而所有的這些感情竟夾雜著些許埋怨、嫉妒與憎恨。

馬車來到法院時，已有警探在場接應，其中還有韋柏爾最得力的兩名探員——杜德維爾兄弟。

「弗爾莫里先生在嗎？」韋柏爾問兩兄弟。

「在，局長，預審法官先生正在他的辦公室。」

眾人上樓，韋柏爾走在前面，杜德維爾兄弟架著羅蘋跟在後面。

「珍妮薇怎麼樣了？」羅蘋悄聲問。

「救出來了。」

「現在人在哪兒？」

「在她祖母家。」

「克塞巴赫夫人呢？」

「在巴黎的布里斯托飯店。」

「蘇珊？」

「失蹤了。」

「斯坦維格？」

「還是沒有下落。」

「警方已經嚴加看管杜邦別墅？」

「是的。」

這時眾人來到一樓的走廊。

「今早的報紙言論對我們有利嗎？」

「非常有利。」

「很好，你們可以這樣聯繫我，用寫信的。」說完，羅蘋將一小團紙，塞到杜德維爾兄弟其中一人的手裡。

弗爾莫里看到韋柏爾親自押著羅蘋進來，滿意地說：「啊，是您呀，我就知道早晚有一天，我們會逮到你的。」

「我也這麼想，預審法官先生，命運安排您給我這老實人主持公道，眞是不勝榮幸啊。」

「他在嘲笑我。」弗爾莫里心想，他也學著羅蘋擺出既諷刺又正經的樣子：「我的老實人羅蘋先生，今天您可得向大家解釋一下，爲什麼曾犯下竊盜、搶劫、詐欺、僞造文書、綁架、窩藏……總共三百四十四起罪行。」

「什麼，就這麼多？」羅蘋吃驚地喊道：「眞是慚愧！」

「您這個老實人，今天還請替我們解釋一下艾爾特海姆的謀殺案。」

「瞧，這不是又多了一件。是您的主意，預審法官先生？」

「是。」

「眞有你的，看來您斷案的手法眞是大有進步，弗爾莫里先生。」

「我們破門而入的時候，您的姿勢說明了一切。」

「說明了一切？是呀，只是請允許我向您提個小問題——艾爾特海姆的致命傷口在哪兒？」

「脖子那一刀。」

「兇器在哪裡？」

「我們沒找到。」

「如果照你們的說法，我是兇手，那爲什麼沒發現兇器呢？你們進來當時，我不是正好站在那個『看來是我殺的』人身旁？」

「那你說說看，兇手不是你會是誰？」

「是殺害克塞巴赫和夏普曼的那個人，從死者的傷口形狀就能判斷。」

「那兇手是怎麼逃脫的？」

「從犯罪現場的那道地板門。」

「那你爲何不也從地板門逃走？」

「我本來也這麼想，可是地道裡有一道木門被鎖住了。事情是這樣的，當我準備從地道逃出去時，兇手回到了地下室，殺死了他的黨羽，因爲他知道這傢伙一旦被捕就會洩出祕密，然後他還把我事先準備的那包衣服，藏進壁櫥。」

「爲什麼要準備這包衣服？」

「爲了化妝，我當初去格里希娜別墅的計畫是這樣的——把艾爾特海姆交給你們警方，讓賽爾甯親王這個角色下台，重新以……」

「以勒諾曼先生的身分示人，是吧？」

「對。」

「不對。」

「什麼？」

弗爾莫里先生狡黠地笑了笑，豎起食指搖了搖，表示不相信羅蘋的話：「不對！」他重複道。

「什麼不對？」

「關於勒諾曼先生那件事……也許公眾信了你的說法，我的朋友，硬說勒諾曼和羅蘋是同一個人，我弗爾莫里可不相信這些鬼話。」說完，弗爾莫里開懷大笑，相當得意。「羅蘋，警察總局局長！不，你想怎樣假造身分都行，但這件事絕不可能，做任何事都有個限度。就算我在辦案方面，還有很多要學習的地方，但你我之間也沒必要再扯謊了，不是嗎？我當然承認自己的辦案眼光不太……」

羅蘋驚愕地看著預審法官，沒想到這個弗爾莫里竟如此自以爲是，糊塗得不可救藥。事態發展至此，看來這世上只剩下他一人不相信賽爾甯親王的雙重身分。

羅蘋轉身，對呆站在旁的警察總局副局長說：「親愛的韋柏爾，這可是直接關係到您的晉升機會呀。如果我不是勒諾曼先生，這就代表警察總局局長還活著，要是他還活著的話……而且我相信，弗爾莫里先生一定會不遺餘力地找尋他，如果找到人，您不就沒……」

「我們早晚會找到他的，羅蘋先生。」預審法官氣得大聲嚷嚷：「這件事情不用你操心，而且我肯定到那個時候，你和他之間會有一場漂亮的較量。」

說到這兒，弗爾莫里再也憋不住了，他開心地拍桌：「這眞是太好笑了，和您在一起總是讓人好開心。是啊，您就是勒諾曼先生，是您將自己的黨羽馬可關進了監獄！」

「完全正確，難道我當時不該拯救部長先生和內閣的聲望嗎？這可是意義重大的作法呢。」

「啊，您想讓我笑岔氣嗎？天哪，眞是太有意思了，應該將您的回答昭告天下才對。照您這麼說，難道克塞巴赫先生遇害後，和我一起在皇宮飯店辦案、調查線索的人，就是您囉？」

「之前朗巴勒公主的王冠失竊案，您也是和我一起調查的，而且我就是查爾莫拉斯公爵。」羅蘋以戲謔的語氣反駁。

弗爾莫里先生一聽，驚跳起來，這件不愉快的往事讓他的臉色一下子由晴轉陰：「看來你還是堅持這些無稽之談？」

「我不得不堅持，因爲這些全是事實。您想證實，也很容易，只需搭船到印度支那的西貢走一趟，查一查眞正的勒諾曼先生是不是死在當地就行了，而我就是從那時起取代了這位勇敢的先生。若您還是不相信我，我手上還留著他的死亡證明。」

「你在跟我開玩笑！」

「天哪，我的預審法官先生，說眞的，您到底怎麼想對我而言並不重要。您不願相信我就是勒諾曼，我也無話可說。若您繼續堅持，是我殺了艾爾特海姆男爵，那就隨您的便吧，您想找任何證據加以證明論斷都行。我再說一遍，您怎麼想對我無關緊要。您對我的任何審問以及我的任何回答，都是毫無意義的。我才不在乎什麼預審呢，預審結束時，說不定我人已經在……」

羅蘋大方地拿了張椅子，坐在弗爾莫里對面，直接了當地說：

「可是呢，事情是這樣的，先生，雖然現在兇手好像是我，而您也這麼認爲，但我可不想跟您在這兒浪費時間。您有您的職責，我有我的分內事。您得完成職責才能領薪，我也得辦完分內事，才能爲自己掙口飯吃。只是我現在要完成的事，不容半點停頓，無論是準備或行動階段，我都有事要忙。既然現在兩位想讓我暫時待在監獄裡，整天渾渾噩噩、無所事事，那麼我首要對付的就是你們二位了，這樣說夠明白嗎？」

說完，羅蘋起身，神情傲然。羅蘋身上的這股霸氣，完全震懾了這兩名高官，他們乖乖站在一旁毫不吭聲，靜靜聽完羅蘋一席話。

羅蘋語畢，弗爾莫里故作鎭定，裝出一副看熱鬧的旁觀模樣，試著擠出笑意：「眞可笑，太有趣了！」

「好笑嗎？先生，一切看您的了。您想怎麼樣都行，對我提起訴訟、舊事重提，把我以前犯下的

『所謂不法行爲』，再搬出來公諸於世，隨您的高興去做，這些我管不著。只是有一件事，請千萬別忘了這麼做的最終目的。」

「什麼目的？」弗爾莫里以玩笑的語氣說。羅蘋緊接著說：「那就是您得接替我，繼續調查克塞巴赫的凶案，一定要找到那名德國人斯坦維格，他被艾爾特海姆綁架了。」

「什麼，有這種事？」

「在我還是勒諾曼時——或說在我自以爲是勒諾曼時，我打算親自處理此事。之前，我還曾經在辦公室和這個德國人見面，韋柏爾也一定有印象。總之，因爲斯坦維格老人知道克塞巴赫的神祕計畫，艾爾特海姆得知此事後，就綁架了他，然後他就像變了戲法似的，光天化日之下把人變不見。」

「怎麼可能把人變不見？這個斯坦維格一定是被藏在什麼地方了。」

「這是當然。」

「你知道在哪兒嗎？」

「我知道。」

「可以告訴我……」

「杜邦別墅二十九號。」

韋柏爾聳了聳肩。「在艾爾特海姆的家？」

「對。」

「當時，我在死者口袋找到了這個地址——憑這一點，我們倒是多少可以相信他的話。一個小時後，我就派人趕到那裡去了。」

羅蘋終於鬆了口氣。「啊，這倒是好消息！我還擔心他的黨羽會趕過去移走斯坦維格。他家裡的傭人還在嗎？」

「都走了。」

「跟我猜的一樣，一定是那個黑衣人打電話給他們，要他們趕緊離開。不過，斯坦維格一定還在別墅。」

韋柏爾不耐煩地說：「可是那裡一個人也沒有，我剛才不是說了嗎？我的人已經去過別墅了。」

「副局長先生，請您立帶搜索令到杜邦別墅二十九號走一趟，明天再告訴我搜查結果。」

韋柏爾又是肩一聳，不耐煩地說：「我還有更重要的事要辦……」

「韋柏爾先生，沒有比這件事更緊急的了。如果您耽擱了，我的整個計畫就會功虧一簣，斯坦維格老人就不可能開口說話了。」

「爲什麼？」

「如果你一、兩天內不及時送東西給他吃，他就會被活活餓死。」

「很嚴重，是很嚴重，」弗爾莫里咕噥著說：「只是……」他又露出了狡黠的面容：「只是您剛才這番話有個很大的漏洞。」

「啊，什麼漏洞？」

「羅蘋先生，您說的這些話純粹是爲了跟我們兜圈子。你到底想要什麼？我開始有點明白你的伎倆了，你說得越神祕，我們就越不該相信。」

「蠢蛋。」羅蘋低聲說。

弗爾莫里站了起來：「今天就到此爲止吧。既然你明白上法庭是怎麼回事，我們今天只是先演練一下，但這也說明攤牌時刻到了，到時庭審，我們之間免不了劍拔弩張，只是現在還缺個見證人，你給自己找個律師吧。」

「是嗎，有這個必要？」

「當然必要。」

「興師動眾找律師，來打這場沒人相信的官司？」

「您得找個人。」

「那好，就選律師坎貝爾吧。」

「律師會會長？選得好，他一定會盡力爲您辯護的。」

* * *

羅蘋的預審結束了。

杜德維爾兄弟押送犯人下樓進囚車，羅蘋藉機吩咐兩兄弟：「珍妮薇和克塞巴赫夫人現在有危險，要一刻不離地保護她們，派人去珍妮薇家附近埋伏，屋子裡也要安排四個人。警方一定會去搜查杜邦別墅，到時候你們也得在現場。如果發現斯坦維格，想辦法讓他什麼都別說……若有必要，下藥也行。」

「您什麼時候才能出來，老大？」

「現在我還沒什麼好法子。不過，這倒不急，我正好能在裡面好好休息。」

樓下，警探們沿著囚車圍成一圈列隊站好。

「回家吧，孩子們。」羅蘋開玩笑說：「我下午兩點和自己還有個約會呢。」

回到監獄，羅蘋寫了兩封長信給杜德維爾兄弟，吩咐交代指示。接著他又寫了兩封，一封是給珍妮薇的：

珍妮薇：

我想，現在妳應該知道我是誰了，妳一定也明白爲何我要加以隱瞞，不告訴妳是誰在妳小時候兩次抱著妳離開。

珍妮薇，我是妳母親的朋友，雖然她並不知道我的雙重身分，但是她知道我是一個可以依靠的人。所以，她在去世前寫信給我，託付我好好照顧妳。

無論妳現在怎麼看待我，我會繼續信守對她的承諾，好好照顧妳。我也希望妳別因此怪罪我、疏遠我。

亞森・羅蘋敬上

另一封信是寫給克塞巴赫夫人：

克塞巴赫夫人：

一開始，賽爾甯親王只是出於自己的利益接近您，但是後來他的想法改變了，他決定一直守候在您左右。

雖然昔日的賽爾甯親王，其實就是今天的亞森．羅蘋，但也請您允許我在遠處一直守護您，就算以後也許我們再也沒有機會見面。

亞森．羅蘋敬上

信寫好後，羅蘋拿起放在桌上的信封，準備一一裝入，正當他要拿第三個信封時，他發現桌上有張白紙，白紙上稀疏幾行字，這些字明顯是從報紙剪下來，然後黏在紙上：

你和艾爾特海姆較量，如今卻淪落到這地步。只要你放棄干預我的事，我保證不擾亂你的越獄計畫。

L. M.

又是他，又是那個卑鄙到讓人作嘔的傢伙，羅蘋變得緊繃，就像看到一頭渾身上下流淌著毒液的怪獸一樣。

「又是他！」羅蘋狠狠地說。

是的，就是他，是他的出其不意讓羅蘋不知所措，他與羅蘋實力不相上下，也許還要更強大些，有些手段就連羅蘋也想不到。

這位怪盜突然覺得自己身邊的獄卒十分可疑。可是再一轉念，誰收買得了這個一臉凜然、表情嚴肅的傢伙？

「好吧，這樣倒好，一直以來和我打交道的都是一些蠢蛋，之前爲了找一個能和自己匹敵的對手，我甚至還爲自己創造出警察總局局長這個角色。這回總算遇到對手了，算我好運，我甚至得承認，這人竟然能玩弄我於股掌之中。如果我能躲過他的進攻，甚至擊敗他；能見到斯坦維格老人，並讓他開口說出祕密，實現克塞巴赫的重大計畫——嗯，我是指全都實現——把克塞巴赫夫人保護好，替珍妮薇找到她的幸福和財富……如果我身陷牢籠，還能成功辦到這所有事，那就證明羅蘋才是獨一無二的強者。不過，要實現這些事，還是先從睡一覺開始吧。」

羅蘋躺在床上，自言自語：「斯坦維格，你得撐著，堅持到明天晚上再死，我向你保證……」

就這樣，羅蘋從這天下午一覺睡到第二天上午十一點，一名獄卒進來通知他，坎貝爾要在律師接待室見他，他這才揉揉惺忪的睡眼回答：「去跟坎貝爾說，如果他想瞭解我的往事以及我過去的一舉一動，就請他去查最近十年的報紙吧，我羅蘋的過去都被寫進了歷史。」

中午時分，監獄方面一如昨日，興師動眾、戒備有加地將羅蘋押往法院。羅蘋也再次與尙恩・杜德維爾碰頭，兩人藉機偷偷說了幾句話，羅蘋把之前準備好的三封信件交給他，之後就被帶到弗爾莫里辦公室。

律師坎貝爾也在那兒，他手邊的文件多得幾乎要衝出鼓鼓的公事包。

羅蘋立刻表示歉意：「很抱歉今天上午沒能見您，我親愛的律師先生，也很抱歉讓您特別奔波來此，雖然並沒有什麼必要，因爲……」

「對、對，我們知道。」弗爾莫里不耐煩地打斷了羅蘋：「我們知道你會越獄，因爲你昨天說過了。但是這段時間裡，我們還是得各盡其責，不是嗎？亞森．羅蘋。雖然我們翻閱了所有資料，但現在卻連你的眞名還是無法確認。」

「這說來倒眞奇怪，因爲連我自己也不清楚。」

「我們現在也不能確定，你是不是桑德監獄有史以來，第一個越獄成功的那位亞森．羅蘋，那是在一九……哪一年？」

「『史上第一位』，這一點說得很對。」

「我們在監獄體檢部找到的檔案，證實那個亞森．羅蘋相貌特徵和你並不相符。」弗爾莫里繼續說。

「這還眞是奇怪啊！」

「身高、指紋、所有相貌特徵都不同……甚至兩張照片也不同。所以，說吧，你的眞實身分到底是什麼。」

「這我也想從你們那兒知道。我用過太多假名、假身分，現在連我自己都弄不清眞實身分到底是誰了。」

「好吧，看來你是不願意回答。」

「沒錯。」

「爲什麼？」

「沒有爲什麼。」

「你打定主意了？」

「是的，我說過，你們再調查也無濟於事。昨天，我給了你們一個很有意思的調查任務，現在我還在等調查結果呢。」

弗爾莫里看到羅蘋如此傲慢，氣得大喊：「我昨天也跟你說過了，我對你說的什麼斯坦維格的事，一個字也不相信，我不會照你的話做的。」

「是嗎？那爲什麼昨天我們會面之後，您和韋柏爾先生一起趕去杜邦別墅二十九號，還把別墅給掀了搜查？」

「你是怎麼知道的？」預審法官又生氣又疑惑地問。

「報紙上說的。」

「你還有報紙可看！」

「我當然得時時掌握外面的動向。」

「我只是爲了問心無愧才隨便去別墅看看的，我對你的話一點也不認眞。」

「正好相反，您對此事相當重視，您不僅照我的吩咐派人前去搜索，還親自到現場，現在警察總局副局長先生還在那兒搜查呢。」

弗爾莫里相當訝異，結巴地說：「還眞會瞎猜，我和韋柏爾先生可是還有其他重要事要辦呢。」

這時，法警走了進來，湊到弗爾莫里身旁說了幾句話……

「快讓他進來。」弗爾莫里聽完後，命令道。

原來是韋柏爾。

弗爾莫里立刻走到他面前，毫不掩飾地問：「怎麼樣，韋柏爾先生，有進展嗎？找到人了？」看來，他太想知道結果了。

「什麼進展也沒有。」

「啊，您確定？」

「我確定房子裡沒人，死的活的都找不到。」

「可是……」

「看來就是這樣了，預審法官先生。」

兩個人神情沮喪地面面相覷，看來他們之前眞的對羅蘋的話深信不疑。

「我就說吧，羅蘋，」弗爾莫里失望地說：「現在我們只能假設，這個斯坦維格老人原本是被關在那兒，但現在很可能被移走了。」

羅蘋接話：「昨天早上他一定還在。」

「我們是昨天傍晚五點鐘進別墅的。」韋柏爾說。

「這麼說，人是在昨天下午稍早之前被移走的。」弗爾莫里猜測著說。

「不。」羅蘋反駁預審法官的推測。

「您這麼認爲？」預審法官畢恭畢敬，不假思索地脫口而出。這是他在識見卓越的羅蘋面前極爲本能的反應，是他屈服於天下第一怪盜的表現。

「我不僅這麼認爲，」羅蘋清楚明白地說：「而且確定斯坦維格絕不可能從那裡逃出去，他一定還在杜邦別墅二十九號。」

韋柏爾很不以爲然，雙手高舉向天花板，表示他的質疑：「不可能，這眞是錯得太離譜了！我親自搜遍了所有房間，藏匿一個人可不像藏一枚硬幣那麼容易。」

「那現在怎麼辦？」弗爾莫里有氣無力地說。

「怎麼辦，法官先生？再簡單不過。」羅蘋激動地說：「我們一起上車，若你覺得有必要，派出多少人押送我都可以，但你一定得帶我去杜邦別墅二十九號。現在是一點鐘，下午三點不到，我就能找到斯坦維格。」

羅蘋的建議相當清楚且聲勢壓人，弗爾莫里和韋柏爾四目相視，誰都拿不定主意，也沒有勇氣抗拒。其實，這又未嘗不可？誰也沒損失，不是嗎？

「您看呢，韋柏爾先生？」

「啊，我不知道……」

「是呀，但這次可是關乎人命哪……」

「說得沒錯。」警察總局副局長，覺得預審法官說得有理。

此時，辦公室門又開了，法警送來一封信。弗爾莫里拆開信封，讀了起來：

> 一定要小心，如果讓羅蘋進了杜邦別墅，他就會想辦法從那裡逃走，他早已有所預謀。
>
> L. M.

弗爾莫里看完信，面色蒼白，一想到自己差點掉進羅蘋的圈套，擔心不已。羅蘋這根本是在耍花招，什麼斯坦維格，根本不存在。

「眞是謝天謝地！」弗爾莫里小聲咕噥著。要是沒有這封匿名信，他又會被羅蘋耍了。「今天到此爲止吧，明天再繼續，法警，把犯人押回桑德監獄。」

羅蘋沒作聲，他知道又是那個傢伙。今天是搭救斯坦維格的最佳時機，但不管如何，這個時機過去了，還會有下一個，自己根本沒必要就此絕望。

最後，羅蘋簡短地說：「預審法官先生，我與您約定，明天早上十點鐘，杜邦別墅二十九號見。」

「你眞是瘋了，我可不會去赴什麼約。」

「您不答應，但我答應了，這已足夠。明早十點鐘，不見不散。」

羅蘋和前幾次一樣，一回到牢房便倒頭大睡。他躺在床上，一邊打著呵欠，一邊暗自心想：「要讓計畫順利進行，最管用的，果然還是眼下這個羅蘋的身分。我羅蘋，現在每天不費吹灰之力，就能讓整個司法系統爲我運作。事情自然會好轉，下一步就是耐心等待明天的到來。今天眞是辛苦的一天，還是好好休息休息吧。」

羅蘋轉過身去，面向牆壁：「斯坦維格，你千萬不要死，一定要挺住。學學我吧，睡覺就好，保持體力。」

羅蘋除了吃飯時起來過一次，他又像昨天一樣一覺到天明，不過這次則是開鎖聲和鑰匙串互碰的聲音，將他吵醒。

「起來，穿衣服，」獄卒喝斥道：「事情很緊急。」

韋柏爾先生和他的人早已在走廊上等候，等羅蘋一出來，立刻押他上一輛四輪馬車。

「去杜邦別墅二十九號，要快！」羅蘋一邊坐上車，一邊吩咐馬車伕「司機」。

「啊，你怎麼知道我們要去那兒？」警察總局副局長疑惑地問。

「我當然知道，昨天，我不是和弗爾莫里先生約好了嗎——杜邦別墅二十九號，上午十點。」羅蘋可是說到做到。

道路從佩爾歌萊茲街開始就已進入戒備，隨處可見巡邏的員警。羅蘋見狀，非常滿意。等馬車行至別墅，那裡早已全面封鎖，閒雜人等、車輛一律禁止通行。

「封鎖囉！」羅蘋諷刺地說：「韋柏爾，你以我的名義各發一路易的補償金，給每位受到打擾的市民好了。我的天呀，有必要這麼勞師動眾嗎？你要是不放心，把我的雙手銬起來好了。」

「隨你便吧。」韋柏爾說。

「那就拷吧，我不能讓你吃虧，畢竟你今天才帶了三百個人來。」

韋柏爾為羅蘋銬上手銬，押著他下車，登上二十九號門前的臺階，直接把他帶到弗爾莫里所在的房間，然後韋柏爾吩咐所有警探都出去。

「請您原諒，預審法官先生，」羅蘋說：「我遲了一、兩分鐘，我向您保證下次絕不會發生這種情況。」

弗爾莫里面色慘白、不停顫抖，結結巴巴地說：「先……先生，弗爾莫里夫人，她……」

弗爾莫里的喉嚨像是被人勒住，喘不過氣，說不出話。

「怎麼，我們親愛的弗爾莫里夫人，她怎麼了？」羅蘋感興趣地問：「去年冬天，在市政廳的舞會上，我有幸和她一起跳舞，現在回想起來真是……」

「先生，」預審法官打斷羅蘋的話：「昨天晚上，弗爾莫里夫人接到一個電話，是她娘家打來的，說有急事要她立刻趕過去。於是她匆匆出了門，我沒辦法陪她去，因為我當時正在研究您的案子。」

「您在研究我的案子？看來我真是給您添了不少麻煩。」羅蘋接話。

「可是，到了夜裡她還沒回來，我很擔心，就親自跑到岳母家。沒想到，弗爾莫里夫人並不在那兒，岳母說她根本沒打過那通電話。原來這一切是圈套，到現在，弗爾莫里夫人還是沒回家。」

「啊！」羅蘋憤怒地喊道，然後想了想：「如果我沒記錯，弗爾莫里夫人很漂亮的，是嗎？」

預審法官不理會對方的話，走到他面前，嚴肅地說：「先生，我今天早上收到的這封信，說等我找到斯坦維格之後，我的妻子才能回來。信件署名人是亞森・羅蘋，信是您寫的嗎？」

羅蘋看了看信，同樣嚴肅地回答：「是我寫的。」

「這麼說，你這是在威脅我，非要我來這裡，照你的要求做，去找那個斯坦維格不成？」弗爾莫里恍然大悟。

「是的。」

「只要找到人，我妻子就會馬上自由嗎？」

「是的。」

「只要照你的意思辦，就算找不到人，你也會放了我妻子嗎？」

「找不到人，我不能放夫人走。」

「要是我拒絕呢？」弗爾莫里突然大喊。

「要是您不答應，後果會很嚴重……弗爾莫里夫人眞的長得很美。」

「好吧，我聽你的。開始……開始找吧。」弗爾莫里氣得咬牙切齒，卻不得不答應。說完，預審法官雙臂交叉在胸前。他是識時務之人，一旦明白對方比自己強勢，就會順從聽命。

韋柏爾站在一旁，緊咬著上唇，不發一語。他氣壞了，這次又讓羅蘋的詭計得逞了。他爲所欲爲，旁人卻不得不買帳，就算把他關進監獄又如何，還不是依然受制於他，讓他更勝一籌。

「我們上樓去。」羅蘋吩咐道。

所有人上了樓。

「打開這間臥室的門。」

警探乖乖把門打開。

「打開我的手銬。」

弗爾莫里和韋柏爾猶豫了，兩人面面相覷，拿不定主意。

「打開我的手銬。」羅蘋再次重複。

「發生任何事，由我負責。」警察總局副局長最後說道。接著，他對身邊的八名警探示意：「把槍掏出來，上膛，瞄準，一接到命令就開火！」

警探紛紛掏出身上的左輪手槍。

「放下手槍，手放到口袋裡去。」羅蘋命令道。

八名探員猶豫不決，又不敢稍加亂動。

羅蘋見狀，決絕地說：「我以我的榮譽擔保，今天來這裡是爲了救一個在垂死邊緣掙扎的人，我絕無逃跑之意。」

「羅蘋的榮譽……」其中一名探員低語著。

話未說完，這名警探就後悔了，他的小腿被人重重踢了一腳，痛得他不禁大叫起來，其他探員頓時方寸大亂，都要上前與羅蘋較量。

「全都住手！」韋柏爾插話：「你去吧，羅蘋，給你一個小時……如果一個小時之後沒找到……」

「別加什麼附帶條件。」羅蘋一口回絕。

韋柏爾真是拿他沒辦法，只好狠狠丟了一句話：「你想怎麼樣，就隨你吧，該死。」

說完，他帶著自己的人向後退去，讓給羅蘋充分的空間。

「很好，」羅蘋接著說：「這樣，我就能安靜地工作了。」

可是他並沒在工作，而是舒舒服服地坐到一張扶手椅裡，要了一支菸，點著，然後漫不經心地朝著天花板吐了幾個煙圈。其他人站在一旁全都看呆了，這傢伙到底在玩什麼花樣？

過了一會兒，羅蘋開口：「韋柏爾，派人把床移開。」警探們於是把床移開。

「把床四周的帷幔全部拆掉。」警探們乖乖地遵命。

然後，羅蘋再度靜默，房間裡一片寂靜，警探們覺得自己好像快被羅蘋催眠了。大家都覺得很諷刺可笑，但是又深感不安，不知眼前會出現什麼神祕事物。也許只要魔術師一唸咒語，一名恐怖的垂死之人就會閃現出來，也許……

「你到底想怎樣？」弗爾莫里終於沉不住氣，大喊一聲。

「好了。」羅蘋說。

「別急，預審法官先生，難道我整天待在監獄裡沒事，什麼腦筋也不動嗎？要是不知道怎麼做，我今天會要你們帶我過來嗎？」

「你到底想怎樣？」韋柏爾問。

「派一個人到電鈴信號顯示盤那邊，應該是在靠近廚房那一側。」一名探員接了指示。

「現在，按住床頭的電鈴。用力按住，別放手……好了，可以了……去把樓下的傢伙叫上來吧。」

一分鐘過後，那名警探回來了。

「怎麼樣？聽到電鈴響了嗎？」

「沒有。」

「顯示盤的數字有動靜嗎？」

「沒有。」

「很好，我沒猜錯。」羅蘋說：「韋柏爾，請你把這個電鈴拆了吧，因爲你都看到了，這個電鈴是假的。先拆掉水晶蓋板，很好，發現什麼了嗎？」

「漏斗狀的東西，」韋柏爾說。這個漏斗狀的東西，其實是一根管子的末端。

「把嘴湊到管子上去。」

「好了。」

「試著叫斯坦維格……不用大喊大叫，用平常的音量就可以。」

「怎麼樣？」

「沒人回答。」

「你確定？再好好聽一聽，沒人回答嗎？」

「沒有。」

「這代表他死了，或是已經沒辦法回答了。」弗爾莫里嚷嚷：「事情全完了。」

「誰說完了？只是我們得多花點力氣罷了。每根管子都有兩端，我們現在得把管子的另一端找出來。」

「想找到管子的另一端，看來得拆了整幢房子。」

「這倒不用，你們看。」羅蘋親自動手。所有探員都把目光集中到他身上，不是爲了監視羅蘋的一舉一動，而是想一探究竟，看看到底會發生什麼事。

羅蘋來到另一間臥室，和他之前推測的一樣，臥室牆壁的一角露出了一條類似水管的鉛管，蜿蜿蜒蜒地爬上了天花板。

「啊、啊，是上去的，太聰明了。按照常理，大家一般都是去搜地下室。」

既然發現了管子就跟著它走。眾人先來到二樓，然後是三樓，最後又爬上了閣樓。在曼薩爾式屋頂①的鋪陳下，他們在一處顯得較低矮的天花板，發現管子從這裡一路繼續往上延伸。再往上，眼看就要通向屋頂。他們還是找來梯子，從閣樓一側斜屋頂上的窗戶爬上屋頂，屋頂是以一片片金屬薄板鋪成。

「您沒發現找錯方向了嗎？」弗爾莫里問。

羅蘋輕蔑地聳了聳肩膀。「肯定沒錯。」

「可是，管子並未通到屋頂上。」

「這代表，在閣樓和屋頂之間一定還有夾層，我們要找的人就困在那裡面。」

「不可能！」

「我們走著瞧吧。把屋頂的金屬板給我掀開！不，不是那兒，管子約莫是在屋裡的這個方位。」

三名探員開始作業，過了一會兒，其中一個興奮地喊道：「啊，有了！」

大家俯身往下看，金屬板下方撐著一整排已經半腐蝕的木柵欄，柵欄底下有一個高度約僅一百公分的低矮夾層。

站在最前端的探員一不小心，踩了個空跌下去，卻掉進剛才的閣樓裡。看來不是這個方位，大家繼續沿著屋頂找，一邊掀開金屬板一邊找。

掀到不遠處的一個煙囪下，走在最前面的羅蘋，突然停下：「在這兒！」

有個人，確切地說，儼然是具死屍平躺在夾層地板上。透過刺眼的陽光，探員們看見這個面呈鉛色的可憐老人，因疼痛而不停地抽搐，身上被捆著好幾條鐵鏈，另一端則固定在煙囪上的鐵環上。他的身旁擺著兩個碗。

「他死了。」預審法官說。

「你怎麼知道？」羅蘋反駁。

羅蘋鑽了下去，用腳踩了踩地板，確定夠穩固，才慢慢向「屍體」靠近。弗爾莫里和警察總局副局長也學著羅蘋鑽了進去。羅蘋仔細檢查一會兒說：

「還有呼吸。」

「是，」弗爾莫里接著說：「還有心跳，可是你覺得我們能救活他嗎？」

「當然救得活，只要沒死，就有希望。」羅蘋自信地回答。

「快，快去找點牛奶來，牛奶裡加些維琪礦泉水！我來負責救活他！」他命令道。

二十分鐘後，斯坦維格老人逐漸睜開雙眼。跪在一旁的羅蘋，一字一句輕聲地朝著病人說悄悄話：「聽著，斯坦維格，千萬別對任何人說皮耶・勒杜克的事。我，亞森・羅蘋出錢買他的故事，你要多少錢都沒問題，但祕密全歸我。」

這時，預審法官上前狠狠抓住羅蘋的手臂：「弗爾莫里夫人呢？」

「弗爾莫里夫人已經自由了，她正在家裡等你呢。」

「什麼？」

「我說啊，預審法官先生，我早就知道你會答應要來找斯坦維格，您是不可能拒絕我的。」

「爲什麼？」

「因爲弗爾莫里夫人實在是太漂亮了。」

譯註：

①曼薩爾式屋頂，盛行於十九世紀中葉的歐洲。特色是雙斜屋頂，形成房子的兩個斜側，這兩個側邊通常會裝上窗户（老虎窗或牛眼窗），屋內則形成四邊形的閣樓空間。此種高雅大方的歐式建築，台灣亦可見到，如台北賓館、監察院、撫台街洋樓、國家台灣文學館等。

chapter 9 政治祕密

羅蘋雙手握拳，左拳，右拳，然後雙臂交叉回到胸前，再左拳，再右拳，再交叉於胸前。這套動作，羅蘋重複了三十次。接下來是幾組上身彎曲運動和雙臂交替拉舉，還有交互抬腿。羅蘋每天早晨都堅持操練這套約花上十五分鐘的瑞典式體操，以活動肌肉。

活動完畢，他坐到桌前，從標示著號碼的盒子取出幾張白紙，一張張摺成信封。這就是羅蘋在牢裡的工作，而且每天都得做。事實上，在這裡犯人可選擇自己想做的工作如黏信封、疊紙扇，製作錢包等等。

羅蘋就這樣一邊重複著這些機械式動作，鬆弛著肌肉，一邊思考琢磨著自己的事。

忽然，門外傳來一陣開鎖、轉動鑰匙的聲音……

「啊，是您呀，特優質獄卒先生。要進行最後的梳洗了？砍頭之前要先幫給我理個頭髮？」

「不是。」獄卒回答。

「那有什麼指示？要再去法院嗎？這就奇怪了，貼心的弗爾莫里先生前幾天說，爲了安全起見他要親自來我的牢房進行庭審。我不得不說，他的這個主意把我的全盤計畫都打亂了。」

「有人來看你。」獄卒簡短地說。

「來了。」羅蘋心想。

前往會客室的路上，羅蘋低語著：「太好了，若一切如我所料，就證明了我寶刀不老。困在監獄，卻只花了四天時間把整件事辦妥，我眞是太厲害了！」

按照規矩，探監的人要先到警察總局申請，拿了探監許可，才能進到監獄，由獄卒領進一間以窄小牢房改建的會客室，進行探視。會客室中央立著兩道欄杆，欄杆相距約五十公分，房間兩端各有一道小門，犯人和訪客各從各自的門走進會客室正中央。這樣一來，他們既不可能有肢體碰觸，也不可能小聲說話，更不可能交換任何物品。有時會有獄卒監督，若有必要，像是今天這類狀況，監獄官也會親自督查探視過程。

「哪個傢伙這麼神通廣大，竟然拿得到許可來見我？今天可不是我原本的會面日呀。」羅蘋大喊大叫著，走進了會客室。

趁獄卒關門之際，羅蘋走到鐵欄杆前仔細檢查另一端的黑衣人，可是由於房間昏暗，他只能約略看見對方的大致輪廓。

「啊，原來是您呀，斯特里帕尼先生，眞高興見到您！」

「對，是我，親愛的親王先生。」

「不，別給我加什麼頭銜了，我在這兒已經放棄那個爵位啦，直接叫我羅蘋吧，這樣更合適。」

「我的確想稱呼您羅蘋，但我先前認識的是賽爾甯親王，是他救回我一條命，是他給了我財富和幸福。在我心裡，他永遠是賽爾甯親王。」

「我們還是談正事吧，斯特里帕尼先生，監獄官先生的時間相當寶貴，我們可沒有權利隨便浪費。說吧，您有何貴幹？」

「有何貴幹？噢，上帝呀，是這樣的，要是我把那些可以用來幫助您完成計畫的祕密，透露給別人卻不告訴您，我想您一定會很生氣。而且現在這世上也只有您具備還原事實眞相的能耐，也只有您能幫助我，讓我遠離威脅。因此，我把這些道理說給警察總局的人聽了之後，他就開了許可通行證，讓我來見您。」

「他們竟然批准了，這點我倒是沒預料到……」

「他無法拒絕，親王先生。您介入的這樁案子關係到太多人的利益，不僅是我一個人，上面也有人被捲進來，我想這些人您都認識……」

羅蘋一邊用餘光觀察著監獄官，一邊認眞聽訪客說話——他把上身往前傾，以隨時反應對方的言下之意。

「所以呢？」羅蘋接著說。

「所以，我親愛的親王，請您好好回憶一下那份以四種語言編寫的文件，因爲它牽扯到……」

監獄官感覺到耳朵底下重重捱了一拳，就再沒無法控制自己的身體，晃悠了兩、三秒鐘後，便悄然無息地倒在羅蘋的懷裡。

「做得好，羅蘋，太好了。」羅蘋自語著：「聽著，斯坦維格，你帶了三氯甲烷嗎？」

「您確定他已經昏過去？」

「你說呢？不過，三、四分鐘後他就會醒過來，所以我們的時間還是不夠。」

德國人從口袋掏出一根銅管，就像望遠鏡一樣，這根銅管能夠伸長，末端附著一個迷你小瓶。羅蘋接過瓶子，倒了幾滴液體在手帕上，湊近監獄官的鼻子讓他聞。

「很好，這傢伙搞定了……爲了這個，他們之後一定會關我十天半個月的禁閉不可，不過這倒正合我意，我可以趁這段時間好好安排一番。」

「我呢？」

「你？他們能拿你怎麼樣？」

「上帝呀，剛才那一拳……」

「你不會有事的。」

「我拿來見您的那份許可證明，是假的。」

「你不會有事的。」

「可是許可在我手裡呀。」

「得了，你昨天以斯特里帕尼的身分，向警察總局提出正式申請，今天早晨接到了答覆，其他事你就不用擔心了。這許可證明是我朋友幫你僞造的，要擔心也是他們該擔心，等會兒看看他們會不會衝進來。」

「要是有人打擾我們怎麼辦？」

「誰會來呢？」

「我今天早上拿出了許可證明，說是要探視羅蘋，獄卒一聽，氣憤極了。監獄官還仔細拿著許可檢查一遍，然後又打電話向警察總局確認。」

「他這麼做嗎，我可不奇怪。」

「所以？」

「都安排好了，夥計，別瞎操心了，我們開始吧。我想你應該知道今天來這裡是要做些什麼。」

「我知道，你的人跟我說過了……」

「你同意了？」

「您是我的救命恩人，我全聽您的，無論用什麼方式報答您都不爲過。」

「在你說出祕密之前，我還是得跟你說一下我現在的處境……我現在可是困在監獄裡，束手無策……」

斯坦維格笑了：「不，您別跟我開這種玩笑吧。我之所以把祕密告訴克塞巴赫先生，是因爲他既富有又有勢力，有能耐從這個祕密中獲得好處。至於您，就算您現在成了他們的階下囚，束手無策，我還是認爲你比克塞巴赫的實力要強上百倍，而且您也不會少了他承諾我的一億法郎。」

「噢！噢！」

「不過，您也知道，即使有一億法郎也不見得能撿回性命，一億法郎也不足以讓我到監獄來探視您，然後花上整整一個小時和您交談。所以，當然還有比錢更重要的東西，您是知道的。」

「既然這樣，我們就按照順序慢慢從頭談起吧。誰是兇手？」

「這個，我不能說。」

「什麼，不能說？你不是知道嗎？知道的話就告訴我。」

「我什麼都可以告訴您，除了這件事。」

「可是……」

「我得之後再說。」

「你瘋了嗎，為什麼？」

「因為我現在還沒有證據。等您從監獄出來，我們就可以一起找證據了。而且現在說了又有什麼用呢？總之，現在不能說。」

「你害怕他？」

「您說對了。」

「好吧，」羅蘋說：「總之現在這個已經不是最重要的了，那其他的事你都願意說？」

「願意。」

「那好，說吧，這個皮耶・勒杜克的來歷是什麼？」

「海爾曼四世，德－彭－威爾丹茲大公，伯恩卡斯泰爾親王，斐斯坦良伯爵，維艾斯拜登暨其他領地的領主。

羅蘋高興極了，他保護的這個人才不是什麼豬肉鋪老闆的兒子。

「這麼好，好多頭銜！據我所知，德—彭—威爾丹茲這地方是在普魯士？」

「對，在摩澤爾北端。威爾丹茲家族是帕拉庭・德—彭家族的一支。自從一八〇一年《呂內維爾和約》簽署之後，這塊公國就被法國人佔領了，歸於蒙托奈省。一八一四年，海爾曼一世，也就是皮耶・勒杜克的曾祖父恢復了這個公國。可是他的兒子海爾曼二世，年輕時太過驕奢淫逸，將父親留下的產業揮霍殆盡，後來有位被惹惱的臣民，一把火燒掉了他的宮殿，把海爾曼二世趕出公國，之後則有三位攝政王仍以海爾曼二世的名義，接管公國。奇怪的是，海爾曼二世雖然被趕出公國，但並沒有被逼退位，於法他依舊是公國攝政王。他後來住在巴黎，日子過得很潦倒。後來，普法戰爭爆發，他幫助自己的好友俾斯麥攻入巴黎，但不幸被炮火擊中，彌留之際，他把自己的兒子海爾曼三世託付給俾斯麥。」

「就是皮耶・勒杜克的父親。」羅蘋說。

「對，這位普魯士首相很器重海爾曼三世，經常讓他擔任祕密使臣出訪外國政要。俾斯麥沒落之後，海爾曼三世離開了柏林，開始四處流浪，後來在德賴斯德定居。俾斯麥去世時，海爾曼三世一直陪在他身邊。兩年之後，海爾曼三世也死了。這就是十九世紀德—彭—威爾丹茲公國三位海爾曼的故事，這個故事在德國可是家喻戶曉。」

「可是第四個呢？跟我們有關的這個海爾曼四世呢？」

「我們等會兒再談，現在先說不爲人知的事情。」

「是呀，只有你知道。」羅蘋反駁說。

「除了我，還有少數幾個人也知道。」

「什麼，其他人也知道？你沒守住祕密？」

「不是，知道這個祕密的人都把它守得牢牢的。您別擔心，這些人誰也不想把祕密洩露出去。」

「那你是怎麼知道的？」

「海爾曼大公——我是指海爾曼三世——的私人祕書兼傭人，這個人在好望角去世，臨死前，他躺在我的懷裡跟我說，他的主人其實偷偷結了婚，而且還留下一個兒子，然後他就把整件事情的始末都告訴我。」

「就是你告訴克塞巴赫的那個不為人知的祕密？」

「是的。」

「那就說說吧。」

羅蘋話才說完，外面便傳來拿鑰匙開鎖的聲音。

「別出聲！」羅蘋小聲地說。

門打開了，躲在一旁的羅蘋猛地一關，獄卒被門重重一夾，發出慘叫聲。

羅蘋立刻上前勒住他的喉嚨：「別出聲，朋友，你要是亂叫，小命可就難保了。」說著，羅蘋讓獄卒躺倒在地。「你會乖乖聽話嗎？你知道自己的處境嗎？你懂，很好！你的手帕在哪兒？」

「把手伸過來，好，現在我放心了。聽著，他們是為了保險起見，才派你過來的，是吧？要你來當監獄官的幫手?想得眞周全,只是你來晚了。你看,監獄官死了!你要是亂出聲,下場也跟他一樣。」

說完,羅蘋從獄卒口袋掏出一串鑰匙,將其中一把插入鎖孔。

「這樣,就不會有人來打擾我們了。」

「您那邊的門沒問題了,可是我這邊呢?」

「你那邊怎麼會有人來?」

「要是有人聽見剛才的叫喊聲?」

「我可不這麼想。對了,我的朋友不是給了你一支鑰匙?」

「是。」

「那你也把鑰匙插到鎖孔裡,好了嗎?很好,現在,我們至少會有十分鐘清靜。你看,親愛的,這些情況感覺很複雜棘手嗎,實際上處理起來卻是這麼簡單,重點是要學會冷靜,快點熟悉自己所處的環境。好了,現在接著說吧,不過不要激動。用德語吧,好嗎?沒必要讓這傢伙知道我們之間的祕密。好,現在慢慢地說完吧,把這裡當自己的家。」

於是,斯坦維格繼續往下說:「俾斯麥去世當晚,海爾曼三世和他那忠誠的傭人——就是我在好望角的那個朋友——登上了開往慕尼黑的火車,準備從那兒搭特快列車趕往維也納。到了維也納,他們輾轉又去了君士坦丁堡,然後是開羅、拿坡里、突尼斯、西班牙,接著他們又來到了巴黎,從這裡渡海去倫敦,然後是聖彼得堡、華沙……他們在這些城市一刻也不停留,到了一個地方就立刻跳上計程車趕往火車站或碼頭，然後從那裡趕往下一個目的地。」

「簡短地說，他們這是爲了避人耳目，不被發現行蹤。」亞森・羅蘋替斯坦維格總結道。

「有一天晚上，他們離開了特里爾城，身著工作服，頭戴工人帽，肩上扛著木棍，木棍的尾端繫著一個包裹。兩人就這樣步行了三十五公里，回到威爾丹茲的德—彭城堡，確切地說，應該是德—彭城堡廢墟。」

「不必特別形容。」

「白天他們藏在附近的森林，到了晚上才朝著城堡外牆靠近。海爾曼要傭人在那裡守著，他則獨自一人從城牆的一處缺口翻牆進去。一個小時後，海爾曼回來和傭人會合。之後他們又輾轉奔波了一個星期，照著複雜的路線回到自己住的地方德賴斯德，旅行就此結束。」

「這次旅行的目的何在？」

「大公對他的傭人也是三緘其口。但是這個聰明的傭人，根據一些細節，和之後發生的事，多少猜出了其中一點眞相。」

「快說，斯坦維格，時間很緊迫，我得趕快知道。」

「旅行結束十五天之後，有一名皇家禁衛軍的長官瓦爾德馬爾伯爵和他的一名密友，帶著六個人來到海爾曼大公家裡，他們在大公的辦公室待了整整一天，我那個朋友時不時還聽得見爭吵聲，像是他人在花園時，便清楚聽見了這樣的話——『這些文件他必定是交給您了，這一點，陛下十分肯定。您要是不主動交出來……』接下來的威脅和當時的場景，不用說想都想得出來，大公的家後來當然也被他們搜個徹底。

「這麼做可是違法的。」

「大公如果反抗才是違法，他本人甚至還陪著伯爵先生逐一搜查。」

「他們想找什麼，俾斯麥首相的回憶錄？」

「比這個還要好，他們想找到首相生前偷偷交給海爾曼大公的一捆文件。」

羅蘋雙肘靠在鐵欄杆上，激動地用力攀住鐵網：「一定是很重要的祕密文件。」

「是最高等級的機密，文件一旦公諸於世，不僅對國內影響重大，對外交關係更是影響深遠。」

「噢、噢，」羅蘋激動地心臟都快跳出來：「可能嗎？你有什麼證據？」

「什麼證據？海爾曼大公死後，他的妻子向傭人透露的祕密，就是證據。」

「對……對，就是大公手裡掌握的那些證據。」

「比這個還要好！」斯坦維格興奮地說。

「什麼？」

「是一張大公親筆寫的文件，上面有他的親筆簽名，還有……」

「還有什麼？」

「還有俾斯麥交給他的所有文件列表。」

「這麼說來，所謂的文件，難道不過是幾句話？」

「幾句話？當然不可能。文件的篇幅很長，到處充滿了註記和一些莫名其妙的記號。我就先舉個兩項，每項主題可都有它所屬的祕密文件，如『威廉二世皇太子寫給俾斯麥的信件原件』，從日期可以看得出來，這些信寫於腓特烈三世繼位那三個月期間。如果您想知道信件內容，想知道當時腓特烈生的病，以及他和兒子之間的糾葛……」

「是的、是的，這個我知道，另一項呢？」

「『腓特烈三世和維多利亞皇后寫給英國維多利亞女王的信件副本。』」

「竟然有這種紀錄？」羅蘋驚奇地喊道，喉嚨好像被揪住。

「您再聽聽大公寫的幾個註記——『和英法簽訂條約的全文』。另也有些寫得很晦澀的——『阿爾薩斯—洛林……殖民地……海軍限制』。」

「竟然還有這些註解。」羅蘋低語地說：「你認爲很晦澀？我的看法卻相反，根本就很明確。啊，怎麼可能會有這種文件留……」

這時，門外有人敲門。

「別進來，我正忙著呢。」羅蘋說。

斯坦維格那側的門外也傳來敲門聲，羅蘋不耐煩地說：「耐心點，再給我五分鐘。」然後，他命令著斯坦維格老人說：「要冷靜，繼續說下去。照你剛剛說的，大公和傭人輾轉旅行，最後潛回威爾丹茲，就是爲了藏妥這些文件？」

「一定是這樣。」

「好吧，那後來應該取走了文件吧？」

「沒有，他一直待在德賴斯德，直到去世。」

「這麼說，文件是被大公的敵人拿走？他們可是歷盡千辛萬苦也要找到文件，並銷毀它？」

「他們查到文件放在哪兒，但是僅此而已。」

「你怎麼知道？」

「是這樣的，我得知這個祕密之後，自然不可能無動於衷，立刻就趕到威爾丹茲打聽。附近的村民告訴我，城堡曾經兩次遭人搜查，來搜查的共有十二個人，他們都是受到攝政王的委託從柏林趕來的。」

「然後呢？」

「然後他們什麼也沒找到，搜查過後，城堡就被圍起來了，禁止閒雜人等進入。」

「是誰看守著不讓人進去？」

「五十個士兵日夜守護城堡，誰都不得靠近。」

「是大公國的士兵？」

「不是，是皇帝派來的禁衛軍。」

這時，走廊又傳來了敲門聲，有人在叫監獄官的名字。

「他在睡覺呢，典獄長先生。」羅蘋認出是波雷利的聲音，回答著。

「開門，我要你開門！」

「不可能，鎖孔被堵住了，我建議你，把鎖拆了就能進來了。」

「開門！」

「我們正在談的事，可是關係到歐洲的命運呢，您就不能再等一會兒？」

說完，他趕緊轉向老人問道：「所以你一直沒能進去城堡？」

「沒有。」

「你確定文件還藏在那兒？」

「我這不是都告訴您了嗎？您難道還不相信？」

「不、不，我相信文件就藏在那兒，一定是這樣。」

羅蘋彷彿已經看到了城堡，已經看到這些神祕文件的藏匿之處。就算現在眼前擺著一個滿是金銀財寶的寶物箱，也比不上威廉二世禁衛軍日夜守護的這些文件更令他動心。多麼誘人的戰利品呀，這才是羅蘋的水準！憑著直覺偶然介入此事，眞是又一次證明他的眼光精準！

外面已經有人開始拆鎖。

羅蘋問斯坦維格老人：「海爾曼大公是怎麼死的？」

「他得了胸膜炎，撐沒幾天就不行了，他後來神志稍稍清醒，但還是讓人覺得害怕。他好像很痛苦，想用盡渾身力氣在下一次昏迷前整理好思緒，說出他想說的。他時不時喊自己的妻子到床前，絕望地看著她，張著嘴，想說卻又說不出一句話。」

「他最後說了沒有？」外面開鎖的聲音讓羅蘋心煩意亂。

「沒有，沒說。但趁著最後清醒的一分鐘裡，他要妻子拿來一張白紙，用盡最後一分力，劃下了最後的絕筆。」

「他劃下了什麼？」

「大部分都看不懂……」

「那能看懂的呢？」

「有三個數字很清楚：一個『8』，一個『1』，一個『3』。」

「『813』，是的，我知道這個，還有呢？」

「還有幾個不知所云的字母，先是三個拼成一組，然後是兩個一組。」

「『APO　ON』是嗎？」

「啊，您知道？」

會客室的鐵鎖叮噹作響，看來所有螺絲都已經被拆掉了。羅蘋有點著急，擔心對話會被打斷：

「他留下這個『APO　ON』和『813』，是爲了讓他的妻子和兒子找到藏匿的文件？」

「是的。」

羅蘋緊緊扣住門鎖防止它掉下來。「典獄長先生，您這樣會吵醒監獄官的，這樣可不行，再等一分鐘好嗎？斯坦維格，大公夫人後來怎麼樣了？」

「她在丈夫死後不久也過世了，據說是悲傷過度。」

「後來孩子託付給家族親戚撫養嗎？」

「什麼家族？大公既沒有兄弟，也沒有姐妹，而且他和這個平民女子是祕密結婚。孩子被海爾曼家的老傭人帶走了，他替他改名皮耶・勒杜克，把他撫養長大，可是這孩子性格乖張古怪，不受約束，根本不好好過日子。有一天，他離家出走了，後來再也沒有人見過他。」

「他知道自己的身世嗎？」

「知道，他也見過那張寫著幾個字母和數字的紙。」

「後來……後來知道這張紙的，只有你一人？」

「是的。」

「之後，這件事你只跟克塞巴赫先生說過？」

「我只跟他講。我給他看過那張寫了字母和數字的紙，還有那份列表文件。但我還是很小心的，這兩件東西現在都在我身上，如今看來，我這麼做是對的。」

「列表文件在你那兒？」

「對。」

「它們現在安全嗎？」

「非常安全。」

「在巴黎？」

「沒有。」

「這樣更好，記住你現在有危險，有人一直想找到你。」

「我知道，要是走錯一步，我就全完了。」

「是的。所以你一定要小心，想辦法繞開我們的那個敵人，回去取你的文件，然後等我的吩咐。事情的關鍵已經掌握在我們手中了，最多再一個月，我就會陪你一起去威爾丹茲的城堡。」

「要是我被捕了呢？」

「我會救你出來。」

「這可能嗎？」

「我逃獄的『第二天』你就能出來。不，說錯了，是我逃獄的『當晚』。」

「這麼說，您已經想好怎麼出去了？」

「是的，十分鐘前想到的，而且不會失敗。你還有話要對我說嗎？」

「沒了。」

「那好，我開門了。」

羅蘋打開門，朝波雷利鞠了一個躬：「典獄長先生，我真不知該怎麼向您道歉……」他話還沒說完，典獄長和三名獄卒便一起衝了進來，波雷利看到兩名手下躺在地上，氣得臉色慘白。

「死了？」他喊道。

「沒有，當然沒有，」羅蘋戲謔地反駁：「您瞧，這個還會動呢。喂，你倒是說話呀。」

「可是那個呢？」波雷利一邊說，一邊奔到監獄官面前。

「他只是睡著了，監獄長先生。他太累了，我就讓他好好休息。我替他向您認罪，很抱歉這可憐人，他……」

「收起您的玩笑吧。」波雷利狠狠地說。說完，典獄長轉向獄卒：「先把他帶回牢房，至於這位客人嘛……」

羅蘋後來並不知道波雷利如何處置斯坦維格老人，而且他也並不關心，因爲斯坦維格的命運已經不那麼重要了。既然他已經知道克塞巴赫的祕密，現在還有更重要的問題等他去想。

chapter 10

一切都在計畫中

羅蘋大感意外，他竟然沒被關禁閉。幾個小時後，波雷利先生還親自到牢房告訴他，關禁閉也於事無補。

「不只是於事無補，典獄長先生，這項懲罰可是很危險的。」羅蘋反駁：「既危險又太笨，還很可能煽動犯人造反。」

「爲什麼？」波雷利問，顯然這位寄宿者讓典獄長越來越不安了。

「因爲，典獄長先生，您這是衝著警察總局的關係。您已經去過那裡，向上級解釋到底誰該爲我的行爲負責，您還出示了斯特里帕尼探監的許可通行證。您只是簡單地向他們道個歉，因爲當斯特里帕尼來的時候，獄方還特別打電話向局裡確認，表達驚訝之意，可是局裡卻說探監許可是有效的。」

「啊，你全知道了……」

「我還知道，電話裡答覆您的，是我的人。不過，在您的要求下，警察總局已立刻展開調查，看看到底誰該負責，而這個該負起責任的人發現這個許可證明竟然是假的，所以大家又接著去查，到底是誰私下僞造了許可通行證。不過，我勸你們還是省省吧，因爲不會有結果的……」

波雷利露出了抗議的微笑。

「所以，」羅蘋繼續說：「你們審問了我的朋友斯特里帕尼，他也很快就承認他的眞實身分——斯坦維格。這怎麼可能呢，但實情如此，犯人羅蘋成功地把他想見的人送進了桑德監獄，而且還跟對方說了一個小時的話。這個亞森・羅蘋給警方帶來了多大的恥辱，眞後悔沒早點吊死他，是嗎？警察總局放了斯坦維格，現在又派波雷利先生您來談和，以此買他的沉默，免得事情傳出去就不……。是這樣嗎，典獄長先生？」

「你說對了！」這回輪到波雷利開玩笑了，但卻是爲了掩飾自己的尷尬：「您眞是料事如神，那麼您願意接受我們的條件嗎？」

羅蘋笑了起來：「您是說接受你的請求？是的，典獄長先生，請警察總局那邊放心，我不會說出去的。至少這件事情，我不會透露給媒體。但是其他事情嘛，我羅蘋可是保有充分自由，想和媒體聯繫，就一定辦得到。」

事實上，羅蘋在監獄裡所做的一切，也只是要確保這兩件事。首先要能成功和自己的夥伴聯絡，然後透過他們與警方展開媒體大戰，而這可是他的強項。

他剛入獄時，便指示杜德維爾兄弟接下來該怎麼做；過了這些時日，他知道兄弟兩人應該準備得差不多了。

每天早上都有人拿來標示著編號的盒子，然後他便認認眞眞地工作，把一張張紙摺成信封，到了晚上再由獄卒收走，交給其他犯人黏好信封的邊緣。

而每次分配給羅蘋的盒子，永遠是同一個編號。盒子的分配方式從沒變過，選擇摺信封工作的犯人，永遠也只要完成自己這道工序就行了。

這樣一來，只需買通提供信封材料的公司員工即可。這件事情執行起來也相當簡單。羅蘋知道這辦法一定奏效，待他的手下與這名公司員工協議妥當，他就能在盒子最上方的白紙，看到他與杜德維爾兄弟約定的祕密口令。

時間過得眞快。中午時分，預審法官弗爾莫里，還有那位不苟言笑的坎貝爾律師來到羅蘋的牢房，依照慣例進行問訊。

羅蘋很高興，因爲他終於成功說服了弗爾莫里，要他相信自己並非殺害艾爾特海姆的兇手。對此，羅蘋還胡亂編造了一通，預審法官卻信以爲眞，派人東奔西走地追查。可是結果顯然很糟，招來公眾的恥笑。大家知道，又是羅蘋這個大師在奚落警方。

羅蘋自己也說，這只是一些無傷大雅的小遊戲，爲什麼不好好去感受其中的樂趣呢？

不過，嚴肅的日子一天天逼近了。第五天，亞森．羅蘋發現紙盒裡的第二張紙，出現他與杜德維爾兄弟事先約定的信號——一道指甲印。

「終於到了。」羅蘋暗自說。

他從一個隱密的地方拿出一只小小的玻璃瓶，打開瓶蓋，食指伸進去蘸了蘸，便在盒裡的第三張紙上畫了起來。

過了一會兒，紙上先是浮現幾個斷斷續續的字母，慢慢地，單字出現了，然後是一行行的句子，羅蘋拿起紙讀著：

一切都好，警方放了斯坦維格，現在他藏身外省。珍妮薇・艾爾蒙也很好，她經常到布里斯托飯店去探望克塞巴赫夫人，因爲她生病了。小姐每次去找夫人，皮耶・勒杜克也都在。用同樣的方法回覆，不會有任何風險。

就這樣，羅蘋成功與外界取得了聯繫，現在只需要按步就班地進行即可。先公佈斯坦維格告訴他的祕密，然後實施自己的偉大計畫——出其不意的越獄。

三天後，《要聞報》刊登了以下幾行字：

普魯士鐵血宰相俾斯麥，除了留下一本回憶錄——據熟悉情況的人說，上面記錄的全是毋庸置疑的正統歷史——他還爲世人保留了意義重大的祕密信件。現在這些信件已經被人發現，而且根據可靠消息，信件將會源源不絕地公諸於世。

大家都記得這一則閃爍其詞的消息，在全世界引起了軒然大波——有人熱中發表評論，有人提出自己的猜測，德國的媒體更就此展開一場論戰。這幾行文字到底出自何人之手？文中所說的信件究竟多神祕？是什麼重要人士與宰相祕密通信？宰相又會祕密寄信給誰？這是發佈消息的人，故意對已故的宰相進行報復，還是某位和俾斯麥祕密通信的人，一不小心洩露了什麼天大內情？

不久後，《要聞報》刊出的第二則消息，隨即針對此間的某些猜測予以回答，這著實讓公眾吃了一驚。消息是這樣的：

寄信人地址：桑德監獄第二監區十四號牢房

《要聞報》的總編輯先生：

您好！

您週二刊登的那條消息，實出自本人之口。前一晚，本人在桑德宮討論外交事宜時，有意無意透露了幾個關鍵字眼，訊息的主要內容毫無正確性方面的疑慮，僅有幾處小地方需進一步澄清更正。祕密信件確實存在，它們的意義也的確相當重大，畢竟這十年來，相關政府單位從未放棄找尋它們。但是直到現在，還沒有人知道它們藏在哪兒，信件中的內容更是無人知曉。

本人相信，對於得再耐心靜候一段時間，才能滿足好奇心這件事，公眾一定能夠諒解。本人不僅現在一時無法解開祕密文件的眞相，亦還有其他更重要的事情待辦，暫無暇顧及此事。

本人目前僅能暫告公眾，俾斯麥在離世前，將這些信件交給他最忠實的朋友，而他的朋友也爲此惹來不小的禍患。受到監視、家裡遭搜查，一樣不少。

本人讓兩名手下重新追查整樁事件，相信不出兩日，將會解密。

亞森・羅蘋敬上

報紙的消息原來是羅蘋發的，簡直不可思議！竟然是他這個身陷囹圄的囚犯，在幕後向世人講述這則悲喜故事。公眾爲此興奮不已，因爲羅蘋這個藝術家所說的故事，必然跌宕起伏、精彩連連。

三天之後，《要聞報》刊出了故事的後續：

本人已得知俾斯麥身旁那位忠實朋友的身分，他就是海爾曼三世大公，也就是德—彭—威爾丹茲公國的攝政親王——雖然此一身分已被公國的臣民剝奪。他正是俾斯麥的親信。他的家曾遭某位W伯爵及他的六名隨從搜查，雖然搜查無疾而終，但有充分證據證明，祕密信件就在海爾曼大公手上。

可是信件究竟被他藏在哪裡？這個問題現在可能沒人能夠回答。

請再給本人二十四小時，找到答案。

亞森・羅蘋敬上

二十四小時一過，《要聞報》就刊出了解答：

文件藏在德—彭—威爾丹茲公國的攝政王府，即古老的威爾丹茲城堡內，城堡局部曾在十九世紀遭到損毀。

文件究竟藏在城堡的何處？這些祕密信件到底包含了什麼內容？這兩個問題，要再等四天才會有結果。

亞森・羅蘋敬上

四天就這樣過去了，人們迫不及待拿起《要聞報》準備追逐故事連載，可是讓人失望的是，羅蘋這天並未依約定解答。又過了一天，報端還是毫無動靜，第三天依然如此。

羅蘋究竟在做什麼？

據警察總局內部消息透露，有人警告桑德監獄的典獄長，說羅蘋是透過摺信封的工作和黨羽取得聯繫，監獄方面就此進行全面調查，但並未發現什麼跡象。不過為了安全起見，獄方還是要這名總是讓警方難堪的犯人，停止手邊一切工作。

這名讓人棘手的犯人提出反駁：「既然我現在無事可做，那就只好關心一下我的案子。請通知我的律師，律師會會長坎貝爾。」

他可不只是說說而已。以前，羅蘋一直拒絕與坎貝爾先生會面談話，可是現在卻逆轉態度，同意見自己的律師，看來他準備為自己辯護了。

第二天，坎貝爾開開心心地要人通知羅蘋，到會客室見他。坎貝爾這個人，已有點年紀，戴了副眼鏡，鏡框後的一雙眼睛，被厚厚的鏡片放大了整整一圈。他把帽子放在桌上，擺好公事包後，立刻向羅蘋拋出了一連串精心準備的問題。

羅蘋相當畢恭畢敬，一一回答，就連坎貝爾記錄在厚厚便箋上的旁蕪細節，他也不厭其煩地給予答覆。

「這麼說來，」律師緊盯著桌上的文件說：「您是說這個時期……」

「我說這個時期……」羅蘋接過話來說。

談話之間，羅蘋慢慢將手肘拄在桌上，漸漸平放前臂，悄悄地將手伸進坎貝爾的帽子裡，在皮革和襯裡之間摸索，然後找到一個小紙捲。

這是杜德維爾兄弟爲他送上的祕密情報，他取了出來，拿到桌下，打開一看，裡面赫然寫著約定的暗語：

> 我現在在律師坎貝爾家臥底做事，您可以用這個方法與我聯繫，不會有人知道的。
>
> 您用信封進行對外聯繫一事，是殺人犯L. M.向警方告發的。幸好您提前料到他會這麼做！

底下面則是杜德維爾兄弟給羅蘋的一份媒體摘要，向他報告之前在報紙上刊登的公開信，所激起的迴響和評論。

讀完之後，羅蘋從口袋掏出一個外形相似的紙捲，又悄悄地將它塞進律師坎貝爾的帽子裡。很快地，羅蘋的消息被《要聞報》登載了出來：

本人向公眾道歉——我爽約了，這全是因爲桑德宮的郵政服務不太盡如人意。不過，我們的故事也接近尾聲了。現在，本人手上已蒐集齊全所有還原眞相的不二證據，只等著將它們一一刊登出來。但首先要向大家透露的是，本人發現，寫信給鐵血宰相的人之中，有一個人自稱是他的學生及崇拜者，但最後卻背棄了他而自己掌權。

本人已很明顯意有所指，大家應能明白？

亞森·羅蘋敬上

緊接著，第二天的《要聞報》刊出幾行字：

這些信件寫於國王病重期間，這樣，大家應能夠明白信件的重要性？

風平浪靜了四天之後，報紙再次刊出羅蘋的消息，這次也同樣激起軒然大波：

本人已經結束調查，現已掌握所有資訊，經過一番苦思長考，終於猜出信件的藏匿處。

本人的朋友已動身前往威爾丹茲，就算歷盡千辛萬難，他們都會按照我指示的入口，突破看守，進到城堡。

只要一找到信件，報紙就會全面刊登。雖然我已經知道信件的大致內容，但仍然十分期待看到全貌。

再過兩個星期，即十四天以後的八月二十二日，信件就將見報。

其間，本人會耐心等待，不再發言。

亞森・羅蘋敬上

就這樣，羅蘋與報紙的聯繫暫時中斷了，但仍藉由他們稱爲「帽子戲法」的管道，與杜德維爾兄弟持續進行祕密溝通。這點子眞是太棒了，既簡單，又沒有任何風險。誰能想到律師坎貝爾的帽子，竟成了羅蘋與夥伴聯絡的活動信箱？

每隔兩三天，這位巴黎的知名律師就會頂著羅蘋的信件如期而至，其中有巴黎的來信、外省的來信，還有德國的來信。杜德維爾兄弟將所有在威爾丹茲找到的重要文件全都整理出來，摘取其中重要內容，編碼後，統統發給他們的老大。一個小時之後，坎貝爾先生則總是一臉嚴肅地頂著羅蘋的指示離開。

可是突然有一天，桑德監獄典獄長接到一封電報，對方的署名是L. M.，他提出警告，律師坎貝爾先生很可能在不知不覺中成了羅蘋的免費郵差，坎貝爾來訪時一定得多加注意。

坎貝爾一聽，不敢相信居然有這種事，決定每次來都帶著自己的祕書。

就算羅蘋的點子再高明、想法再出其不意、行動再盡心盡力，這一次他還是失敗了，他再次與外界隔絕，這一切都拜那個聰明狡詐的殺人犯所賜。然而此時此刻，事情可是來到緊要關頭，羅蘋只好拿出他最後的王牌，與對手那股勢不可擋的力量相抗衡。

八月十三日，羅蘋照例與兩名律師會面，就在坎貝爾律師包裹文件的報紙上，他清楚看到一個標題——《８１３》。下面的副標題赫然寫著：

德國發生謀殺案件，民衆陷入騷亂，難道「ＡＰＯＯＮ」的祕密被人發現了？

在報紙印刷前，本報於最後時刻收到了兩則快訊。

有人在奧斯堡發現一名老人的屍體，他遭人以匕首刺死。死者身分已經確定是斯坦維格，此人正是克塞巴赫凶案的關鍵人物。

此外，有人發電報給敝社，說是英國知名偵探福爾摩斯①臨危受命，前往科隆。德國國王會在那兒接見他，他們將一同趕往威爾丹茲城堡。

德國國王請福爾摩斯出馬，是爲了找出「ＡＰＯＯＮ」的祕密。

倘若他成功了，亞森．羅蘋一個月來的計畫等於就此告吹，雖然這一個月來，他是如此出其不意，讓人摸不著腦。

人們從未對羅蘋與福爾摩斯的較勁如此好奇，雖然到目前為止這場決鬥依舊暗潮洶湧，一切尚未浮出水面。這兩位向來互不相讓，而這次的對峙更是聲勢浩大，畢竟他們介入的可是一樁天大的醜聞，他們角逐的獵物無關乎個人的一己私利，也不是什麼小搶案，更不是什麼個人癖好，而是世界級的大事。此事件影響所及，將關乎三個西方大國的命運，甚至可能危害世界和平。

別忘了，此時正值摩洛哥危機②，一個火花就能引起一場大火。

大家都焦急地等待著，但又不知究竟在等些什麼。

如果最後大偵探勝出了？如果讓他找到了祕密信件？可是這種事誰知道呢？而且有什麼能證明是福爾摩斯贏了？

大家還是對羅蘋期望有加，因爲倘若是他得勝，他必定會向公眾透露事實眞相，取信於人們。不過，他到底打算怎麼做呢？他能化解眼前的重大危機嗎？或者他知道自己面臨危難嗎？

受困於四面窄牆的十四號牢房犯人，此時也在問自己同樣的問題，不像公眾是出於無關痛癢的好奇，這確然是他人生中的大難題，因而無時無刻不在困擾著。

羅蘋感到孤立無援，而且前所未見。他提不起精神，腦子不靈光，手腳被束縛。平日的精明過人、機敏靈巧、頑強英勇，如今全派不上用場。一場纏鬥在他無法掌控的監獄外面展開，而他的角色卻結束了。儘管他早已安排妥當，機器的發條也拉緊待發，期盼能順利再造自由，但現在他卻動彈不得，人算不如天算。時候到了，機器自會運轉的。有時候，生命會突然撞上重重險阻與意外，讓人無從抵禦，毫無招架能力。

這是羅蘋一生中最痛苦的時刻，他開始懷疑自己，會否就此一輩子待在這座密不透風的牢籠中。自己是不是失算了？自己是不是太幼稚了，居然相信時候到了，事情就會自動運轉。

「太傻了！」他對自己喊道：「真是太不理智了，我怎麼會陷入這樣的對峙？只要一個閃失就全盤皆輸啊。」

斯坦維格的死，以及老人手上的文件隨之落空，並不使他太擔心。那份列表文件羅蘋甚至不需要，憑斯坦維格的敘述，他幾乎可以猜出海爾曼大公手上的祕密文件包括哪些內容。他還是可以據此制定計畫，然後贏得勝利。他擔心的是福爾摩斯，大偵探已親臨戰場，他會找到祕密信件的，然後摧毀羅蘋這些日子以來耐心打造的美夢樓閣。

他還擔心另一個人，那名冷酷無情的凶手，此人就在監獄四周徘徊，說不定正潛伏在監獄之中。他總是能早羅蘋幾步，在羅蘋腦中計畫還沒成形時，就被他先識破猜透。

八月十七日、八月十八日、八月十九日，還有兩天，或者說是兩個世紀那麼漫長，無止盡的兩千八百八十分鐘。平日從容自若、自信滿滿、機敏過人、作風快活的羅蘋，此時卻變得焦躁不安，時而激狂時而頹喪。面對自己的對手，羅蘋感到前所未有的無力，他開始對一切產生疑問，消沉到了極點。

八月二十日……

羅蘋想要行動，卻又做不到。看來，無法照約定時間兌現承諾了。現在的怪盜羅蘋毫無把握，成敗與否，不到最後一刻，他也沒個準——他甚至覺得自己的計畫很有可能失敗。

「肯定無法成功，」羅蘋一遍遍地告訴自己：「成功需要太多微妙的機緣，需要太多心理上的手段……很顯然，我一直在癡心妄想，妄想從中得到好處，妄想自己手中的武器所向無敵，可是……」

他好像又燃起了些許希望。羅蘋仔細衡量之後，突然感覺自己還是有機會的。事情會像他計畫的那樣向前發展，因爲他的計算符合邏輯，所以必然會……是的，必然是這樣，至少福爾摩斯一定找不到藏匿信件的地方……一想到福爾摩斯，他便再次感到有塊大石壓上心頭。

這一天終於到了。

他做了一整夜的噩夢，早上起得很晚。羅蘋今天誰也沒見，預審法官和他的律師都沒來。漫長而陰鬱的下午終於過去了，傍晚的十四號牢房一片昏黑。羅蘋好像發燒了，他的心像著了魔的野獸，在胸膛裡扯跳個不停。

時間眞不留情面，就這麼一分一秒過去了。九點的時候，沒動靜，十點到了，還是沒有。

這時，羅蘋的每根神經都緊繃著，就像箭在鼓漲的弦上。他全神貫注傾聽著監獄裡的聲響，試圖透過無情的窄牆探尋外面世界的任何動靜。

噢，他多麼希望時間能夠暫停腳步，留給命運多些空閒的時間。可是這又能怎麼樣呢？難道不是全盤皆輸了嗎？

「啊，我要瘋了。」羅蘋喊道：「結束吧，都結束吧，我寧願這樣，這樣一來，我就能重新開始，就能再嘗試其他事情，我受不了，受不了了。」

他雙手抱頭，全副思緒集中在一個目標上，好像這樣就能變出那個完美的、令人的、無法達到的計畫，好像這樣他就能得到自由和財富。

「必得這樣，就得這樣，」羅蘋自言自語著，「不是因爲我想這麼做，而是因爲它符合邏輯。會的，會這樣的……」他的拳頭朝自己腦袋打去，嘴裡不斷發狂地胡言亂語……

忽然，門外的鐵鎖鐺鋃作響，狂躁不已的羅蘋並沒聽見剛剛走廊裡的腳步聲，可是這時，一縷光亮投射進來，牢房的門被打開了。

三個男人走了進來。

羅蘋一點也不意外。

難以置信的奇蹟終於出現了。他突然覺得一切是那麼自然、順理成章。自豪感頓時又湧上了他的心頭，此時他才眞正見識了自己的力量和聰明才智。

「要開燈嗎？」三個男人中的一個說，羅蘋聽出這是典獄長的聲音。

「不。這盞提燈就夠了。」三人之中個子最高的那位，以蹩腳的法語回答道。

「我要離開嗎？」

「您上司怎麼跟您說，您就怎麼做吧。」

「警察總署署長先生要我一切聽您的吩咐。」

「這樣的話，先生，那就勞您暫時離開一下。」

波雷利半掩著牢門，退了出去，但是他沒有離開，而是在外面一邊聽一邊守著。

訪客和剛才沒有開口的那個人低語著。黑暗中，羅蘋根本看不清兩人的面孔，只依稀看見兩個漆黑的輪廓，兩人身穿寬大的大衣，頭戴大簷帽，帽簷壓得很低。

「您就是亞森・羅蘋？」高個子的男人提燈，朝羅蘋照了照。

羅蘋微笑著說：「是的，我就是那個亞森・羅蘋，現在是桑德監獄第二監區十四號牢房的犯人。」

「是您在《要聞報》上刊登了一大堆荒唐的文字，聲稱有一些所謂的神祕信件……」

羅蘋打斷來人的話：「抱歉，先生，在我們繼續談話之前，我還不太清楚您的意圖，請問您是？」

「這沒必要知道。」來人反駁道。

「這非常之必要。」羅蘋回答。

「爲什麼？」

「出於禮貌，先生。您知道我的姓名，我不知道您的，我可不想失禮。」

來人不耐煩地說：「典獄長把我們帶進這裡，就證明了……」

「證明波雷利先生禮數不周，」羅蘋接過話：「他應該爲我們介紹彼此的。我們在這裡是相互平等的，沒有高低貴賤，沒有犯人，也沒有紆尊來拜訪的姿態。這裡只有三個人，而且其中一個頭上不該戴帽子。」

「啊，可是這……」

「您還是接受我的忠告吧，先生。」羅蘋說。

來訪者湊了過來想開口說話。

「您的帽子先……」羅蘋說：「帽子……」

「您聽我說！」

「不。」

「一定要聽！」

「不。」

情況越來越糟糕，場面顯得十分滑稽。一直沒說話的那個陌生人，把手搭在同伴的肩上以德語對他說：「讓我來吧。」

「什麼？他聽見……」

「住嘴，退下！」

「您要我單獨留您在這兒！」

「是的。」

「門呢？」

「關上，你也得走開。」

「可是這傢伙……您知道……他是亞森・羅蘋……」

那人低聲抱怨著離開了牢房。

「把門拉好，」留在牢房裡的來人說：「很好，就這樣……」

然後，他轉過身來，慢慢舉起提燈。

「需要我告訴您，我是誰嗎？」來人問道。

「不用。」羅蘋回答。

「爲什麼？」

「因爲我知道您是誰。」

「啊！」

「您就是我一直在等的人。」

「我？」

「是的，陛下！」

譯註：

①盧布朗將Sherlock Holmes改為Herlock Sholmès，大眾皆知他影射的是柯南・道爾筆下的神探福爾摩斯，故此文中直接將名字改為夏洛克・福爾摩斯——而非依原文的福洛克・夏爾摩斯。

②二十世紀初至第一次世界大戰期間，摩洛哥南北分別由法國和西班牙佔領為殖民地。一九〇四年，德國威脅法國將出兵進駐其在摩洛哥的殖民地，後來三國通過談判，德國決定退讓，法國才得以保住這塊殖民地。

chapter 11

親愛的陛下

「不，」訪客趕緊打斷，「請您別這麼叫。」

「那我應該怎麼稱呼？」

「什麼稱呼也不用。」

兩人都沉默下來，然而這沉默並非是決鬥前的那種暗自醞釀。陌生人雙手背到身後，在牢房裡踱來踱去，他已經當慣了主人，總是發號施令讓別人服從。而羅蘋站在那兒，一動也不動，沒了平常的挑釁表情和戲謔黠笑，一臉嚴肅地默默等著。可是他的內心卻是驚滔駭浪、欣喜若狂。眼前的形勢簡直太妙了，他，亞森．羅蘋這個昔日的無賴、盜賊，今日的監獄犯人，竟然與當今的一國主宰者、尊貴至極的人物、查理曼和凱撒的繼承者面對面。

此刻，羅蘋爲自己擁有如此強大的影響力而沉醉不已，一想到自己即將取得的勝利，眼眶不禁泛出淚光。

陌生人停下腳步，直接了當地說：「明天就是八月二十二日，公佈信件內容的日子，是嗎？」

「今天晚上就會有結果，再過兩個小時，我的朋友就會和《要聞報》聯繫，不過我們暫時還不會公佈信件，今晚先發佈一份文件列表，上面有海爾曼大公的註記。」

「這個列表不會公開。」

「不公開。」

「你會把它交給我。」

「列表會交到閣……交到您的手上。」

「還有所有的信件。」

「還有所有的信件。」

「不留副本。」

「不留副本。」

陌生人語氣平靜，既不帶請求的味道，也不像在施加任何權威，既非命令又非詢問——他只是在陳述亞森・羅蘋下一步應該怎麼做。是的，羅蘋會這麼做，當然非如此不可，而他也會不惜一切代價完成下一步，當然前提是訪客得接受他的條件。

「該死，」羅蘋暗想：「我遇到強硬派了，如果他要我無條件交出來，我可能也不得不從。」這對話的形式，對方的坦率及語調的誘惑力，一切的一切都讓羅蘋歡喜不已。他神經緊繃，不讓自己輕易就範，決不能輕易丟掉這費勁心力才贏得的有利局面。

「您看過信件了？」陌生人繼續說。

「沒有。」

「那您的手下有人看過了？」

「也沒有。」

「爲什麼？」

「因爲我手上有大公留下的文件列表，而且我也知道信件藏在什麼地方。」

「那你爲什麼沒把它們找出來。」

「我是到這裡之後才知道信件藏在哪兒的，不過我的朋友現在已經出發，在路上了。」

「城堡被包圍了，有兩百名禁衛軍在那兒把守。」

「一萬人把守也沒用。」

「你是怎麼知道這個祕密的？」陌生人思索片刻，繼續追問。

「我用猜的。」

「可是你手上應該還掌握著其他什麼資訊吧，是你沒在報紙上公佈出來的？」

「沒有。」

「可是我已經派人在城堡搜查四天了……」

「福爾摩斯是白費力氣。」

「啊，奇怪，眞奇怪！」陌生人驚訝地說：「你確定你的猜測沒有錯？」

「我可不是在憑空猜測，肯定沒錯。」

「那就好、那就好……」陌生人喃喃自語：「等到有一天信件不存在了，大家才會消停……」

說罷，訪客倏地走到羅蘋面前：「要多少？」

「什麼？」羅蘋驚詫地問。

「要用多少錢換取信件？把祕密透露給我要多少錢？」

他在等羅蘋給他一個數字，可是對方並沒有回答，於是陌生人自己出價：「五萬，十萬？」

見羅蘋還是不作聲，他猶豫了一下加起價來：

「不夠？要二十萬？好吧，就二十萬！」

羅蘋笑了笑，低聲地說：「您給的數字很誘人。可是您相信嗎，開口的如果是一位國王，例如英國國王，他甚至會出價上百萬呢，而且態度也會誠懇得多。」

「這我相信。」

「如果說，這些信件對國王您而言是無價之寶，兩百萬並不比二十萬多多少，若願意出三百萬我也不會嫌多的。」

「我想是吧。」

「真要這樣的話，國王是不是也願意出三百萬？」

「是的。」

「這樣一來就簡單多了。」

「就這樣？」陌生人提高嗓門，擔心地問道。

「就這樣了……不，我要的可不是錢，我要的是別的東西，這東西對我來說比幾百萬可有價值得多。」

「你要什麼？」

「自由。」

陌生人顯然嚇了一跳：「什麼，要自由……可是我，不行……這件事情要看你的國家……是你們司法部門的事，不在我的權力範圍。」

羅蘋湊過去低聲地說：「您是有權力的，閣下……還我自由並不是什麼特別難辦的事，他們不會拒絕的。」

「你要我向他們提出請求？」

「是的。」

「跟誰提呢？」

「瓦朗格雷，內閣總理。」

「可是瓦朗格雷先生也跟我一樣，沒有權力……」

「他可以悄悄替我打開這間牢房的門。」

「那會鬧出醜聞的。」

「我說打開牢門，實際上，半開就可以。只要製造出我越獄逃跑的假象就行，公眾可是早就盼望這一天的到來呢，他們絕不會察覺這裡面的蹊蹺。」

「好吧，可是瓦朗格雷先生一定不同意。」

「他會同意的。」

「爲什麼？」

「因爲您希望他這麼做。」

「他又不會聽從我的意願。」

「他是不會聽從您的意願，不過要是用兩國政府的名義交涉，他就一定會答應您，瓦朗格雷可是出了名的政界能人。」

「得了，你以爲法國政府會爲了討我歡喜，而隨便胡來嗎？」

「這倒不會。」

「那你想讓他們怎麼樣？」

「我想讓他們藉著我的重獲自由，也得到好處。」

「你的意思是，要我提一個對法國有利的建議？」

「您說對了，閣下。」

「什麼建議？」

「這我不知道，但我想總能找到一個大家都感興趣的領域，而且也要肯定有可能達成一致，不是嗎？」

陌生人瞪視著羅蘋，摸不著腦，而羅蘋則彎著身子，假裝若有所思的樣子。羅蘋先開口說話：

「在一些無關緊要的小問題上，我想，兩國之間有時還是可能存有一些分歧，像是一些不太重要的國事，以殖民地爲例，有些殖民地紛爭完全是出於兩國元首的個人喜好，與國家利益的糾葛其實關係不大。所以我在想，若有必要，其中一國的君主是否可以採取和解的態度……」

「你是要我把摩洛哥讓給法國？」陌生人說完，不禁大笑起來。在他聽來，羅蘋這番話簡直是世上最荒唐昏庸的論調，他爲此笑得前仰後翻。這怎麼可能呢？

「是呀，是呀！」訪客盡力想讓自己保持嚴肅形象，卻欲罷不能，「是呀，您眞是太有想法了。爲了讓亞森・羅蘋獲得自由，當代政局就得風雨飄搖；爲了讓亞森・羅蘋繼續他的冒險，帝國利益便得分崩離析……噢，不，你乾脆找我要阿爾薩斯和洛林好了。」

「我還眞的是想過，閣下。」羅蘋得寸進尺地回答著。

「眞是佩服、佩服，看來你跟我要摩洛哥，還算客氣了？」陌生人覺得這話更好笑了。

「這次，是的。」羅蘋雙臂交叉抱在胸前，一副洋洋得意的樣子，他認爲偶爾誇大一下自己的角色，也是個不錯的消遣。他繼續故作正經地說：「只要形勢一到，我會要求恢復失地的。而且我敢肯定這一天遲早會來。就現在的形勢來看，我得謙虛一些，先讓摩洛哥獲得和平就夠了。」

「這樣就夠了？」

「已足夠。」

「用摩洛哥換你的自由？」

「換我的自由，確切地說還有……我們可不要忘了這次對話的重點所在，確切地說，還有兩國之中有一方，要放棄我手中掌握的祕密信件。」

「信件！信件！」陌生人氣憤地喃喃自語：「也許它們並沒有想像中那麼重要……」

「這就要看您了，閣下。這些信不甚重要，但您卻親自來牢房見我？」

「那又怎樣？」

「我還知道一些您有所不知的資訊。」

「啊！」陌生人顯然很著急。

羅蘋卻故作鎮靜，不疾不徐，吞吞吐吐。

「快說，快點通通說出來！」陌生人命令道。

羅蘋先是片刻沉默，然後言詞正經地說：「二十年前，德法英三國祕密謀劃了一項和約草案。」

「胡說，不可能，誰會這麼做呢？」

「當今德國國王①的父親與外祖母——也就是英國女王，這兩人都在維多利亞公主的促成下而有此意。」

「不可能，絕對不可能！」

「他們之間的來往信件就藏在威爾丹茲城堡，至於確切的藏匿地點嘛，這只有我知道。」

陌生人一聽，頓時火冒三丈，卻不得不抑制心中的怒火，只得在牢房裡踱來踱去地發洩憤恨。等到平靜下來，他才繼續說話：「信裡有和約全文嗎？」

「有，閣下，還是您父親親筆起草的呢。」

「上面說了些什麼？」

「英法兩國密謀，同意讓給德國一塊廣闊的殖民地，有了這塊殖民地，就能保證德國像英法那樣強大，而讓它打消動用霸權的念頭。」

「要給德國殖民地，英國的條件是什麼？」

「要求德國限制海軍艦隊的規模。」

「那法國呢？」

「要阿爾薩斯和洛林。」

陌生人默不作聲，靠在桌旁，就這麼陷入沉思，羅蘋則繼續往下說：「當時可說是萬事俱備，法國和英國對各自的內閣進行了試探，沒想到他們竟然都同意了。可是，眼看就要簽署和約、然後從此天下太平時，您的父親卻突然辭世了②，這樣一來，和約也就告了吹。不過，我想請陛下仔細想想，要是天底下的人知道了這份落敗的和約，他們會怎樣想呢？腓特烈三世，德意志帝國的一代梟雄，全民敬仰、對手欽佩的血氣君王，竟曾經想過拱手讓出阿爾薩斯—洛林？」

羅蘋停頓了一下，想多給對方一些時間琢磨。作爲一個有情有義之人、有禮有教之子、有權有勢之君，桑德宮的這位非常訪客究竟將如何抉擇？

羅蘋繼續說：「這全要看陛下是否願意讓祕密起草和約的事載入史冊。我一介卑微平民，是無權過問這件事的。」

羅蘋語畢，對方仍是默不作聲，雙方陷入了長時間的沉默。羅蘋就這樣靜靜地等待著，神經緊繃。在這場與命運的決鬥中，羅蘋一直在等待這一刻的到來。這個一直在他腦海懷想上演的時刻，這個他機關算盡也要勉力固守的時刻，這個偉大的歷史一刻，終於再次現出了曙光。是的，他這卑微的草芥，無論怎麼定位自己，所承載的竟是三國王朝的命運，是全世界的和平大計。

牢房一側的陰影裡，我們的凱撒陷入了沉思。他會怎麼說？他會給出怎樣的回答？他就這麼從房間的這頭走到那頭，又從那頭走回這頭。這短短幾分鐘，對羅蘋來說竟是那麼長，長得盼不到頭……

終於，陌生人停了下來，開口道：「還有其他條件嗎？」

「有，但都是些無關緊要的小事。」

「什麼小事？」

「我找到了德─彭─威爾丹茲大公的兒子，得把公國還給他。」

「還有呢？」

「他愛上了一個年輕的姑娘，這個姑娘也愛他，她是世上最美、最善良的姑娘，他得娶這個姑娘。」

「然後呢？」

「就這些。」

「沒有其他條件了？」

「沒了，您只要把我手上的這封信帶給《要聞報》的總編輯，就行了。因為他很快會收到一篇文章，我的這封信就是請他不要讀那篇文章，並立刻銷毀它。」

該說的已都說完。羅蘋惴惴不安地遞上那封信。如果對方接過，就表示他同意了自己的條件。陌生人猶豫片刻，然後一把奪過羅蘋手中的信，戴好帽子，套上外衣，再沒多說半句話就這麼離去了。只留下羅蘋一個人呆站在牢房裡，還沒回過神來。過了一會兒，他整個人癱坐在椅子上，接著是陣陣歡呼聲，他這是太高興了，太爲自己感到驕傲了。

* * *

「預審法官先生，眞遺憾，今天就要和您說再見了。」

「是嗎？羅蘋先生，您要離開我們了？」

「預審法官先生，請您務必相信，我很不願這麼做呢。在這段時間裡，您對我是如此眞誠。不過，天下沒有不散的宴席。我在桑德宮逗留的日子是該告一段落了，因爲還有其他更重要的事等著我去辦，所以今晚我就得離開。」

「那就祝你好運吧，羅蘋先生。」

「謝謝您，預審法官先生。」

* * *

亞森・羅蘋耐心地等待越獄時刻到來，他擔心的並不是這個越獄計畫會怎麼執行，而是德法兩國聯手做的這件事，理應會受世人稱讚，只是他們要怎樣做才能不被說成是醜聞呢？

下午已經過去了一半，獄卒終於開門進來，要羅蘋趕到監獄入口的院子去。羅蘋一聽，馬上打起精神趕了過去。典獄長正在那兒等後，羅蘋一到，他就把人送出了桑德宮，交到韋柏爾手上。然後，韋柏爾又護送逃犯上了一部汽車。兩人上車時，車裡還另外坐了一個人。

羅蘋看到韋柏爾準備一道上車，立刻笑了起來。「什麼？這份苦差事要你來擔，真是可憐的韋柏爾。他們要你負責護送我逃跑嗎？承認吧，你這人運氣真差，哎！我的老戰友，真夠倒楣的。逮捕我的是你，沒把人看好讓我給逃了的還是你，我倒相信這兩件事，無論哪一件都會讓大家永遠地記住你，只不過一樁可以讓你名留青史，而後者卻只能讓你遺臭萬年！」

羅蘋話剛說完，又看到車上另外坐著一個人。「啊，什麼？好吧，警察總署署長先生，您也被牽扯進來了？上級送給您的這份禮還眞不薄哪，是不是？我想送個建議給您，我希望您還是待在幕後比較好，還是讓韋柏爾一個人享受這所有的榮譽吧！反正他已是毀譽參半，況且這傢伙也夠堅強，他挺得住！」

汽車沿著塞納河快速駛離巴黎，途中他們經過了布隆尼森林，然後轉進聖克魯區。

「好極了！」羅蘋喊道：「我們這是要去歌爾詩，要我重現艾爾特海姆之死的事件嗎？到時候，他們會說羅蘋知道一個祕密暗道，他就是從那兒消失的。上帝呀，這主意眞是太蠢了！」

羅蘋似乎很失望：「太沒想像力了，沒有比這主意更愚蠢的了，我都替自己臉紅……如今，天底下就是讓這樣的笨蛋給治理著，這個時代眞是太壞了。不幸的是，你們還得全力與我周旋。你們本來應該讓我自己想一個完美計畫的，我的妙計永遠不嫌多，我本來還希望公眾歡呼稱讚我的出其不意，爲我的越獄計畫興奮不已呢！可是現在……算了，我知道事情來得太突然，可是這也太……」

警方的計策完全像羅蘋猜測的那樣。三人坐著汽車來到歌爾詩，進了安養中心，然後在霍爾丹茲別墅前停下，羅蘋和他的兩名陪同一起鑽進地下室，逕直穿過地道來到另一端，然後警察總局副局長對他說：

「你自由了！」

「好吧！」羅蘋說：「也只好這樣了！衷心地感謝你，親愛的韋柏爾，很抱歉打擾你那麼久。署長先生，請代我向夫人問好！」

就這樣，羅蘋登上了通往格里希娜別墅的暗道臺階。最後他推開了地板門，跳進了這頭的地下室房間。

可是，卻有隻手搭在他的肩膀上，羅蘋看了看，他面前正站著前一晚陪同國王來訪的那個傢伙，而且另有四名男子站在此人左右。

「啊，可是，」羅蘋驚訝地說：「這是開什麼玩笑？我還是沒有自由？」

「不、不，」德國人口氣粗魯地說：「你自由了……你可以自由地旅行，如果不介意帶著我們五個的話。」

羅蘋瞪著對方，氣得快發瘋，眞想朝那人的鼻子來一拳。可是這五個人似乎心意已決，那名德國人作風相當強硬，想軟硬兼施逼羅蘋就範。不過，反正這對羅蘋來說，無妨。

於是，羅蘋冷笑道：「當然不介意，我做夢都願意！」

院子裡停了一輛加長轎車，五人中的兩人坐進前排負責駕駛，另兩人坐進第二排，羅蘋則和那名陌生訪客坐在最後一排。

「開車！」羅蘋用德語叫囂道：「開車，去威爾丹茲。」

伯爵趕緊打斷他：「小聲點，這件事不能讓他們知道。說法語吧，他們聽不懂法語，可是有什麼可說的呢？」

「是呀，有什麼好說的？」羅蘋自言自語道。

汽車行駛了一天一夜，沒碰到任何意外。只有兩次，他們在夜深人靜的時候，於路邊的小城停了車，逗留片刻，等加好油後就立刻發動汽車，繼續趕路。

德國人輪流看守羅蘋，而他卻是一闔眼就睡到了隔天清晨。

早餐時間快到了，汽車停在半山坡一間小客棧，客棧旁豎著一支路牌，上面標示著——「此地與梅斯、盧森堡方向等距」。吃過早餐，汽車再次發動，轉進東北面的大道，便朝著特里爾的方向駛去。

羅蘋對他的同伴說：「您是瓦爾德馬爾伯爵吧？國王的親信？如果是，我很榮幸和您說話，聽說您去了德賴斯德的海爾曼三世家裡，東翻西掀一陣？」

陌生人沉默不語。

「這個矮冬瓜，」羅蘋心裡暗想：「你，我才看不上眼，走著瞧吧。又醜又胖，活像截笨重的木頭。」

羅蘋喊道：「伯爵先生不回答我的問題，眞是個錯誤，我跟您說話是爲了您著想，我們剛才上車的時候，我看到山坡下閃出了一輛汽車跟在我們後面，您發現了嗎？」

「沒有，爲什麼跟我說這個？」

「不爲什麼。」

「可是……」

「不，沒什麼，隨便說說而已……況且，那輛車要十分鐘後才能趕上來，而且我們的車至少也有四十匹馬力。」

「是六十匹馬力。」德國人一邊回答，一邊焦躁地以餘光觀察羅蘋。

「噢，這樣，那我們就更安全無虞了！」

汽車爬到一座小丘的坡頂，伯爵把頭貼到車窗上，向外張望一番。

「該死！」他罵道。

「怎麼？」羅蘋問。

伯爵轉過身來，用威脅的語氣說：「你自己最好小心點，要是出了什麼意外，算你倒楣。」

「呃，呃，看來那個人跟上來了……可是我親愛的伯爵，這有什麼好怕的呢？也許他只是個普通的過客，或許是國王派人來支援您呢。」

「我不需要支援！」德國人抱怨道。

瓦爾德馬爾再次把臉湊到車窗上，向外看了看。現在，後面的汽車距離他們只有兩、三百公尺遠了。他立刻正襟危坐，指著羅蘋，對手下說：「快，把人捆起來，如果他反抗，就……」伯爵話沒說完，就掏出了身上的左輪手槍。

「我爲什麼要反抗呢？你們德國人就是太謹小愼微。」羅蘋冷笑著說。

羅蘋任憑對方捆綁自己的手腕：「眞奇怪，爲什麼人總在毋須特別留意的時候過分謹愼，反倒在需要小心翼翼的時候卻做不到呢。這輛車到底有什麼可怕的？難道你們以爲是我的夥伴？你們也太有想像力了！」

德國人不理會羅蘋的話，只管對司機說：「右轉，減速……讓後面的車過去，要是它也減速的話，就停車！」

不料，汽車並未減速，反倒猛踩油門，一下子便超過羅蘋一行人的車，揚起陣陣塵土擋住他們的視線。煙塵中，隱約可見前車尾部閃出一個黑衣人的輪廓，只見此人抬起手臂，緊接著「砰！砰！」兩聲槍響，剛才還把左側車窗結實擋住的矮冬瓜伯爵先生，一頭栽倒在車內。

他的兩名手下顧不得自己的長官，立刻跳到羅蘋面前，將他整個人捆綁起來。

「蠢貨！笨蛋！」羅蘋頓時大動肝火叫道：「快把我放開！啊，好吧，竟然在這節骨眼停車，全是笨蛋，快發動車子追上他呀！是黑衣人，那個殺人犯，啊，笨不可言。」

兩名手下塞住羅蘋的嘴，然後才去照顧自己的長官。很幸運，他的傷勢並不嚴重，很快就包紮妥當。伯爵顯然嚇壞了，好像在發燒，嘴裡胡言亂語個不停。

當時是早上八點鐘，汽車行駛在一望無際的平原上，附近看不到任何村莊。沒有伯爵的指示，大家誰也不知道該往什麼地方去，目的地是哪裡，或是該和誰聯繫。汽車就這樣行駛至一個樹林旁停下，四名德國人只得在車裡無奈地等待。

一整天過去了，直到午夜，遠處來了一個騎兵團小分隊，原來他們是專程從特里爾來尋找伯爵一行人的。兩個小時後，羅蘋被帶下了車，由先前那兩名德國人押著上了臺階，然後來到一個小房間，房間的窗戶都裝上了鐵柵欄。他被丟在那裡待了一夜。

第二天，一個士兵進來，帶著羅蘋穿過了重兵看守的院子，來到一處山腳下。一排圓弧型建築整齊座落在此，有些建築看起來已破敗不堪，像是什麼古跡留下的廢墟。

他被帶到一個寬敞的房間。房裡擺設簡單，只有幾件家具，辦公桌前坐著兩天前來到桑德監獄的那位非常訪客。羅蘋進來時，他正在讀報紙、看報告，還時不時用紅色鉛筆在上面勾劃一番。

「讓我們獨處。」國王命令道。待眾人走後，他走到羅蘋面前：「信呢？」

這時的他，態度不變，語氣蠻橫。因爲這裡是他的地盤，而且跟他說話的不過是一介庶民，什麼樣的庶民呢？是強盜，是世上最壞的無賴，但兩天前卻不得不紆尊降貴和這一介草民共處一室。

「信呢？」他重複道。

「在威爾丹茲城堡裡。」羅蘋絲毫未顯不安，平靜地回答。

「我們現在在城堡的附城，一旁就是廢墟。」

「那文件就在這堆廢墟裡。」

「你帶路，我們現在過去。」

羅蘋站著不動。

「怎麼？」

「怎麼？閣下，事情沒有您想得那麼簡單。我還需要一些時間把所有線索拼湊起來，才能向您揭開信件的藏匿之處。」

「需要多少時間？」

「二十四小時。」

「我們當時不是這麼說的。」國王想發火，卻忍了下來。

「那天什麼也沒說清楚，不是嗎？當時，您也沒提過會讓五個護衛陪我一起旅行，而我的承諾則是把信交給您。」

「而我的承諾是等拿到信之後，才還你自由。」

「追根究柢，還是信任的問題。要是一出獄您就放我自由，我相信您現在早就拿到那些祕密信件了，您應該相信我不會私藏起它們。可是現在卻整整浪費了一天時間，要知道對於這種緊急情況，耽擱一天就很有可能會誤大事。所以，請您務必要信任我。」

國王吃驚地看著眼前這個傢伙，沒想到這名盜賊竟因「誠信」問題如此惱怒。

國王沒有回答，只是搖響了鈴。

「侍官！」國王叫道。

瓦爾德馬爾伯爵推門進來，他的臉色很蒼白。

「啊，是你，瓦爾德馬爾，你的傷勢要不要緊？」

「聽從您的吩咐，陛下！」

「帶五個人，包括你之前帶的那幾位心腹，一直陪著這位先生，直到明天早晨。」說完，國王看了看錶。

「直到明天早上十點鐘，不，多給他兩個小時，到明天中午。他想去哪兒就帶他去哪兒，他說什麼你就做什麼。總之，這段期間你聽從他的吩咐。明天中午，我會來見你。要是明天鐘敲響十二點的時候，他還沒把信交出來，你就一刻也不要耽誤，馬上把人送上車，直接帶回桑德監獄。」

「要是他想逃跑呢？」

「你自己看著辦。」說完，國王便離開。

羅蘋從桌上拿了根雪茄，坐到扶手椅裡。

「好極了，我喜歡這樣，既坦白又乾脆。」

伯爵叫他的人進來，然後對羅蘋說：「我們開始吧！」

羅蘋才不想動，只顧點著自己手中的雪茄。

「把他的手捆上。」伯爵吩咐道。眾人上前捆了羅蘋的雙手。

伯爵再次重述：「開始吧！」

「不！」

「什麼，不？」

「我在想事情。」

「想什麼事情？」

「思考信件究竟藏在哪裡。」

伯爵一驚，跳了起來：「什麼，你不知道信藏在哪裡？」

「當然！」羅蘋冷笑道：「冒險最有趣之處就在這兒，可不是？我不知道信藏在哪兒，而且根本也不知道該怎麼找到它們。嗯，您覺得怎麼樣，我親愛的瓦爾德馬爾伯爵，這難道不有趣嗎？現在，我可是一點線索也沒有……」

譯註：

①當今德國國王，是指威廉二世（一八五九——一九四一），他的父親是腓特烈三世（一八三一——一八八八），他的母親是英國女王維多利亞和亞伯特親王的長女——維多利亞公主。

②腓特烈三世（一八三一——一八八八），患喉癌去世，只在位九十九天，後世稱之「百日皇帝」。

chapter 12

珍貴的文件

盛名遠播的威爾丹茲廢墟，所有到過萊茵河和摩澤爾交會處的旅人都知道這是座古老的城堡。古堡於一二七七年在斐斯坦艮主教的指揮下興建，主塔後來爲圖蘭士兵所毀，只有圍牆倖免於難。在這座高雅巨大的文藝復興風格宮殿裡，德—彭大公家族在此繁衍沉浮三百年。

直到有一天，人民起而反抗海爾曼二世，威爾丹茲城堡再次遭到浩劫，一場大火燒焦了建築的木結構、所有的帷幔，以及大部分家具。城堡四面共兩百扇玻璃窗全部被毀。今日的威爾丹茲廢墟已然千瘡百孔，燒成焦炭的屋樑裸露在外任人踐踏，天花板破敗不堪，抬頭便見斑駁的藍色天空。

羅蘋跟著他的專屬護衛，在城堡裡繞了整整兩個小時。

「我眞高興，伯爵先生，沒想到我竟然能遇到像您這麼好的嚮導，平時那些口若懸河的傢伙簡直沒法跟您比。現在如果您願意的話，我們去用午餐吧。」

羅蘋至今其實仍一無所知，隨著時間不斷流逝，他越來越感到慚愧。當初爲了離開監獄、激起尊貴訪客的想像力，羅蘋只得誇口，假裝無所不通，可是當時的他連要從哪裡開始找，都還摸不著頭緒。

「進展很不理想，簡直是糟透了。」羅蘋心裡想。

況且，他的頭腦也不如從前那麼清醒，有個念頭一直縈繞在他心間，那就是黑衣人、兇手，他知道這個殺人惡魔一直緊跟在他身後。這個神祕人物如何得知他的行蹤？他怎麼知道羅蘋何時出獄，還去了盧森堡、德國？真的是他料事如神嗎，還是有內賊向他透露這些事？如果是這樣，他又花了多大代價、做了什麼承諾或何種威脅，才拿得到這些情報？……羅蘋的腦子時刻糾結著這些問題。

午餐過後，羅蘋繼續在廢墟中轉悠，檢查殘石、丈量牆寬、探測其他所有的表面工夫。很顯然，直到下午四點，還是一無所獲。他開口向伯爵問道：「最後一位大公有沒有傭人還留在城堡裡？」

「當時所有傭人逃出宮後，便四下流浪去了，只有一個還住在這個地區。」

「然後呢？」

「兩年前死了。」

「沒有後人？」

「有一個兒子，結婚不久就被逐出此地，好像因為做了什麼敗德的事，只留下他最小的女兒在這兒，那孩子叫伊絲爾達。」

「她現在在哪兒？」

「她就住在這裡的附城。他的祖父當年就是在那兒擔任城堡的導覽，那個時候威爾丹茲城堡仍接待外人參觀。小伊絲爾達一直住在那兒，他父親離開後，大家都可憐她，就讓她繼續住下。這孩子平時很少說話，一開口也是語無倫次，連她自己都不明白自己在說些什麼。」

「她一直都是這樣嗎？」

「應該不是，這孩子好像是從十歲起才慢慢變得瘋瘋癲癲。」

「是因爲被嚇著，還是出了什麼傷心事？」

「不是，我聽說沒什麼緣由。她父親是個酒鬼，母親生前精神就不正常，後來莫名其妙地自殺了。」

羅蘋想了想，然後說：「我想見見這孩子。」

伯爵狡黠地笑了笑。「您當然會想見她。」

* * *

羅蘋進來的時候，小女孩正待在其中一個房間裡。他看到這孩子不禁一驚。她瘦得可憐，太過蒼白的面容依然掩不住孩子清秀的五官，一頭金髮格外耀眼，可是，她那亮麗的湖藍色雙眸卻透射出懵懵懂懂、漫不經心的眼神，好像盲人的眼睛一般。

羅蘋問了她幾個問題，伊絲爾達要嘛默不作聲，要嘛吐出幾個不相干的句子，好像她聽不懂別人在問她什麼，也搞不清楚自己在說些什麼。羅蘋仍不放棄，他輕輕抓住女孩的手臂，用親切溫情的嗓音跟她聊天，問她是否記得自己神智還清醒時發生的事，問那個時候他祖父的事情。他試圖喚起孩子對童年的記憶，那個在神聖皇宮廢墟裡度過的、自由自在的童年。

可是，小姑娘依舊目光呆滯，一聲不吭。她是有些反應，但顯然不足以喚起她那沉睡已久的腦袋。羅蘋要來一支鉛筆和幾張白紙，然後在白紙上寫下「８１３」這三個數字。

不知爲何，伯爵再次露出狡黠笑容。

「啊，怎麼？有什麼好笑的嗎？」羅蘋被伯爵不軌的微笑激怒了，嚷嚷道。

「沒什麼、沒什麼，只是有點好奇、非常好奇……」

小女孩看了看遞過來的紙，沒有任何反應，只是漫不經心地搖著頭。

「這樣是不行的。」伯爵挖苦道。

羅蘋又寫下「ＡＰＯＯＮ」這幾個字母。伊絲爾達還是無動於衷。可是羅蘋不打算放棄，他反覆在紙上寫下這幾個字母，每寫一次都在不同的字母組合間留空格，每變換一次排列方式，他就仔細盯著小女孩的臉，看看她有沒有反應。

伊絲爾達先是一動也不動，兩眼直盯羅蘋手中的紙張，面無表情。可是突然，好像一下子想起了什麼，她從羅蘋手中奪過那張紙，拿起鉛筆，在一個空格裡補上兩個字母「Ｌ」。

羅蘋不禁打了個哆嗦，伊絲爾達補好的單字是——「APOLLON」①。可是小女孩無意放下手中的紙筆。只見她扣緊手指，面容緊張，好像努力想讓手指聽從她那遲疑不清的意志。

羅蘋興奮地等待著……

過了一會兒，小女孩像是產生了幻覺般，快速寫下一個單字——「DIANE」。

「再寫一個，再寫一個！」羅蘋大叫著。

小女孩又握緊手中的鉛筆，皺緊眉頭，用盡全力又劃上一個字母「J」，然後就鬆開手，她已經沒有半點力氣了。

「再寫一個詞，我需要這個詞！」羅蘋抓緊女孩的手臂大聲說道，可是這時，他看到那雙湖藍色眼睛再次變得懵懂，剛才現出的神采一閃即逝再也回不來。

「算了，我們還是走吧。」說完，羅蘋起身剛要走，可是伊絲爾達跑了過來擋住他的去路。

「你想要什麼？」

小女孩伸出一隻手。

「什麼，要錢？她這是乞討成了習慣？」羅蘋問伯爵。

「不，」伯爵回答：「我可不知道這是怎麼回事。」

只見伊絲爾達從口袋掏出兩枚金幣，高興地敲了起來，金幣遂發出清脆聲響。羅蘋看了看，居然是兩枚嶄新的法國金幣，上面的日期顯示金幣是今年鑄造的。

「妳從哪兒得到的？」羅蘋激動地問道：「法國金幣，誰給妳的？什麼時候？是今天嗎？說呀，妳回答我呀！」小女孩沒有反應，羅蘋只好無奈地聳了聳肩膀。

「我眞傻，好像她會回答我似的。伯爵先生，請借我四十馬克吧，謝謝！拿著，伊絲爾達，這是給妳的。」

伊絲爾達接過羅蘋遞過來的兩枚硬幣，用它們敲擊自己手心的兩枚金幣，然後伸出一隻手臂，指著文藝復興式主殿的方向。羅蘋看了看方位，他好像明白女孩要他前往主堡左翼塔的塔尖部位。

這到底是個毫無意義的機械動作？還是自己給伊絲爾達那兩枚硬幣，換來的回報呢？羅蘋感到莫名其妙，他看了看伯爵，伯爵還是偷偷地笑個不停。

「到底有什麼可笑的事，能把這傢伙逗樂成了這樣？」羅蘋心裡罵道：「一副他已經取下了我項上人頭似的。」

爲了碰碰運氣，羅蘋還是在瓦爾德馬爾的陪同下，朝主殿走去。主殿的底層全是寬敞的大會客室，這些會客室互相連通，那些倖免於難的古董家具即擺放在此。主殿一樓的北側一帶是一條幽深的長廊，長廊分隔成十二間一模一樣的房間，這些房間過去一定很華麗。二樓也是同樣的設計，深遠的長廊，可是這回排列的是二十四間格局相似的房間。這些廳堂已全毀，四下空蕩蕩的，破爛不堪。再往上去，就什麼也沒有了。優雅的曼薩爾式屋頂，幾乎被那場大火燒了個精光。羅蘋在宮殿裡一下小步、一下大步奔跑，花了整整一小時，反覆仔細地檢查著。

傍晚時分，他突然跑到一樓那十二個房間中的一間，像有什麼特別原因似的。當然這原因除了他誰也猜不透。可是一進去，他卻驚訝地發現國王竟然也在裡面，他正坐在一張侍衛搬來的扶手椅上抽著菸。

羅蘋並未理會國王，自顧自地展開檢查。他按照自己慣用的方式將整個廳堂分區檢查，二十分鐘後才開口說：「陛下，請您原諒，我要打擾您一下，那兒有個壁爐……」

國王無奈地搖搖頭。「有這個必要嗎？」

「有必要，陛下，這個壁爐它……」

「這個壁爐和宮殿裡其他壁爐都一樣，這個房間也和這一層其他房間一模一樣。」

羅蘋看著國王，摸不著腦。可是，國王卻站了起來笑著說：「我看，羅蘋先生，您這是在戲弄我，是不是？」

「您是指什麼？陛下？」

「噢，我的天，沒什麼大不了的，這倒是！您能恢復自由，是因爲您說過會幫我找到我感興趣的信件，可是您卻連這些信藏在什麼地方都不知道，我這不是完全被你給——你們法國人是怎麼說的——唬了嗎？」

「您這麼想，陛下？」

「該死，有線索您不去找，卻把這十個小時白白浪費在這些沒有意義的事情上，您看現在是不是該送您回監獄了呢？」

羅蘋有些吃驚：「陛下，您剛剛不是說明天中午才是最後期限嗎？」

「可是現在還有什麼可等的嗎？」

「有什麼可等的？當然是等我兌現承諾。」

「您要兌現承諾？可是您根本都還沒開始找呢，羅蘋先生。」

「看來，陛下，您在這件事情上又誤會我了。」

「那您就證明給我看吧，我就等你到明天正午。」

羅蘋想了想，嚴肅地說：「既然陛下需要證據，才能信任我是眞的在找線索，那我就說說這些證據。長廊上的十二個房間各有它們的名字。名字的首字母就標示在十二道門的三角楣飾上，但其中十一道門的字母幾乎已被大火燒得看不清，只有一道門的標記損毀得不那麼嚴重。我在其中一道門發現了字母『D』，這是月神黛安娜的縮寫，另外一道門標有一個『A』，是太陽神阿波羅的縮寫。這兩個名字都是古希臘羅馬神話中的天神。其他的首字母也遵循這個特性嗎？我又發現了一個『J』，應該是代表木星朱彼特，一個『V』代表金星維納斯，一個『M』代表水星墨丘利，還有一個代表土星薩杜恩，以此類推。那麼這部分的問題就解決了，也就是說，這十二個房間就代表奧林匹亞十二神。而今天下午，小伊絲爾達替我把『APOON』這個字，還原組合成『阿波羅』。這代表信件應該藏在這個屋子裡，也許再過幾分鐘就能被我找到。」

「是幾分鐘，還是幾年，或者更久？」國王一邊笑一邊說道。顯然，他這是在揶揄羅蘋，伯爵也露出同樣的表情，一副坐等好戲的架勢。

羅蘋不明白：「陛下，您這是什麼意思？」

「羅蘋先生，您今天這場引人入勝的調查，以及從中得出的輝煌結論，已經不是什麼新鮮事了。兩個星期前，在您的朋友福爾摩斯先生的陪同下，我們也一起詢問了小伊絲爾達，也用了和您同樣的方法，然後來到這座文藝復興宮殿，又一起發現了十二個門楣上的首字母祕密，最後來到這裡——阿波羅廳。」

羅蘋終於明白，他臉色鐵青，結結巴巴地說：「啊，福爾摩斯也找到這兒來了？」

「是的，他查了四天，然後找到了這裡。可是您現在也只走到這一步而已，還是什麼都沒找到。

而且，我至少比您知道得多，那就是信件並未藏在這個廳裡。」

羅蘋像是被馬鞭抽到了一般，自尊心受到極大傷害。他可從來沒被這樣羞辱和嘲諷，整個人氣得直發抖。矮冬瓜瓦爾德馬爾的詭笑激怒了羅蘋，他眞想走上前去掐斷這傢伙的喉嚨。

可是羅蘋仍盡力克制自己的情緒：「福爾摩斯用了四天，陛下，我只用了幾個小時。要不是我的調查受阻，我早就解開這層祕密了。」

「上帝呀，誰阻礙您了呢？是我那忠誠的伯爵？但我想他沒有那個膽量……」

「不，不是伯爵先生，陛下，是我那強勁的對手，那個殘忍、讓人膽寒的傢伙，艾爾特海姆的共犯。」

「他來這裡了？您眞這麼認爲？」國王驚訝地喊道，好像那場悲慘的凶殺案對他來說一點也不陌生似的。

「我去任何地方，他都會跟過去。他對我的仇恨無時無刻不在威脅著我。是他猜出我就是警察總局局長勒諾曼，是他把我送進監獄，也是他在昨天前來威爾丹茲的路上偷襲我們的汽車，使瓦爾德馬爾伯爵負傷。」

「可是是誰跟您說他來了威爾丹茲？」

「有人給了伊絲爾達兩枚金幣，兩枚法國金幣！」

「他來這兒是爲了什麼目的？」

「我還不知道，陛下，但肯定不是什麼好事。陛下，您一定要多加提防，他可是什麼舉動都做得出來。」

「不可能，我有兩百名精兵守在這片廢墟外，他怎麼可能進來？只要一有人靠近城堡，必定會被發現。」

「有人看見他了。」

「誰看見了？」

「伊絲爾達。」

「派人去問問！瓦爾德馬爾，帶你的犯人到那個小女孩家裡去。」

羅蘋伸出被拷住的雙手給國王看。「這個人可不是普通人，我被這樣綁著，怎麼鬥得過他呢？」

國王見狀對伯爵說：「幫他打開……記得回來向我報告……」

就這樣在毫無證據的情況下，羅蘋一下子硬是把國王的目光拉到那個可怕的兇手身上。而他這樣做，也是爲了讓自己贏得時間，繼續展開調查。

「還有十三個小時，足夠了。」羅蘋心裡暗想。

於是羅蘋從主殿出來，來到附城，繞過禁衛軍的駐紮地，以及軍官居住的左翼，進到附城最深處的小伊絲爾達家裡。可是伊絲爾達並不在這兒。伯爵派了兩個隨從去找，也沒找到。

她肯定沒離開城堡，也不可能待在文藝復興主殿。那裡有一百名士兵把守，沒有許可，誰都進不去。後來一位住在隔壁的中尉夫人，她說自己一直沒離開過窗邊，可是並沒有看到小女孩出去。

「如果她沒出去的話，肯定會在家，」瓦爾德馬爾喊道：「可是她卻不在！」

羅蘋四下看了看，然後問：「上面還有房間嗎？」

「有，可是沒有樓梯通上去。」

「不，有樓梯。」他指著一道小門說。門裡是一個狹窄蔭蔽的空間，走進去才看見陰影裡藏了好幾階的陡梯。

瓦爾德馬爾想爬上去，卻被羅蘋攔住：「我親愛的伯爵先生，還是把這個光榮的任務交給我吧。」

「爲什麼？」

「因爲很危險。」

羅蘋輕盈地爬上樓梯，然後跳進一個低矮狹窄的閣樓裡。

「啊！」他大叫一聲。

「怎麼了？」伯爵也趕快跟著上了去。

「在這兒，伊絲爾達倒在地板上了……」

羅蘋跪下去仔細檢查。幸好，小女孩只是昏了過去，除了手腕和手背有幾道抓痕，身上其他地方沒有受傷。

可是，伊絲爾達的嘴裡塞著一條手帕。

「眞相是這樣的。殺人犯剛才和她在一起。他聽見聲音，知道我們進來了，就揍伊絲爾達一拳，把孩子打昏之後，再朝她嘴裡塞上手帕，好讓我們聽不見孩子的呻吟呼救聲。」

「可是他又是從哪兒逃走的？」

「從那邊。你看，那邊的走廊連接著所有的閣樓房。」

「然後呢？」

「然後他從其中一個閣樓房逃掉，走樓梯下到一樓跑掉了。」

「如果是這樣，我們應該能碰到他呀？」

「噗！這我們怎麼知道？這傢伙可能懂隱身術吧。但這不重要！請您趕快派人到處問問，看看有沒有線索。還要派人搜查所有的閣樓房，以及底層的所有房間。」

說完，羅蘋猶豫了一下。他自已也要一起去找殺人犯的下落嗎？就在這時，小女孩醒了過來，十幾枚金幣突然從她的手心掉出，羅蘋看了看，全部都是法國硬幣。

「好吧，我沒猜錯。」羅蘋叨唸著，「可是爲什麼這麼多錢，是用來獎勵孩子的嗎？這是爲了什麼呢？」

羅蘋頭一抬，發現地上扔著一本書。他彎下腰，正準備要撿，小女孩突然撲過來拾起那書，緊緊地抱在懷裡，不願讓任何人奪走它。

「原來如此，金幣是爲了換這本書，但伊絲爾達不同意，手上的抓痕就是這樣來的。現在，我得弄清楚兇手爲什麼想要這本書。他已經看過書的內容了嗎？」

羅蘋這才督促瓦爾德馬爾說：「親愛的伯爵，請您快下命令吧……」

瓦爾德馬爾一個手勢，三名士兵衝上去要搶伊絲爾達懷裡的書。女孩被激怒了，奮力反抗，又是跺腳，又是蜷曲，又是喊叫，最後還是被士兵搶走了。

「冷靜，孩子，冷靜！」羅蘋朝伊絲爾達喊道：「我們不會拿它去做什麼壞事，」然後他轉向那兩個士兵說：「把這孩子好好看住！現在讓我來研究一下，兇手爲什麼想奪走這本書。」

這是一本年歲過百的孟德斯鳩著作裝訂本，書名爲《尼德的神殿》。羅蘋翻一翻立刻有發現，他興奮地大喊：「啊，還眞奇怪，每一頁都黏著一頁羊皮紙，羊皮紙上好像密密麻麻地寫了不少字，雖然字跡很輕。」

羅蘋從頭讀了起來：「『德—彭—威爾丹茲王子的法國僕從——吉爾・德・麥黑許騎士的日記，於一七九四年大赦年②開始記述。』」

「怎麼？怎麼會有這個？」伯爵驚訝地說。

「怎麼？您發現什麼了嗎？」

「伊絲爾達兩年前死去的爺爺就叫麥黑許，當時傭人的名字都是按日爾曼的語言習慣叫的。」

「好極了！這麼說來，伊絲爾達的爺爺，應該就是羊皮紙日記的主人的後代，很可能是兒子或孫子。這就是日記傳承至伊絲爾達手裡的原因。羅蘋隨手翻了幾頁：

一七九六年九月十五日，王子今天去打獵。

一七九六年九月二十日，王子出去騎馬了，他今天的坐騎是邱比特。

「該死，沒看到什麼有用的資訊。」羅蘋一邊抱怨，一邊繼續讀著：

一八○三年三月十二日，我給海爾曼寄去了十個埃居，他現在在倫敦當廚師。

這一天的日記讓羅蘋可樂了：「噢，噢，海爾曼一旦被罷黜，這樣一來還有誰會尊敬他呢？」

「這位攝政大公，他當時是被法國軍隊趕出去的。」瓦爾德馬爾補充道。羅蘋繼續往下讀：

一八○九年，今天是星期二，拿破崙昨晚在威爾丹茲過夜。是我為陛下鋪的床，第二天還為陛下清理了盥洗水。

「啊！」羅蘋為之一驚：「拿破崙來過威爾丹茲？」

「是的，當時法國跟奧地利開戰，拿破崙就是在這裡和他的軍隊會合的。海爾曼大公家族，可是世代為此感到無比榮耀呀。」羅蘋繼續唸：

一八一四年十月二十八日，大公回到公國。

一八一四年十月二十九日，昨天晚上我帶大公到藏信的地方去過了。很高興能告訴他，到目前還沒有任何人發現這個地方。當然，又怎麼會有人發現東西藏在……

羅蘋大叫一聲……伊絲爾達用力掙脫了兩名士兵，跳到羅蘋身上，搶下他手中的書逃走了。

「啊，這個調皮搗蛋的小傢伙！還不快追……你們從樓梯繞下去，我從外面的走廊追。」

可是，這孩子把通往走廊的門關上了，還從外面上了門栓。羅蘋只好跟其他士兵一樣，先下樓，穿過城堡的附城，再循樓梯回到一樓。來到一樓後，羅蘋發現只有第四個房間是開著的。他們從這裡上樓，來到閣樓的走廊，可是根本沒有人。現在只能一間間敲門、撬鎖、進去搜。在這方面，瓦爾德馬爾可說和羅蘋的本事不相上下。每進一個房間，瓦爾德馬爾便使用他的軍刀，小心翼翼地掀開所有的帷幔和窗簾。

突然，外面有人呼喊，聲音好像是從附城右翼的底層傳出來的。眾人馬上朝這個方向趕去，原來是一名軍官的妻子在呼救，這名婦女站在走廊的盡頭，說小女孩就在她家。

「您是怎麼知道的？」羅蘋問道。

「我正準備回房間，可是房門卻從裡面被反鎖了，然後我聽到聲音。」

羅蘋打不開門。「從窗戶進去，每個房間應該都有窗戶吧。」

婦人帶他到建築物外，羅蘋向伯爵借了軍刀敲碎房間的玻璃。然後，他踩著兩名士兵爬上去，緊貼住牆面，一隻手伸進窗內拉開長插銷，然後一下跳進了房間。

伊絲爾達就蹲在壁爐前，壁爐裡的火焰燒得正旺。

「噢，這個小壞蛋！」羅蘋氣得大叫：「她把書扔進了壁爐！」羅蘋把女孩子推向一邊，趕緊把手伸向壁爐想要救書，可是卻燙到了手。他下意識地縮回手臂，撿起地上的撥火棍，再伸進去一次。這次，書是救了出來，可是太遲了，這本古籍早已被燒成焦炭，用地毯蓋住它滅火，一下子四分五裂成了粉末。

羅蘋仔細觀察著伊絲爾達，伯爵則在旁邊猜測：「她應該知道自己在做什麼吧。」

「不、不，她不知道。」羅蘋回答：「她的爺爺只是把這本書交給她，告訴她說這是一件珍貴的寶貝，誰都不許看。所以小女孩才會天眞地認爲，寧願把書燒了也不能落到別人手上。」

「如果是這樣……」

「怎麼樣呢？」

「你就沒辦法找到藏信的地方啦？」

「啊，啊，我親愛的伯爵，您之前不是不相信我能找到這些信件，我在您眼裡不就是個江湖騙子嗎？別著急，瓦爾德馬爾，我手裡的線索多得很，我一定能找到藏信的地方。」

「在明天中午十二點之前？」

「今天晚上十二點以前我就能找到。可是我現在快餓壞了，您就是這樣招待我的？」

羅蘋被帶到附城的一個房間，這裡暫時作爲士官們的餐廳。廚師幫羅蘋準備了豐盛的一餐，而伯爵則趁著這個時候給向國王報告。二十分鐘後，瓦爾德馬爾回到餐廳，兩人就這樣面對面坐著，一片沉默，他們的腦子正各自盤算著。

「瓦爾德馬爾，我很樂意抽一支雪茄……謝謝！這個簡直可媲美知名的哈瓦那菸葉。」羅蘋點著雪茄，兩、三分鐘過去了，他又開口說：「您也可以來一根，伯爵先生，我一點也不介意。」

一個小時過去了，瓦爾德馬爾坐在一旁，開始打著瞌睡。爲了讓自己保持清醒，他時不時就啜幾口清爽的香檳，而士兵則來來回回，忙前忙後。

「咖啡。」羅蘋叫道。

傭人把咖啡端上來。

「這咖啡眞是不怎麼樣，」羅蘋抱怨著：「德國國王就喝這種東西？再換一杯，眞是不可原諒，瓦爾德馬爾！今天晚上不知道要忙到什麼時候呢，噢，這咖啡太差勁了！」

羅蘋點著第二支雪茄，便安靜下來，一個字也沒說。就這樣，幾分鐘之內羅蘋保持一動也不動，一句話也不說，只是吹著口哨。

突然，瓦爾德馬爾跳了起來，憤怒地對羅蘋說：「喂，你，起來！」

羅蘋才不理會瓦爾德馬爾，繼續自顧自吹他的口哨。

「起來，跟你說話呢！」

羅蘋轉身一看，原來是陛下進來了，他不慌不忙地從椅子上站起。

「進展如何？」國王問著。

「陛下，我想很快就能滿足您的要求了。」

「什麼？您已經知道……」

「藏信的地方？差不多了，陛下，雖然現在還有些小細節無法確定，但現在既然來到了這裡，我確定能夠完成任務。」

「我留在這兒等嗎？」

「不用，陛下，您可和我一同到文藝復興宮殿去。不過在此之前，我們還有時間，所以，如果陛下您允許，我想再思考兩、三個問題。」

不等國王回答，羅蘋就坐回了扶手椅，此舉惹得站在一旁的瓦爾德馬爾大爲光火。國王見狀，則和站在一旁的伯爵開始竊竊私語。過了一會兒，他又回到羅蘋身邊：「羅蘋先生，好了嗎？」

羅蘋沒有回答，國王又問了一遍，他仍然低著頭，沒有反應。

「啊，他睡著了？這傢伙居然睡著了。」

氣急敗壞的瓦爾德馬爾上前猛搖羅蘋的肩膀。可是羅蘋立刻從椅子上摔下來，重重跌倒在地板上，然後抽搐了兩、三下，就再也沒有動彈。

「他這是怎麼了？」國王很吃驚，不禁大叫起來：「沒死吧，我希望。」

國王取了一盞燈，彎下腰照了照：「他的臉怎麼那麼蒼白，活像個蠟人！瓦爾德馬爾，你快去……聽聽他的心臟……還活著，是嗎？」

「活著，陛下！」伯爵仔細聽了一會兒後說：「羅蘋的心跳很正常。」

「那，這是爲什麼呢？我不懂，他這是想跟我玩什麼名堂嗎？」

「那找個醫生來看看？」

「去，快去！」

請來醫生一看，原來羅蘋是昏過去了，沒有大礙。醫生要人把羅蘋抬上床，讓他平躺，仔細檢查好一陣，最後詢問士兵，羅蘋剛剛吃了些什麼。

「您懷疑他中毒了，醫生？」

「不，陛下，沒有中毒跡象，但我懷疑……這個碟子和杯子裡的是什麼？」

「咖啡。」伯爵回答。

「是您的？」

「不，是他的，我沒喝。」

醫生倒了一點咖啡抿一口，最後說：「我沒猜錯，他是喝了麻醉藥才昏昏欲睡的。」

「可是是誰下的藥呢？」國王再也忍不住了，肝火大動地喝斥：「瓦爾德馬爾，這裡發生的一切怪事，眞讓人不快！」

「陛下……」

「對，是的，我受夠了！我現在開始相信這傢伙的話了，我相信有人潛進城堡來了，那些金幣，還有麻醉藥……」

「要是有人闖進來，我們應該會知道的，陛下。他們已在外面搜查了三個小時了……」

「咖啡可不是我準備的，該不會是你準備的吧？」

「噢，陛下！」

「還不趕緊去查，你手上有兩百個人，這些附城又不是很大。總之，這強盜一定就在建築周圍徘徊，或者是從廚房那邊過來的。唉，我哪裡會知道，去，快去呀！」

矮胖伯爵瓦爾德馬爾就這麼一整晚忙個不停，因爲這是國王的命令。可是他卻打從心底根本不相信國王的話，因爲重兵把守之下，怎麼可能有人闖進這片廢墟？而徹夜搜查的結果也證明了他的論斷，忙了一整夜還是沒找到那個給羅蘋下麻藥的祕密強盜和蛛絲馬跡。

羅蘋整晚都躺在床上休息，醫生在床邊守了一夜。第二天早晨，國王派人來問，醫生又爲他檢查了一遍，羅蘋還是沒醒。九點鐘的時候，他終於動了一下，好像在掙扎著要醒過來。又過了一會兒，羅蘋張開嘴結結巴巴地問：

「幾……幾點了？」

「九點三十五分。」

他努力掙扎著，想讓自己從麻藥中醒來。這時，鐘敲響了十點，羅蘋打了一個寒顫居然坐了起來：「帶我到……到文藝復興宮殿去。」

在醫生的同意下，瓦爾德馬爾派人過來，將羅蘋抬上擔架，匆匆趕往宮殿。與此同時，伯爵也趕緊派人通知國王陛下。

「到一樓去。」羅蘋喃喃地說。眾人把他抬上一樓。

「走廊盡頭，靠左側最後面的那個房間。」

眾人將他抬到了指定房間，也就是第十二號房間，然後拿來一把椅子讓他坐下，羅蘋看起來毫無生氣。

國王及時趕到，可是這會兒羅蘋又失了意識，一動也不動，兩眼發直。眾人等待了幾分鐘，他才慢慢甦醒過來，然後仔細打量四周，他看看牆壁、天花板，還有在場的人們，最後說：「麻藥，是嗎？」

「是。」醫生回答道。

「找到那個人了嗎？」

「沒有。」

他好像在思考些什麼，好幾次都若有所思地點點頭，可是很快又睡了過去。國王再也無法忍耐，湊到瓦爾德馬爾面前：「下令把你的汽車開過來。」

「啊？可是，陛下？……」

「什麼陛下？我開始覺得他是在跟我們耍花招，搬出這整場鬧劇，就爲了跟我們拖延時間。」

「也有可能。」瓦爾德馬爾附和。

「是的，他找到一些蹊蹺的巧合，什麼金幣、麻醉藥，都是他杜撰出來的！要是我們繼續在這裡跟他耗時間，遲早被他耍弄得團團轉。去備車，瓦爾德馬爾。」

伯爵出去下了命令又回來。羅蘋依然沒有甦醒。國王看了看房間，問瓦爾德馬爾說：「這裡是米奈爾維廳，是嗎？」

「是的，陛下。」

「可是爲什麼兩個地方都標有字母『N』呢？」

房間裡確實有兩個字母『N』，一個標在壁爐上方，另一個標在一座大鐘上方。這座鐘鑲嵌在牆裡，已經破敗不堪，內部繁複的機芯構造一覽無遺，下擺的鐘錘也早已停住，一動也不動。

「兩個『N』……」瓦爾德馬爾喃喃地說。

國王並沒有聽見瓦爾德馬爾的話。因爲這時羅蘋又動了起來，他睜開眼睛，嘴裡咕噥著一些讓人分辨不清的音節。過了一會兒，他終於站起來，踉踉蹌蹌地從房間的一頭走到另一頭，卻又突然栽倒在地。

這是一場鬥爭，一場吃力的鬥爭。他的頭腦、神經、意志正在和這股令他麻醉昏厥的力量鬥爭，就像掙扎在死亡線上的垂死之人。對羅蘋來說，這場鬥爭苦不堪言。

「他很難受。」瓦爾德馬爾喃喃地說。

「或者他這是在表演給我們看。」國王接著說：「如果是那樣，他演得可眞像，眞是個好演員！」

羅蘋結結巴巴地說：「打一針，醫生，快幫我打一針咖啡因……」

「您同意嗎，陛下？」醫生問國王。

「當然，到中午之前，他想要什麼都滿足他，我向他保證過的。」

「到中午還有多久時間？」羅蘋問。

「還有四十分鐘。」

「四十分鐘？我會成功的……我肯定能成功……一定得這樣……」

說完，羅蘋雙手用力撐住自己的頭。「要是我還有頭腦，要是我的頭腦還像以前轉得那麼快，一陣風吹過的工夫，我就能解開謎題。現在只剩下一個疑點，可是我沒辦法思考，想不出來。啊，眞難受……」

他的肩膀一聳，是哭了？他的嘴裡一直重複著：「８１３……８１３……」又壓低聲音說：「８１３……一個８，一個１，一個３……對，是這樣沒錯，可是爲什麼？還不行。」

國王嘴裡咕噥著：「我眞是佩服這個人，竟然能裝得這麼像……」

十一點半……十一點四十五分。羅蘋仍然沒有任何行動，兩個拳頭就這麼一直托住下巴。國王在一旁等候，一直盯著瓦爾德馬爾手中的碼錶：「還有十分鐘……五分鐘……」

「瓦爾德馬爾，汽車準備好了嗎？你的人都準備好了嗎？」

「是的，陛下。」

「你的碼錶有鬧鈴是嗎？」

「有，陛下。」

「最後一下鐘響就……」

「可是。」

「鐘敲響十二下，瓦爾德馬爾。」這一幕的確具有悲劇色彩。奇蹟悄然來臨前的這幾個小時，顯得那麼莊嚴而偉大，像是命運之聲的召喚。

國王絲毫不掩飾他的焦躁。這個人稱亞森·羅蘋的奇怪冒險家，這個擁有傳奇一生的傢伙，眞是讓他很煩心。雖然，這傢伙決定要讓這充滿謎團的故事有個圓滿結果，但直到現在，結果依然懸而未決，唯一能確定的只有等待。

「還有兩分鐘……一分鐘……」接著，瓦爾德馬爾開始一秒一秒地倒數計時。

羅蘋好像又睡了過去。

「我們走，去準備。」國王對伯爵說。

伯爵走到羅蘋面前，一隻手搭在他的肩膀上。碼錶的鬧鈴開始震動起來……一下、兩下、三下、四下、五下……

「瓦爾德馬爾，去拉時鐘的鐘錘。」

大家都被嚇了一跳，原來是羅蘋在說話，他的聲音顯得很平靜。瓦爾德馬爾聳聳肩，很不高興羅蘋沒使用尊稱叫他。

「聽他的，瓦爾德馬爾。」國王說。

「對，照我的話做，」羅蘋恢復了他一貫諷刺的語氣：「你可以做到的，只要先拉緊自己腦子裡那根弦，再去拉時鐘的就行了。很好，這樣不就行了。」

鐘錘真的動了起來，人們聽到滴答作響的聲音。

「現在看一下指針，撥到快十二點的位置……別動，現在看我的……」羅蘋從椅子上站了起來，朝時鐘走去，在約一步之遙處停下，仔細觀察著什麼。

十二聲鐘鳴在房間內迴響著，沉重的十二下鐘聲。然後是一片沉寂，什麼事也沒發生。可是國王並未離開，他決定再等一下，好像確信會發生什麼事似的。瓦爾德馬爾也沒移動半步，兩隻眼睛瞪得圓鼓鼓的。

剛才緊貼時鐘的羅蘋，這時正了正身子，咕噥著說：「很好，我找到了。」他朝自己的椅子走去，一邊走一邊命令著：「瓦爾德馬爾，把指針撥回差兩分十二點的位置。啊，不，不是逆時針轉回去。是，這需要多費一點時間，不然怎麼辦呢？」

瓦爾德馬爾一圈圈地以順時針撥弄著。每到整點、半點的時候，時鐘都會賣力地叮咚作響，直到瓦爾德馬爾撥到十一點半的地方。

「聽著，瓦爾德馬爾。」羅蘋打斷他，他的語氣突然變得沉重，毫無玩笑之意，他自己似乎也是既激動又擔心。「你看到『一』點鐘的那個圓點了嗎？這個點在搖晃，是嗎？把你的左手食指按上去，很好。現在把大拇指按到『三』點鐘的圓點上，很好。然後右手按到『八』點鐘的圓點。謝謝你，現在回去坐好，我的朋友。」

神奇的事情發生了，就在瓦爾德馬爾鬆手離開後，時鐘的時針居然自己轉動起來，輕輕擦過正午十二點的圓點，鐘錘叮噹響起。

羅蘋嘴唇緊閉，面色蒼白。十二下鐘聲敲響，慢悠地劃過寂寥。十二下！緊接著嚓一聲，像是什麼東西被啟動了，時鐘就這樣戛然而止，鐘錘也停了下來。錶盤上方的山羊形銅飾，瞬間朝下掉，露出一個四周裝飾著寶石的龕室，龕室裡有一只鏤空的銀盒。

「啊，」國王恍然大悟：「您是對的。」

「您曾懷疑過我，陛下？」羅蘋問。他拿起銀盒交到國王手中。

「請陛下親自打開這盒子，您要我找的信件就在裡面。」國王接過盒子，掀開蓋子，可是大家全都傻了，裡面竟然是空的。

銀盒居然是空的！

整件事未免太戲劇化了，結局竟然如此沉重、出乎意料。羅蘋計算得那麼準確，他那麼出色地發現了時鐘的祕密，國王對於最後的勝利一度如此深信，所有人訝異得啞口無言。

羅蘋面容蒼白、目瞪口呆、兩眼充血，他氣得近乎發狂，欲恨不能。他擦了擦滲滿前額的汗水，然後一把奪過盒子，拿在手上翻來掉去地仔細檢查，像是在找夾層之類的機關。可是終究沒有結果，氣急敗壞的羅蘋一把將銀盒捏得變形。這樣的發洩讓羅蘋舒服一些，他的呼吸開始變順暢。

「是誰做的？」國王冷靜地問。

「一直都是他，陛下，殺死克塞巴赫的兇手，這傢伙和我追著同一條線索，追著同一個目標。」

「什麼時候下手的？」

「昨天晚上。啊，陛下，我一出監獄，您就該還我自由，這樣的話我就能及時趕到這裡，一刻也不耽誤。然後，我就能趕在他之前把金幣交給小伊絲爾達，趕在他之前面看到法國老傭人麥黑許的日記。」

「這麼說，您認爲他也是看了日記才知道的？」

「那是當然，陛下。他有充分的時間讀完日記。然後暗中——我不知道這暗中是在哪兒——打聽到了我們的行蹤，也不知道他是向誰打聽的！於是他對我下了藥，讓我昏睡一晚，以擺脫我的干擾。」

「可是宮殿一直有人把守著。」

「有您的士兵把守，陛下。可是您認爲對他這種精明狡猾的人來說，士兵們有用嗎？昨晚，瓦爾德馬爾當然徹底搜查了附城，而且爲了搜查，他一定會把守在主殿的人也調走。」

「鐘聲又是怎麼回事？昨天夜裡難道那十二下鐘聲沒響？」

「陛下，不讓鐘發出聲音一點也不難。」

「你說的這些我很難相信。」

「陛下，我認爲我說的相當清楚。如果現在搜查在場每個人的口袋，而且掌握一下他們每年的個人花費，一定不難找到有兩、三個人的口袋，多出了幾張法國鈔票，我敢肯定。」

「嘿！」瓦爾德馬爾抗議道。

「是的，伯爵，那只是花多少錢的問題，如果他想砸錢，恐怕就連您也……」

國王沒將羅蘋的話聽進去，而在盤算著什麼。他先是在房間裡踱來踱去，然後向走廊裡的一名官員示意：「給我準備汽車，我們離開這兒。」說完，他停下來看看羅蘋，接著又走到伯爵面前：「你也一樣，瓦爾德馬爾，趕快上路……直接去巴黎……」

羅蘋豎起耳朵仔細聽，他聽到瓦爾德馬爾這麼回答：「我得再請求增援十二個士兵，跟這個該死的傢伙一起旅行！」

「隨你的便吧。我只要求你動作俐落，今天晚上就得趕到。」

羅蘋聳了聳肩膀，輕聲說道：「荒謬！」國王一聽，把身子轉了過來。羅蘋補充說道：「是呀，陛下，憑瓦爾德馬爾就想押送我？我一定能夠逃跑的，然後……」羅蘋一隻腳重踩了一下地板。

「您知道嗎，陛下，那樣只會繼續浪費時間。如果您決定要放棄，我可還沒有。箭已從弦上發出，我們既然已經開始了，就得完成它。」

國王反駁道：「我並沒有要放棄，我的警察單位會繼續搜索的。」

這話逗樂了羅蘋，他放聲大笑：「請陛下原諒，您的話眞是太好笑了。陛下，您的警察單位……是呀，他們具備世上所有探員都有的——百無一用！不，陛下，我不會回桑德宮去的。這並不是因爲我在乎被關進監獄，而是如果要跟那個傢伙較量，我必須能夠自由行動。」

國王一聽這話，不耐煩地說：「這傢伙、這傢伙，你根本不知道他是誰。」

「我會知道的，陛下。憑我一個人的力量，就能鎖定他。他知道我是唯一一個可能知道他的身分的人，我是他唯一的敵人。他這是在向我開戰，向我一個人開戰。那天在來這裡的路上，他開槍想要打中的，是我。所以昨天晚上，他只對替我一個人下麻藥，這樣就足夠了，這樣他就能行動自如。較量只在我與他之間，全世界都與這場爭鬥無關，沒人能幫我，也沒人能幫他。這是兩個人的戰爭，就是這麼簡單。到目前爲止，形勢對他有利。可是到頭來，我一定會勝利。」

「爲什麼？」

「因爲我才是最強的。」

「要是他殺了你呢？」

「他殺不了我。我會拔掉他的爪牙，讓他無所適從。我一定會拿到信件的，沒人能阻止得了我。」羅蘋的話透露出堅定不移，好像他說的這些事已經實現似的。

國王再也固守不住了，一股複雜的、難以解釋的情緒湧上他的心頭。他開始有點敬佩眼前這個傢伙，開始信任起這個主宰一切的傢伙。只是，現在的他還有些顧忌，到底要不要用這個人，或者說把他拉攏到自己的陣線上呢？國王陷入了兩難境地，不知該如何決斷。他急得在房間裡來回踱步，從走廊一側走到窗前，又從窗邊走回來，持續沉默著。

「有誰能證明，信件是昨天晚上被偷走的？」最後他終於開口。

「行竊的日期都標好了，陛下。」

「您這是什麼意思？」

「請您檢查一下時鐘上方的三角楣，內側是不是以白色粉筆標著——八月二十四日，午夜。」

「是、是，」國王看了目瞪口呆，喃喃自語著：「我怎麼沒發現呢？」國王又好奇地問：「牆上標的那兩個字母『N』，我也不懂，這個房間可是米奈爾維廳呀。」

「法國皇帝拿破崙曾在這個廳待過。」羅蘋回答。

「你知道什麼？」

「這個問題應該問瓦爾德馬爾，陛下。我在瀏覽老傭人的日記時，突然閃過這個念頭。我發現，福爾摩斯和我原來都跟錯了線索。『APOON』是海爾曼大公臨死前在病榻上劃下的字母組合，但這不是阿波羅的縮寫，而是拿破崙③的縮寫。」

「算你說得有道理。」國王回答：「那兩個單字都有『APOON』的組合且順序相同，但很明顯大公是想寫拿破崙，那數字『813』又怎麼解釋？」

「啊，這一點是最讓我困擾的。我確信應該把這三個數字相加，這樣會得出『十二』，也就是指走廊裡的第十二個房間。但肯定不只這些用意，但當時我的頭腦轉不動，根本猜不透其中玄機。直到看見這座鐘，是這座擺在廳裡的座鐘給了我啓發。數字『十二』肯定是指『十二點』，正午也好，午夜也行。因爲這個時刻是最莊嚴的，人們往往有此聯想。但又爲什麼是『813』這三個數字而非其他？」

「所以我想讓時鐘響起，看看有什麼巧妙。等它十二點鐘一敲響，我就發現『一點、三點、八點』下面的圓點原來是可以活動的。就這樣，我發現了『138』這三個數字。我想大公應該是爲了掩人耳目，才將這三個數字任意排列，才有了『813』。於是，瓦爾德馬爾按住三個圓點，機關就打開了，接下來的事情，陛下您都清楚。這就是，字母『APOON』和數字『813』之謎。大公在彌留之際留下了這個祕密，期待有一天他的兒子能猜透威爾丹茲廢墟裡的祕密，按照指示找到這些重要信件。」

國王仔細聆聽羅蘋的解釋，他的心情很激動，完全被眼前這個傢伙所折服。這名盜賊簡直絕頂聰明，眞是深謀遠慮、機智靈巧。

「瓦爾德馬爾？」國王叫道。

「陛下？」

可是國王剛要說話，走廊卻傳來一陣驚呼聲。瓦爾德馬爾趕緊跑出去，過了一會兒又回到房間內。

「是那個小瘋子，陛下，士兵擋著她的路不讓她進來。」

「讓她進來，」羅蘋趕忙說：「得讓她進來，陛下。」

國王一個示意，瓦爾德馬爾出去找伊絲爾達。小女孩一進來，大家都嚇呆了。她面色死白，臉上沾滿了髒污，身體不停地抽搐，好像十分痛苦的樣子，嘴裡還喘著大氣，雙手握成拳頭，交叉在胸前。

「啊！」羅蘋驚訝地發出聲音。

「怎麼回事？」國王問。

「快叫您的醫生來，陛下，一刻也不能耽擱。」

「快說，伊絲爾達，妳看到什麼了嗎？妳有話要說嗎？」羅蘋一邊說，一邊湊到伊絲爾達面前。

小女孩努力讓自己站穩，但似乎因痛苦的關係，她的眼神變得不那麼迷離了，只是嘴裡迸出的依然是一些音節，完全組不成句子。

「聽著，」羅蘋著急地說：「只要回答是或不是，點頭就可以。妳看見他了嗎？妳知道他在哪兒嗎？妳知道他是誰嗎？聽著，如果妳不回答……」

羅蘋儘量克制著不動怒。他突然想到昨天的經驗，這個小女孩在意識稍稍清醒時，還能保有些許的視覺記憶。於是，羅蘋在白牆上寫下了大寫字母「L」和「M」。小女孩立刻有反應，她伸出手臂，指了指牆上的字母，點點頭。

「然後呢？」羅蘋趁快問：「然後是什麼？妳來寫。」

可是，伊絲爾達發出一聲恐怖的叫聲，倒在地上，痛苦地大叫起來。過了一會，叫聲戛然停止，她一動也不動地躺在那裡。又過了一會兒，打了一個大大的寒顫，她就再也沒動過。

「死了？」國王問。

「她被下毒了，陛下。」

「啊，可憐的孩子，是誰做的？」

「當然是他，陛下。伊絲爾達一定認得他，他害怕被識破。」

這時醫生趕到了，國王指了指伊絲爾達，然後對瓦爾德馬爾說：「要你所有的手下待命，準備搜查這裡，然後發一封電報給邊境火車站……」

「您還需要多久時間才能找到信件？」說完，國王湊到羅蘋面前問。

「一個月，陛下……」

「好吧，瓦爾德馬爾會在這裡陪您，需要什麼就跟他說，他能代表我，滿足您所有的要求。」

「陛下，我要的是——自由。」

「您自由了……」

羅蘋看著國王的背影，喃喃地說：「我先是要自由，然後，等我找到你的信件，噢，我的陛下，我要你跟我握手，國王和強盜輕輕地握一下手。我要你明白，你先前對我的輕視和厭惡，完全是個錯誤。眞讓人難以置信，不是嗎？爲了這位先生，我竟放棄了桑德宮的公寓，我爲他服務，他卻總是擺架子，要是再讓我遇上這麼一位業主……」

譯註：

①Apollon，古希臘太陽神「阿波羅」之意。

②一七九四年，法國大革命的雅各賓派丹東掌權，對一切反革命分子進行大赦。

③拿破崙，Napoléon。

chapter 13

七名歹徒

「夫人接見訪客嗎？」

多蘿蕾絲・克塞巴赫接過傭人遞來的名片：**安德列・波尼**。

「不！我不認識這個人。」

「這位先生堅持要見您，他說您在等他。」

「啊，也許……是的……帶他過來。」多蘿蕾絲自從遭受一連串無情打擊和生活變故之後，到布里斯托飯店小住了一陣，之後就搬到德魏涅街與帕西巷交口的一幢別墅住下，深居簡出。

房子後面是一塊美麗的花園，與四周其他稠密的花園相銜接。病重的時候，多蘿蕾絲一連幾天都無法走出臥室，窗簾緊閉，不見天日。但如果她感覺稍好一些，就會讓人攙扶著來到花園，帶著依舊憂傷的心情躺在樹蔭底下，任憑命運來襲而束手無策。今天克塞巴赫夫人照例躺在花園中，聽著小路上的沙子被人踩得咯吱作響，一個年輕人被傭人領著來到她面前。此人穿著非常簡單，卻又不失高雅，儼然像一位很有魅力的畫家，他的衣領工整，繫著一條底色是海水藍、上有白色圓點的領帶。傭人把人帶到，便先告退。

「安德列・波尼，是嗎？」多蘿蕾絲問。

「是的，夫人。」

「我好像沒……」

「不，夫人，我是艾爾蒙夫人——珍妮薇的祖母——的一個朋友，您曾寫信寄到歌爾詩，她說您想和我談談，那人就是我。」

「啊，您是……」多蘿蕾絲一下子坐了起來，表情十分激動。

「是的。」

「眞的，是您？我都沒認出來。」多蘿蕾絲結巴地說。

「您難道認不出賽爾甯親王了嗎？」

「沒有，一點也不像，額頭不像，眼睛也不像，甚至和……」

「甚至和報紙上描述的桑德監獄罪犯都不像？可是，就是我。」

說完，兩人都感到有些尷尬，不知如何是好，就這麼沉默了一陣子。最後，波尼先開口：「我能知道您爲什麼要見我嗎？」

「珍妮薇沒跟您說過？」

「我還沒有見過她……可是她的祖母告訴我，珍妮薇覺得您需要我的幫助。」

「是的……是的……」

「您需要我怎麼幫您呢？我很樂意……」

「我害怕。」多蘿蕾絲猶豫片刻，小聲地開口。

「害怕！」波尼有些吃驚。

「是的，」多蘿蕾絲低聲說：「我害怕，害怕今天，害怕明天，害怕一切。我受了那麼多罪，感覺自己已經快要撐不下去了。」

羅蘋憐惜地看著她。從一開始，他就被一股複雜的情感驅使，來到這位女士的身旁，可是如今這情感漸漸清晰起來，現在，這位女士終於開口請求他的保護。而對羅蘋來說，他也迫切想要身心都效忠於她，不求絲毫回報。

多蘿蕾絲繼續說：「現在只有我一個人，非常孤單，這裡的傭人都是我隨便在外面找的，我害怕……我感覺他們又在我周圍蠢蠢欲動了……」

「他們想幹什麼？」

「我不知道，但是那個壞人就在四下徘徊，而且離我越來越近。」

「您看到他了？或是看到什麼可疑情況了？」

「是的，這兩天總有兩個人在附近街上溜達，一走到我家門前就停下。」

「他們長什麼樣子？」

「有一個我看得很清楚，又高又壯，鬍子剃得非常乾淨，穿一件短式黑呢外套。」

「咖啡館侍者打扮？」

「是的，就像個飯店侍者。我要我的一個傭人暗中跟蹤他。他一轉進邦普街就鑽到左手邊第一棟建築去了，那地方看起來像個下流地方，底層住著一個酒販。而且，就在當天晚上……」

「當天晚上？」

「我從臥室的窗戶看見花園裡晃出了一個人影。」

「就這些？」

「就這些。」

「您願意讓我的兩個手下，睡在您家裡底層嗎？」羅蘋想了一想問道。

「您的兩個手下？」

「噢，請您不要害怕，他們都是相當勇敢的人，是夏洛萊父子，雖然從他們的容貌我們看不出來……但有他倆在，您一定能確保安全。至於我……」

羅蘋猶豫了一下，等著夫人乞求他再回來，可是對方一直沒有開口，他只好說：「至於我，還是別讓人發現我的蹤跡吧……是的，這樣對您較好。我的人會隨時向我報告您這邊的情況。」

羅蘋想繼續往下說，想就這樣留下來，坐到夫人身邊安慰她。可是，他覺得該說的話都已經說了，這時再多一個字都顯放肆，於是他只得深深向多蘿蕾絲鞠了一躬，然後告退離開。

他快步穿過花園，想趕快從這裡出去，好讓自己的心平靜下來。傭人送客直到門廳。可是羅蘋一邁出大門，便發現一名年輕女子站在門外，正準備按門鈴。

羅蘋全身一緊，打了一個寒顫：「是珍妮薇！」他心想。

珍妮薇吃驚地盯著對方，她看到眼前這個人是如此年輕，感覺有些不知所措，但她還是一眼就認出他的眞實身分。她一下子失了神，緊緊倚著門邊的圍牆，不讓自己跌倒。

對方抬了抬禮帽，上下打量著珍妮薇，卻不敢伸手過去表示致意。她會先伸手嗎？現在的他不是賽爾甯親王，而是亞森・羅蘋。珍妮薇知道他是亞森・羅蘋，而且是從獄中逃出來的罪犯。

外面正淅瀝瀝地下著小雨，珍妮薇將手中的雨傘交給傭人，踉踉蹌蹌地說：「請把傘打開，放到旁邊……」說完，她便逕直走了進去。

「羅蘋，你還眞可憐。」羅蘋離開時自言自語著：「你這個精神緊張、嫉妒敏感的人也會招致這種打擊。好好安撫你的心臟吧，否則……好啦，你的眼睛竟然也濕潤了。這個跡象可不好，羅蘋先生，看來你眞的老了。」

羅蘋離開德魏涅街，來到穆艾特河堤。忽然，他走上前去拍了一個年輕人的肩膀，這人立刻停下，過了幾秒鐘年輕人說：「對不起，先生，我好像不……不認識您……」

「您好像不認識我，我親愛的勒杜克先生。看來您眞是貴人多忘事啊。還記得嗎？凡爾賽，雙帝旅館的那個小房間……」

「是您！」年輕人頓時嚇得直向後退。

「上帝呀，是的，是我，賽爾甯親王，或者說羅蘋，既然您已經知道了我的眞實姓名，不是嗎？你是不是以爲羅蘋已經歸西了？啊，當然，這我能理解，你以爲我一進監獄就會……眞是個孩子！」

「年輕人，我們言歸正傳吧。最後時刻還沒到，所以我們還有幾天清閒日子可過，可以天天吟詩作賦。繼續作你的詩吧，我的詩人！」他上前猛然抓住勒杜克的雙手：「但是就快到了，我的詩人。別忘了，你屬於我，軀殼和靈魂都屬於我，準備扮演好你的角色吧。這角色很難演，可是卻很偉大，我發誓，你演這個角色再合適不過了。」羅蘋開懷大笑，轉身離開，只留下年輕人勒杜克，驚愕地呆立在那兒。

羅蘋來到遠處的邦普街，找到克塞巴赫夫人說的那間葡萄酒零售店，進去和老闆攀談了好一會兒，出來後叫了一部汽車說要去格蘭大飯店。他現在就以安德列．波尼的名字住在那裡。

羅蘋回到飯店，杜德維爾兄弟正在那裡等他。雖然羅蘋對崇拜、忠誠已經膩煩不已，可是他的朋友還是不吝表達這樣的心情。「總之，老大，快告訴我們都發生了什麼事？您向來神出鬼沒，可是這次還是遇到了一點小困難……總之，您現在是完全自由了？大白天，您現在幾乎不需要喬裝，就能現身巴黎市中心？」

「要雪茄嗎？」羅蘋問兩位。

「不用，謝謝。」

「你錯了，杜德維爾。我還不算完全自由，那些人可是相當厲害，他的老闆可是非常了不起，不過，他卻自稱是我的朋友。」

「啊，能告訴我們嗎？」

「威廉二世……好了，快別一副笨頭笨腦的樣子吧。跟我說說最近都發生了什麼事，我有一陣沒看法國報紙了。公眾怎麼看我的越獄？」

「大家都震驚了，老大。」

「警方是怎麼說的？」

「說您是從歌爾詩，艾爾特海姆造的地道逃走的。可是記者們認爲這個解釋完全說不通。」

「然後呢？」

「然後，又是一片譁然。有人想找到那個暗道，有人在一旁不停嘲笑警方，總之大家對這個話題可是樂此不疲。」

「韋柏爾呢？」

「韋柏爾受到的牽連不小。」

「除此之外，警察總局還有其他新動向嗎？有沒有追到關於兇手的新線索？有沒有新發現能指出艾爾特海姆的眞實身分？」

「沒有。」

「這也太差勁了！我們每年的數百萬納稅就養了這樣一幫廢物？要是再這麼繼續下去，我可要考慮拒繳了。去找張紙和筆來，今晚就把這封信送到《要聞報》，公眾有一陣子沒我的消息了，他們一定都等得很不耐煩。好了，現在寫吧：

親愛的總編輯先生：

很抱歉，我讓大家失望了，你們一定等得不耐煩了。

本人已經從監獄裡出來，可是很抱歉現在還不能透露我是怎麼越獄的。在此本人想告訴大家，我終於知道了那個大家一直關心的祕密，可是也一樣，本人還不能說出這個祕密是什麼，也不能告訴大家我是怎麼發現的。

不過，遲早有一天，這些事情全都會根據本人的記述寫進我的傳記裡。雖然在本人看來這些都無所謂，但我敢保證，我們的下一代在讀到這法蘭西歷史的一頁時，一定不會感到枯燥無趣。

現在，本人還是想做點實際的事。看到自己昔日的職位，被這麼無能的人佔據，我真替自己感到不平。而且克塞巴赫、艾爾特海姆的案子一直懸而未決、毫無進展，也讓我感到很不快。所以，本人決定免了韋柏爾先生的職，重新回到昔日的光榮崗位做勒諾曼先生。等著瞧吧，這樣的安排肯定會獲得你們一致的滿意和讚嘆。

警察總局局長　亞森・羅蘋敬上

*　　*　　*

晚上八點，亞森・羅蘋和尙恩・杜德維爾一起來到時髦的卡亞爾飯店。羅蘋上身的燕尾服得體合身，下身的長褲則顯得有些寬鬆，領帶也鬆鬆地紮在脖頸間，依然是他的藝術家穿法。杜德維爾則是一身短式禮服，神情與裝扮就像個嚴肅的法官。

他們選了一張飯店靠裡面的桌子坐下，旁邊兩根柱子正好把他們的座位與大廳隔開。一名衣著考究、神情傲慢的飯店侍者手拿菜單，在一旁等著。

羅蘋仔細查看著菜單，就像一名挑剔的美食家：「監獄裡的飯菜還說得過去，可是偶爾吃一頓精緻的晚餐，還是讓人特別高興。」他興致勃勃、安安靜靜地享受著美食。專心用餐之餘，還不時提到一些事。

「是的，事情越來越清楚了，這個敵人眞的不是一般角色！而且讓我頭痛的是，算一算我們已經開戰六個月了，可我現在還是不知道他想幹什麼。他的黨羽死了，現在也已經到了遊戲的最後時刻，我卻始終猜不透這可惡的傢伙究竟想從這件事得到什麼？我的目的一直很清楚——得到公國，輔佐我捏造出來的大公順利登上寶座，然後把珍妮薇嫁過去，清楚明瞭。我會老老實實朝這個目標奔去，不容一點差錯。可是他，這個無恥的混蛋，暗地裡的惡棍，他到底出於什麼目的介入此事呢？」

說完，羅蘋叫道：「侍者！」

侍者走了過來：「先生，您還需要什麼？」

「雪茄。」

過了一會兒，侍者拿了幾只盒子回來，一一打開給羅蘋看。

「您推薦我哪一款？」羅蘋問道。

「我們的奧普曼是頂級的。」

羅蘋取一支奧普曼給杜德維爾，然後自己拿一支切好。侍者隨即遞上點燃的火柴，羅蘋卻一把抓住他的手臂：「別說話，我認識你，你的眞名叫多明尼克・樂嘉。」這個魁梧的傢伙想抽出身來，可是手腕卻被羅蘋用力一扭，疼得他慘叫一聲。

「你叫多明尼克，你住在邦普街五樓，你發了一筆小財所以在那兒落戶。可是你要仔細聽著，笨蛋，否則我捏斷你的骨頭。我知道，你這筆財富是在艾爾特海姆男爵家裡當侍者得來的。」此人站著不動，一臉慘白，害怕極了。

羅蘋餐桌旁的包廂此時已經空出來，旁邊的大廳也只有三位先生一起抽著菸，還有一對夫婦面對面坐著，一邊喝利口酒，一邊聊天。

「現在沒人會打擾我們，我們可以談談了。」

「您是誰？您是誰？」

「你不記得我了？還記得杜邦別墅的那次午餐嗎？那次，就是你這奴才親自給我上的蛋糕，噢，多麼美味的蛋糕呀！」

「親……親王。」侍者戰戰兢兢地說。

「對了，是親王，正是我亞森．羅蘋親王。啊，用不著大口喘氣，你不是說過才不怕什麼亞森．羅蘋呢，是不是？不過，你還是說錯了，是不是？我的朋友，因爲你怕。」

說完，亞森從口袋抽出一張名片指給對方看：「瞧，我現在是警探……可是這又有什麼用呢？到頭來，大家還是用另一個身分來稱呼我——盜賊之王，頭號公敵。」

「你要我做什麼？」侍者戰戰兢兢地問。

「我要你去伺候那位正在叫你的客人，然後回來。聽著，千萬別耍什麼花招，也別想溜之大吉。

因爲我有十個手下在外面，你是逃不出他們視線範圍的。現在去吧。」

侍者乖乖聽從羅蘋的話，五分鐘後就回到羅蘋的桌前。他背對大廳站著，讓別人以爲自己正在和客人談論飯店的雪茄品質。他開口說：「好吧，什麼事？」

羅蘋掏出幾張一百法郎的鈔票擺到桌上：「你回答我幾個問題，如果答案夠清楚，一個問題一百法郎。」

「成交。」

「好，我問你，你們一共有多少人跟著艾爾特海姆男爵？」

「除了我，還有七個人。」

「就這些？」

「也不止，有一回，我們還找來幾個義大利工人幫我們挖地道，那是在歌爾詩的格里希娜別墅。」

「一共兩條地道，可不是？」

「是的，一條通向霍爾丹茲別墅。另一條則在原本的地道基礎上，要連通克塞巴赫夫人家的地下。」

「你們挖地道想幹什麼？」

「綁架克塞巴赫夫人。」

「那兩個女傭蘇珊和歌楚也是你們的人？」

「是的。」

「她們現在在哪兒?」

「在國外。」

「你另外七個同伴呢?也就是艾爾特海姆這一幫傢伙。」

「艾爾特海姆死後，我就和他們分道揚鑣了，這七個傢伙留下來打算繼續。」

「我可以上哪兒找到他們?」

多明尼克猶豫了，羅蘋掏出兩張一千法郎的鈔票說：「我敬佩你的遲疑，只是現在需要果決，回答我的問題。」

多明尼克回答：

「您可以在納依區的起義大道三號門找到他們，其中一個外號叫『賣舊貨的。』」

「很好，現在回答我，艾爾特海姆的眞名叫什麼?你知道嗎?」

「知道，里貝拉。」

「多明尼克，你這招耍得不怎麼樣高明。里貝拉是他的化名，我要知道眞名。」

「帕柏里。」

「還是化名。」

侍者躊躇著不敢說，羅蘋又掏出了三張一千法郎鈔票。

「噢，算了吧!」侍者嚷嚷道：「反正他已經死了，不重要了，可不是嗎?」

「他叫什麼？」羅蘋堅持要問。

「叫什麼……什麼……麥黑許騎士。」

「什麼，你說什麼？騎士，什麼騎士？」羅蘋從椅子上跳了起來，吃驚極了。

「勞爾・德・麥黑許。」

他們全都安靜了下來。羅蘋兩眼發直，想起威爾丹茲那個被毒死的小瘋子，伊絲爾達不也是姓麥黑許？她的爺爺，那個十七世紀威爾丹茲宮廷裡的小個子法國侍從，不就是這個姓氏？

「這個麥黑許是哪一國人？」

「祖籍法國人，但是在德國出生。有一次我看到了他們的證件，所以知道他的眞姓名。啊，要是讓他知道了，肯定把我掐死不可。」

「他是你們的老大嗎？你們都得聽他的？」羅蘋想了想之後問道。

「是的。」

「可是他不是有個黨羽？」

「啊，求您別再繼續說了……」

這名飯店侍者一下子緊張了起來。既恐懼又厭惡，與羅蘋一想到這殺人兇手時的反應如出一轍。

「他是誰？你見過他嗎？」羅蘋著急地問：「是誰？快回答我。」

「他才是我們眞正的老大，可是沒人認得他。」

「你見過他嗎？回答我？」

「我只在夜裡見過他，而且他也從來都藏在陰影裡，白天從不露面。他下達命令時，要不透過通信，要不打電話。」

「他叫什麼？」

「我不知道，大家從不談論他，因爲他會給人帶來厄運。」

「他總是一襲黑衣，是嗎？」

「是的，他穿黑衣，又瘦又小，金色頭髮。」

「他殺人不眨眼？」

「是的，殺死一個人就像偷一塊麵包般輕鬆。」多明尼克說這話時，語調一直在顫抖，他哀求道：「我們別談他了，好嗎？我們不應該談論他，我跟您說過，他會給人帶來厄運的。」

羅蘋這次果眞停下，不再問了。他被眼前這個嚇壞的人給震住了，他思考了很長一段時間，然後站起來對侍者說：「這是給你的錢。如果你想安穩地活著，我們今天的談話就別向外人吐露一個字。」

說完，羅蘋和杜德維爾離開了飯店，一直走到聖鄧尼斯門。其間，他不發一語，憂心忡忡想著剛才和多明尼克的談話。最後他停下來，抓著杜德維爾的手臂吩咐道：「聽好了，杜德維爾，你現在馬上趕到巴黎北站，搭乘往盧森堡的快車到德—彭—威爾丹茲公國首都威爾丹茲。到了那兒，你去市政廳，那裡很容易就能弄到麥黑許騎士的出生證明，還有他的家族情況。後天，也就是星期六，你務必要趕回來向我報告。」

「我要事先通知警察總局嗎？」

「不用，我明天打個電話過去，說你生病了要休假。啊，對了，我們星期六中午在起義大道上的水牛餐廳見，來的時候打扮成工人模樣。」

第二天，羅蘋身著工作服，頭戴安全帽，來到納依區起義大道三號，展開調查。標示著「起義大道三號」的門牌旁邊，是一道能容車馬通過的大門，走進去來到一個大院子，這裡簡直就像個小城居，院子被錯綜複雜的通道切割開來，通向各式作坊，作坊裡擠滿了各式工匠，還有他們的老婆和孩子。羅蘋只用了幾秒鐘就取得看門婦人的信任，和這位太太東拉西扯閒聊了一個多小時。在這一個小時中，羅蘋不停觀察著過往人群，其中有三個人格外引起他的注意。

「這三個人，」羅蘋暗想：「就是獵物，這很明顯，我甚至能聞到他們身上的特殊氣味。雖然他們看上去的打扮像老實人，可是那野獸般的眼神說明了一切。他們處處警覺，在他們眼中，一堆灌木叢或一撮雜草中都可能藏有埋伏。」

這天下午和星期六上午，羅蘋一直潛伏在附近調查。他確定艾爾特海姆那一幫人的七個黨羽就住在這個大雜院裡。其中四個說是賣衣服的、兩個是賣報紙的，而第七個的身分掩護，就如同他的外號「賣舊貨的」，大家還以爲他眞的是這一行的生意人呢。

白天時他們各自進出這裡，裝作互不認識。可是到了晚上，就會聚到院子最深處裡的一個倉庫。賣舊貨的平時會在這兒存放他的貨品如廢鋼鐵、碎石棉、生銹的爐筒，還有其他一堆破爛，想當然耳，大部分都是他偷來的。

「好吧，」羅蘋心裡暗想：「看來有進展了，我跟我的德國表親說要花一個月時間，現在我想十五天就夠了。另外，讓人高興的是，接下來的行動竟然是從這些把我扔進塞納河的惡棍先下手。好啊，古亥爾，我可憐的老朋友，現在總算有機會幫你報仇了，這時刻來得剛剛好。」

* * *

中午時分，羅蘋來到水牛餐廳，這是一家低矮逼仄的飯館，泥水匠和車伕正在享用飯館的今日特餐。不一會兒，一個陌生人坐到羅蘋的桌前。

「打聽清楚了，老大。」

「啊，是你，杜德維爾。很好，我正著急想知道呢。問清楚了？看了出生證明？快，說說看。」

「好，是這樣的。艾爾特海姆的父母是在國外死的。」

「那就不管他們了。」

「他們留下了三個子女。」

「三個？」

「是的，最大的今年應該有三十歲了，名叫勞爾・德・麥黑許。」

「那就是我們的艾爾特海姆，然後呢？」

「最小的是一個女孩，叫伊絲爾達。登記簿上標示著已經『死亡』。」

「伊絲爾達……伊絲爾達。」羅蘋重複唸著這名字：「和我猜的一樣，伊絲爾達是艾爾特海姆的妹妹，我就覺得他們長得有點像，原來是這麼回事。那第二個孩子呢？」

「是個兒子，現在應該有二十六歲了。」

「他叫什麼？」

「路易・德・麥黑許。」

「原來如此！路易・德・麥黑許……姓名首字母『L』和『M』，這個讓人毛骨悚然的縮寫原來是他。兇手的眞名是路易・德・麥黑許，是艾爾特海姆和伊絲爾達的兄弟，可是他竟然親手殺死自己的哥哥和妹妹，只因爲害怕他們洩露他的身分……」羅蘋一聽，頓覺渾身冷颼颼，還打了個寒顫。

羅蘋再也沒有勇氣說下去，他沉默了好一會兒，一想到那個神祕的兇手，就感到陰森恐怖。杜德維爾最後開口說：「他的妹妹伊絲爾達，對他能有什麼威脅呢？我聽人說，她不是已經瘋了嗎？」

「她是瘋了，可是清醒的時候還是能憶起小時候的一些事情。她應該是認出了自己的哥哥，才爲此送命。」羅蘋繼續說：「瘋了，他們一家子都是瘋子！母親是瘋子，父親是酒鬼，生出來的艾爾特海姆是個十足的野蠻人，伊絲爾達是個可憐的精神病；至於另外那個殺人魔頭，則是個低能的重度精神病患者……」

「低能？您覺得他低能？」

「當然，他是個低能的笨蛋！他雖然反應極快，具備魔鬼般的直覺和惡意伎倆，可他不過是麥黑許家族中又一個病態錯亂的例子。因爲只有病態的人才會殺人，像他這樣的瘋子尤其……」羅蘋話說了一半便打住，面孔一下子變得扭擰，杜德維爾看到這表情也嚇壞了。

「你怎麼了，老大？」

「你看！」

一個男人剛好走了進來，在衣架上掛好他的黑色軟呢帽，然後坐到一張不大的桌子前，拿起侍者遞過來的菜單仔細地看了看，點菜，之後就靜靜坐在那兒等著自己的午餐。他的上身僵直，一動也不動，雙手交叉搭在桌巾上。

羅蘋的位置正好和他面對面。

此人面龐乾癟清瘦，鬍子剃得十分乾淨，眼眶深陷，有雙灰如鉛鐵的眼睛。他的皮膚緊貼著骨頭，羊皮紙一般，既緊繃又厚實，身上沒有一根汗毛。面容相當陰鬱，沒有一絲表情，好似藏在白如象牙額頭後方的大腦，從不運轉似的。這個男人的眼瞼上方沒有睫毛，也從不眨動，就像一尊澆注而成的雕像。

羅蘋做了個手勢，招呼一名飯館侍者過來。

「那位先生是誰？」

「坐在那裡的那位？」

「是的。」

「他是一個老主顧，每星期都來兩、三次。」

「你們知道他的名字嗎？」

「當然知道，雷昂．馬西耶。」

「啊，」羅蘋感嘆著：「縮寫為『L』和『M』，這傢伙該不會就是路易．德．麥黑許吧？」羅蘋注視對方，近乎出神，眼前這個傢伙符合他對兇手身分的所有猜測。可是使他感到驚訝的是，他本來以為這可惡的傢伙，臉孔應該是因痛苦而充滿怒火，如兇神惡煞一般，就像被詛咒之人應有的面孔，可是他的一張臉卻是那麼冷冰冰，沒有一絲表情。

羅蘋問侍者：「這位先生是做什麼的？」

「這個，我不大清楚，這傢伙很奇怪，他一向獨來獨往，從來不和任何人搭訕聊天。我們甚至連他的嗓音都不知道，他每次都是以手指菜單，我們才知道他要點什麼；然後在這裡坐上二十分鐘，吃完飯，付了帳，就離開。」

「他會回來嗎？」

「每隔四、五天吧，說不準。」

「是他，只能是他。」羅蘋重複著：「他就是麥黑許，他的呼吸竟然近在咫尺。那就是他用來殺人的雙手，那就是他滿溢血腥念頭的腦袋……啊，他就是殺人魔王、吸血鬼。」

可是這怎麼可能？羅蘋認為的兇手是那麼古怪荒誕，可是眼前這位卻和常人一樣，也有食衣住行生活，會在常人用餐時段進食。這一點讓他感到倉惶不已，他無法解釋為什麼這傢伙竟然和常人一樣嚼麵包、吃熟肉，像別人那樣喝啤酒。在他的腦海裡，那個殺人魔王應該是個茹毛飲血的傢伙。

「我們走，杜德維爾。」

「您怎麼了，老大？您臉色不太好。」

「我需要新鮮空氣，我們從這裡出去。」羅蘋一出來，就大口深呼吸，同時揩拭額頭佈滿的汗珠，嘀咕地說：「好點了，剛才我快被悶死了。」

過了一會兒，他逐漸緩和下來，然後對手下說：「杜德維爾，事情就快結束了。我這幾個星期，一直是一邊摸索，一邊與這個敵人較量，可是現在他卻突然出現在我面前，看來我們是處在平等位置上了。」

「我們分頭行動嗎，老大？那傢伙看到我們在一起，以後應該少讓他看見我們。」

「他看見我們了？」羅蘋若有所思地說：「他看起來，好像什麼也沒看進眼睛裡，什麼也沒聽進去，眞是個讓人摸不透的傢伙。」

*　　*　　*

事實上，過了十分鐘，雷昂．馬西耶也離開餐館了。他甚至沒有檢查是否被人跟蹤，就這樣點著一支香菸，一隻手背在背後，邁開慵懶的腳步離去，似乎正享受著午後的陽光和清新的空氣，根本不擔心是否有人跟蹤他。

他就這麼繞過稅徵處，沿著巴黎舊城牆一直向前走，穿過項佩萊門，轉回起義大道。他會走進三號門這些建築裡嗎？羅蘋期待馬西耶這麼做，這樣一來就能清楚說明他與艾爾特海姆幫派肯定有勾結。可是，男人繞過了起義大道，來到德雷茲芒街，直到走過水牛自行車賽車場。賽車場的對面，德雷茲芒街左側有座供出租的網球場及一些倉庫，這些倉庫之中座落著一幢獨立的矮小別墅，別墅四周圍著一圈窄小的花園。

雷昂・馬西耶在別墅前停下，取出一捆鑰匙，打開花園外的鐵柵欄，走進別墅，然後消失。羅蘋快速而小心地靠近別墅，過沒多久，他就察覺起義大道三號那邊的建築是一直延伸過來的，翻過一面圍牆，就能進入這幢別墅的後花園。

羅蘋繞過別墅來到後花園外側，他發現這面圍牆築得很高，而且緊貼圍牆內側也有一個倉庫。看到這樣的設計，他便直覺這間倉庫，和起義大道三號那個用來堆舊貨破爛的倉庫，一定是相連的。這樣一來，雷昂・馬西耶住的房子才能讓他和艾爾特海姆一幫人自由聯絡。所以，雷昂・馬西耶就是這個幫派的老大，他們當然是透過這兩個相連的倉庫聯絡。

「我沒有猜錯，」羅蘋自言自語地說：「雷昂・馬西耶和路易・德・麥黑許就是同一個人，這樣一來，形勢可就簡單多了。」

「沒錯，」杜德維爾表示贊成：「再過幾天就能見分曉。」

「也就是說，再過幾天我的喉嚨就會被人插上一刀。」

「您這是在說什麼，老大，怎麼能這麼想？」

「噢，誰知道呢。我一直有種預感，這傢伙肯定會替我帶來不幸的。」從這天起，羅蘋每天如赴約般準時趕到麥黑許家附近，監視他，想要看清他的一舉一動。

如果事情如杜德維爾向周圍街坊打聽的那樣，那這傢伙還眞是古怪至極。這個別墅傢伙，大家都這麼稱呼他，才剛搬來幾個月。他誰也不見，大家也沒見過他身旁有傭人。他家的窗戶從來都是敞開的，即使夜裡也不關上。但奇怪的是，從沒人看見過裡面射出一絲亮光，沒有燭光，更沒有點燈的跡象。通常，雷昂・馬西耶都是太陽下山後才出門，然後第二天天亮才回家，那些早起的人是這麼說的。

「他們知道他是做什麼的嗎？」杜德維爾一趕來和羅蘋會合，羅蘋便趕忙問。

「不知道，他這個人特別不正常，有的時候，他要嘛一連好幾天沒回來，要嘛就是一連好幾天不出門。總之，沒人知道他在做什麼。」

「好吧，反正我們很快就會知道了。」

羅蘋錯了，一星期不懈的跟蹤調查過去了，他還是對這個古怪的陌生人行蹤一無所知。每次這傢伙出門，他總是不疾不徐地走著，從不停下腳步，可是跟在後面的羅蘋卻每次都會跟丟。羅蘋確定，有時候他很可能是利用一些房子的後門，成功逃脫。但有時候這傢伙氣定神閒地信步，卻又有本領神祕地消失在人群中，只留下錯愕氣憤的羅蘋，想發火卻又困惑不已。

他曾試過立刻跑回德雷茲芒街，暗地裡躲好，準備迎接匆忙趕回的敵人。可是，時間一分一秒過去，直到午夜，這個神祕的傢伙才突然現身在別墅門前。那麼，這段時間他到底都做了什麼？

* * *

「有一封您的信，老大。」晚上八點十分，杜德維爾趕到德雷茲芒街與羅蘋會合。羅蘋拆開信一看，是克塞巴赫夫人寫來請求幫助的。原來傍晚時分，有兩個男人把車停在她家窗前，其中一個是這樣說的——「我們今天很走運，沒有什麼異常……那麼，說定了，今晚就行動。」克塞巴赫夫人之前下樓，曾發現書房的百葉窗壞了，無法關上，這樣一來，那些傢伙就有可能從外面直接進到屋子內。

「好吧，」羅蘋說：「看來這是敵人在向我們宣戰呢。好極了！我可是受夠了在麥黑許家白白站崗。」

「他現在在家嗎？」

「不在，他又帶著我在巴黎轉了一圈，然後就溜了。現在輪到我讓他團團轉的時候了。不過，首先，你得仔細聽好，杜德維爾，你去召集十幾個我們最強壯的弟兄，這次也要帶馬可和法警傑羅姆。自從皇宮飯店一案之後，我就讓他們放了大假，這回該找他們來支援了。集合好之後，帶他們到德魏涅街。夏洛萊父子已經在裡面了，你會和他們相處融洽的。十一點半的時候出來，你到德魏涅街和瑞諾瓦街交口與我會合，然後，我們一起在那兒監視別墅的動靜。」

杜德維爾收到吩咐便離開。羅蘋又在原地等了一個小時，直到德雷茲芒街完全沒有人出沒，可是至今雷昂·馬西耶還是還沒有回來，於是羅蘋決定悄悄盤查別墅。他先是四下看了看，沒有人，然後一下子就越過別墅柵欄，身手敏捷地翻進了院子。他的計畫是，撬開門鎖，進到臥室，然後找到國王迫切想要的、卻被麥黑許從威爾丹茲竊走的信件。可是，他轉念一想，還是先到倉庫看看更重要。

羅蘋繞到後院，吃驚地發現倉庫竟然沒上鎖，而且完全敞開著。他用手電筒照了照，裡面空空如也，深處的牆上也沒發現可通向另一端的暗門。他又仔細找了很久，還是沒有找到暗門。不過在倉庫外面，他發現了一把梯子牢靠地倚在旁邊，他登上梯子儼然來到一個閣樓似的小屋子裡，這個屋子的屋頂是用石板搭成的。裡面堆滿了箱子、稻草靴子、園藝窗框，看上去雜亂無章，實則有人故意爲之。羅蘋很輕鬆就從中發現了一條通向圍牆的小道。他沿著這條路線來到牆角，卻撞到一個窗框，羅蘋本想把它推開，可是推不動，走近一看才發現窗框是固定在牆上的，而且上面的一塊玻璃不見了。

他伸手過去，前面沒有東西，只好打開手電筒往裡照了照，卻發現下面是一個比樓下倉庫更大的庫房，裡面堆滿了廢銅爛鐵。找到了，原來是這個天窗連著舊貨販子的庫房。路易・德・麥黑許就是在這裡神不知鬼不覺地監視著手下，現在他終於明白爲什麼他們不認識自己的老大。

羅蘋終於弄清楚狀況，他趕緊關了手電筒，打算離開。不過，起義大道三號這邊的庫房卻有了動靜，有人走進來，開了一盞燈，羅蘋一眼認出此人正是賣舊貨的。他決定留下一探究竟。因爲只要這傢伙還在，就表示他們的行動還沒開始。

賣舊貨的從口袋裡掏出兩把左輪手槍，仔細地檢查一番，然後給槍塡上新子彈，嘴裡還不時哼哼咖啡館表演的那類三流歌曲。就這樣，一個小時過去了，羅蘋開始有些擔心，卻打不定主意離開。可是，時間一分一秒地溜走，半小時，又過了一個小時……最後，突然聽到賣舊貨的大喊——「進來」。只見他的一個黨羽把門打開，從一道小縫鑽了進來，接著是第三個，第四個……

「人都到齊了，」賣舊貨的說：「德約多奈和肥仔到那邊跟我們會合。現在我們動身吧，沒有時間了，你們武器都帶了吧？」

「全副武裝。」

「很好，到時候會很激烈。」

「你怎麼知道，賣舊貨的？」

「我看到老大了，說是看到，不，實際上是，他跟我說話了……」

「是嗎，」其中一個男人說：「還是像往常一樣在昏暗的街角嗎？啊，我還是比較喜歡艾爾特海姆的方式。至少，我們知道要做什麼。」

「你不知道今晚要做什麼嗎？」賣舊貨的反駁：「我們要搶劫克塞巴赫的家。」

「她的護衛怎麼辦，就是羅蘋安置在那裡的兩個人？」

「算他們倒楣，我們有七個人，他們只好老實閉嘴。」

「那克塞巴赫夫人呢？」

「塞上她的嘴，然後用繩子捆好，帶到這裡……嗯，放在沙發上，然後等待新指示。」

「這次的酬勞怎麼樣？」

「先分一些克塞巴赫的珠寶。」

「是呀，那是順利的話，我說的是確定可以到手的錢。」賣舊貨的趕緊說明：「事先發給每人三百法郎，事成之後每人再發六百。」

「錢在你那兒？」

「是。」

「好極了。別人說什麼我不管，我可是幹定了。酬勞方面，沒有人能比這兩位更慷慨的了。」

羅蘋又聽到這人壓低聲音說：「要是不得已動了刀子，賣舊貨的，到時候會有額外的獎金嗎？」

「規矩照舊，動刀子，兩千。」

「要是對象是羅蘋呢？」

「三千。」

「要是我們能夠抓到他就太好了。」

說完，他們一個個離開了庫房。

羅蘋還能聽見外面傳來賣舊貨的聲音：「行動計畫是這樣，分三組，聽到口哨聲後，立刻開始。」等到他們都走了，羅蘋趕緊從閣樓出來，下了梯子，繞過別墅到前院。他已經沒時間進屋子了，只好匆匆翻過柵欄離開。

「賣舊貨的說得對，到時候肯定是一場激烈的交鋒。啊，他們想要我的命，幹掉羅蘋給獎金，這幫該死的惡棍。」他一邊想，一邊繞過稅徵處，跳上一部計程車。

「到瑞諾瓦街。」

羅蘋在距離德魏涅街三百步遠的地方下車，步行來到兩條街的交口。可是出乎他意料的是，杜德維爾並沒在那兒等他。

「奇怪。」羅蘋心裡暗想：「現在已經是午夜了，今天還真反常。」

他耐心地等了十分鐘，然後是二十分鐘，一直等到午夜都過了半個小時，還是不見杜德維爾等人的身影，再等下去可就麻煩了。反正，如果杜德維爾和他的夥伴若沒及時趕到，夏洛萊父子加上羅蘋三個人也足夠擋下七名歹徒，況且還有克塞巴赫夫人的傭人幫忙。於是，羅蘋下定決心朝房子走過去。就在此時，他發現兩個人影一閃而過，躲進了街角的昏暗處。

「該死！」羅蘋心想：「一定是他們剛剛說到的同夥——德約多奈和肥仔。我竟像個傻子一樣，居了下風了。」

現在，羅蘋又猶豫了起來。他要先解決這兩個，然後朝別墅靠近，從書房那裡進去嗎？這樣做應該是最保險的，能立刻帶克塞巴赫夫人離開，讓她脫險。可是，這也正是這個計畫的失敗之處。因爲今晚也是他將七名匪徒一網打盡的唯一機會，而且，路易・德麥黑許肯定也會出現。

羅蘋正在猶豫之際，忽聽別墅另一端傳來一聲哨響。「糟糕，難道他們已經到了？要從花園進去？」

一聽到哨響，那兩個藏在陰影裡的傢伙立刻跨過一道窗戶，然後消失了。羅蘋縱身一跳，也登上書房的陽台追了進去。他聽見腳步聲是從花園傳來，反倒放了心，因爲這個聲音如此清楚，夏洛萊父子不可能聽不到。

於是他走出書房，直接趕到樓上克塞巴赫夫人的房間，然後奪門進去。他以小夜燈照了照，發現多蘿蕾絲正躺在貴妃椅上，像是昏了過去。羅蘋跑過去喚醒她，以正色口吻問道：「聽著，夏洛萊，還有他兒子呢？他們現在在哪兒？」

克塞巴赫夫人斷斷續續地說：「他們離開了……」

「什麼？離開了！」

「您一個小時前發信給我，是透過電話記錄……」

羅蘋在多蘿蕾絲身旁發現了一張藍色紙條，他拿起來唸：「讓您的兩名護衛和我的其他手下趕快動身，我在格蘭大飯店等他們。您不用害怕。」

「這，您相信了？您的傭人呢？」

「也離開了。」

他湊近窗戶向外看了看，已有三個人從花園深處朝他們逼近。還有兩個人從街上趕來，直朝隔壁房間的窗戶衝過去。

羅蘋又想到了德約多奈和肥仔，當然還有路易・德・麥黑許，現在他肯定就在附近徘徊。

「該死，我開始覺得這次我眞的要完了。」

chapter 14

黑衣男子

此時此刻，亞森·羅蘋感覺自己必定掉進了圈套，這些人眞是狡猾多端、靈活多變，簡直讓人防不勝防。

一切的一切都是預謀的，都是事先設計好的——先支走羅蘋的人手，然後讓克塞巴赫夫人的傭人就地消失，或讓他們背棄自己的女主人，就連羅蘋本人都是遭了他們暗算被引來的。

顯然，在各種堪稱奇蹟的因素結合之下，敵人的願望實現了。本來，羅蘋可以在他手下收到假資訊離開前，就趕到這裡。這絕對是一場敵暗我明的鬥爭。羅蘋一想到麥黑許的種種行爲——殺死艾爾特海姆、在威爾丹茲下毒害死瘋子，他禁不住要問，這個陷阱眞的是專爲他個人設計嗎？會不會，敵人也冷酷地想過——今天剛好可藉羅蘋之手，乾脆除掉一直以來這些不濟事的黨羽？

羅蘋本能的反應是趕快逃走，可是他必得去救多蘿蕾絲，因爲照猜測看來，敵人今天的行動目的不就是爲了綁架多蘿蕾絲嗎？只見羅蘋將面對主街的那扇窗戶微微開了一個小縫，伸出手槍向外瞄準……接著，砰的一聲，歹徒頓時四竄逃去。

「該死，不，不能掉以輕心！」羅蘋自語著：「現在還說不準能否逃過這一劫。形勢對他們來說實在太有利了……況且，誰知道他們是否真的已經逃走。他們人多勢眾，才不怕被周遭的鄰居發現。」

於是，羅蘋趕緊回到多蘿蕾絲的臥室，可是這時他聽見樓下傳來聲響，附耳仔細諦聽，聲音越來越近，慢慢朝樓上逼來，羅蘋趕緊反鎖房門。

這時的多蘿蕾絲已是泣不成聲，整個人癱軟地躺在貴妃椅上。

「您有力氣走一點路嗎？我們現在在二樓，只要把床單扭成繩固定在窗戶上，我就可以帶您下去……」羅蘋輕聲問她。

「不，不，別離開我。他們會殺了我的，救救我。」

羅蘋敏捷地將多蘿蕾絲抱到隔壁房間，放下她說：「待在這裡別動，別出聲。我向您保證，只要我活著，沒有人敢碰您一根手指頭。」

他話剛說完，臥室那邊已傳來「咚！咚！咚」的砸門聲。多蘿蕾絲嚇得緊緊依偎在羅蘋身旁，慌張地驚叫：「啊，他們來了……他們來了，他們會要了您的命的，您只有一個人……」

羅蘋激動地說：「我不是一個人，我還有您……您還陪在我身旁。」

說完，羅蘋正要離開，多蘿蕾絲卻雙手緊緊捧著他的臉，深沉凝視著羅蘋的眼睛，嘴裡喃喃地對他說：「您要去哪兒？您要怎麼辦？不，您不能死，我不讓您死，要活著……一定要活著……」

多蘿蕾絲這些含糊的話語，像是被吞沒在唇齒之間，羅蘋一點也聽不清她究竟想說什麼。但她眞的已經筋疲力盡，一下子竟昏了過去。多蘿蕾絲靠在他的身旁，羅蘋看著她的眼睛，輕輕吻了她那頭濃密的秀髮。

下一秒，他離開這裡，回到剛才那間臥室，小心翼翼地關好連接兩個房間的門，最後才點亮臥室的燈。

「別急呀，孩子們，你們趕來送死嗎？難道你們不知道我羅蘋在這兒？小心挨揍！」羅蘋一邊說話，一邊展開一道屏風，將剛才克塞巴赫夫人躺過的沙發遮在後面，然後在上面扔了許多裙子和被單。

這時，房門幾乎快被撞壞。

「啊，我要上了，你們準備好了嗎？那好吧，看誰先出奇制勝！」說著，羅蘋轉開門鎖，拔掉插銷。

只見門外出現一群忿恨的野蠻人，他們站在那裡又是尖叫、又是威脅，亂成一團。可是沒有人敢上前一步，或直接衝上來和羅蘋單挑。大家都遲疑不前，既擔心又害怕。

羅蘋要的就是這個效果。

臥室正中央的吊燈，亮晃晃的光線映照在他身上，他雙手向前微伸，正在點數手裡拿的一疊鈔票，然後分成四等份。接著羅蘋慢條斯理地說：「誰能送羅蘋上西天，誰就能拿到三千法郎，是嗎？這就是他們給你們的承諾？那好，我給你們雙倍價錢。」說完，羅蘋把四疊鈔票放到桌上等匪徒過來拿。

賣舊貨的見狀，頓時大叫起來：「開玩笑，他這是在跟我們拖延時間，大家開槍斃了他！」賣舊貨的舉起手臂，剛要瞄準，他的同伴卻上前攔住他。

羅蘋繼續說道：「當然，我是不會破壞你們今天的計畫的。你們私闖民宅的目的不是很明確嗎？一是綁架克塞巴赫夫人，二是順便偷她的珠寶；至於我，如果我干擾到你們的行動，就會成爲你們的下一個受害者，是不是？」

「誰叫你自己送上門？」賣舊貨的咕噥著。

「啊，啊，賣舊貨的，我開始覺得你這人很有意思了。進來，大家都進來吧，你們這群瘦猴子，走廊風大可別被吹得感冒了。唷，什麼，你們害怕了？這裡只有我一個人啊，來呀，勇敢一點。」

在羅蘋的言語挑釁下，七名匪徒戰戰兢兢衝進了臥房。

「把門關上，賣舊貨的，這樣大家都會自在一些。謝啦，啊，我看見桌上的鈔票都拿光了，這麼說，如果大家都夠殷實，我們的買賣算是成交了？」

「然後呢？」

「然後既然我們已經成了合夥人……」

「什麼，合夥人？」

「上帝呀，你們不是收下我的錢了嗎？我們就一起作案吧，朋友，一起綁架這個年輕寡婦，偷走她的所有珠寶。」

「我們才不需要你。」賣舊貨的聽了冷笑一聲。

「不，錯了。」

「什麼？」

「你們需要我，因爲你們不知道珠寶藏在哪兒，可是我知道。」

「我們自己找得到。」

「那就努力找到天明吧。」

「那好吧，我們來談談，你想怎樣？」

「分珠寶。」

「既然你知道珠寶藏在哪兒，爲什麼不全都拿走？」

「我一個人打不開箱子。另外，還有一個玄機我還沒有解開。你們如果在，就可以幫我忙了。」

「跟你分珠寶？會不會只能分些碎石頭、廢銅爛鐵……」賣舊貨的猶豫著。

「笨蛋，那些可價值一百多萬……」

匪徒們一聽都興奮了起來，甚至興奮的直打顫。

「好吧，」賣舊貨的說：「可是克塞巴赫已經跑掉了嗎？她應該在另一間臥室，不是嗎？」

「不，她在這裡。」

「她昏過去了。等分完珠寶，我才能放走她。」羅蘋摺起屏風的一角，故意只露出沙發上的一小落衣服和被單。

「可是……」

「偷還是不偷？你們知道我的能耐，即使只有一個人我也能……」

匪徒在一旁熱烈地商量起來，最後賣舊貨的說：「珠寶藏在哪兒？」

「在壁爐底下。所以我們得先移走壁爐上面的爐台、玻璃和大理石，但問題是它們好像是連在一起的，我一個人搬不動。」

「好，讓我們來。你就在旁邊等吧，花不了五分鐘……」只見賣舊貨的一下令，他們便一起衝向壁爐，秩序井然地分工拆爐。兩個傢伙站上椅子把玻璃往上抬，另外四個則直接挖向壁爐，試圖拆掉大理石，而賣舊貨的則親自蹲下來觀察壁爐內側的情況：「再加把勁，大家一定要同時用力。注意，一，二，啊，動了、動了。」

此時羅蘋則好整以暇地站在這七名歹徒背後，雙手插在口袋裡同情地看著他們。他貪婪地欣賞自己作爲藝術家和大師，所創造出的這番圖畫——他的威嚴、強勢、支配力，竟能如此這般令人徹底屈服。這些匪徒怎麼會馬上就相信了這個似是而非的故事？他們完全被金錢沖昏了頭，竟被輕易說服，放棄除掉羅蘋的念頭？

事情就是這麼簡單。羅蘋從口袋很快地掏出兩把左輪手槍，一手一支，他慢慢地舉起手臂，就像在瞄準活靶，先瞄準離他最近的兩個傢伙，兩槍，接著再兩槍。頓時驚叫聲四起，就像園遊會裡的射擊遊戲，四個匪徒如娃娃般一個個應聲倒下。

「七個倒了四個，還有三個，」羅蘋說：「還要繼續嗎？」他伸直雙臂，瞄準剩下的三個人。

「該死！」賣舊貨的一邊謾罵，一邊倉皇地尋找武器。

「舉起手來！」羅蘋大喊，「否則我就開槍了。很好，你們兩個，把他的武器扔掉，否則……」

另外兩個人嚇壞了，只好顫抖地按照指示抓住他們的老大，使他就範。羅蘋繼續說：「把他綁起來，該死，綁起來。有什麼好怕的？等我從這裡離開，你們就全都自由了。綁好了嗎？用你們的皮帶，先手臂，再雙腿，快點！」

賣舊貨的還來不及反應，就已經被捆得動彈不得。此時羅蘋突然上前，以槍托朝著剩下的兩人後腦勺重擊，他們立時昏了過去……

「做得太漂亮了。」羅蘋大口喘著氣，滿意地對自己說，「再來十幾個也行，簡直不費吹灰之力嘛！賣舊貨的，你說怎麼樣？」

這傢伙不停地低聲咒罵著。

「想開一點，我的朋友，就當自己在做好事救了克塞巴赫夫人一命，她會很感謝你的紳士風範的。」說完，羅蘋便朝著隔壁房間走去，把門打開。

「啊！」他站在門口，正要進去。

房間竟然空無一人。他趕緊跑到窗前往外察看，發現陽台底下竟架著一把活動式鋼梯。

「被綁走了……被綁走了……」羅蘋喃喃自語：「路易・德・麥黑許，你這個惡棍……」他思考了一分鐘，試圖抑下不安情緒，安撫自己說：「反正，克塞巴赫夫人暫時還不會有什麼危險，沒必要這麼心神不寧……」

可是，羅蘋壓抑不下，火冒三丈的他，朝七名匪徒衝過去，對他們又踹又踢，奪回自己的鈔票，塞住他們的嘴，扯下窗簾束帶、毯子、床單等所有可拿來作繩子的物件，把這七人牢牢捆住。接著，將他們在沙發前的地毯上排成一排，歹徒們一個個成了人形包裹。

「燒烤木乃伊，」羅蘋冷笑道：「這道好菜一定有人喜歡。你們怎麼會落到今天這個下場，看看你們的德性，一個個簡直像剛從塞納河打撈上來的屍體，這種貨色也敢來偷襲我羅蘋，我可是專門守護寡婦和孤兒的硬漢紳士。你們也會害怕，還發抖？我羅蘋可是連一隻蒼蠅都沒傷害過，百分之百是個老實人，生平最討厭無賴，熱心掃蕩社會敗類。你們說，誰會想和你們這種無賴共處一室，你們究竟出了什麼差錯——對未來沒有憧憬？無視他人的財產、法律、社會、道德？你們眼裡什麼也容不下，那到底在這世上還有什麼好活的？噢，上帝呀，這些人何去何從？」

話說完，羅蘋門也不鎖，便把這七名匪徒扔在臥室離開了。他來到街上，叫了部計程車，要司機再去找另一部車來，然後把車停在克塞巴赫夫人家樓下。

小費已經提前說好，付了，省去不必要的解釋。在兩名司機的幫助下，這七名匪徒從樓上被抬到了樓下的車裡，由於空間有限，每個人都是半縮著身子被扔進車裡。過程中，這些傢伙又叫又呻吟的。將七個人形包裹都打包上車，關上車門。「小心夾手！」他說，然後登上了第一部車。

「上路！」

「去哪兒？」司機問。

「奧費佛爾河堤三十六號，警察總局。」

引擎轟轟作響，汽車發動了。一會兒，這支極不尋常的車隊便從托卡德侯街下坡，消失在地平線上。

一路上，他們超過了好幾輛運菜馬車，幾個仍拿著釣竿的男子愜意地坐在馬車上，連反光鏡也沒開。這個夜晚眞是晴朗，天上的星星清晰可見，時不時還能感受陣陣愜意涼風吹來。羅蘋悠閒地哼著歌。他們就這樣駛過了協和廣場、羅浮宮，不久，矗立在塞納河左岸的巴黎聖母院，莊嚴的陰影也映入了他們的眼簾……

羅蘋轉過身，朝車門開一小道縫隙：「還好吧，朋友？我很好，謝謝！今晚天氣眞不錯，空氣也好！」汽車在塞納河沿岸高低不平的石板路上，繼續行駛了片刻，穿過法院後，很快就來到警察總局。

「停車，」羅蘋吩咐司機：「記住，一定要把這七位乘客照顧好。」

說完，他就下了車。穿過院子，從右側的走廊直走進去，來到了中央服務區，這裡隨時都有人值班。

「先生們，有獵物，而且是大型獵物。」羅蘋一邊說，一邊走進來：「韋柏爾先生在嗎，我是奧圖區警察局局長。」

「韋柏爾先生在他的辦公室，要通知他嗎？」

「我很趕，無法多作停留，我留張紙條便可。」說完，羅蘋坐到桌前寫了起來：

親愛的韋柏爾先生：

我爲你帶來艾爾特海姆這一幫七個餘孽，就是他們殺害了古亥爾，還有其他的人，我作爲勒諾曼先生的身分也是被這些人斷送的。

現在只剩下他們的主腦未到案，我這就去逮捕他。他住在納依區的德雷茲芒街，化名是雷昂・馬西耶。收到消息後，務必趕到與我會合。

警察總局局長 亞森・羅蘋敬上

慎重起見，羅蘋還蓋了章。

「這事很緊急，要馬上送到韋柏爾先生手上。我現在需要七個人幫忙卸貨，貨就在河堤邊。」

羅蘋準備走回計程車處，只見警察總局派來了一名探長。「啊，是您呀，勒波夫先生，」羅蘋說：「我今天可是撈了一網大魚——艾爾特海姆一幫人都在車上呢。」

「您是在哪兒抓到他們的？」

「他們正打算洗劫克塞巴赫夫人的家，並綁架她的時候……我還是以後有時間再一一說給你聽吧。」

探長將羅蘋拉到一邊，帶著驚訝地語氣說：「對不起，剛才有一位奧圖區警局局長……可是您看起來……敢問這位我有幸交談的人是？」

「這是一個爲您送來七名惡徒的人。」

「可是我還是想知道……」

「我的名字？」

「是的。」

「亞森・羅蘋。」說著，羅蘋瞄準對方的膝蓋踩上一腳，然後逃掉，逕直跑到里沃利街，攔下一雙手就夠了……這樣更好。」

他面前有三道緊閉的房門，羅蘋朝中間的門走了過去，推了推，門沒上鎖，他進去了。這個房間沒有點燈，一縷月光透過寬敞的窗戶照進屋子，他依稀看見了陰影裡的白色窗簾和床單。

就在那裡站著一個人。羅蘋趕緊打開手電筒，朝這個人形照了照——是麥黑許。麥黑許慘白的面容、陰鬱的雙眼、死屍般凹陷的雙頰，還有那乾癟的脖頸全現出了原形。他就站在距離羅蘋五步以外的地方，一動也不動，根本看不出這張死人般毫無生氣的臉龐，是否流露出半點恐懼之情，或一絲擔憂。

羅蘋向前一步、兩步、三步。這傢伙還是不動，沒有反應。他看得見嗎？他有知覺嗎？他的雙眼空洞，好像被幻覺糾纏而非活在現實光景中。再逼近一步……「他會反抗的，他應該會反抗。」羅蘋心想。羅蘋就這麼忐忑不安地朝對方伸出手去，但那傢伙仍舊不動，既不後退，眼睛也不眨。兩人就此對上。

反倒是羅蘋被嚇得失魂落魄，他趕緊把對方放倒在床上，抓起床單把人裹好，用被子捆著他，像拽獵物般抓住對方的一條腿。這一連串動作做完，對方仍然毫無反抗之意。

「啊！」羅蘋興奮地叫出聲音，他終於報仇了。「我終於把你打倒了，你這可惡的傢伙，我才是真正的王者。」

就在此時，他聽到德雷茲芭街上有動靜，好像有人試圖撞開外面的鐵柵欄，羅蘋湊到窗前向外張望。「啊，是你，韋柏爾！」羅蘋喊道：「這麼快，來得正是時候，你真是一位模範警探。撞開鐵門直接上來，夥伴，我正等著你呢。」

說完，羅蘋趕緊回到床邊，趁這幾分鐘空檔搜遍對方的衣服口袋、皮夾、書桌，把所有找到的書信在桌上一一攤開，仔細檢查。終於，他開心地叫了起來，信找到了，之前對國王承諾要找回的祕密信件，終於被他找到了。

他很快將其他文件放回原位，然後跑回窗前。「可以了，韋柏爾，你可以進來了！殺害克塞巴赫先生的兇手，被捆在床上，正等著束手就擒呢。再見了，韋柏爾……」

下一秒，羅蘋大步地跑下樓梯，奔到倉庫。等韋柏爾進入別墅後，他已經回到了多蘿蕾絲・克塞巴赫夫人的身邊。就這樣，羅蘋竟單槍匹馬抓到了艾爾特海姆的七名黨羽，更將他們的神祕主使——冷血魔王路易・德・麥黑許交給了警方。

* * *

寬敞的木質陽台上，一個年輕人正坐在桌前專心地寫些什麼。

他不時抬起頭，漫不經心瞭望著遠方的地平線，山丘上的樹木已經掉光了大部分葉子，最後幾片葉子零落墜在山間別墅的紅色屋頂上，甚或飄降在花園的草坪上。這年輕人又低下了頭，繼續著他的寫作。過了一會兒，他拿起一張白紙，大聲唸了起來：

我們的日子就這樣悄然漂去了，就像隨波的逐流，直至死亡才終將靠岸。

「很不錯。」一個聲音在他背後說：「塔斯蒂①也不可能比你寫得好。當然，也不是人人都能成爲拉馬丁②。」

「您！是您！」年輕人驚訝不已。

「是的，我的詩人，是我亞森・羅蘋，來拜訪他的老朋友皮耶・勒杜克。」

「時候到了？」皮耶・勒杜克就像冷風中不停打顫的小雞，怯生生地問。

「是的，我們善良的皮耶・勒杜克，是時候讓你離開這裡，離開這幾個月在珍妮薇・艾爾蒙和克塞巴赫夫人身邊扮演的窩囊詩人身分了。我要分配這齣戲的一個新角色給你，我向你保證這會是一場很不錯的好戲，是一場結構嚴密、絕對符合藝術要求的正統劇，一齣會讓人震撼、歡笑、咬牙切齒的戲。現在要上演的是第五幕，尾聲即將來臨，而你，皮耶・勒杜克將成爲世人眼中最後的英雄，這是多麼的榮耀啊！」

「要是我拒絕呢？」年輕人倏地從椅子上站起來。

「傻瓜！」

「是的，要是我拒絕呢？總之，是誰強迫我一定要聽從您？有誰逼我接受這個我一無所知的角色？說眞的，這個角色讓我感到厭惡，讓我替自己感到羞辱。」

「白癡！」羅蘋重複道。

「你一定全忘了，年輕人，你不叫皮耶・勒杜克，而是叫傑拉爾・波佩。你現在能夠以皮耶・勒杜克這個讓人尊敬的姓名示人，是因爲你，傑拉爾・波佩殺死了皮耶・勒杜克本人，並搶走了他的生活。」羅蘋壓住皮耶・勒杜克的肩膀，強迫他坐下，自己也找張椅子坐在他身旁，「親切」地對他說。

「您眞是瘋了！您很清楚這一切都是您……」年輕人暴怒著。

「當然，是的，我很清楚，一旦法律追究起來，我會向他們提供眞皮耶・勒杜克死亡的證據，而如今取代他位置的人恰好是你。」

「大家不會相信的……而我這麼做又是爲了什麼？我的目的究竟是什麼？」年輕人這被眼前的威脅嚇壞了，不知如何是好，只得結巴地說。

「傻瓜，目的很明顯，不證自明，警方也沒那麼笨。如果你對他們說，你是在不知情的情況下成了勒杜克，他們一定會認爲你在說謊。至於我要分配給你的這個角色，如果眞正的皮耶・勒杜克沒死，就會是他要扮演的。」

「這個皮耶・勒杜克，對我來說、甚至於所有人來說，也許不過是個名字罷了。可是，他到底是誰？我又是誰？」

「知道了又怎麼樣？」

「我想知道，我想知道自己將來的命運會怎麼樣。」

「如果你知道了，還會堅持走下去嗎？」

「會的，如果您所說的値得我這麼做。」

「該死！如果不値得，我何必這麼千辛萬苦？」

「我是誰？無論我的命運將如何，我都能承受。我想知道我是誰？」

亞森・羅蘋見狀，摘下帽子，湊到年輕人的耳邊輕說：

「海爾曼四世，德—彭—威爾丹茲大公，伯恩卡斯泰爾王子，特里爾及其他地區的選帝侯。」

*　　*　　*

三天之後，羅蘋驅車將克塞巴赫夫人帶到了德法邊境。

一路上，兩人都很安靜。羅蘋久久無法忘懷那個救出克塞巴赫夫人的夜晚——他帶她逃離艾爾特海姆黨羽的魔爪、帶她逃出德魏涅街的家。多蘿蕾絲那晚的舉動和話語，一直百轉千迴縈繞著他的心，抹不去也揮不掉。而多蘿蕾絲也一定還記得當時的情形，因爲車裡的她看起來是那麼心煩意亂、無所適從。

傍晚時分，汽車來到一幢爬滿綠藤與花朵的小巧古堡前，古堡屋頂覆以厚厚的青灰色石板，四周環繞著開闊的花園，花園隨處可見參天古木，草地披上了厚厚一層樹葉。他們在這裡找到了幾天前剛住下的珍妮薇，這位年輕小姐今天才剛到附近的村鎮挑妥了傭人。

「這裡就是您的住處——布魯根堡，夫人，」羅蘋說：「您可以在這裡安靜地等待事情結束，我跟皮耶・勒杜克說好了，他明天會來拜訪您。」

交代完後，羅蘋並未逗留而很快地離開。他還得趕往威爾丹茲，將他找到的那些祕密信件交給瓦爾德馬爾伯爵。

* * *

「您知道我的條件，我親愛的瓦爾德馬爾，」羅蘋說：「我要重建德—彭—威爾丹茲城，然後把公國還給海爾曼四世大公。」

「明天我就會和攝政院交涉。有我在，事情會很簡單，可是這個海爾曼大公，他……」

「王子現在正以皮耶・勒杜克的身分住在布魯根堡。我會提出充分的證據，讓你們爲他驗明正身。」

當天晚上，羅蘋再次啓程回到了巴黎，他想敦促司法機關儘快審理麥黑許和七名歹徒的案子。其間，這整樁事件包括前因後果及進展情況，一直受到不厭其煩地講述；所有的連環事件、甚至是最不起眼的細節，每個人都印象深刻。這起事件引起的轟動簡直是前所未有，就連偏僻小村的粗野農夫，也喋喋不休地談論著。

可是在這裡，筆者要提醒大家，亞森・羅蘋對此事的後續發展、對麥黑許的預審，更稱得上是咄咄逼人、窮追不捨。

說穿了，整個預審一直都是他在主持。從一開始，他就接替了司法機構，簽署搜查令、指出要採取的措施，擬定對嫌犯的提審內容，及其他一切的一切工作，都被他一個人攬了下來。

誰能忘得了那一陣子，每天早晨一打開報紙就是一片譁然。每天早上，公眾都能準時在報紙上讀到羅蘋邏輯嚴密、威嚴凜然的公開信。而他的署名更是多變，好幾種角色輪番上陣——預審法官亞森・

羅蘋，檢察總長亞森・羅蘋，司法部長亞森・羅蘋，警探亞森・羅蘋……

羅蘋著實為世人帶來了朝氣與激情，這次他的介入如此過火，連他自己也感到驚訝不已。平日的他一向處世輕鬆又有幽默感，而且這幾乎成了他的職業道德和標記。可是這一次不同，他的內心是充滿仇恨的。

他一方面痛恨這個路易・德・麥黑許，這個血氣方剛的強盜，這個無情的混世魔王。另一方面羅蘋則畏懼他，就算這傢伙已經落網、監禁牢中，他還是讓羅蘋不由得升起一股既畏懼又厭惡的複雜感情，這感覺就像看到一條冷冰冰、黏答答的爬行動物似的。

而且，麥黑許竟膽敢加害多蘿蕾絲？「他行動了，可是失敗了。」羅蘋心想，「他的腦袋一定得搬家。」這就是他想給這個可怕敵人的最終處置——死刑，在昏暗的晨霧中，斷頭台的鍘刀下，身首異處。

可是這名嫌犯眞是很奇異啊！預審法官在辦公室裡審問了好幾個月，終究還是沒有結果！這個瘦骨嶙峋、眼睛猶如兩潭死水的傢伙，眞是個奇怪人物。他就像靈魂出竅遠遊般，軀殼在現場，思緒卻不知飛到何方，而且絲毫不排斥受審！

「我叫雷昂・馬西耶。」這是他數月以來所說的唯一一句話。

「你在撒謊。雷昂・馬西耶出生在貝裏格，十歲的時候變成孤兒，七年前就死了。你拿了他的文件，卻忘了拿走他的死亡證明，喏，死亡證明在這兒呢。」羅蘋如此反駁。這次審訊過後，羅蘋把一份證明的副本寄給了檢察院。

「我是雷昂．馬西耶。」嫌犯還是這麼回答。

「你說謊，」羅蘋回擊道：「你叫路易．德．麥黑許，出身自法國的一支小貴族，家族於十八世紀移居至德國。你有一個哥哥，他曾用過帕柏里少校、里貝拉和艾爾特海姆男爵等身分，而最後他被你殺了。你還有一個妹妹伊絲爾達．德．麥黑許，她也是被你下毒害死的。」

「我叫雷昂．馬西耶。」

「你說謊，你是麥黑許。這是你的、你哥哥，以及你妹妹的出生證明。」這三份出生證明，羅蘋隨後也統統寄給檢察院。

只是，麥黑許除了堅持自己的身分，從未對任何事情加以辯護。檢方掌握了四十多份他的親筆短信，透過筆跡比對，也證實這四十多封短信的確出自他手。這些消息是他之前寫給自己黨羽的，他後來又拿回來，但因忘記銷毀而被保存了下來。這些便簽上記錄的全是他給七名歹徒的指示——行刺克塞巴赫，綁架勒諾曼和古亥爾，追查斯坦維格老人，打通歌爾詩暗道等等，鐵證如山，豈能容他否認。

然而有一件事最讓司法人員感到不解，那就是七名歹徒與這名主腦對質時，他們卻一致回答根本不認識嫌犯。他們從沒見過他。他們要不透過電話聯繫得知行動細節，就是在陰影裡快速接過麥黑許塞來的短信。他們的這位主使動作相當敏捷，且從來一言不發。不過，德雷茲芒街的別墅與賣舊貨的倉庫相連，這不就是他們之間密謀的明顯證據嗎？麥黑許就是在那兒看著、聽著、監視著自己手下的一舉一動。

前後矛盾的案情？顯然互斥的時間點？羅蘋全都一一解答。就在訴訟當天早上，羅蘋又在報紙發表了一篇文章，將這樁錯綜複雜的案件娓娓道出，向世人揭露不為人知的所有細節。

一開始，麥黑許便神不知鬼不覺地，住進了他哥哥假帕柏里少校在皇宮飯店的房間。然後他在走廊裡穿行，猶如無形，他一一殺害了克塞巴赫、飯店侍者，還有祕書夏普曼。

所有人都記得訴訟當天的情況，氣氛既激昂又死沉。當時，緊張的氣氛籠罩現場，嫌犯犯下的血腥罪行縈繞在每位聽審的心頭，這的確讓人情緒激動又憤怒。可是，嫌犯本人卻一直保持沉默，自始至終毫無生氣、死氣沉沉。

嫌犯不反駁、不動，也不吐一個字。他簡直就是個蠟人，既不看也不聽！他的無動於衷和出奇冷靜，嚇壞了現場所有的人。在大家眼中，他不是一個人，而是一種超自然生物，就像古老東方神話裡的天才、印度梵界的神明，象徵著兇猛、殘暴和血腥的摧毀勢力。至於其他幾位歹徒，大家甚至全然無視，他們只是活在這個巨大影子人物底下的不起眼小配角。

那天，最讓人感動的是克塞巴赫夫人。出乎所有人的意料，就連羅蘋也沒料到，這位從來不回應法官召見的多蘿蕾絲，這個幾乎快被人們遺忘的多蘿蕾絲竟然出現了。鑽石大王的遺孀出面，公開指認殺害自己丈夫的兇手。

多蘿蕾絲目不轉睛地盯住嫌犯，看了許久最後簡單地說：「是他闖進我在德魏涅街的住處，是他綁架了我，把我關到賣舊貨的儲物倉庫，我認得他。」

「您確定？」

「我向上帝發誓就是他。」

第二天，路易·德·麥黑許，或者說雷昂·馬西耶，立刻被判處死刑。但他的罪惡名聲倒是抵消了共犯的罪行，七名歹徒因此獲得輕判。

「路易·德·麥黑許，你還有什麼要說的嗎？」審判長問道。

嫌犯沒有回答。

而現在，羅蘋心裡只剩下一個疑點。麥黑許爲什麼要犯下這些罪行——他想從中得到什麼，他的目的是什麼。關於這點大家很快就會知道。因爲眞相大白的那一天快到了。到時所有窒息的恐懼、絕望的煎熬，終將揭露。到那個時候，駭人聽聞的眞相就會詔告天下。

雖然麥黑許的犯罪動機一直困擾著羅蘋，但他卻暫時無暇理會。這會兒，羅蘋打算脫胎換骨。他一方面在遠處守護著克塞巴赫夫人和珍妮薇的平靜日子，不再替她們的命運提心吊膽，另一方面則與他派往威爾丹茲的尙恩·杜德維爾取得了聯繫，得知談判正在德國宮廷和德—彭—威爾丹茲攝政院之間展開。所以，羅蘋決定沖刷身心，展望新未來。

他想過一種全新的生活，能夠活在克塞巴赫夫人眼眸底下的那種生活。這種生活讓他充滿了新的想像和意外的感情。一想到多蘿蕾絲，他便萌生出一股莫名的悸動，讓他捉摸不透。

他花了好幾個星期，銷毀了所有將來可能對他不利的證據，以及所有可能牽連到他的線索。他給每位老部下一筆錢，讓他們能安身立命，並與他們告別，謊稱自己今後要去南非。

有一天早晨，在經過徹夜縝密思考和深入分析後，羅蘋大喊道：「都結束了，再也沒有什麼可害怕的了。過去的羅蘋已經死了，是該年輕人嶄露頭角了。」

最後，德國發來的一封快信，爲羅蘋帶來了期待已久的尾聲。攝政院受到柏林宮廷的深切影響，將問題拋給了選民，而選民則投票表明他們對昔日威爾丹茲王朝的眷戀之情。瓦爾德馬爾公爵，與貴族、軍隊、法院的三方代表，將趕往布魯根堡證實海爾曼四世大公的身分，然後幫王子安排相關事宜，確保登基大典能在下月初順利舉行。

「太好了，」羅蘋對自己說：「克塞巴赫先生的重大計畫終於實現了。現在只需要讓瓦爾德馬爾相信皮耶・勒杜克就是海爾曼。這倒是小事一樁！明天就公佈珍妮薇和皮耶的婚訊，到時候珍妮薇就會以大公未婚妻的身分，由我介紹給瓦爾德馬爾。」羅蘋開心極了，他跳上汽車立刻趕往布魯根。一路上他又唱歌又吹口哨，還和司機攀談了起來。

「奧克塔夫，你知道現在載的是誰嗎？世界霸主……是的。嚇到了？可是沒錯，這是事實，我就是世界霸主。」

「可是，這一天我眞的等太久了。算起來到現在已經整整一年了，這應該算是我最漂亮的一仗吧，堪稱巨人之間的戰爭！」羅蘋一邊搓著手，一邊繼續自言自語：「這一次實在太好了。敵人全部被抓，再也沒有人妨礙我實現目標了。終於再也沒有人和我搶這塊地盤了，那就建好它吧，我有原料、有工人，開工！羅蘋，這宮殿得配得上你才行！」

羅蘋要司機在古堡外幾百公尺處停車，他不想讓自己的到來驚動所有的人，然後對奧克塔夫說：

「你先在這裡等二十分鐘，等到四點的時候再進去，把我的行李卸到花園後面的木造別墅裡，我在那裡過夜。」

走過第一個彎道，這座爲椴樹包圍的小古堡悄然映入眼簾。羅蘋看見遠處臺階上珍妮薇的身影。他的心頓時揪住。

「珍妮薇、珍妮薇，」羅蘋輕聲地自語：「我對妳過世母親的承諾，今天終於要兌現了。珍妮薇，大公夫人，我也會一直默默陪在妳身邊，守護妳的幸福，這是我羅蘋此生所追求的最偉大計畫。」

想及此，羅蘋爽朗地笑了，他跳到小路左側茂密的大樹後面，沿路走過去，這樣就不會有人從會客室或主臥室的窗戶，看到他的蹤影。就像對珍妮薇的心情，羅蘋現在也想趕快看見多蘿蕾絲，但羅蘋卻不希望自己被看到。「多蘿蕾絲……多蘿蕾絲……」他一邊走，一邊惦唸著她的名字，心情爲之澎湃不已。

羅蘋悄悄地穿過走廊，來到餐廳，這裡擺著一面玻璃嵌鏡，能讓他看見半個客廳的情況。他一走近鏡子，便看見多蘿蕾絲躺在一張長椅上，而皮耶．勒杜克正跪在她身旁，心醉神迷地看著這位年輕的夫人。

譯註：

①塔斯蒂（Amable Tastu），一七九八——一八八五，法國女作家、詩人。

②拉馬丁（Alphonse de Lamartine），一七九〇——一八六九，法國著名浪漫主義詩人。

chapter 15

歐洲地圖

皮耶・勒杜克愛著多蘿蕾絲！

羅蘋感到一陣深深的刺痛，就像傷口碰觸生命的本質一般，痛楚如此強烈，這是他第一次有這種感覺。這使羅蘋漸漸明白多蘿蕾絲之於自己的重要性，他的情感不再模糊。

皮耶・勒杜克愛著多蘿蕾絲，他看她的那種眼神正是望著愛人的眼神。

羅蘋頓時生出一股盲目而無法控制的念頭——他眞想大開殺戒。那灑在多蘿蕾絲身上的深情凝望，讓羅蘋發狂。他感到房間裡有一片靜謐的氣氛環抱著這對男女，在這定格般的靜謐之中，只有那雙愛慕的眼神是鮮活的，無聲但卻是激情洋溢的頌歌，傾訴著男人對女人的衷腸，傾訴他無限的仰慕和神魂顚倒。

羅蘋又看了看克塞巴赫夫人。多蘿蕾絲的雙眼微微閉起，露出如絲般的眼瞼和烏黑濃密的睫毛。她一定感受到了對方的愛慕眼神，無形的愛意必定在她心中盪起層層漣漪，才使她整副身軀都微微的顫動著！

「她愛他，她是愛他的。」羅蘋心想，這時他的心幾乎快被嫉妒之火點燃了。

勒杜克好像要動……「噢，這該死的傢伙，如果他敢碰她，我立刻就殺了他。」羅蘋一邊想，一邊意識到自己有多荒唐。爲了重新贏回理智，他不停勸說著自己：「你還眞笨哪！什麼？你羅蘋，還是算了吧！你瞧，她愛他是多麼合情合理……是的，就是這樣，醒醒吧，別再自我沉溺了，她怎麼可能對你動心，眞是傻瓜，你是強盜、是小偷，而人家……人家是貴族，而且年輕。」

勒杜克終究不敢動，只是嘴唇微微顫抖了一下，因爲多蘿蕾絲好像快醒來了。只見她輕輕地睁開雙眼，側著頭，就這麼注視著勒杜克，而她的眼神也同樣充滿了柔情，這柔情散發的力量比那最深切的吻，還要更強烈。

羅蘋頓覺五雷轟頂，再也按捺不住地三步併兩步奪門而入，直接衝向年輕人將他摔在地上，膝蓋踩著他的胸口，自己則轉向克塞巴赫夫人，怒氣沖沖地說：「您難道不知道？這騙子他沒跟您說？您愛他？這麼說，他眞的長著一副大公的模樣？啊，眞是可笑。」

羅蘋發瘋似的大笑起來，多蘿蕾絲嚇得愣在一邊：「大公？他？他會是海爾曼四世？德—彭—威爾丹茲大公？攝政親王？選帝侯？噢，別開玩笑了，這豈不讓人發噱。他的名字是傑拉爾．波佩，是我從泥沼救出來的乞丐。大公？我讓他成爲大公，他才能做大公！啊，啊，這簡直太滑稽了。要是您見到他切小拇指時候的樣子，總共昏了三次……根本不配作個男人。現在你竟膽敢打量夫人，背叛主人……你等一等，我的德—彭—威爾丹茲大公。」

說著，羅蘋抓起皮耶的兩隻手臂，像抓住包裹一般左右晃動他，然後一下子將人拋出了窗外：

「小心玫瑰花，我的大公，千萬別被刺到。」

等羅蘋轉過身來，多蘿蕾絲正狠狠瞪著他，眼神充滿了忿恨。他好像不認識這個女人了，她真的是多蘿蕾絲嗎？真的是之前那個憔悴多病的多蘿蕾絲？

「您……您這是做什麼？您竟然……他，是真的嗎？他對我說謊了？」多蘿蕾絲結結巴巴地說。

「他敢！」深受羞辱的羅蘋大叫：「他怎麼有膽說謊？他，大公？他不過是個小丑罷了，頂多是被我用來演奏夢幻之曲的一件樂器而已！啊，這傻瓜，這呆子！」

瞬間，羅蘋又被激怒了，他不停地捶足頓地，在窗前來回不斷揮拳。他從房間的這頭走到那頭，最後終於吐出已在自己心中藏了太久的那些話。他的語氣相當強烈：

「笨蛋！他難道沒看出來我對他寄予多大的期望嗎？他居然不懂他的角色有多麼偉大？啊，我費盡心機才把這個角色設定到你的腦子裡。抬頭看著吧，你會在我的努力下成為大公、攝政親王，有一國元首專用基金，有臣民可以剝削，還有查理曼大帝為你建造的宮殿。當然，還有你的主人，我羅蘋。你明白嗎？笨蛋？抬起頭，該死，再高一點！看著上天，試想看看，要是有個德—彭家族的人在即將成為霍亨索倫王室①的一員時，竟因盜用身分而被絞死，哦，不，不，這絕對不行。你就是德—彭，只要有我羅蘋在。我告訴你，你即將成為大公！傀儡大公？好吧，但還是大公呀，只要我一吹氣，你就會活力四射，如果我不高興，你也會惹火燒身。傀儡？隨你怎麼說吧，但是這個傀儡將說我的話，做我的動作，按照我的意志行動，實現我的夢想……是的，我的夢想。」

說到這兒，羅蘋停了下來，一動也不動，他正爲自己宏大的夢想而著迷不已。然後他走到多蘿蕾絲身旁，嗓音低沉但透著一股神祕激情說：「在我的左邊是阿爾薩斯—洛林，右邊有巴登、符騰堡、巴伐利亞、南部德國……所有這些毗鄰受到普魯士的查理曼大帝壓迫、而感不滿的諸侯國，都將受到解放。明白嗎？像我這樣的人究竟能發揮多大作用呢，能喚起多少人的憧憬，煽動起多少人的仇恨，激起多少人的憤慨讓他們奮而反抗？」

羅蘋再次壓低聲音，繼續重複道：「我的左邊就是阿爾薩斯—洛林！明白嗎，也許現在這還是個夢，可是在不久的將來它就會成眞，說不定明天就可以。是的，我要……我要……噢，所有我想要、我將要做的，一定會讓全世界爲之讚嘆。想想吧，在這裡，距離阿爾薩斯只有兩步之遙，就在這片德國大陸上，在這悠遠的萊茵河岸邊，只要使出一個小伎倆、一點小頭腦，你就能撼動整個世界。我有頭腦，有的是頭腦，我將成爲世界的霸主，我才是眞正的主宰者。至於那個傢伙、那個笨蛋，他徒有頭銜顯爵，可是我有權力。我會待在暗處，沒有職務，不是什麼部長，甚至連內臣都不是。不，都不是，我也許只是個皇宮裡的傭人，作個園丁好了……是的，就作園丁……噢，那將是多麼美好的生活呀！一邊照顧花草，一邊編織新的歐洲地圖。」

多蘿蕾絲注視著羅蘋，眼神從忿恨轉爲熱烈，她完全爲眼前這個男人的力量而折服，絲毫不掩自己的敬仰之情。羅蘋雙手扶著多蘿蕾絲的肩，對她說：「這就是我的夢想。雖然它聽起來太過宏偉，但我保證，它一定能實現。威廉二世已經知道我的能力。遲早有一天，我會和他平起平坐，甚至比他更強大。我具備了各種獲勝的條件。到時候，瓦朗格雷也得聽我的！還有英國方面，現在，這三方的態勢已然拉開……這就是我的夢想，另外還有……」

羅蘋突然打住，他看到多蘿蕾絲目不轉睛地凝視自己，他看到她激動之情溢於言表，整個面龐都跟著微微顫抖了起來。突然，有股欣喜生出，他又一次看到眼前這個女人爲自己而悸動，而且這一次一切是那麼清楚明瞭。他再也不覺得自己在她心中是個小偷強盜。對她而言，他是個男人，一個懂得愛的男人，他的愛戀之情在她心靈深處激起陣陣波瀾。

羅蘋不再說話，卻無時無刻默默傾訴著他的溫柔與愛慕。就這樣，他對未來的日子充滿幻想——悄然低調地住在威爾丹茲附近，但卻擁有至高無上的權力。

兩人陷入了長久的沉默。最後多蘿蕾絲忽然站起來，輕聲地對他說：「請您離開，求求您，請離開吧。勒杜克會娶珍妮薇的，這點我能向您保證，但您還是離開這裡的好，別待在這裡。請離開吧，勒杜克會娶珍妮薇的……」

羅蘋愣在那兒，也許他是想聽到更明確的字眼，卻又不敢開口。於是他只好向多蘿蕾絲告退。這時的他如此春風得意，完全沉浸在剛才的氣氛中。能夠聽從多蘿蕾絲的命令，能夠臣服於這個女人，他爲此感到無比的幸福。

可是當他朝著門走去，卻有張矮凳擋住了他的去路。他彎下腰，想移開它，腳底卻踩到了東西。羅蘋低頭一看，原來是一面小烏木鏡，上面刻著漂亮的金色字母。羅蘋一下子呆住，他連忙拿起鏡子仔細看——沒錯，上面的字母就是以花紋圖飾隔開的「L」和「M」。

「L」和「M」。「路易・德・麥黑許。」羅蘋不禁一驚，趕緊退了回來，問多蘿蕾絲：「這鏡子是哪兒來的？這是誰的鏡子？這很重要……」

「我不知道，從來沒見過……也許是傭人遺落的吧。」多蘿蕾絲接過鏡子，瞥了一眼說道。

「應該是傭人遺落的……」羅蘋說：「可是，這也太奇怪了，怎麼會這麼碰巧？」

這時，珍妮薇正好從客廳門外走了進來，她並沒注意到被屏風擋著的羅蘋，一看到鏡子便興奮地大聲說：「瞧，這不是您的鏡子嗎，多蘿蕾絲，終於找到了。您可是託我找了好久呢，您是在哪兒找到的？」

「啊，眞好，」珍妮薇不等多蘿蕾絲回答，一邊說，又一邊往門外走去，「您可是擔心了好半天呢，我這就去通知傭人說，鏡子找到了，不用再費心了……」

羅蘋並未露出驚訝神色，可是他困惑，完全不懂多蘿蕾絲究竟爲什麼不對自己說實話？她爲什麼不在剛才找到鏡子的時候就說清楚。這時，一個念頭突然閃過羅蘋的腦海，只是他故作漫不經心地問了一句：「您認識路易．德．麥黑許嗎？」

「認識。」多蘿蕾絲回答，一邊觀察著羅蘋，似要看穿他心思一般。

「您認識他？他過去是誰？現在是又誰？他是誰？」羅蘋一聽，激動地衝到她面前：「您爲什麼從來沒提過？您是在哪兒認識他的？說呀……回答我……求求您！」

「不。」多蘿蕾絲一口回絕。

「必須說，必須得說，請您好好想想！路易．德．麥黑許，那個殺人兇手！那個混世魔頭！您爲什麼都不說？」

「您聽著，請不要再問我了，因為我永遠都不會說的，我會把這個祕密帶進棺材。無論發生了什麼事，絕不會有人知道，沒人會知道這個祕密，我發誓……」這回輪到多蘿蕾絲把雙手搭在他的肩上，語氣堅定地回答。

羅蘋呆立在多蘿蕾絲面前，神情緊張、思緒翻飛。他想起了斯坦維格老人，之前要求他說出心中祕密時，他也是這種恐懼的表情，而且堅決不說。原來多蘿蕾絲也知道那個祕密，可是她卻避而不談。

後來，羅蘋一句話也沒說便離開了。室外的新鮮空氣讓他感到舒服了些，於是他跳過古堡花園的圍牆，來到鄉間，漫無目的地遊逛了許久，他大聲對自己說：「怎麼了？到底發生了什麼事？這幾月來我都做了什麼，我鬥爭，我較勁，為了實現計畫，我拉著線繩，要所有被綁在繩子另一端的人隨我起舞。可是，我卻完全忘了要關心他們，關注他們內心為何而悸動，思緒為誰而憂。我不瞭解皮耶・勒杜克，不瞭解珍妮薇，不瞭解多蘿蕾絲……我把他們當成了自己的玩偶，可是他們卻是有血有肉的人。啊，我果然遇到瓶頸了。」

「不，才沒有什麼瓶頸障礙！」羅蘋恨自己有這種想法，氣得跺起腳來，然後喊道：「我現在才不關心珍妮薇和勒杜克在想什麼，等他們兩人在威爾丹茲完婚，我再去想這件事。可是多蘿蕾絲，她竟然認識麥黑許，卻什麼也沒說！這是為什麼？他們兩個人之間有何關係？她害怕他嗎？她難道是在害怕麥黑許越獄，報復她洩露了內情？」

羅蘋很晚才回到花園深處的木屋吃晚飯，顯然他的心情很不好，一直在痛罵奧克塔夫，嫌棄他侍奉得太快或太慢。

「我受夠了，讓我一個人待著。你今天眞是蠢事做盡。還有這咖啡？這太難喝了。」羅蘋咖啡喝了一半就扔在一邊，他又走到花園溜達了兩個小時。而這長時的散步裡，他的腦袋思考著，反覆浮現同樣的問題，最後他終於得出了清晰的猜測：「麥黑許從監獄逃出來了，他在威脅克塞巴赫夫人，而且透過她，他得知自己弄丟了鏡子。」

可是，羅蘋卻又聳聳肩：「他今晚就會來除掉你……好了，我開始顚三倒四了，還是睡覺去吧。」羅蘋停止思考與亂想，回去便跳上了床，倒頭大睡。可是隨之而來的卻是無休止的夢境，無止盡的噩夢。他兩次從夢中驚醒，想要點燃蠟燭，可是兩次都重重倒了下去，好像身體被什麼壓住，根本起不來。

可是，他隱約能聽見村裡傳來的夜鐘聲，難道是他幻聽。沒辦法，整個人就像被催了眠，腦子昏沉沉的。一入睡，可怕的夢魘再次糾纏他。他雖然雙眼緊閉，卻似乎清楚看見房間窗戶從外面被人打開了，緊接著有個清晰的人影穿過厚重黑夜向他走來。

這個人影欠身過來。羅蘋用盡氣力睜開雙眼仔細打量，抑或是他想像自己正這麼做……這是在做夢嗎，還是醒著？羅蘋迫切想弄清楚自己現在的狀況。這時他聽見一個聲響，好像有人拿起放在床邊的火柴盒。

「這下我就看得到了。」他高興地暗想著。

「滋！」火柴被點著了，緊接著燭光點亮。

羅蘋的心揪住了，他從頭到腳嚇出一身冷汗，那個人就在站那兒！可能嗎？不，不，可是，他看見他在那兒。噢，這場景太可怕了！那個人，那惡魔就在那兒。

「不行……不行。」羅蘋瘋了似的喃喃自語道。

可是那個人、那個殺人惡魔一襲黑衣，戴著面具，軟帽低低壓在他那金黃頭髮上……

「噢，我在做夢，在做夢，」羅蘋一邊說，一邊鼓起勇氣笑了笑，「是個噩夢，僅此而已……」

他用盡全力想活動自己的身體，只要動一下，就能嚇走這個夢魘、這個幽靈。可是，他動不了！

啊，他恍然大悟，那杯咖啡！和他在威爾丹茲喝的帶有麻醉藥的咖啡，味道一模一樣。羅蘋不禁一聲慘叫，下意識動了一下，立刻又倒了下去。昏迷中，他感到有人解開了自己的上衣，脖子頓時一陣發涼。他好像看見那人高舉著手上的匕首，那匕首很短、鋼製的，和殺死克塞巴赫、夏普曼、艾爾特海姆，還有其他受害者的兇器非常相似……幾個小時過去，羅蘋醒了過來，他渾身痠痛，嘴裡又苦又澀。他想了一會兒，突然回過神來，本能地一躲，好像有人朝他刺過來似的。

「我真是個大傻瓜！」羅蘋一邊奚落自己，一邊從床上跳了起來，「這是個噩夢，是幻覺，僅止於此。只要動動腦就知道，如果昨晚真的是他，真是一個有血有肉的活人朝我刺來，他就一定會殺了我。這傢伙是絕對不會手軟的。還是理智點吧，他怎麼可能放過你呢？因為你長了一雙漂亮的眼睛？不，不可能，我是在做夢，就是這樣……」

就這樣，羅蘋吹著口哨，穿好衣服，裝作若無其事。其實，他的大腦仍不停在轉，不停地思考，眼睛不停地尋找……鑲木地板間、窗戶邊緣，一點痕跡也沒有。羅蘋睡在一樓，而且窗戶是敞開的，若有人進來一定是從那裡。可是他什麼也沒發現，就連戶外環繞木屋的小徑也是一樣，那裡的沙子完好無損，絲毫沒有被人踩過的痕跡。

「可是，可是……」羅蘋咬牙切齒地說。他叫來奧克塔夫：

「你昨天端給我的咖啡是在哪裡準備的？」

「古堡裡，老大，他們都是在那兒準備咖啡的，我們的房子裡沒有爐子。」

「你喝過我的咖啡嗎？」

「沒有。」

「咖啡壺裡剩下的你都倒掉了？」

「當然囉，是的。老大，您不是說非常難喝嗎？好像只喝了幾口。」

「好吧，去備車吧，我們要出去一趟。」

羅蘋不是個能存著疑問的人。他一定要把事情弄清楚，一定要讓多蘿蕾絲給他一個合理解釋。可是在這之前，他還得弄清幾點一直困擾著他的事。所以，他得先去威爾丹茲一趟，去找被他調至那裡調查的尚恩．杜德維爾。羅蘋馬不停蹄地驅車趕路，約莫下午兩點，他到達了目的地。下了車，他先和瓦爾德馬爾見面，隨便找個理由要他延緩三方代表到布魯根去認證大公身分的事。然後，他來到當地一家小酒館，在那裡與尚恩會合。

之後，尚恩又把羅蘋帶到另一家三流酒館，向他介紹了一個人。這人一身破衣爛衫，在檔案館工作，他是斯托克利先生。他們談了很久，之後，三人一起離開酒館，悄悄去了市政廳一趟。直到晚上七點左右，羅蘋在威爾丹茲用過晚餐後便動身離開。晚上十點，他趕回了布魯根堡，找傭人詢問珍妮薇的情況，打算要她陪自己一起進去克塞巴赫夫人的臥室。

可是傭人告訴他，艾爾蒙小姐接到一封巴黎來的電報，回去找她祖母了。

「算了，現在克塞巴赫夫人還讓人去見她嗎？」

「夫人吃完晚飯就回房了，她現在應該已經睡了。」

「不，我看見她小客廳裡的燈還亮著，她會見我的。」

羅蘋沒等克塞巴赫夫人回話，就和女傭一起闖進小客廳，打發走傭人之後，他便直接了當對多蘿蕾絲說：「夫人，我有事情要跟您說，恕我冒昧，但這事很緊急。您一定會覺得我今晚的舉動很不得體……可是您會理解的，我相信……」

他顯得有點太過興奮，一進門就迫不及待爲自己解釋。況且，他確定自己在進來之前聽見了房裡的動靜。然而小客廳裡只有多蘿蕾絲一個人，她躺在那兒，疲憊地對羅蘋說：「也許我們還是明天再談的好。」

羅蘋沒有回答，他覺得自己好像聞到客廳裡有一股奇怪的味道，像是菸味。直覺告訴他，這裡剛才肯定有男人來過。就在他進來之前，那人肯定還在，他現在一定是藏在什麼地方……難道是皮耶・勒杜克？不，不是他，皮耶・勒杜克不抽菸。那會是誰呢？

「今天就到這兒吧，可以嗎？」多蘿蕾絲輕聲說。

「好吧，要是早一點，您會見我的，是嗎？」羅蘋認爲自己還是就此打住的好，問了又有何用？要是眞有人藏在這兒，她會說嗎？可是他實在想平息古堡裡藏著陌生人給人帶來的不安與擔憂，便把音量壓低，只讓多蘿蕾絲一個人聽見，「聽著，我剛剛聽說一件事，它讓我十分困擾，無法理解，您得幫我解答一下，好嗎？多蘿蕾絲……」羅蘋說出這個名字時，語氣是那麼溫柔，他像是想利用既友善又溫和的語氣來說服對方。

「您是指什麼事？」多蘿蕾絲問。

「威爾丹茲民政登記簿上面有三個名字，這三個名字是麥黑許家族最後三名成員的名字……」

「是的，您之前跟我提過……」

「您還記得嗎？勞爾·德·麥黑許，他的另一個耳熟的名字是艾爾特海姆，就是那個被謀殺的強盜，那個惡棍。」

「我記得。」

「然後是路易·德·麥黑許，那個讓人毛骨悚然的殺人惡魔，這傢伙，再過幾天就會被砍頭。」

「是的。」

「然後，最後一個叫伊絲爾達，是個瘋子……」

「是的。」

「所有這些都是有案可查的，不是嗎？」

「是的。」

「可是……」羅蘋湊近多蘿蕾絲：「我最近要人去調查了一下，其中第二個名字——路易，或者說登記簿上記錄的這個名字，那塊地方曾被人劃掉過，現在這名字是新添上去的——因爲墨水還很新——

但底下的名字並沒完全被擦除，所以……」

「所以……」多蘿蕾絲的聲音變了調。

「所以，只要有好一點的放大鏡——我自己設計的那種就特別好用——就能還原出原有姓名的幾個音節，而且我可以透過這些音節拼出全名。我發現那名字並不是路易・德・麥黑許，而是……」

「噢，住嘴，求您別再說了……」多蘿蕾絲再也撐不住了，自羅蘋開口以來就在她心中蓄積的那股抵抗情緒，此時一下子爆發了出來，她頓時蜷縮成一團，雙手抱頭，肩膀不停地抽搐，哽咽哭泣起來。

羅蘋久久注視著眼前這名無精打采的孱弱女子，她是那麼的手足無措，眞令人憐惜。頓時，他想就此打住，不再問問題折磨多蘿蕾絲。可是他這麼做難道不是爲了救她嗎？要救她，就一定得讓她知道事實眞相，不是嗎？雖然眞相可能相當殘酷。

「爲什麼要篡改名字？」羅蘋堅定信心，繼續追問。

「是我丈夫，都是他的主意。像他那樣的富商可說是無所不能。我們在結婚之前，他就要下屬改了註冊簿上第二個孩子的姓名。」

「姓名和性別。」羅蘋補充道。

「是的。」多蘿蕾絲沒打算否認。

「這麼說，」羅蘋繼續說：「我沒有猜錯？原來的名字、眞正的名字應該是多蘿蕾絲？可是爲什麼你丈夫要這麼做呢？」多蘿蕾絲的兩頰已完全被淚水浸濕，她抽抽噎噎地說：

「您……您難道還不明白？」

「不。」

「您……您想想……」她一邊說，一邊發抖：「我是瘋子伊絲爾達的姐姐，強盜艾爾特海姆的妹妹。我丈夫，確切地說，當時是我的未婚夫，他不願讓人知道我的眞實身分。他是愛我的，我也愛他，所以我就同意了。然後他就找人改掉註冊簿上的多蘿蕾絲・德・麥黑許，又幫我買來假身分，拿到一張假出生證明。之後，我就在荷蘭與他結婚，使用的名字是多蘿蕾絲・阿蒙提。」

聽到這裡羅蘋想了想，若有所思地說：「是的、是的，我明白……但是這麼一來，路易・德・麥黑許這個人實際上根本不存在？那麼，殺害您丈夫、您妹妹及您哥哥的人便不是叫這名字……那他叫……」

多蘿蕾絲一聽，立刻端坐起來：「他的名字！是的，他就叫這個名字，路易・德・麥黑許，L. M.還記得嗎？噢！求您別再追問下去了，這個祕密太可怕了……而且它現在已經不重要了，不是嗎？因爲兇手已經被判了刑，聽我說，這個人他就是兇手，我在法庭當面指認他的時候，他並沒有反駁呀。他叫麥黑許也好，不叫麥黑許也罷，他替自己辯解了嗎？是他，就是他，他就是兇手。匕首，那把鋼製匕首……啊，要是全都能說出來該有多好。路易・德・麥黑許……要是我……」

多蘿蕾絲再也說不下去。現在的她緊張極了，整個人蜷縮在長椅上，握在羅蘋手裡的那隻手不停顫抖，羅蘋能聽見她癡癡地默唸著：「救救我……救救我……只有您……啊，別拋棄我，我是那麼的不幸……啊，折磨……眞是折磨……簡直就是地獄！」

羅蘋伸出手，輕輕地溫柔撫摸多蘿蕾絲的頭髮，然後是她的前額。多蘿蕾絲感到一陣安慰，慢慢便平靜了下來。羅蘋看著她，久久地注視著她，心裡不禁在問，在她美麗的前額後面究竟隱藏著什麼樣的祕密？她在害怕？可是她在害怕什麼呢？她要我保護她免於受誰的傷害呢？

這時，他的眼前再次浮現出黑衣男子的畫面。路易・德・麥黑許，這個隱晦讓人捉摸不透的傢伙，現在一定要時時提防他的進攻，他那出其不意、突如其來的進攻。就算他現在被關在監獄，日夜有人把守又怎麼樣呢？難道羅蘋自己不清楚，監獄根本不是問題，想什麼時候掙脫它的束縛，就能出得來。而這對路易・德・麥黑許來說，也是一樣的啊！

是的，桑德監獄裡現在關著一個被判處死刑的人，可是這個人可能只是麥黑許的一個共犯，或者也許是他的受害者，而麥黑許本人則一直在布魯根堡四處遊逛。等到夜深人靜的時候，他便像隱形幽靈般開始出沒，然後悄悄闖進花園深處的木屋，將匕首舉向熟睡中、被麻藥麻痺的羅蘋。而一直在恐嚇多蘿蕾絲的人，一定也是路易・德・麥黑許，是他的威脅讓多蘿蕾絲驚慌失措，是他一直在暗中脅迫多蘿蕾絲，不讓她說出心中一直埋藏的可怕祕密。

羅蘋就此猜出敵人的計策——先把驚恐柔弱的多蘿蕾絲扔給皮耶・勒杜克，然後除掉羅蘋，等篡奪公國和多蘿蕾絲的億萬遺產的計畫成功之後，便自己出來攝政。就近來發生的一連串事件來說，這種猜測很可能是眞的，甚至可說是確鑿無疑，因爲這是解釋所有問題的唯一答案。

「解釋所有的問題？好吧，」羅蘋暗想：「可是那天晚上在木屋，他爲什麼不乾脆下手殺了我？只要他想，就能辦到，我就會死，更何況他一定是想要我死的呀？爲什麼？他爲什麼沒那麼做呢？」

多蘿蕾絲睜開眼睛，看了看羅蘋，她蒼白的面容強擠出一絲微笑：「讓我一個人休息吧。」

羅蘋站起身來，想要離開卻又有些猶豫，他要檢查一下嗎？那傢伙是否就藏在窗簾的後面，或者是壁櫥裡、多蘿蕾絲吊掛的裙子後面？可是，多蘿蕾絲再次輕聲說：「好了，我要睡覺了。」

羅蘋沒有魯莽，決定先退出來。可是到了外面，他並不急著離開，而是躲在古堡前的一排大樹下。整齊劃一的樹蔭正好做他的掩護，讓他能在這裡清楚觀察多蘿蕾絲的房間而不被察覺。他看到多蘿蕾絲的小客廳突然亮起一盞燈，然後這點光亮移到了臥室，不過，沒多久就熄滅了。

羅蘋等待著，如果那傢伙在的話，他也許會從古堡這邊出來呢。一小時……兩小時過去了，一點動靜也沒有。

「現在我是無能爲力了，」羅蘋心裡想，「他要嘛藏到了古堡地下的某個角落，要嘛就是從其他我沒注意的出口離開了。如果這兩者都不是，那只能說是我的猜測太過唐突。」

於是羅蘋點了一支雪茄，一邊抽，一邊往木屋走去。當他快要走到屋子的時候，忽然，他發現遠處有一個人影在移動，而且這個人影和自己朝著同一方向移動。羅蘋立刻停下，不敢再動，擔心打草驚蛇。

只見這道影子穿過小石路。在月光的照耀下，羅蘋依稀認出那應該就是黑衣人麥黑許的輪廓。於是他不假思索地衝了上去。可是，影子敏捷地跑開了，就這樣在黑暗中消失得無影無蹤。

「好吧，今天就到此爲止，我們明天再說……」羅蘋默唸道。他走進司機奧克塔夫的臥室，把人叫醒，吩咐他：「去備車，你明天早上六點鐘一定要趕到巴黎。到了之後就去找雅克・杜德維爾，一是讓他向我報告死刑犯近來的情況，二是郵局一開門就載他過去，要他發一份這樣的電報過來。」

說著，羅蘋就在一張紙片寫下電報內容，然後吩咐奧克塔夫：「等你一回來，我就把酬勞給你。你離開時，一定不能讓任何人發現，沿著院子的圍牆走，下面有遮蔭，沒人看得見。」羅蘋吩咐了司機之後回到臥室，打開手電筒，仔細地把屋子檢查一遍。

「沒錯，」羅蘋對自己說：「剛才我在外面的時候，一定有人進來過了。他來的動機肯定是……是的，我沒猜錯，就是這樣。這一次，我確定他就會把匕首伸向我了。」於是，羅蘋悄悄地從臥室取走一條毯子，在花園找了個僻靜的地方躺下，然後就著明月星光睡去。

早上十一點，奧克塔夫回來了。

「事情辦好了，老大，電報也發出來了。」

「很好，路易・德・麥黑許，他還關在監獄嗎？」

「一直在。杜德維爾昨晚去過桑德監獄了，他和看守麥黑許的獄卒聊過。還是同一個麥黑許，默不作聲，就這麼等著。」

「等什麼？」

「當然是等行刑啦！警察總局方面說，後天執行。」

「這就好、這就好。」羅蘋放心地自語：「這代表他並沒從監獄逃出來。」

就這樣，羅蘋決定不再去想昨晚發生的奇怪事，一個念頭也不去想。他覺得只要按照自己的計畫行動，讓敵人落入他的圈套，事實眞相馬上就會揭曉。「難不成我會掉進自己設下的圈套嗎？」羅蘋想到自己是多麼荒謬，不禁笑了起來。現在的他看起來十分得意，一臉神清氣爽。他感覺，形勢從來沒對他這麼有利過。

郵差剛走，一個傭人從古堡走出來，將杜德維爾從巴黎發來的電報交給羅蘋。他打開電報，看了兩眼，隨即就放進了口袋。

近中午，他在小路上碰到皮耶・勒杜克，直接了當地對年輕人說：「我正在找你呢，事情很嚴重……你得老實回答我。自從你到古堡來住，除了我安排在這裡的德國傭人之外，你還有沒有見過其他什麼陌生男人？」

「沒有。」

「你再好好想想，我說的不是什麼普通的訪客，而是一個懂得隱身的男人，你也許不小心看過他，或是看到什麼蛛絲馬跡，就是能證明有人來過的那種線索？」

「沒有……您是說？」

「是的，有人藏在這附近。在哪兒、是誰、爲什麼要這麼做，我現在還不知道，但遲早有一天我會弄清楚的，而現在我已猜得八九不離十了。你這邊一定要睜大眼睛，多加注意……對了，別跟克塞巴赫夫人透露，沒必要再讓她平添什麼無端的煩惱了。」

羅蘋說完這番話就離開了。只留下失魂落魄的皮耶・勒杜克呆站在那裡。等到他回過神，他也準備離開小路，朝古堡的方向返回。不過，在回去的路上，勒杜克在草地發現了一張藍色的紙片，他撿起來看了看，原來是一封電報。這電報完好無損，摺得工工整整，不像是有人隨意扔掉的，肯定是誰遺落在這兒。電報是給莫尼先生的，就是羅蘋在布魯根所使用的身分，上面這樣寫著：

「一切眞相現已知曉，信裡說不清楚，今晚的火車，明早八點布魯根火車站見。」

「很好，」藏在附近矮樹叢裡，暗中監視勒杜克的羅蘋，暗暗竊喜：「太好了，不出兩分鐘，這個傻小子就會把電報拿給多蘿蕾絲，告訴她所有我對他說的那些擔憂。他們會一整天都談論這件事，而那傢伙就會全都聽見與知道一切，因爲他一直暗中跟著多蘿蕾絲，而他竟將多蘿蕾絲當成被他玩弄於鼓掌的獵物……今天晚上他就會行動，因爲他害怕祕密敗露。」

「今天晚上，今晚我們就會動起來。啊，今晚，好一場動人心弦的華爾滋，我的朋友，鍍鎳匕首奏出的旋律，血腥橫溢的華爾滋，總之，好戲要開演了。」羅蘋十分得意地暗想著，輕鬆哼著歌離開了。

羅蘋回到木屋，把奧克塔夫叫來臥室：「聽好，你坐在那張椅子上，但是千萬不要睡著。你的主人要休息一下，好好守著他，我忠誠的僕人。」說完，羅蘋就躺在床上，安穩地睡去了……

「就像拿破崙在奧斯特利茲醒來的早晨一樣愜意。」羅蘋醒來後洋洋得意地說。事實上，羅蘋所說的「早晨」其實是晚餐時間。一頓豐盛的晚餐下肚後，他一邊抽著菸，一邊掏出自己的武器——那兩把左輪手槍——打算替它們換上新子彈。

「把槍上膛，把劍擦亮，就像我的朋友威廉二世所說的那樣。」羅蘋心想。

「奧克塔夫！」奧克塔夫立刻跑來。

「現在和城堡裡的傭人們一起用餐吧，然後告訴他們，你今晚會開車去巴黎。」

「和您一起嗎，老大？」

「不，你一個人，吃完飯你就走，一定要讓他們都看見。」

「可是我眞的要去巴黎嗎？」

「不，你把車開到花園外面，在路上大約一公里遠的地方停下，然後在那裡等著我，也許得多等一會兒。」

奧克塔夫走後，羅蘋又抽了一支菸，然後到花園轉了一圈，最後他來到古堡前看了看，發現多蘿蕾絲臥室的燈還亮著，之後便回到了自己的住處。

回到木屋，他拿起《顯赫人士的一生》讀了起來。「我看還差一位最顯赫的人物呢。」羅蘋自語著：「不過，快了，很快他們就會收錄。遲早有一天我會有自己的普魯塔克②。」然後，羅蘋又拿起《凱撒的一生》，一邊讀，一邊在書旁寫下自己的心得。十一點半，羅蘋上了樓。

他走到臥室窗前，倚在牆上向外張望——夜，外面只有一望無際的夜，晴朗而喧鬧，各種說不出的、模糊的聲響，爲黑夜平添了幾分生動。許多回憶湧上了他的心頭，他想起所有自己說過、讀過的那些情話。他忍不住在口中默唸著多蘿蕾絲的名字，彷彿又回到青綠的少年時代，就連在寂寥中呼喚情人的名字都會感到害羞。

「好吧，各就各位。」片刻的遐想過後，羅蘋告訴自己。

就這樣，他把窗戶微微打開，挪開擋住通道的獨腳小圓桌，把武器塞到枕頭底下，之後便平靜而不露聲色地躺在床上，他沒脫衣服就吹滅了蠟燭。可是，當黑暗一降臨，他卻立刻害怕了起來！

「該死！」他罵道。羅蘋立刻從床上跳起，取出枕頭底下的手槍，把它們扔在地板上。「我的拳頭，只用我的拳頭就夠了，什麼也比不上我的拳頭。」

他再次躺下，再一次被黑夜和寂靜包圍，再一次，恐懼、莫名的恐懼，像針扎的恐懼，浩浩蕩蕩朝他襲來……不知過了多久，村子那邊傳來了鐘聲，已經是夜裡十二點……而羅蘋的腦子無時無刻不被那神祕的傢伙糾纏，他似乎看到這傢伙就站在離自己一公尺遠的地方，不，是五十公分，舉著他那把尖尖的匕首……

「他來了，他來了！」羅蘋戰兢地喃喃自語，可是忽然，夢中的影子被村裡傳來的鐘聲擊潰，羅蘋再回過神，已是半夜一點了……時間就這樣一分一秒過去，對羅蘋而言，這沒完沒了的分分秒秒，帶來的是無止盡的擔憂和燥熱。他能感覺到從自己內在滲出的、那猶如鮮血般的汗珠，一滴一滴淌在前額，直到最後浸濕他整個身體。

兩點的鐘聲敲響了……

就在這時，羅蘋聽到不遠的地方有了動靜，這聲響很清晰，應該是樹葉的聲音，但絕不是平時樹葉被風吹起、沙沙作響的聲音。之前做好了一切準備，現在的羅蘋再也不感到恐懼了。我們那位天生的大冒險家又回來了。這時，他的心裡有說不出的興奮，因為較量就要開始了！

又是一個聲響，這次是從窗戶下面傳來的，這個聲響比剛才的那聲要清楚一些，但依舊微弱，只有側耳傾聽才能察覺到。緊接著是幾分鐘的等待，讓人恐懼地窒息的等待，羅蘋的眼前一片漆黑，沒有星光或月光穿透進來。可是，突然之間，雖然自己什麼也沒聽見，但他能感受到那個人就在臥室裡。而且，他正朝著床的方向靠近，這傢伙猶如幽靈，腳步既不會攪動一絲空氣，身體碰觸到物品也絲毫不會晃動。

可是，精神緊繃的羅蘋憑藉著本能，居然看到了那人的動作，他甚至能夠猜到這傢伙的下一步打算。就這樣，羅蘋一動也不動地靠在牆角，直到幾乎快要跪到床上，他隨時準備跳出來反擊。他感覺到陌生人已經觸到了床單，正在試探要從哪兒下手。後來，他似乎聽見了來人的呼吸聲，甚至感覺自己聽到這人的心跳。這會兒，他爲自己感到無比驕傲，因爲自己的心臟並沒那傢伙跳得快……噢，是的，他聽到了，來人的心臟在砰砰亂跳，像發了瘋的鐘錘，方寸大亂、重重砸向胸口。

接著，他舉起了手臂！

一秒，兩秒……

他猶豫了？難道他這次還打算放過我？

羅蘋再也受不了了，他大聲地喊道：「下手呀！你倒是動手呀？」只聽一聲尖叫，那人的手臂嚇得像彈簧般立刻縮回去。

緊接著，是呻吟聲。羅蘋一把抓住了對方的手腕，跳下床，剛好勒住他的脖子，將他按倒在地。

就這樣，甚至連打鬥都不需要。就這樣，來人被按在地上，被羅蘋兩條強如鋼釘的手臂壓得動彈不得。

無論你多麼強壯，這世上肯定沒有人能夠逃過這般的銅手鐵臂。

接著是一片死寂……羅蘋不發一語，他沒有心思像平常那樣和對手開玩笑，這一刻對他來說眞是太莊嚴了。但他也完全沒感到一絲興奮或勝利的喜悅。這時的羅蘋，只有一個念頭縈繞在心——自己手下按倒的這個人究竟是誰？路易・德・麥黑許？死刑犯？還是另外一個什麼人？他到底是誰？

羅蘋勒住對方的喉嚨，用力，再用力……忽然，他感到對方好像放棄了，再也不反抗了，剛才自己持續加強力道，使對方的手臂顫抖得很厲害。現在，來人的肌肉好像慢慢鬆弛下來，直到最後，這人的拳頭終於鬆開了，只聽咚的一聲，匕首掉在地板上。

羅蘋趕緊鬆開一隻手，去摸他的手電筒。可是摸到之後，他並不急著按開關，而是慢慢把手電筒湊到來人的眼前。現在，這傢伙的生命就握在羅蘋的股掌之間，只要他一按，此人的身分便立刻揭曉。

就在答案即將揭曉前的一秒鐘，羅蘋終於感到了無限的快感，那種飽嘗勝利的快感，因爲他才是最至高無上的。這個事實再次向世人證明，他才是那個眾人仰望的英勇主宰者。一秒鐘過後，他毅然決然按下開關，一道亮光倏地打了過去，來人的臉現了出來。

只聽羅蘋一聲慘叫……那人竟是多蘿蕾絲・克塞巴赫！

譯註：

①Hohenzollern，德國普魯士王室（一七〇一——一九一八）。

②Plutarque，古希臘哲學家、傳記作者。

chapter 16 擒兇

羅蘋頓時覺得自己像是遭遇了狂風暴雨，腦袋裡如悶雷般轟隆作響，如颶風般咆哮，各種瘋狂的元素猶如斷了線的珠子，在這混沌的午夜朝他砸來。

如閃電般的亮光時不時地照亮陰影，羅蘋站在那裡，萬分吃驚，不停抽搐，他目不轉睛地看著來人，努力想給自己一個合理的解釋。可是，他仍然動也不動，緊緊鎖住敵人的脖頸，手指已僵直到幾乎無法動彈，無法鬆開手。雖然他已經知道了，可是他卻仍不確定那個人就是多蘿蕾絲。對他來說，這傢伙依然是那個黑衣人，是那個路易·德·麥黑許，那個活在陰暗中的不潔惡魔；如今他抓住了這魔頭，就絕不會再鬆手。

可是，理智不斷地說服他什麼才是事實眞相，等他一意識到，又立刻湧上無限的痛楚，嘴裡喃喃地喊著：「噢，多蘿蕾絲……多蘿蕾絲……」

很快地，他找到了可以解釋一切的理由——瘋狂，是的，因爲她瘋了。多蘿蕾絲，是艾爾特海姆的妹妹，伊絲爾達的姐姐，麥黑許家族在世上的最後傳人，她的母親精神錯亂，父親是個酒鬼，她肯定也不太正常。可是，她瘋得出奇，表面看起來一如常人，可是她是個眞正的瘋了，她精神紊亂、人格扭曲、心理病態、完全是一個畸形的人。

一定是這樣，犯罪成了她的癮頭。爲了揮之不去的念頭，她不由自主地去殺戮，冷酷無情地去嗜血。她可能是因爲想要得到什麼而殺人，爲了自衛而殺人，爲了掩蓋上一次罪行而殺人。可是到最後，她就是爲了殺人而殺人。這樣的欲望來勢洶洶、無法阻擋，必須獲得滿足。於是，在她生命中的某個時刻，當她處於某種精神情況下，與他面對面的無辜者，瞬間變成了她的敵人，讓她不得不下手。

她瘋狂地、殘忍地殺人，而且執拗地沉醉在暴力之中。

她眞是瘋得離奇，對自己的殺人行爲絲毫不感到愧疚。意識盲目的她，思路卻是那麼清楚。精神錯亂的她，行動起來卻那麼縝密。思維荒誕的她，卻又那麼聰明。她是多麼機智，多麼能堅持，眞是一個既讓人深惡痛絕、又不禁爲之讚嘆的矛盾綜合體。

就在這時，目光敏銳的羅蘋一下子看穿了多蘿蕾絲的所有血腥歷險，他終於猜出多蘿蕾絲神祕的足跡所至。

他彷彿看到多蘿蕾絲像著了魔似的，對她丈夫的計畫念念不忘，因爲一直以來，她只知道其中一小部分祕密。羅蘋看到她，一直在苦苦尋找他丈夫想找到的那個皮耶・勒杜克。她找他是爲了要嫁給他，最後以王后的身分回到威爾丹茲這個迷你王國，回到這塊曾經驅逐她的父母、使他們家族蒙羞的土地。

他看到了，被人們以爲仍住在蒙地卡羅的多蘿蕾絲，其實一直待在皇宮飯店他哥哥艾爾特海姆的房間裡。

他看到了，她日日夜夜都在窺伺自己的丈夫，並在夜行黑衣的掩護下，悄無聲息趴在牆上伺機而動。

於是，在一天夜裡，她發現克塞巴赫先生被人捆了起來，於是趁機對他下手。第二天早晨，當她被飯店侍者撞見的時候，她即毫不留情地殺了他。一個小時後，當她的身分被夏普曼發現，她又把他拖到自己哥哥的房間，對他下了毒手。三起連環作案，手段冷酷、殘忍，卻如魔鬼般靈活。

然後，她同樣運用極其巧妙的手段，與剛從蒙地卡羅趕來的女僕歌楚和蘇珊取得電話聯繫。自己不在蒙地卡羅的時候，肯定就是其中一名女僕扮演她女主人的角色。接著，多蘿蕾絲換回平日的女裝、扔掉用來掩飾身分的金色假髮，走到大廳與剛走進飯店的貼身女僕歌楚會合，假稱自己剛抵達巴黎，裝作對即將聽到的噩耗渾然不知的樣子。

這位舉世無雙的演員，自此開始扮演一名生活破滅的寡婦角色。所有人都憐憫她，都爲她惋惜，誰會懷疑她呢？

接下來，她與羅蘋之間的較量正式拉開了序幕。這是一場殘酷的較勁、一場駭人聽聞的對峙，她時而要與勒諾曼先生周旋，時而不得不對付賽爾甯親王。白天，她是那個鎮日躺在長椅上、憔悴虛弱的鑽石大王遺孀；而到了晚上，她便成了一個永不知疲倦、讓人一提起就膽寒的影子殺手。

歌楚和蘇珊，兩位女傭的配合簡直是天衣無縫，她們因受到恐嚇而屈服，輪流當她的密探，有時還要假扮成她的模樣。那天，斯坦維格老人就是這樣在光天化日之下，被艾爾特海姆男爵從警察局劫走。

接下來，就是一連串的犯罪——淹死古亥爾、殺死她的哥哥艾爾特海姆。噢，格里希娜別墅地下暗道的那場無情對峙，殺人魔王在暗處無聲無息的部署，一切的一切，如今竟然那麼清晰明瞭。

後來，竟是她揭開了塞爾甯親王的面具，是她告發了我——羅蘋，害我身陷監獄，是她挫敗了我所有的計畫。爲了取得這場較量的勝利，她顯然不惜一切代價。趁我被關進監獄的時候，多蘿蕾絲立刻加緊腳步，緊接著，蘇珊和歌楚悄無聲息地消失了！斯坦維格遇害了！伊絲爾達，她的妹妹也慘遭毒手！

「噢，無恥、可惡。」羅蘋含糊地詛咒道，反感和仇恨全湧上了他的心頭。

他憎恨她，憎恨眼前這個陰險惡毒的女人。他想掐死她、摧毀她。兩個人就這樣互相勾在一起，躺在地上一動也不動，直到黎明時分，一絲微弱的光亮衝破黑夜照進了房裡，打在他們的身上，這情景有一種莫名駭人且動人的力量。

「多蘿蕾絲……多蘿蕾絲……」羅蘋絕望地唸著這個名字。突然，他跳了開來，兩眼發直，嘴裡大口喘氣。他好害怕，什麼？怎麼了？剛才……剛才爲什麼感覺手裡很冰涼？

「奧克塔夫！奧克塔夫！」他瘋了似地叫道，忘了他的司機不在家。他需要幫助，需要有人在身邊陪伴他，讓他放心。害怕，讓他不停地顫抖。噢，剛才他感到的那股冰冷，是死人身上才有的溫度，怎麼……怎麼可能？

剛才……那長達幾分鐘的悲情時刻……他那僵直的食指……他強迫自己一定要看——多蘿蕾絲直挺

挺地躺在地上，一動也不動。他趕緊跑過去，跪在她面前，把她抱進懷裡。

她真的死了……

有那麼一陣子，羅蘋好像陷入了麻痺，他的痛苦似乎慢慢消解。他感覺不到心痛，感覺不到憤怒，再也沒有了憎恨，什麼也感覺也沒有。現在的他就像被人用榔頭重重敲了一棒，一下子力氣全無，不知自己是活著？在思考？還是成了夢魘的玩物？

他似乎開始明白剛才到底發生了什麼，可是他一刻也不願相信是自己殺死了她。不，不是他殺的。罪魁禍首是，超出他軀體、超越他意識的力量，這是宿命，是無法逆轉的宿命爲之，因爲它要消滅與正義相違的一切有害勢力。

這時，窗外傳來清晨唧唧喳喳的鳥鳴聲，古樹下的花朵含苞待放，爲這春日時節增添生氣。

從麻痺中漸漸回神的羅蘋，對這悲劇人物似的女人，竟生出一股無可名狀的的荒唐憐憫。這個女人是那麼卑鄙、陰險、罪大惡極，但她畢竟還那麼年輕哪！他很難想像，她在清醒時究竟承受著何等的精神折磨。當她恢復理智時，當她能看清自己那些瘋狂行爲是多麼陰鬱、恐怖時，她曾經這樣苦苦哀求羅蘋——「救救我，我是那麼的不幸！」原來，她希望羅蘋保護的是更加內在的她，讓她免於遭受那野獸般本性的加害，是她體內的惡魔一直在脅迫她，要她殺人，不斷殺人。

「不斷？」羅蘋對這個字眼感到有些懷疑。他想起了前天晚上，她就站在自己床前，已經朝自己舉起了匕首。數個月以來，羅蘋一直在糾纏她，千方百計要阻撓她這個殺人兇手。可是那天晚上，她並沒有下手殺他。原因很簡單，那天晚上，她的敵人毫無生氣地躺在床上，鬥志喪失殆盡，忽然之間，無情的較量就這樣結束了。是的，她沒有下手除掉自己。一股比她體內殘暴勢力更強的力量，在當時佔據了她，使她產生了一種模糊不清的感覺，使她對敵人產生了同情與崇敬。

是的，那一次她沒有殺人。這就是宿命。而到頭來，是她最後同情的、憧憬的敵人殺了她。

「我殺了她！」羅蘋一想到就渾身發抖：「我把一個活生生的人殺死了，而這個人她是多蘿蕾絲！多蘿蕾絲……多蘿蕾絲……」

他不停地在唸著這個名字，這個在法語裡和「痛苦」發音相同的名字。同時，他目不轉睛地盯著她看，這個悲哀的人現在再也不能動了，她再也不會對任何人造成威脅了。現在，這個可憐人只剩下一副癱軟的軀殼，沒有意識，不會思考，與一堆散落的樹葉、或一隻斷了氣躺在路邊的小鳥無異。噢，他怎麼能不爲此生出憐憫之情呢？現在，他成了兇手，而她卻變成了受害者。

「多蘿蕾絲……多蘿蕾絲……多蘿蕾絲……」不知何時，天色已經大亮，羅蘋仍執拗地坐在死者身旁，不斷回憶著、思考著，嘴裡時不時喊著：「多蘿蕾絲……多蘿蕾絲……多蘿蕾絲……」

雖然羅蘋知道自己該做些什麼，可是現在，精神渙散的他毫無主意，不知該從何開始做起。「先把她的眼睛闔上。」羅蘋告訴自己。她那雙美麗的、炯炯有神的眼睛，如今已然空洞，一片虛無，但仍能從中感受多蘿蕾絲生前特有的淡淡憂傷，這憂傷是如此迷人。魔鬼怎會擁有如此美麗的眼睛？雖然殘酷的事實不容否認，可是羅蘋仍無法說服自己，在這美麗的軀殼之中，怎可能蘊藏兩股截然相悖的力量？想到這裡，他很快湊到多蘿蕾絲面前，在她那如絲的眼皮上深深吻下……

後來，他找了一塊面紗蓋在她已經僵硬的臉上。這時，羅蘋才終於感覺到多蘿蕾絲已經離自己遠去了，躺在他身邊的這具屍首只是那個黑衣人，那個穿著夜行衣、僞裝自己的殺人兇手。

現在，他開始敢伸手觸碰她了，他摸了摸死者的衣服，竟在一個口袋裡找到兩個文件袋，羅蘋取出其中一個打開。他先發現裡面裝有一封斯坦維格署名的信。信的內容是這樣的：

如果，我還沒來得及說出這個可怕的祕密就已經死去，在這裡我想告訴大家，殺死我朋友克塞巴赫的兇手就是他的妻子——眞名多蘿蕾絲・德・麥黑許，也就是艾爾特海姆的妹妹，伊絲爾達的姐姐。

縮寫L. M.指的就是她，克塞巴赫私底下從不叫他的妻子「多蘿蕾絲」，因爲這個名字代表著「痛苦和哀傷」。相反地，他會叫她蕾提希婭，因爲蕾提希婭表示快樂。「L」和「M」，是蕾提希婭・德・麥黑許這名字的縮寫，是每次克塞巴赫送禮物給妻子時慣用的。當然，這些禮物也包括在皇宮飯店找到的、屬於克塞巴赫夫人的那只菸盒，因爲她習慣在旅行時抽菸。

蕾提希婭！是的，她的確是度過了四年快樂的時光，一段由謊言和口是心非編織的四年時光，一段她處心積慮、自信滿滿、預謀殺害她丈夫的四年時光。

也許我應該早點把眞相說出來，可是我當時沒有勇氣這麼做。一想到我那老朋友克塞巴赫，我就顧忌重重，她可是現在仍在使用這個姓氏呀！

另外，我也害怕……那天在警局當我想揭穿她的時候，我看到了她那可怕的眼神，我知道那是發給我的死亡警告。

我的軟弱會不會使她僥倖逃脫呢？

斯坦維格敬上

「他果然也是被她殺的！」羅蘋心想：「當然，因爲他知道得太多了——那縮寫、她的名字蕾提希婭，還包括她抽菸的習慣。」羅蘋一下子想起，那天晚上在多蘿蕾絲房間聞到了菸草味。

接著，他繼續翻看第一個文件袋，又在裡面找到了幾封短信，上面密密麻麻佈滿了暗語，也許是多蘿蕾絲的黨羽與她祕密碰頭時，塞給她的吧……其中幾張紙條寫著各種各樣的地址，有裁縫店的地址、服飾店的地址。不過，他還在上面找到幾家三流咖啡館和旅店的名字，以及大約二、三十個奇怪的人名，像是屠夫海克多、格勒奈爾街的阿爾芒、藥罐子等等。

文件袋的一張照片吸引了羅蘋的目光，他才剛拿起來，卻像突然被彈簧打到一般，立刻扔掉，然後急匆匆跑出房間，跑出古堡，來到花園。他認出照片上的就是路易・德・麥黑許，那個桑德監獄的犯人。看到照片的那一瞬間，他突然想到明天就是行刑的日子了。既然黑衣人、眞正的兇手是多蘿蕾絲，那麼這個路易・德・麥黑許，他的眞名應該就是他自己所說的雷昂・馬西耶——他是無辜的。

無辜的？可是那些在他家找到的證據要怎麼解釋？那些已經交給國王的祕密信件，所有這些在在指控他的物證，要怎麼反駁？羅蘋感到自己的腦袋快爆炸了，他不得不停止思考，大叫道：

「啊，我簡直要瘋了！可是得趕快行動才是，明天就要行刑了。明天、明天一大早……」羅蘋一邊說，一邊掏出錶來看。「還有十個小時，從這裡趕去巴黎要多久？我必須馬上動身了，明早必須趕到巴黎去，今天晚上就得想好該怎麼阻止。可是我能有什麼辦法？有什麼證據證明他是無辜的？我該怎樣阻止行刑呢？算了，沒關係，山不轉路轉，等到了巴黎再想吧。難道我不是羅蘋嗎？我總會有辦法的……」

於是，他拔腿朝前面的古堡方向跑去，一進去，他便大喊大叫道：「皮耶！您看見皮耶・勒杜克了嗎？啊，你在這兒，聽著……」

羅蘋把皮耶帶到僻靜的地方，用命令的語氣急匆匆地對他說：「聽著，多蘿蕾絲離開這裡了，是的，她有急事，要出去一陣子。昨天夜裡她坐我的車離開了，現在我也要走了。住嘴，別插話，跟你在這裡耽擱一秒鐘，都有可能耽誤大事。我現在要你把所有的傭人打發走，離開古堡，不需要任何理由。這是工錢。半個小時內，所有人必須從這裡離開，我沒回來，誰都不許進來。你也一樣，聽清楚了嗎？你也不能進來，我日後會慢慢解釋給你聽的。總之，是很嚴重的事情。拿去，帶著這把鑰匙，到村子裡等我……」

羅蘋一交代完，就趕緊跑著離開了。十分鐘後，他找到了在大馬路上等他的奧克塔夫，跳上汽車，然後說：

「去巴黎。」

他們的旅程簡直像是在跟死神賽跑。羅蘋嫌奧克塔夫開得不夠快，於是親自上陣，坐進駕駛座，就這樣橫衝直撞、跌跌撞撞地向前趕路。他們穿過一座又一座村莊，闖過一條又一條喧鬧的市街，車速到達每小時一百公里，那些差點被汽車撞到的行人極為惱怒，才剛要破口大罵，車子早已消失在他們的視線之外。

「老大，」被嚇壞的奧克塔夫，一臉慘白，戰戰兢兢地說：「我們下車歇歇吧。」

「你留在這兒、汽車也留在這兒好了。可是我不，我一定會準時趕到巴黎的。」羅蘋說。

他覺得好像不是車子在載他，而是他在牽著車子往前走，是他的意志爲這部車闖出了一條路。對這樣一個永不知疲倦、永遠不會放棄的人來說，誰能阻擋他及時趕到巴黎呢？「我會趕到的，因爲非如此不可。」羅蘋心裡默唸著。

他一直想著，如果無法及時趕到，神祕的路易·德·麥黑許就會因此而死。他彷彿看到，路易·德·麥黑許即將浮現的一張倉惶無措的臉，可是那張臉孔一直以來是那麼固執沉默、讓人費解。於是，儘管道路擁擠嘈雜，儘管突出路面的枝椏在他的車頂劃出可怕的聲浪，儘管他的腦子現在一片嗡嗡作響，他還是努力地做出了一個假設。而這個假設，漸漸地開始越來越明朗，越來越符合邏輯，越來越——雖然這可能不像是眞的——確信無疑。現在，他知道了關於多蘿蕾絲的所有眞相，他隱約悟出了這名精神錯亂病人她的所有犯罪緣由和惡劣企圖。

是的，是她一手設計陷害了麥黑許。她想從中得到些什麼？希望被她迷住的皮耶·勒杜克娶她，然後成爲這個曾讓她流離失所、不得歸返的迷你王國最高統治者？她的這個目的不難實現，而且也在她能力所及範圍內。只是一直以來，總有我這個障礙千方百計阻撓她通往成功。她每次作案，都是被我揭發，她害怕我的聰明才智會擊敗她的計畫。她知道，只要一日不找出兇手和國王被偷的信件，我絕不會善罷甘休。

所以，既然需要一個罪人，那這個罪人就讓路易・德・麥黑許來當好了——或者應該叫他雷昂・馬西耶。這個雷昂・馬西耶到底是誰？她在結婚前就認識他嗎？她愛他嗎？也許吧，可是這終將成爲永遠的謎，沒人能夠知道。現在能夠確定的是，她發現自己的舉止和身材，竟與這個雷昂・馬西耶如此相似，穿上黑衣，戴上金色假髮，她就可以把自己僞裝成這個男人。同時，她還發現這個孤單的男人過著怎樣的奇怪生活，白天休息，晚上出沒，別人跟蹤他時，一定能輕鬆甩掉對方。多蘿蕾絲發現了這些事實，爲了以防萬一，她便說服克塞巴赫先生改掉她在註冊簿上的名字，替之以「路易」；這樣一來，她名字的縮寫正好可以混淆視聽，讓世人將目光指向雷昂・馬西耶。

之後，到了該出手時，她便毫不留情除掉這個一直爲自己身分當掩護的黨羽，讓他判處絞刑。雷昂・馬西耶住在德雷茲芒街，她便安排她的手下住進隔壁條平行的起義大道。而且，要飯店侍者多明尼克給地址的人就是她，她想透過這條線索引我找到那七名匪徒。因爲她很清楚，我一旦找到線索，就會順著追查到底，也就是說，我不僅會追出這七匪徒，我還想找出他們的主使，找到那個一直在背後監視他們、關注他們的人，才會善罷甘休。沒有什麼能夠阻止我揪出那個黑衣人，揪出雷昂・馬西耶，揪出路易・得・麥黑許。

所有的這一切，她又是如何設計的呢？我會先找到七名匪徒，這之後又會發生什麼事？要不我被他們除掉，要不大家一起同歸於盡。那天晚上在德魏涅街的別墅，她就是這麼想的。因爲無論是哪種假設情況成了現實，多蘿蕾絲她都將會擺脫我——這個對她來說最大的麻煩。

可是結果是怎樣呢？七名匪徒被我抓住了。於是，多蘿蕾絲自己逃出德魏涅街。我在賣舊貨的倉庫找到她，她就把我引向雷昂・馬西耶——或者說是路易・德・麥黑許。然後，我找到她有意讓我發現的國王信件。路易・德・麥黑許被關進監獄，我向警方透露她親自建好的那兩座相連通的倉庫，向法院提交了證據。是她偽造的證據指出，雷昂・馬西耶偷走了雷昂・馬西耶的身分，並引導公眾相信他其實應該叫做路易・德・麥黑許。所以，路易・德・麥黑許就被判了絞刑。

這樣一來，多蘿蕾絲・德・麥黑許就會取得最終勝利，因為兇手眾人皆知，且已被處決，而她過去的種種罪行再也不會被任何人察覺。丈夫死了，哥哥死了，妹妹死了，兩個傭人死了，斯坦維格也死了。她巧妙藉由我擺脫了那七名匪徒黨羽，最後更藉由我將代罪羔羊送上絞架，就這樣，她終於成功地擺脫了她自己。多蘿蕾絲終於勝利了，她有千萬遺產，有愛她的皮耶・勒杜克，她還會成為王后。

「啊！」羅蘋扯嗓大喊：「這個傢伙不能死，我用我的腦袋發誓，他不能死。」

「當心！老大！」被嚇得魂飛魄散的奧克塔夫在旁邊說：「我們快要……這裡可是郊區。」

「你想要我怎麼樣？」

「可是我們會撞翻的……這些馬路特別滑，當心車子打滑……」

「如果那樣的話，算我們倒楣。」

「當心！那邊！」

「什麼？」

「前面轉彎處，有一輛電車……」

「它得停下。」

「快刹車！老大！」

「不！」

「可是我們會沒命的……」

「我們過得去。」

「過不去。」

「可以。」

「啊！該死！」

只聽見砰的一聲，緊接著是一連串的尖叫和驚呼聲。汽車直接貼上了電車，由於牽引力極大，使它仍被電車不斷地推出去，先是撞上前面的柵欄，這兩公尺長的木板立即斷裂，直到最後被壓在路邊的一個角落裡。

「司機，停車！」

被拋到路邊草坪上的羅蘋，看到一輛計程車剛好經過，立刻叫了起來。他掙扎著站起身，看見自己的車已經報廢，而且也有人準備救助奧克塔夫，他便斷然地跳進計程車。

「去內政部，博沃廣場……小費二十法郎……」

坐在後座的羅蘋，繼續叨唸著：「啊，不，他不能死！他絕不能死，我不准他死！一直被那個女人玩弄，然後像個傻呼呼的中學生掉進她的陷阱，已經夠讓我受的。到此爲止吧，別再做任何蠢事了。是我要人把他關進監獄，讓他被判死刑，是我把他送到了絞刑架下，可是他一定不會爬上去的。絕不，要是他上了絞架，我也只能朝自己腦袋補上一槍了！」

前面，一道柵欄擋住了他們的去路，羅蘋探出身子對駕駛座的司機說：「如果你不停車，直接衝過去，我再加二十法郎。」

就這樣，車子一路跌跌撞撞地到了稅徵處，羅蘋大聲說：「去內政部！」

車子繞過徵稅處。「該死，不要減速！」羅蘋不停地嚷嚷：「加速，再快一點，你害怕傷到那幾個老婦人嗎？開過去，如果傷到人我負責賠償。」

幾分鐘後，車子終於趕到博沃廣場。羅蘋火速跳下車，全速衝過院子，大腳跨上階梯來到門廳。裡面到處熙熙攘攘，熱鬧非凡。他在一張紙上寫下「賽爾甯親王」，然後將一名法警長推到牆角說：「我是羅蘋，你認得我，不是嗎？是我讓你的上一任除職，你才能坐上今天這個位子的，不是嗎？所以，你得趕快幫我稟報一聲。快，把我的名字報上去，我只請你幫我這點小忙。內閣總理會感謝你的，我也一樣。你倒是去啊，該死，瓦朗格雷在等我呢……」

十秒鐘後，瓦朗格雷親自從他的辦公室探出頭叫道：「請親王進來。」

羅蘋匆忙進去，關好門，不給瓦朗格雷機會說話，自己先開口：「不，你先別說，你不能打斷我，否則你就完蛋了，而且德國國王也會跟著受牽連。不，不是的，聽著，麥黑許是無辜的，真正的兇手被我找到了，她就是多蘿蕾絲・克塞巴赫。她死了，屍體現在還留在原地。我有充分的證據，沒人能夠反駁，兇手就是她……」

羅蘋停頓了片刻，瓦朗格雷看起來好像被弄糊塗了。

「部長先生，我們得救麥黑許，否則那就是司法誤判，無辜的人竟然被當眾絞死。請您快下令吧，一個補充說明或什麼的？可是要快，時間很緊迫。」

瓦朗格雷專心地聽羅蘋講完，然後他走到辦公桌前，從上面拿起一份報紙，指了指其中一篇文章給羅蘋看。羅蘋看了一眼標題：

殺人魔頭今被處決，今早，路易．德．麥黑許迎向他的最後時刻……

讀到這兒，筋疲力盡的羅蘋，發出一聲絕望的呻吟，一下子昏倒在扶手椅上。他到底昏迷了多久？直到他從內政部出去時，他還是弄不清楚。他只記得好像安靜了一會兒，才看到瓦朗格雷彎過身來，朝他的臉上潑了一杯涼水，而且他還清楚記得內政部長用低沉的聲音，對他竊竊私語：「聽著，請您千萬不要透露出去，好嗎？他也許是無辜的，這點我不懷疑……可是，現在說出這些又有什麼用呢？只會鬧出醜聞，要知道，司法誤判後果可是很嚴重的。這又何必呢？內閣重組？這對誰有好處呢？他被定罪時，用的甚至不是他自己的名字。他被處決時，大家也都以爲他就是路易．德．麥黑許，那個殺人兇手，所以……」

瓦朗格雷一邊說，一邊把羅蘋往門口推：「好了，現在請您回去，趕快把屍體處理好，千萬不能留下任何痕跡，嗯？整件事情不能留下一點痕跡，您能讓我放心，是不是？」

羅蘋聽了他的話，回去了。可是這時的他像個毫無知覺的機器人，因爲是別人要他這麼做的，他自己則喪失了所有的意志。他在火車站待了好幾個小時，機械地用餐，機械地買了車票，然後機械地坐進一節車廂裡。整個晚上，羅蘋一直昏昏沉沉的，像是發了燒，睡著就做噩夢，醒時則糾纏於那個費解的問題——爲什麼雷昂・馬西耶完全不爲自己辯護呢？這個人肯定也是個瘋子，至少是半個瘋子。他之前就認識她，然後被她毒害了生活，變成了瘋子……總之，早晚只有死路一條，何必再辯白？

這個解釋，羅蘋只滿意了一半。他向自己保證，遲早有一天要解開這費解的謎，給自己一個合理答案，爲自己解答——馬西耶在多蘿蕾絲的生活裡，到底扮演著什麼角色。不過，現在倒也沒什麼大不了的。至少有一件事情，羅蘋是清楚的，那就是馬西耶是個瘋子。於是他偏執地不斷重複著——這個馬西耶肯定是瘋了，而且整個馬西耶家族都是瘋子——他一遍又一遍地重複著，興奮地發狂，幾乎快要把名字搞混，腦子一直在嗡嗡作響……

第二天清晨，當他在布魯根車站下車時，清涼的空氣撲面襲來，羅蘋一下子清醒了。就這樣，他忽然看到事情的另一面，便喊了起來：「總之，他活該倒楣，他只需要抗議一下，就……我在這件事可是一點責任也沒有，是他自尋死路。他只是整齣凶殺奇遇記的無名小卒罷了。最後，他撐不住了，我爲他感到難過，不然還要我怎樣？」

羅蘋想再一次地振作起來。雖然他在這場自己導演的戲裡受了傷，受到折磨，但一切還是得向前看，不是嗎？

「這只是整場戰爭的一些小插曲罷了，沒必要再去想了。我可是什麼也沒輸。多蘿蕾絲是我的失算，因爲皮耶・勒杜克愛她。可是現在她死了，皮耶・勒杜克完全歸我支配了。他會娶珍妮薇，因爲這是我的決定。他會坐上大公的寶座，我會成爲幕後操手，歐洲、整個歐洲都將屬於我。」

羅蘋的心情一下子由陰轉晴，興奮了起來。現在的他信心滿滿，激情洋溢，一路上指手畫腳、不亦樂乎。他假裝自己是那個發號施令、百戰百勝的將軍，手持一把無形的長劍比來比去。

「羅蘋，你就要成爲大王了！你是大王，是的，亞森・羅蘋。」

回到布魯根附近的村子，他打聽到，皮耶・勒杜克昨天中午在客棧吃過飯後，大家就再也沒有見過他。

「什麼？」羅蘋驚詫地問：「他昨晚沒在客棧過夜？」

「沒有。」

「可是他吃過午飯後還會去哪兒？」

「吃完飯，他就朝著古堡的方向走去了。」客棧的侍者回答。

羅蘋一臉狐疑地離開。因爲他跟年輕人說過，要他關好古堡裡所有的門，打發所有的傭人，然後自己也得離開那兒不可以回去。等他走到古堡時，竟發現柵欄敞開著，羅蘋立刻明白勒杜克一定是違背了他的命令。

羅蘋趕緊走進去，在古堡裡找了一遍，一邊走一邊叫他，可是根本沒有人回答。忽然，他想起自己住的那棟木屋，誰知道呢？皮耶・勒杜克沒見到自己深愛的人，他很可能意識到發生了什麼事，而且找了過去。糟糕，多蘿蕾絲的屍首還躺在那裡！羅蘋一下子緊張起來，拔腿就朝木屋的方向衝去。他剛進門，還看不出裡面有人。於是他大聲地嚷嚷：「皮耶！皮耶！」

沒人回答，他立刻朝自己的臥室跑去。剛衝到臥室門口，他卻呆住了，就這樣整個人釘在門外——多蘿蕾絲屍首的正上方，吊著已經嚥氣的皮耶・勒杜克。

羅蘋站在那兒，完全地震懾住。他沒有流露一絲表情，從頭到腳各處肌肉無不在抽搐痙攣。他不願意做出什麼絕望的動作就此發洩一下，也不想吐出一句詛咒的話語。經過了所有這些命運強加在他身上的事件後，經過多蘿蕾絲的犯罪、死亡，然後是馬西耶被處決，經歷過這所有的患難和驚厥之後，他需要讓自己明白，他要的王國還在心中，否則，理智也會漸漸離他而去……

「白癡！」羅蘋伸出拳頭，作勢朝皮耶・勒杜克揮去：「眞是一個徹底的傻瓜，你就不能再等等？用不了十年，我們就能收回阿爾薩斯和洛林。」

羅蘋想要找話來說，想讓自己表現出某種態度，這樣可以分散掉他的精力。可是沒辦法，他還是無法阻止自己繼續思考下去，他感覺自己的腦袋幾乎快爆炸了。

「啊，不，不，」羅蘋喊著：「噢，不，絕不！羅蘋，你也快要瘋了！啊，不，朝腦袋來一槍好了，如果你覺得這樣做有趣的話。好吧，除了這個，我再也找不出其他合適的結局了。瘋癲、癡呆的羅蘋，在輪椅上度過他的晚年？噢，不，要結束，就要結束得漂漂亮亮的！」

他一邊在房間裡亂轉，一邊用力地跺腳，學著演員裝瘋賣傻演出的樣子，每邁一步，膝蓋就抬得高高的。然後，他大聲說道：「要做好漢、好漢，神明們都在看著你呢！抬頭挺胸、趾高氣昂，雖然你周圍的一切都傾覆坍塌了，可是，這又怎麼樣呢？失敗了，什麼也沒有了，王國成了泡影，歐洲丟了，整個宇宙悄然消失了……可是然後呢？沒什麼大不了的，不做羅蘋，就直接跳湖吧……好了，沒什麼大不了的。上帝呀，這是多麼可笑。得了，一笑置之，算了吧。多蘿蕾絲，也給我也來支香菸吧。」

他冷笑著彎下腰，摸了摸死者的臉，搖晃了身子一陣後，一下子栽倒在地，沒了知覺……大約過了一個小時，他終於又站了起來。他發洩完了，恢復理智，精神也放鬆多了，於是開始正經而安靜地研究起當前的局面來。

羅蘋意識到，自己是被不可逆轉的決定帶到了這般田地。他的完美計畫在幾天之內，就被接踵而至的意外摧垮殆盡，而當時他卻還蒙在鼓裡，還對勝利深信不疑。現在的他要怎麼辦？重新開始？進行重建？不，他再也沒了那個勇氣，可是他到底該怎麼辦呢？

他在花園裡漫無目的地走了一個上午，這次的悲情散步讓他看清事情的每個細節，慢慢地，死亡的念頭開始向他逼近。可是，無論選擇生或死，在這之前還有很多瑣碎的事等著他去了結。想到這裡，羅蘋忽然平靜了下來，腦子也變得清醒多了，他知道自己該做些什麼。

這時，教堂的鐘敲響，正午到了。

「開始吧，」羅蘋對自己說：「這回不要再搞砸了。」於是，他平靜地回到自己的臥室，爬上凳子，割斷縛在皮耶．勒杜克脖子上的繩索。

「可憐的傢伙，」羅蘋叨唸著：「一根麻繩就讓你送了命。哎，終究不是成大事的那塊料……我早該明白的，真不該把我的命運押在這樣一個咬文嚼字的詩人身上。」他搜了搜年輕人的衣服，什麼也沒找到。

這倒讓他想起在多蘿蕾絲身上找到的第二個文件袋，他趕緊從口袋掏出。可是，羅蘋頓時看呆

了，他發現這袋子裡裝著一些看起來很眼熟的信件。他展開來仔細看了看，馬上認出──

「是給國王的那些信！」他喃喃地說：「鐵血宰相留下的那些信，一封也不少。可是，我不是在馬西耶家發現後，就把它們交給瓦爾德馬爾伯爵了嗎？這又是怎麼一回事？難道她又從那蠢貨瓦爾德馬爾手裡奪了回來？」

「啊，不，你才是蠢貨。」羅蘋倏地拍了拍腦門：「這些才是如假包換的原件！她要留著它們，在恰當的時候再用來要脅國王。我交給國王的那些信件全是假的，是她親自、或找人僞造的。我這是被她耍了，該死，有些事情，一旦女人涉入……」

後來，他還在文件袋裡發現了一張照片，他拿出來一看，竟是他的照片。「兩張照片，馬西耶和我，兩個她愛的人……她是愛我的……雖然這愛很奇特，這份愛應該源自對我這個冒險家的仰慕。她仰慕這個自己想挫敗、卻反過來想擊垮她和七名匪徒的男人。愛情眞是莫名其妙！那天，我在對她講述我宏偉夢想的時候，我從她的表情感受到的，無疑就是這份愛意！就在那時，毋庸置疑，她想要放棄皮耶・勒杜克，放棄她的夢想而成全我。如果沒有那樁失而復得小鏡子的意外，她早就被我征服了。可是，鏡子一暴露，她就害怕了起來，她擔心我會知道眞相。因此，她下定決心……可是，爲了這點，我就得死。」

羅蘋就這樣若有所思地重複著：「可是，她是愛我的……是的，她愛我，就像其他愛過我的女人一樣，但她們從我這裡得到的只有不幸。唉，所有愛我的人都因我而死，她也一樣，而且是我活活勒死了她，那我活著還有任何意義嗎？」

沮喪到極點的羅蘋，聲音壓得極低，不斷重複道：「活著還有任何意義嗎？倒不如去找她們，去找這些曾經愛過我的女人，曾經爲愛獻出她們生命的女人——宋妮雅、蕾夢、克洛蒂爾德．德唐熱、克拉克小姐……」

就這樣，他把兩具屍體擺在一起，找了一塊帷幔把他們蓋起來，然後坐到桌前寫下這些文字：

我戰勝了所有的人，可是我還是輸了。到頭來，我還是失敗了，因爲，我沒辦法戰勝比我更強大的命運，我愛的人都已不在，我也將追隨她們而去。

亞森．羅蘋絕筆

接著，羅蘋把信裝進信封，封好，捲起來塞進一個小瓶子，扔出窗外，瓶子剛好落進了土質鬆軟的花壇裡。之後，他從廚房找來了一些碎木屑、幾張報紙，還有一堆稻草，把它們堆在一起，澆上汽油。他點著一支蠟燭，想都不想，直接扔進了那堆東西裡。火苗咻地一下冒了出來，它越冒越多、越冒越旺，劈劈啪啪不停作響。

「上路吧，這屋子全是木頭搭的，著起火來就像點燃一根火柴那樣容易。就算村裡的人發現了，他們從那邊趕來，撞開柵欄，跑到花園深處，也已經爲時已晚。他們能夠找到的，就是那燒成灰燼的木屋，燒焦了的兩具屍體，以及瓶子裡我所留下的絕筆信。永別了，羅蘋。善良的人們呀，請你們不要爲我舉行什麼儀式，直接下葬吧。隨便準備一部靈車，不要鮮花，不要花環，只要擺一支不起眼的十字架，然後替我刻上這樣的墓誌銘——冒險家亞森・羅蘋長眠於此。」

羅蘋登上古堡的圍牆，轉身回頭看了看，木屋冒出的熊熊火焰，盤旋著竄入雲霄。他離開了，心情凝重，絕望至極，命運徹底摧垮了他。他就這樣漫無目的地四處遊逛，居然就這樣步行到了巴黎。沿途的農民很驚訝，這個古怪的旅客竟掏出一疊鈔票，來付那幾法郎的飯錢。

一天夜裡，三個小賊突然從茂密樹林裡跳出來，打算襲擊羅蘋，沒想到反而挨了羅蘋一頓棒打，奄奄一息，歪倒在樹林裡。後來，羅蘋住進一家小旅店，這一住就是一個星期。他不知道自己該去哪兒，該做些什麼？命運棄他於不顧，他不知道這世界上還有什麼值得留戀的，他不想再繼續下去了，不想繼續活下去了……

* * *

「是你！」

艾爾蒙夫人站在歌爾詩自家不甚寬敞的臥室裡，眼前這個人把她嚇壞了。她臉色慘白，不停地顫抖，兩眼睜得大大的，不知該說些什麼。羅蘋！居然是羅蘋！

「你！」老婦人吃驚地說：「居然是你，可是報紙上不是說……」

「是呀，我死了。」羅蘋擠出一個苦笑。

「可是、可是……」天真的艾爾蒙夫人，不知如何回答。

「妳是想說，如果我死了，還來這兒做什麼，是嗎？請相信我，維克朵娃，我的理由可是很莊重、很充分的。」

「你眞是改變了不少！」維克朵娃心疼地說。

「事情難免會遇上小小的不如意，不過現在都過去了。聽著，珍妮薇在哪兒？」

艾爾蒙夫人一聽，立刻跳到羅蘋面前，憤憤地對他說：「你別去煩她，嗯？啊，這一回，我再也不會把她交到你手上了。她這次回來，簡直像變了一個人，那麼憔悴、惆悵、臉色慘白。這兩天她的氣色才剛恢復，你就放過她吧。」

「我要……聽著，我要跟她說說話。」羅蘋一隻手愼重地搭在老婦人肩上。

「不行！」

「我必須跟她說。」

說完，羅蘋一把推開維克朵娃要過去，可是維克朵娃重新站直了身子，雙臂交叉在胸前，擋住他的去路，態度堅定地說：「要過去就踩著我的屍體過去，你難道不明白嗎？那孩子的幸福只在這兒，不在別處。所有你的那些發財夢、當貴族的念頭，只會讓她不愉快。你要這樣，我可不同意。什麼皮耶·勒杜克？還有你那威爾丹茲？珍妮薇？大公夫人？你眞是瘋了，那根本不是屬於她的生活。到頭來，你一直都只想著自己。想要發財的人是你，想爭權奪力的也是你，你才不在乎這孩子是怎麼想的。你問過她的意見嗎？你問過她是否愛你那個無賴大公嗎？你關心過她眞的愛著什麼其他人嗎？不，你什麼也不管，就是一心想達到目的，殊不知，這樣會傷害珍妮薇，讓她一輩子都不快樂。噢，不，我絕不讓你這麼做。她需要的是簡單的、不作假的生活，這種生活，你沒辦法給。所以現在，你還來這裡做什麼？」

羅蘋一下子被這番話震懾住了，他十分難過，聲音低沉，喃喃地說：「我怎麼可能從此再也不見她，再也不跟她說話？」

「她以為你死了。」

「我不希望讓她這麼想，我要讓她知道事實眞相。一想到她以為我不在了，這對我來說是多麼大的折磨呀……維克朵娃，帶她過來好嗎？」

羅蘋說這話時，語氣中是那麼自責與無助，讓維克朵娃的一下子心軟起來，她開口說：「聽著，我要知道你準備對她說些什麼。要坦誠，我的孩子，你想對珍妮薇怎麼樣？」

羅蘋語氣嚴肅地說：「我想對她說：『珍妮薇，我答應過妳母親，要給妳財富、給妳權力，讓妳過童話般的生活。等這天實現，我會在一個離妳不遠的小地方住下。等妳有了幸福，過著舒適的生活，妳很可能就會忘了……我相信……妳就會忘了我是誰，忘了我過去的那些所作所為。可是，很不幸，命運總是比凡人更強大。我既沒有為妳帶來財富，也沒有讓妳成為權貴，我什麼也沒能給妳。現在，反而是我需要妳。珍妮薇，妳願意幫我嗎？』」

「幫你什麼？」老婦人惶惶不安地問。

「幫我活下去……」

「噢！」她感嘆道，「你這不是好好的嗎，我的孩子……」

「是的。」羅蘋簡單地回答：「沒有造作的痛苦，是的，我還活著。可是有三個人卻因我而不在了，他們是我親手害死的。這回憶太沉重，我一個人承受不來。我需要幫助，這是第一次、第一次在我的生命中，我需要有人幫助我。我有權向珍妮薇要求，她有義務爲我……否則我……」

「一切就將了結？」老婦人面色發白，激動得渾身顫抖，她不再說下去。就這樣，她一下子找回了對眼前這個男人所有的愛，因爲在她的眼裡，他還是那個自己昔日用奶水親自餵大的孩子。

她問道：「你希望她怎樣做？」

「我要帶她去旅行，還有你，如果你願意跟我們一起去的話……」

「可是你忘了，你難道忘了……」

「什麼？」

「你的過去……」

「她也會忘的，她會明白我不再是從前那個我，我也不想再做從前的我了。」

「可是，你想做的就是讓她分享你的生活？分享羅蘋的生活？」

「應該是未來的我的生活，我會盡一切努力讓她過幸福的生活，讓她嫁給自己心儀的男人。我們會住在世界上任何一個角落，一同奮鬥，一同扶持。你知道我可以做什麼……」

艾爾蒙夫人仍然盯著羅蘋，不疾不徐地重複道：「這麼說，你眞的是想讓她分享你羅蘋的生活？」

羅蘋一聽，忽然遲疑了一秒，然後他斬釘截鐵地說：「是的，是的，我要這樣，這是我的權利。」

「你要讓她離開這些她細心照顧的孩子，讓她離開自己喜愛的工作和生活，讓她離開這對她來說不可缺少的一切？」

「是的，我要這樣，那是她的義務。」

老婦人聽完這話，斷然打開窗子：「既然這樣，那你就叫她吧。」

這時，珍妮薇正坐在院子裡的一張長椅上，四個小女孩簇擁圍坐在她身旁，其他孩子則在院子裡四下跑著、嬉笑著。

他剛好可以迎頭看見她，看見她那雙凝重卻始終微笑著的眼睛。她手拿一朵鮮花，一片片將花瓣剝下，一邊專注地爲孩子們講解著。說完後，她便開始提問，只要孩子們能夠回答，她就會獎勵一個甜甜的吻。

羅蘋久久地看著這一幕，不能自已，他害怕極了。所有先前他未察覺的情緒就這樣在他心中醞釀。他眞想上前去，緊緊抱住這個年輕的漂亮孩子，他是多麼地愛她，多麼地尊重她呀！他又想起了孩子的母親，那樣憂傷過度死在阿斯佩蒙……

維克朵娃重複道：「叫她來吧。」

可是，羅蘋一下子坐到扶手椅裡，結結巴巴地說：「不行……不好……我沒有權利……不可能……還是讓她以爲我不在了吧……這樣更好……」說完，羅蘋哭了。因爲抽泣，他渾身上下都在顫抖。他失望極了，一股柔情就這樣慢慢地在他內心升騰，直到佔據他整個人。現在的他，眞的就像那一朵朵遲開的花朵，剛要綻放豐美，卻又不得不面臨下一刻的凋零。

「是你的孩子，是嗎？」老婦人跪倒在羅蘋跟前，顫抖地問著他。

「是，她是我的女兒。」

「噢！我可憐的孩子，」艾爾蒙夫人的淚水一下子奪眶而出，「我可憐的孩子！」

chapter 17

尾聲

「上馬。」國王說，又隨即糾正了一下：「應該是上驢。」

國王看著牽來的這頭驢子問：「瓦爾德馬爾，你確定這傢伙會聽話？」

「我以自己的榮譽替牠擔保，陛下。」伯爵肯定地說。

「你這麼說，我就放心了。」國王笑著回答。

接著，國王轉身朝著他的隨行官員命令道：「先生們，上驢！」

卡布里村的主廣場站著一群義大利憲兵，廣場集結了從這個國家徵調來的所有毛驢，作爲德國國王參觀這座神奇小島的代步工具。

「瓦爾德馬爾，」走在行列最前面的國王問伯爵：「我們從哪兒開始？」

「從提拜爾別墅開始吧，陛下。」

一行人穿過一道門，來到一條坑坑洞洞、沒有砌好的小路上，他們沿著小路緩緩上坡，朝小島的東邊岬角行去。

國王的心情不太好，一直嘲笑坐在驢背上、兩腳碰地的瓦爾德馬爾，雖然這樣讓他看起來顯得高大些，可是他那副重量卻壓得毛驢可憐兮兮。

四十五分鐘後，終於先到達著名的提拜爾跳腳石，巨石高達三百公尺，就是在這裡，古老王國的暴君把那些無辜的人踢進了大海。

國王下了驢，走到護欄後面，朝懸崖瞥了一眼。他決定從這裡步行到提拜爾別墅，到了那兒，國王特別在坍塌的房間和迴廊的廢墟，溜達一會兒。

他停下來休息片刻。從這裡望向卡布里島和索倫特岬角，景色壯觀極了。湛藍色的海水將海灣的海岸線勾勒得清清楚楚，清新的海上空氣夾雜檸檬樹飄來的香氣，讓人頓覺神清氣爽。

「陛下，」瓦爾德馬爾提議：「從峰頂的隱修士小禮拜堂往下看，風景會更好。」

「那我們就上去看看。」

不過，隱修教士已經沿著陡峭的小道從山頂走了下來。這位老者步履蹣跚、佝僂著背，隨身還帶著登記簿，用來讓前往小禮拜堂參觀的遊客記錄心得。

修士把登記簿放到石凳上。

「我要寫些什麼呢？」國王問。

「您的名字，陛下，以及造訪日期和特別喜歡的地方。」

國王接過教士遞過來的鋼筆，彎下腰正準備寫……

「當心！陛下，當心！」

一行人驚慌失措，大叫起來，國王這才意識到小禮拜堂那邊傳來轟隆巨響，等他轉過身，發現有塊大石頭以飇風之姿，正朝他滾過來。

只見修士敏捷地攔腰抱起國王，把人帶往十幾公尺外的地方。

就在此時，落石剛好重重撞向國王剛才坐過的那張石凳，石凳被撞了個粉碎。要是沒有修士及時出手，國王早已一命嗚呼。

國王向修士伸出手，只簡單地說一聲：「謝謝！」

隨行官員立刻圍了過來。

「我沒事，先生們，虛驚一場！不過剛才眞是十分驚險，我得說，要是沒有這位勇敢的人……」

國王一邊說，一邊湊到修士身旁問：「您叫什麼名字，我的朋友？」

修士將遮住臉部的風帽向後挪了挪，壓低聲音說話，讓站在他對面的國王聽見他：「我是那個非常榮幸能和您握手的人，陛下。」

國王感到很訝異，不由自主地向後退了一步，他隨即冷靜下來，然後對自己的手下說：「先生們，請先上去小禮拜堂查看一下，說不定還有其他岩石也鬆動了。另外，最好有人將這件事跟這個國家的當局通報一聲，然後你們再回來找我。我要好好感謝這個勇敢的人。」

說完，國王在修士的陪同下一起走開，等到周圍只剩他們兩人的時候，國王開口說：「是你！爲什麼？」

「我有事要跟您說，陛下，難道您會同意接見我？所以，我乾脆採取行動，剛才您躲過了那個小意外，我想正好可藉機表明我的身分……」

「所以？」國王打斷他。

「陛下，瓦爾德馬爾替我拿給您的那些信，是假的。」

「什麼，假的？你確定？」

「百分之百確定，陛下。」

「可是，那個麥黑許……」

「有罪的人不是麥黑許。」

「那是誰？」

「我希望陛下您能替我保守這個祕密，眞正有罪的人是克塞巴赫夫人。」

「是死者克塞巴赫的妻子？」

「是的，陛下，她現在也已經死了。您手裡的那些信件，是她自己或她請人僞造的，原件一直都在她手裡。」

「這些信現在在哪兒？」國王著急地大喊：「這可是相當重要！我不惜一切代價也得找到它們，它們對我來說太重要了。」

「在這兒，陛下。」

國王呆住了，他看了看羅蘋，又看了看遞過來的信，再抬頭注視羅蘋的雙眼，最後連檢查也不檢查，接過來就放進衣飾的內口袋。

毫無疑問，這傢伙又再次令國王感到心神不寧。這強盜怎會如此大方，就這麼把信交給了自己？亞森・羅蘋當然可以留著這些殺傷力極大的武器，任何時候想拿出來用都行。可是，他並沒有那麼做，他向自己許過承諾，他要兌現諾言。

國王忽然又想起眼前這傢伙，完成的一幕幕不可思議的歷險。他對羅蘋說：

「報紙上說你死了……」

「是的，陛下。而事實上，我也確實已經死了。我國的司法機構很高興終於擺脫我，他們把我那燒成焦炭、無法辨認的屍體殘骸，統統埋葬了。」

「這麼說，你自由了？」

「就像我一直以來那樣。」

「你再也沒有任何羈絆？」

「沒有。」

「如果這樣的話……」國王話到嘴邊又吞了回去，他猶豫了一陣，但最後還是說了出口：「如果這樣的話，那來爲我效力吧。我讓你指揮我的禁衛軍，他們完全由你管，你會有很大的權力，甚至整個警察機構都可以歸你。」

「不，陛下。」

「爲什麼？」

「因爲我是個法國人。」

兩人沉默了下來，這個回答顯然讓國王很不快，最後他說：「可是，既然你現在已是沒有羈絆一身輕……」

「我不能這麼做，陛下。」羅蘋笑著說：「雖然作爲亞森・羅蘋我已經死了，但我仍以作爲一名法國人而活著，我想陛下您應該能理解這一點。」

國王左右踱了幾步，繼續往下說：「可是我得還你人情呀，我知道關於威爾丹茲公國的談判告吹了。」

「是的，陛下，皮耶・勒杜克是個冒牌貨，他也死了。」

「我能爲你做點什麼？你把信還給我，還救了我一命，我能爲你做些什麼嗎？」

「沒有，陛下。」

「看來你想讓我一直欠你人情？」

「是的，陛下。」

最後，國王又看看眼前這個和自己平起平坐的古怪傢伙，他輕點了頭表示致意，一句話也沒說，便離開了。

「喂，陛下，我讓您無話可說了。」羅蘋看著遠去的德國國王揶揄道，可是接著他便語重心長地說：「當然，要想回報我，其實很簡單，我希望能要回阿爾薩斯—洛林，可是……」

羅蘋說到這兒突然打住，氣得直跺腳：「該死，羅蘋，你還是那副老樣子，至死也不悔改，卑鄙惡劣，厚顏無恥。正經點，該死，是該正經的時候了。」

他沿著剛才從小禮拜堂下來的陡峭小路折返，走到落石處，停了下來，笑了笑說：「剛才做得眞漂亮，陛下的隨從毫無所覺。可是他們哪裡猜得到這岩石是我準備的？他們怎麼會知道，是我拿鏟子弄鬆了石頭，才使它滾了下來，而滾落的軌道也是我精心設計的？這一切都是爲了讓我救國王一命。」

羅蘋感嘆地說道：

「啊！羅蘋，你眞是讓人難以捉摸？所有這一切都是因爲你曾發下那個誓言，你發誓要讓德國國王跟你握手！現在你的誓言實現了——國王的手也不過只有五根手指而已——維克多・雨果不也曾經這樣說過？」

說著，他走進了小禮拜堂，掏出一把特殊的鑰匙，把一間祈禱室的門打開。

裡面，一個男人被捆了手腳，嘴裡塞了手帕，躺在稻草之中。

「喂！修士，」羅蘋說，「時間不是很久，可不是？我說過，至多二十四小時……可是，我這都是爲了成全你呀！你瞧，你剛剛救了德國國王一命……是的，朋友，你成了搭救國王的功臣。這可是爲你帶來了莫大的好運，他們會爲你建造一座大教堂，然後再給你刻一尊雕像豎起來，直到有人詛咒你的那一天才會卸下來……要知道，有些人眞的是很惡毒，尤其是等到他們對你的敬意消失殆盡、而開始背棄你的時候。來，修士，衣服還給你。」

修士已經渾身麻痺了，也餓得發昏，他踉踉蹌蹌地站了起來。

羅蘋重新穿好自己的衣服，然後對他說：

「永別了！修士，很抱歉給你帶來了這麼多小麻煩，爲我祈禱吧，我需要你的祈禱。我就要永垂不朽了！永別了！」

就在離開前，羅蘋在小禮拜堂的門口駐足了幾秒鐘。不管是誰，在可怕的結局即將到來之前的這段莊嚴時刻，他都是會躊躇一下的，不是嗎？不過，既然羅蘋心意已決，那就沒有什麼能夠改變。幾秒鐘之後，他想也不想，全力衝下了山坡，繞過提拜爾跳腳石，跨上了橫在前面的欄杆。

「羅蘋，給你三分鐘時間做最後的表演……可是這又有什麼用？你沒看見，附近一個人也沒有……那你呢？還有你啊？你就不能把這最後的表演獻給你自己嗎？這場好戲眞是値得一看哪！『《亞森・羅蘋》的八十幅畫面壯烈滑稽劇』，背景以死亡的畫面開場，由羅蘋本人親自扮演……漂亮，羅蘋！聽聽我的心臟，女士們先生們，每分鐘七十下……保持微笑。很好，羅蘋。啊！莊嚴的一刻到了，我的朋友。沒有遺憾了？似乎還有？可是我的上帝，這是爲什麼，你的一生是那樣的華麗……啊，多蘿蕾絲，你這可惡的惡魔，眞希望那晚你沒有來！還有你，麥黑許，你爲什麼不說出來？哦，還有你，皮耶・勒杜克……我來了！死在我手中的三位，我來和你們團聚了……哦，我的珍妮薇，我親愛的珍妮薇……啊，這……到底有完沒完，你這個既老又蹩腳的滑稽戲子？好了，好了，我來了！」

羅蘋終於跨出了另一隻腳，他就這麼向下看了看，懸崖深處的死海陰沉晦暗，然後他抬起頭：

「永別了，不朽的、受人讚美的我！冥王在向你招手！永別了，世間一切的美好！永別了，萬物的光輝！永別了，我的一生！」

他朝著天空，太陽，以及眼前的事物各獻一吻……最後，雙臂交叉，縱身跳了下去……

「西狄-柏拉-阿貝斯」外籍兵團軍營，靠近簡報室的一個低矮房間裡，一位軍官一邊抽著他的菸，一邊看著手邊的報紙。

他旁邊的窗戶朝院子敞開著，兩名高大的士兵靠在窗邊正你一言我一句的閒聊著，他們口中迸出的全都是些粗鄙的字眼，還時不時地夾雜幾個德國說法。

忽然，房門被推開了，一個男人從外面走了進來。這男人很瘦，中等身材，穿著相當講究。

軍官一看見有陌生人闖入，很不高興，站起來，抱怨道：

「啊！見鬼，傳令兵是怎麼搞的？您，先生，有何貴幹？」

「入伍。」來人態度專橫、直接了當地說。

窗前的那兩個大兵傻呼呼地笑了起來，這男人瞪住他們，上下打量著。

「簡單地說，就是您願意加入軍隊？」軍官問。

「是的，我願意，但是有一個條件。」

「條件，見鬼！什麼條件？」

「我可不想待在這裡等著發霉，有一個團要去摩洛哥，我要隨他們一起去。」

其中一個大兵再次傻笑起來，嘴裡還咕噥著：

「摩洛哥人眼看著就要打過來了，這位先生卻要去那兒……」

「住嘴！」來人顯然被激怒了，冷淡又霸氣地說：「我不喜歡被別人奚落。」

這名大兵簡直就像個巨人，他憤憤不平、粗鄙地反駁道：

「喂，新來的，別用這口氣跟我說話……否則……」

「否則？」

「你可曉得我叫……」

沒等大兵把話說完，來人就湊了上去，抱住傻大個的腰，把他推到窗戶旁，然後，一搬就把人整個扔出了窗外。然後，他轉向另外一個士兵：

「輪到你了！還不快滾！」

這傢伙一看場面不對，便乖乖地離開了。

陌生人回到軍官面跟前對他說：

「我的中尉，請您通報將軍就說我堂・路易・佩雷納，一個懷抱赤子之心的西班牙裔法國人願意加入遠征軍，快去，我的朋友。」

軍官感到莫名其妙，仍然坐在那裡一動也不動。

「快去呀，我的朋友，現在就去，我可沒有時間跟你在這裡浪費。」

軍官拗不過，這才從椅子上站了起來，一臉驚愕地看了看這名奇怪的陌生人，然後乖乖地離開了。

這時，羅蘋掏出一支香菸，點著，坐到剛才軍官坐過的位子上，大聲地說：

「既然大海不願意接納我——或者，也許是因爲到最後一刻我仍不願意投身於它——那麼現在就看看摩洛哥人的子彈是否會憐憫我吧。另外，這樣還顯得更高貴些……羅蘋對抗敵人，保家衛國！」

國家圖書館出版品預行編目資料

813之謎／莫里斯・盧布朗（Maurice Leblanc）著；高杰譯.
——初版.——臺中市：好讀，2010.10
面：　公分，——（典藏經典；29）

ISBN 978-986-178-165-5（平裝）

876.57　　99016214

好讀出版

典藏經典 29

813 之謎

原　　著／莫里斯・盧布朗
翻　　譯／高杰
總 編 輯／鄧茵茵
文字編輯／簡伊婕
美術編輯／許志忠
行銷企劃／劉恩綺
發 行 所／好讀出版有限公司
台中市407西屯區何厝里19鄰大有街13號
TEL:04-23157795　FAX:04-23144188
http://howdo.morningstar.com.tw
（如對本書編輯或內容有意見，請來電或上網告訴我們）
法律顧問／陳思成律師

戶　　名：知己圖書股份有限公司
劃撥帳號：15062393
服務專線：04-23595819轉230
傳真專線：04-23597123
E-mail：service@morningstar.com.tw
如需詳細出版書目、訂書，歡迎洽詢
晨星網路書店 http://www.morningstar.com.tw

印　　刷／上好印刷股份有限公司 TEL:04-23150280
初　　版／2010年10月15日
初版九刷／2017年8月30日
定　　價／300元
如有破損或裝訂錯誤，請寄回台中市407工業區30路1號更換（好讀倉儲部收）

Published by How Do Publishing Co., LTD.
2017 Printed in Taiwan
ISBN 978-986-178-165-5

讀者回函

只要寄回本回函，就能不定時收到晨星出版集團最新電子報及相關優惠活動訊息，並有機會參加抽獎，獲得贈書。因此有電子信箱的讀者，千萬別吝於寫上你的信箱地址

書名：813之謎

姓名：______________ 性別：□男 □女　生日：____年____月____日

教育程度：______________________

職業：□學生 □教師 □一般職員 □企業主管

□家庭主婦 □自由業 □醫護 □軍警 □其他____________________

電子郵件信箱（e-mail）：____________________ 電話：______________

聯絡地址：□□□ ____

你怎麼發現這本書的？

□書店 □網路書店（哪一個？）________________ □朋友推薦 □學校選書

□報章雜誌報導 □其他____

買這本書的原因是：____

□內容題材深得我心 □價格便宜 □封面與內頁設計很優 □其他__________

你對這本書還有其他意見嗎？請通通告訴我們：

____

你買過幾本好讀的書？（不包括現在這一本）

□沒買過 □1～5本 □6～10本 □11～20本 □太多了

你希望能如何得到更多好讀的出版訊息？

□常寄電子報 □網站常常更新 □常在報章雜誌上看到好讀新書消息

□我有更棒的想法____

最後請推薦五個閱讀同好的姓名與E-mail，讓他們也能收到好讀的近期書訊：

1. ____

2. ____

3. ____

4. ____

5. ____

我們確實接收到你對好讀的心意了，再次感謝你抽空填寫這份回函

請有空時上網或來信與我們交換意見，好讀出版有限公司編輯部同仁感謝你！

好讀的部落格：http://howdo.morningstar.com.tw/

請填妥後對折黏貼，直接投郵即可，無須貼郵票。

廣告回函
台灣中區郵政管理局
登記證第3877號
免貼郵票

好讀出版有限公司　編輯部收

407 台中市西屯區何厝里大有街13號
電話：04-23157795-6　傳真：04-23144188

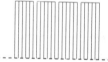

沿虛線對折

購買好讀出版書籍的方法：

一、先請你上晨星網路書店http://www.morningstar.com.tw檢索書目或直接在網上購買

二、以郵政劃撥購書：帳號15060393 戶名：知己圖書股份有限公司並在通信欄中註明你想買的書名與數量

三、大量訂購者可直接以客服專線洽詢，有專人為您服務：
客服專線：04-23595819轉230 傳真：04-23597123

四、客服信箱：service@morningstar.com.tw